CONFESIONES
de amor

LAURA BARCALI

ADVERTENCIA

Este libro contiene algunas escenas sexualmente explícitas y lenguaje adulto que podría ser considerado ofensivo para algunos lectores y no es recomendable para menores de edad.

El contenido de esta obra es ficción. Aunque contenga referencias a hechos históricos y lugares existentes, los nombres, personajes, y situaciones son ficticios. Cualquier semejanza con personas reales, vivas o muertas, empresas existentes, eventos o locales, es coincidencia y fruto de la imaginación del autor.

CONFESIONES DE AMOR

LAURA BARCALI

CAPÍTULO 1

Aquella aciaga y desapacible tarde de lluvia, Lorena esperó con paciencia, y manteniendo una compostura casi milagrosa, a que su marido se fuera al Real Club de Golf de la exclusiva urbanización madrileña donde residían desde hacía ya unos años, pues había quedado con sus amigos socios para ver el partido de fútbol del Atlético de Madrid mientras se tomaban unas copas en los enormes salones. Tenían esa costumbre las semanas que el equipo jugaba fuera de casa.

Pudo escuchar a Raúl silbar tras una larga ducha, mientras ella seguía en la cama, tapada por las cobijas y con el rostro apoyado sobre la almohada, con los ojos y los labios apretados en un rictus amargo, trabajando esa paciencia con cada vez más dificultad.

Su gata carey, Umbra, se subió sobre la almohada, apoyando su cabecita en los oscuros cabellos que se esparcían sobre la suave tela de seda. El animal lo sabía, podía sentir que Lorena no estaba bien.

—Nena, me voy al club. Volveré seguramente antes de que termine si van ganando el partido y, en ese caso, podríamos ir a cenar al Club de Campo. No me apetece conducir hoy por Madrid con el tiempo que hace.

Lorena no respondió, solo le escuchó enfundarse en su cara ropa de sport mientras cogía el móvil de la mesilla contigua a ella.

Hubo un silencio incómodo, luego Lorena notó la manaza de su marido sobre el cráneo y ahogó un gemido.

—¿Me has escuchado…?

—¿Qué? —La mujer levantó un poco la cabeza y la gata se removió molesta—. Perdón, cariño, me he quedado algo traspuesta…

—Que es posible que vuelva antes y vayamos a cenar al Club de Campo. Habrá que hacer uso de la reciente membresía. Ponte guapa, tienes una cara horrible y no quiero que piensen que mi mujer no se cuida.

—De acuerdo… Estaré preparada. —Volvió a dejar caer la cabeza sobre la mullida almohada.

Umbra se acurrucó entre sus pechos y los amasó. Lorena contuvo el aliento hasta que escuchó a Raúl salir por la puerta principal del chalet y poner en marcha el Tesla que había comprado por puro capricho.

Inmediatamente después, Lorena apartó a la gata de sus pechos, que maulló con quejumbre, y salió de la cama.

Se recolocó el sujetador y el jersey, se puso los pantalones y los mismos zapatos de tacón que había llevado todo el día, corrió hacia el baño y se peinó el largo cabello haciéndose una coleta austera con las manos temblorosas.

Bajó las escaleras a todo correr sabiendo que estaban solas ya que por fortuna, Rosa, la señora que se encargaba de todo, tenía libre.

Buscó el trasportín de Umbra y la introdujo en este a pesar de los gimoteos del animal. Se metió en el bolso unas chuches para la gata, cogió una botella de agua de litro y medio, su cartera, dinero en metálico que había en la consola de la entrada por si Rosa lo necesitaba para comprar alguna cosa y ellos no estaban, y se puso el abrigo.

Desde el teléfono fijo de casa llamó a la agencia de taxis que operaba por la zona del aeropuerto y solicitó sus servicios.

Agarró el pomo de la puerta y abrió, asiendo el trasportín con fuerza a pesar del miedo que sentía en aquellos instantes. Salió de aquel hogar ficticio y no miró atrás.

✝

Tras bajar del tren de larga distancia, a Lorena jamás se le habría ocurrido que el punto de inflexión en su vida hubiera pasado de aquella forma tan penosa.

Caminó por el largo pasillo hasta salir de la antigua estación de tren zamorana, tras un viaje de varias horas, junto a una Umbra nerviosa y agotada de tanto llorar al no saber dónde estaba ni a dónde la llevaba su mamá.

La mujer rememoró aquellos años en los que volvía de estudiar todos los fines de semana y sus padres la esperaban en el andén, o fuera en el coche. El sentimiento fue tan intenso que no pudo evitar sollozar. Ellos no estaban, no podían estar, en especial su madre.

Aspiró la humedad del ambiente. Diluviaba tanto o más que en la capital española. La fuerte borrasca parecía estar afectando a Castilla León también. Fue como si el clima acompañara su estado de ánimo allá donde fuese.

Se acercó a un taxista que esperaba con paciencia a que algún viajero se subiese a su coche.

—Disculpe, ¿acepta llevar animales? —le preguntó con amabilidad.

El hombre miró el pequeño trasportín de tela gruesa que llevaba Lorena colgado del hombro, pero dentro no vio nada. La carey estaba muerta de miedo y no dijo ni mu.

—Bueno, si no hay más remedio… —masculló el taxista, que le abrió la puerta trasera a Lorena para que dejara el trasportín, pero esta se sentó y lo colocó encima de sus piernas, abrazándolo como si fuera lo más preciado que tenía.

El conductor hizo un gesto con los hombros y se colocó en su sitio.

—Pues usted dirá, señorita —comentó mientras el contador comenzaba a subir.

—Quiero ir a la calle Obispo Nieto, si es tan amable. El número lo ignoro, pero es al colegio de chicas de Santa María de Cristo Rey.

—Ah, bien. Pues vamos allá.

Durante el trayecto, Umbra no aguantó más y se orinó de nuevo, por lo que el papel que había puesto en el tren no fue suficiente y sintió el calor del líquido sobre los pantalones, rezando para que el taxista, poco hablador, no se diera cuenta.

La gatita gimoteó, molesta por no poder mantenerse limpia como siempre.

Por fortuna, el viaje no llegó ni a durar los diez minutos, por la falta casi total de vehículos un sábado a esas horas y diluviando de aquella manera tan exagerada.

Lorena pagó con diligencia y se bajó intentando tapar a su gata con el abrigo, pero fue imposible no empaparse hasta la médula.

Dada la oscuridad de la noche, y que se había ido la luz en parte de la calle, pisó un charco profundo que le llegó hasta media pierna y el bolso se le cayó dentro. Con una cabriola, digna de una superheroína, el trasportín se salvó con la gata chillando del susto.

Agobiada, Lorena salió chorreando y perdió el zapato en el proceso. No miró atrás y continuó hacia delante con lágrimas en los ojos, ya casi son poder más.

—Ya, chiquitina, Umbrita mía, ya casi estamos… —gimoteó.

Ya estaba llegando a donde quería; un colegio femenino, interno, católico y de pago, en el cual trabajaba su padre como bedel desde hacía veinte años.

Le quedaban escasos días para jubilarse y no pudo avisarlo de que iba a Zamora, pues se dejó el móvil en casa a propósito.

Pero no tenía a nadie más en el mundo, ni tiempo que perder para lamentarse por ello.

Era hija única y su madre había fallecido tres años atrás. Aparte de eso, carecía de verdaderas amistades, porque su marido se había encargado de aislarla durante años.

Era casi media noche, sabía que no eran horas de aparecer por allí, pero ¿qué otra cosa podía hacer en aquellos momentos de intensa necesidad? Su padre era el único con el que podía contar.

Lorena se apartó el pelo húmedo de la cara y se secó los ojos como buenamente pudo. Llamó al timbre de la puerta lateral con mano temblorosa y muerta de frío, pero no sonó por la falta de electricidad. Tuvo que golpear la aldaba varias veces y gritar, pues no abrió nadie en los primeros cinco minutos de espera.

La lluvia se intensificó y la mujer no supo qué más hacer, solo abrazar el trasportín bajo un abrigo caro y empapado. Todas las luces estaban apagadas y la zona en silencio. Lo mínimo que cogería Lorena sería una buena pulmonía, aunque solo le importó el bienestar de su fiel gatita.

Estaba sentada en las escaleras, llorando de pura desesperación, cuando la puerta se abrió a su espalda. Un hombre en pijama asomó bajo el dintel y se quedó mirándola sorprendido, linterna en mano.

—¡Hola! Soy la hija de José Pérez, Lorena. Necesito hablar con mi padre.

Se levantó como un rayo y el hombre la observó de arriba abajo con expresión de cierto desprecio que no pasó desapercibida para Lorena, aunque no estaba en situación de ofenderse dadas las circunstancias.

—Pase. —Dejó que entrara con expresión hastiada.

—Siento las horas, siento… —intentó disculparse.

—¿Qué lleva ahí? —le cortó sin más cerrando la puerta con doble llave y activando de nuevo la alarma, esperando una respuesta mientras la linterna apuntaba a la gata, que maulló con un lamento digno de un penitente.

—Es… Es mi gata, Umbra…

—Espere aquí, ahora llamo al Sr. Pérez.

A Lorena le pareció que el tipo estaba muy molesto, más por su tono de voz que por el gesto serio en su rostro bajo la penumbra.

Pero en vez de hacer sentir peor a Lorena, por la contrariedad de la situación, le molestó la falta de empatía del individuo.

Unos cinco minutos más tarde, bajo la casi total oscuridad, apareció José, el padre de Lorena, corriendo por un pasillo poco iluminado.

—¡Hija! —La cogió de los brazos sin entender qué hacía allí—. ¿Qué te ha pasado? —exclamó al hacerle una radiografía completa y encontrarla en semejante estado físico.

El otro hombre alumbró con su linterna. Por lo visto no había luz en todo el barrio.

—Me caí en un charco, papá —respondió Lorena, casi llorando de alivio.

—¿Y este animalito? ¿Es tuyo? —José asió el asa del trasportín mientras Umbra se revolvía dentro.

—Es mi gata, Umbra. Te hablé de ella. La encontré en mi jardín… Y… Raúl me… —iba a decir algo inconveniente, así que se mantuvo callada.

—Ven, vamos a la enfermería, tienes la rodilla sangrando por debajo del pantalón vaquero. Y este pobre bichito no puede estar así, tiene frío y hambre.

Su padre miró al otro hombre, como pidiendo permiso, y este asintió sin mediar palabra y con gesto serio. Luego se fue por el pasillo y Lorena no lo volvió a ver.

Ya en la enfermería, José anduvo buscando alcohol y yodo, a parte de un apósito para curar el rasguño de su hija que se quitó los pantalones y se colocó una tela blanca que encontró sobre otra de las camillas.

—De verdad, el ayuntamiento sigue sin arreglar ese boquete en la calzada. Como para haberte hecho algo peor. Quítate la chaqueta, estás empapada. Te daré un paracetamol por si acaso. —Le tendió un vaso con agua y una pastilla—. ¿Se puede saber por qué no me has llamado? ¿Qué ha pasado? ¿Y Raúl? —la acribilló a preguntas.

—Papá yo… Raúl… Ay, escuece. —José aplicó el alcohol a la herida y luego el yodo. Con más cuidado puso el apósito y la venda.

—¿Os habéis peleado?

—Algo así… —No era tan sencillo de explicar—. Papá, necesito que me ayudes y que no le digas que estoy aquí si te llama. Por favor… Mañana te lo explicaré todo… —Su padre la miró de forma seria y asintió sin hacer más preguntas.

—Te voy a llevar a una habitación que quedó libre recientemente. Tiene aseo propio y una pequeña ducha. Hay toallas y mantas en el armario.

José se percató entonces de que su hija no llevaba maleta y que solo traía consigo lo más preciado para ella: la gata.

—¿No traes más ropa?

—No… —dijo sin más, en un susurro cansado.

José comenzó a entender la gravedad del asunto. Algo muy terrible tenía que haber pasado entre su hija y su yerno para que ella viajase más de doscientos cincuenta kilómetros hasta allí sin nada más.

—Bueno, te dejaré una camiseta, un pijama y unos calcetines míos. ¡Estás helada! —apuntó mientras asía las temblorosas manos de su demacrada hija.

No solo era el estado de ánimo, un accidente tonto bajo la lluvia, o un mal día. Lorena había perdido muchísimo peso, demasiado.

—Gracias, papá… —Se le llenaron los ojos de lágrimas al sentirse protegida.

—Y a esta pobre chiquinina la vamos a subir contigo. Tengo pienso de gato escondido… —susurró como si Dios pudiera oírlos y judgarlos—. Hay una colonia por aquí cerca y a veces les doy cosas.

—Qué bueno eres, papá.

Le dio un beso y un fuerte abrazo al hombre y este se lo devolvió largo rato.

✝

José ubicó a su hija en una estancia unipersonal y pequeña que perteneció a una antigua alumna. Aún quedaban algunas cosas de la jovencita por los cajones y la mesa de estudio.

Lorena dejó el pantalón en el suelo del baño, al igual que el jersey, tapándose con una manta que había encontrado donde su padre le indicó.

Observó un poco más la habitación:

La persiana de la estrecha ventana estaba bajada, las gruesas cortinas corridas, la cama de noventa hecha y un crucifijo sencillo en la pared, encima del cabezal.

Lorena torció el gesto con hastío hasta escuchar a su gata rascar las paredes de su cárcel, así que se arrodilló sobre el suelo frío de madera, con una vela encendida en una palmatoria.

Le abrió la portezuela del trasportín y Umbra salió poco a poco, oliendo y tanteando el nuevo espacio. Con una toalla de mano secó a Umbra todo lo que pudo. Al escuchar golpes en la puerta la gata salió corriendo para refugiarse bajo la cama, con las orejas pegadas al cráneo y la cola entre las piernas.

Cuando José volvió con algo de ropa, Lorena indagó:

—¿Se fue la alumna? Normalmente las familias se pegan porque sus hijas estudien aquí…

—Ya no está en el colegio… —fue toda respuesta con un deje de tristeza mientras le tendía las prendas.

—Oh, gracias —dijo ella.

—He cogido esta caja de plástico con un poco de tierra del jardín para que la gatita haga sus necesidades. Y aquí tienes una bolsa de pienso.

—Está muy asustada, se lo dejaremos aquí para cuando se decida a salir de su escondrijo.

—Duerme. Mañana yo te despertaré, no te preocupes por nada.

Le acarició la mejilla a su hija.

—Gracias, papá… Siento haberme presentado así.

—Lo que importa es que estés bien. Buenas noches…

—Buenas noches… —Y el hombre se fue tras depositar un beso en su frente.

Lorena abrió el agua caliente de la estrecha ducha y, mientras esperaba a que se templase, se despojó del sujetador, porque las bragas se habían quedado en Madrid.

Vio la marca de los dedos de su marido bien patentes en su piel y recordó, con un escalofrío, lo sucedido esa misma tarde.

Cogió el champú y lavó su pelo largo y apelmazado tras introducirse bajo el agua. Con el gel se frotó a conciencia cada centímetro de su cuerpo, con rabia.

Se quedó una media hora bajo la ducha, para relajar los músculos agarrotados, evitando abrir los ojos y verse el resto de las marcas en la piel.

Cuando comenzó a sentir que le bajaba la tensión salió de la ducha. Se secó el pelo y encontró un peine usado que utilizó para desenredarse los nudos. Luego se enfundó en un pijama que le quedaba enorme y se metió rápidamente en la cama tapándose hasta las orejas. Estaba a salvo, a salvo de Raúl. Allí no podría encontrarla.

Durante la noche sintió a Umbra rascar el arenero y hacer sus necesidades. También le tranquilizó el crujido de unos dientes morder el pienso. Notó a la gata rascar el cobertor para poder meterse dentro del lecho junto a su mamá, y enterrar la cabecita entre sus pechos.

†

José se encontró al padre Adrien sentado en el sofá de la salita que compartían, con un par de velas tradicionales encendidas y mirado su móvil como distracción.

—¿Está bien su hija? Tenía un aspecto terrible, disculpe que sea tan franco —comentó poniéndose en pie y metiendo el teléfono en el bolsillo de su bata.

—La he dejado en la única habitación libre… —susurró un tanto compungido.

Adrien intentó sonreír, pero fue incapaz.

Estaba casi dormido cuando escuchó los golpes de la puerta. Algo dentro de él le dijo que no se levantara, pero la insistencia de quien fuera lo hizo ponerse en pie del mal humor.

Encontrarse con una mujer empapada y con aquella expresión de cordero degollado le dejó sorprendido y desconcertado. La hija de don José había sido inoportuna. Sin embargo, le preocupó que algo grave le hubiera sucedido, sin zapato, con la rodilla sangrando y el bolso convertido en piscina.

Los gatos no le gustaban, pero tampoco podía dejar al animalito a su suerte, así que prefirió hacer la vista gorda a su propia prohibición de meter animales en el edificio.

—Algo ha pasado, aún ignoro qué puede ser. Pero la he dejado más tranquila, se la veía aliviada.

José prefirió no hablar del marido de su hija al padre Adrien, y menos sin saber antes qué había sucedido.

El sacerdote le puso la mano en el hombro y le dio unos toquecitos incitándolo a irse a su habitación.

—Váyase a dormir, hace una noche muy desapacible como para andar por ahí en babuchas y bata, a oscuras.

—Gracias por permitir que mi hija duerma hoy aquí. Y lo de la gatita…

—No es nada.

El pobre bedel anduvo hasta su habitación arrastrando sus zapatillas, cansado y nervioso.

Adrien hizo lo mismo tras apagar las velas y guiarse con la linterna del móvil mientras subía las escaleras hasta su propia estancia.

Miró el crucifijo de la pared e hizo la señal de la cruz, tras lo cual se besó el índice.

Adrien se quedó despierto un rato y miró a través de su ventana, salpicada de lluvia, cómo caía un aguacero.

Ni se imaginaba cuánto iba a cambiar su vida a partir de entonces.

CAPÍTULO 2

Tras una noche de sueño profundo, Lorena abrió lentamente los ojos con las legañas pegadas. Tosió con dolor en el pecho y picor en la garganta. Después de haberse mojado de aquella forma era casi inevitable no enfermar.

Descorrió las cortinas y subió las persianas. El día era feo y gris, pero al menos ya no diluviaba.

Buscó a Umbra con la mirada y esta estaba sobre el escritorio en posición de bola, medio dormida.

Se frotó las legañas mientras se encaminaba al baño. Probó a encender la luz y esta había vuelto. La imagen del espejo le devolvió una mujer con muy mal aspecto: ojeras, mejillas hundidas, labios resecos y ojos hinchados.

—Joder… —musitó de mala gana mientras cogía el peine e intentaba poner algo de orden a aquella maraña. Volvió a sujetarlo en una cola de caballo para poder disimular que cada mechón iba por su lado.

Orinó con dificultad y cierto dolor. Bebió agua del grifo tras lavarse la cara para intentar despejarse y luego fue hasta su bolso.

Este seguía empapado, aunque había sacado todas las cosas y algunas ya estaban bien, como su cartera. La ropa, por otra parte, se había secado, pero no podía usar unos pantalones con olor al pis de Umbra. Estaban para tirar con aquel olor a amoníaco y la sangre seca en la zona de la rodilla derecha.

—Tampoco tengo zapatos… Bueno, un zapato sí… El otro debe seguir en el fondo del charco.

Se centró en examinar el armario y encontró colgado un uniforme planchado y un chándal con el escudo de la escuela. En el cajón quedaban algunas prendas íntimas, que le hubieran venido muy bien pero que no se atrevió a tocar por respeto.

—Se habrá ido hace muy poco, entonces… —dedujo.

Encogió los hombros y no le dio mayor importancia al asunto.

Unos toques en la puerta la sacaron de su ensimismamiento y se dispuso a abrir mientras su gatita volvía a esconderse bajo la cama.

—Papá… —Este entró con cierto sigilo y una bolsa en las manos.

—Te traigo algo de ropa y unos zapatos. Vístete y bajaremos a las cocinas; tendrás hambre.

—Sí, lo cierto es que me ruje el estómago —admitió con una sonrisa.

Su padre esperó fuera mientras se enfundaba en una camisa blanca, una chaquetilla gris, unos pantalones que le venían anchos y un calzado austero. Seguidamente salió cojeando.

—Vamos, hija, apóyate en tu padre viejo y chocho.

—Ni si quiera tienes sesenta y cinco, papá. Ya quisieran muchos tener tu salud de hierro. No tienes ni un gramo de más, estás hecho un chaval, aunque uno bajito. —Lo aduló mientras le revolvía el cabello blanquecino.

Bajaron las imponentes escaleras de madera bruñida, por la zona donde una moqueta de color rojo oscuro y de aspecto reciente evitaba toda caída por resbalones tontos, y caminaron por un pasillo que llevaba directamente a la zona del comedor, lejos del área destinada a las clases, por lo que no se cruzaron con ninguna alumna o maestro.

Lorena ya conocía el lugar por las anteriores visitas a sus padres, ya que ambos trabajaron juntos allí hasta que su madre tuvo que darse de baja por el cáncer que se la llevó.

Al principio, cuando ella era adolescente, sus padres no estaban interinos. Pero cuando marchó a Madrid para ir a la Universidad a estudiar psicología, ellos decidieron ir a vivir al colegio católico y así ahorrarse el alquiler y poder ayudarla mejor con los gastos.

Lorena no acudió a visitarlos allí en demasiadas ocasiones ya que, tras acabar la carrera, no volvió a Zamora más que por cortesía familiar. Su marido se curó bien de aislarla de forma que apenas vio a sus padres unas pocas veces en los años posteriores a su enlace matrimonial.

—¿Hueles eso? —preguntó José—. Están preparando la comida de las niñas.

La mujer no había ingerido nada en casi todo el día anterior. El estómago se le pegó a la espalda de tal forma que le resultó imposible probar bocado hasta aquel entonces, cuando entró en las cocinas y un agradable olor a pan recién horneado abrió su apetito.

—Supongo que ahora las alumnas están todas en clase.

—Efectivamente. Aprovecharemos para almorzar con total tranquilidad.

—¿La Madre Superiora sigue siendo la misma o ya se jubiló la buena mujer? —dijo en tono socarrón al recordar a la oronda señora, que parecía más una mesa camilla que una monja.

—Sí… —respondió su padre con una media sonrisa en la boca.

—*Pfff* —bufó Lorena.

Siempre le había parecido una grandísima engreída.

La familia de Lorena era sencilla, amable y de estatus social medio. Aquella escuela católica concertada de pago era para niñas y jóvenes de progenitores acaudalados y religiosos.

El hecho de no tener una beca de estudios, que las había, y que sus padres no pudieran pagar la mensualidad, la salvó de entrar a estudiar allí cuando terminó primaria.

Y después de estar años rodeada de ricos insoportables y falsos, teniendo que fingir por amor a su marido, no le hacía mucha gracia encontrarse con esas chiquillas, aunque no tuviesen culpa.

—Bueno, bueno, ya sé que no la soportas, pero he hablado con ella y no tiene problema de que te quedes unos días…

—Oh, qué buena persona —dijo en tono sarcástico.

—Lorena, por favor, que ya tienes treinta y cinco años. No hagas quedar mal a tu pobre padre con lo poco que le queda para jubilarse. — Esta no comentó nada más tras haber sido reprendida.

Entraron en la amplia y ajetreada cocina donde no todo el personal estaba compuesto de monjas benedictinas, sino que también trabajaban mujeres no pertenecientes al clero.

Lorena reconoció a varias de las monjas, ya bastante mayores, pero a nadie externo ni a ninguna monja joven, lo cual le pareció lógico pues cada vez había menos mujeres que desearan llevar una vida contemplativa, a no ser que fueran de otros países.

Salió de sus pensamientos cuando su padre le tendió un plato de cereales con leche, un vaso con zumo de naranja y un par de tostadas para que se sirviera ella misma la mermelada que quisiera.

—Sé que ya no eres una niña, pero te veo muy pálida y demasiado delgada…

Lorena se limitó a desayunar sin responder a aquello último, bajo la mirada curiosa de las mujeres presentes.

—Buenos días, don José —una voz masculina, con cierto deje de acento francés, llamó la atención de la mujer ya que le sonó mucho.

—Buenos días, padre Adrien. Qué bien que haya dejado de llover, ¿cierto?

Lorena tosió un poco antes de darse la vuelta para saludar también al desconocido clérigo. Se esperaba encontrar a un hombre más mayor y bastante menos agraciado.

—Buenos días, señorita Pérez.

—Mi hija se llama Lorena, padre.

Este la miró con seriedad, con evidente desagrado, tras sus gafas de montura metálica, fijándose en ella mejor: no era muy alta, de pelo castaño oscuro algo ondulado en las puntas y ojos verde oliva. La encontró demasiado delgada para estar sana, lo que podía explicar aquella cara tan macilenta.

—Nos conocimos ayer, sí... A intempestivas horas de la noche —dijo con total sinceridad y una leve sonrisa.

Ella quiso abrir la boca para reprocharle el comentario, aunque su padre no se lo permitió poniéndole la mano sobre el hombro; estaba claro que la conocía muy bien.

—Mi hija lo lamenta muchísimo, padre. Fueron las circunstancias... —La exculpó lo mejor que pudo.

—¿Y qué circunstancias son esas? —Adrien observó a la mujer con sus ojos de un azul tan claro que parecían de hielo.

—Un asunto personal, padre Adrien —contestó ella de forma cortante.

—¿Ha hablado con la Madre Superiora? —El sacerdote cambió de tema como si olvidara que ella estaba allí, dirigiéndose a José.

—Sí, ya está todo aclarado y no hay problema alguno.

—Bien. Tengo que irme. Buenos días —se despidió de ambos con un cabeceo y se dio la vuelta más recto que un palo.

—Menudo *cap...*

—¡*Tsh!* Hija, por favor —le chistó para que mantuviera la boca cerrada y no usara un lenguaje inadecuado.

—Perdona, papá, pero ¿has visto cómo me ha mirado? —preguntó con indignación, susurrando.

—Bueno, bueno, serán imaginaciones tuyas. El padre Adrien simplemente es muy serio, al fin y al cabo es el capellán de las monjas y el director de la escuela.

—¿El director de la escuela? ¿Capellán? Pero si es muy joven. ¿Cuántos años tiene?

—Tiene treinta y ocho. La Madre Superiora no puso objeción alguna cuando el viejo director falleció, porque tiene buenas referencias. El obispado lo propuso y punto.

—No es zamorano, imagino.

—Tiene doble nacionalidad: francesa y española. Por eso el acento. Además, es el profesor de francés y de religión.

Lorena hizo memoria de su aspecto: poseía un rostro masculino bien definido, los ojos algo rasgados y muy azules que miraban con desdén tras unas gafas sencillas. Sus cabellos oscuros comenzaban a estar canosos, no demasiado cortos. De hecho le caía un mechón blanco sobre el lateral de la frente y sus patillas ya eran completamente canas. Era alto y bien proporcionado, de facciones atractivas, sin duda, pero de envoltura petulante que miraba por encima del hombro a los demás.

No soportaba al clero y se consideraba atea, pero en aquellos momentos no disponía de otra opción que no fuera quedarse allí todo el tiempo que le fuera posible.

Aquello era mejor que volver al lado del hombre que había sobrepasado los límites de lo soportable en una relación.

—Termina el desayuno. Bajaremos al centro a comprar algo de ropa para ti. No puedes andar por ahí con estas pintas y ropa de prestado.

José sacó a su hija de aquellos lúgubres pensamientos y la animó el hecho de poder deambular con su padre por las bonitas calles de su Zamora natal.

†

—¿Me vas a contar qué ha pasado? —le preguntó José a su hija mientras paseaban por el centro de Zamora en busca de ropa y calzado.

—Raúl y yo estamos pasando un mal momento… —se excusó sin querer extenderse.

—¿Te crees que tu padre nació ayer? Ha tenido que ser muy grave para que te hayas venido con tu gatita hasta aquí, sin móvil, sin apenas dinero, sin una sola maleta y a la aventura —le reprochó.

—Está bien, papá, voy a pedirle el divorcio —contestó la única verdad que podía ofrecerle—. Diferencias irreconciliables.

—¿Te ha puesto los cuernos? —José frunció el ceño, indignado.

— No. Bueno, no lo sé… Pero no es por eso. Son cosas nuestras, de pareja. Solo te puedo decir que ahora mismo quiero estar alejada de él todo lo posible, y te pido que, si se pone en contacto contigo, le digas que me he ido de viaje fuera de España y no sabes dónde.

José suspiró y negó con la cabeza.

—Está bien. No haré más preguntas dado que no quieres contarme los detalles. Lo entiendo y lo respeto. Si entre vosotros ya no funciona la relación lo mejor es separarse.

—Te lo agradezco, papá.

Sin embargo, el hombre se quedó con la mosca detrás de la oreja. Una mujer no huía solo por un divorcio, siempre había algo más subyacente y oscuro.

—Vaya, han puesto muchas franquicias importantes desde la última vez que pasé por aquí… Zamora se renueva.

—No vamos a ser solo románicos para siempre —bromeó.

—Qué exagerado, papá. Vamos ahí, esa ropa me gusta…

Entraron en una de las cadenas de ropa más importantes de España y Lorena eligió algunos conjuntos básicos. Cuando fue a pagar con la tarjeta se dio cuenta de que Raúl tenía acceso a sus cuentas y vería movimientos desde Zamora. De nuevo la guardó en la cartera con mano temblorosa. Había estado a punto de estropearlo todo.

—Papá, ¿llevas dinero? Ayer se mojaron mis tarjetas y creo que no van —se excusó.

—Claro, hija, faltaría más.

José pagó con todo el gusto del mundo.

Lorena tenía más de 10000 € en la cuenta, suficiente para buscarse un piso de alquiler, contactar con un abogado que llevara todos los asuntos y empezar de cero. Pero no lo podía sacar sin que Raúl se enterara. Así que fue como no tener nada, lo que hizo que se sintiera desamparada de nuevo y muy estúpida.

El día anterior había actuado por impulso, por supervivencia, sin pensar en nada más. Solo quería salir de aquella jaula ficticia.

«Tenía que haber sido más lista y sacar todo el dinero posible en Madrid», se dijo, pesimista.

—Volvamos ya, si no te importa, tengo trabajo que hacer antes de la jubilación —le informó su padre—. Debo dejarlo todo preparado para cuando llegue mi sustituto.

Lorena vio la luz de pronto, aunque fue una idea a la desesperada.

—Papá, ¿y ya tienen a alguien? —preguntó nerviosa.

—No. Han hecho algunas entrevistas, pero me consta que a la Madre Superiora y al padre Adrien no les han convencido los candidatos.

—Y si... ¿Y si les pido una entrevista?

—¿Tú? ¿En serio? Hija, estás trastocada. ¡Si me acuerdo de las ganas que tenías de alejarte de cualquier lugar religioso!

—Bueno, he de buscar un trabajo. ¿Qué tiene de malo este? —contraatacó.

—¿Y para qué te pagamos tu madre y yo la carrera de psicología? ¿Para terminar siendo bedel? —Aquello fue un golpe bajo para la mujer, que enrojeció.

—Sabes que no he ejercido, que no puedo ejercer sin estar colegiada... —le tembló la boca al decirlo.

—Vale, hija... Te pido mil perdones. No he pensado bien lo que he dicho. Te casaste muy joven y con un marido adinerado no te hizo falta ejercer. ¡Y no me parece mal! Que conste... Sé lo trabajadora que eres y las notas que sacaste en la carrera... Tu madre y yo no pudimos estar más orgullosos.

Lorena tragó saliva, no sabía si enfadada o abrumada, pero hacia sí misma. Su padre no había dicho ninguna mentira.

—¿Tan mal te parece que sea bedel? —repitió mientras subían una buena cuesta con las bolsas llenas de ropa, intentando cambiar de tema.

—¡No! Dios me libre. Es un trabajo tan digno como cualquier otro, si no, no lo habíamos ejercido nunca. Pero no te veo…

—¿No me ves capacitada para aprender? —preguntó ofendida.

—No he dicho eso. Es que buscan otro perfil.

—Sin tu apoyo desde luego que no seré el perfil —bufó.

—Yo te apoyo, pero luego no despotriques si no te dan una oportunidad —le advirtió muy serio.

—Gracias, papá—. Lo besó con efusividad—. Por cierto, necesito comprar un arenero y arena para mi gata. ¿Crees que si me dan el puesto dejarían que se quedara? Si no, tendré que buscar un piso, porque no podría separarme jamás de mi Umbrita.

—El padre Adrien desaprueba tener animales, de hecho está prohibido. Pero… Tal vez le pueda convencer…

—Vaya… —Suspiró Lorena— Por qué no me sorprende. ¿Tiene sentimientos ese hombre?

—Por Dios, Lorena. Ser sacerdote no es el equivalente a ser mala persona.

—En su caso es el equivalente a llevar metido un palo por el culo.

José se llevó una mano a la barbuda mejilla y negó con la cabeza.

†

Llegaron al colegio y Lorena se fue a la habitación para probarse la ropa y preparar las cosas que habían adquirido para la gata.

Umbra andaba encima de la desecha colcha, bastante más relajada y moviendo el rabito.

De un salto bajó hasta el arenero nuevo y se revolcó de alegría, haciendo ruiditos y mirando a su mamá con los ojillos de color verde claro.

Lorena le acarició la suave tripita de colores mezclados sin ton ni son, hasta que la gata se puso en pie y frotó con la cabeza las bolsas y oteó en su interior. Casi se volvió loca mientras las prendas caían al suelo o sobre la cama, hasta que se quedó dentro de una de las bolsas de papel y se durmió.

—Tal vez no estoy tan gorda —se dijo Lorena al mirarse al espejo que tenía la puerta del armario.

Aquella ropa, básica y sencilla, de colores más alegres, le hizo sentirse mejor dentro de su propia piel.

Recordó una noche en la que Raúl y ella iban a salir con unos amigos. Se había arreglado de forma especial para agradar a su marido, comprándose un vestido que le quedaba como un guante, talla S.

La decepción llegó cuando él la vio con la prenda puesta.

«—Estás horrible. Quítate eso ahora mismo, es de gordas. Comes como una cerda y así estás. Se te nota toda la grasa del culo enorme que tienes".

Y así cada vez con más frecuencia, minando su autoestima año tras año, hasta convertirla en un guiñapo que no podía elegir ni su propia vestimenta.

Ropa oscura para disimular su cuerpo, tacones altos que la hicieran parecer más alta al lado de un marido de un metro noventa que iba cada día al gimnasio del club, pelo perfecto, maquillaje para disimular las imperfecciones naturales de la piel, y controles de lo que comía en casa, porque fuera de esta iba siempre con él.

Unos toques en la puerta la sacaron de sus lúgubres pensamientos.

Revisó que Umbra siguiera en su bolsa y abrió la puerta para que entrara su padre.

—Hija, me ha dicho el padre Adrien que está de acuerdo en concederte esa entrevista, para hacerme un favor. Así que vamos. —La apremió cogiéndola por el codo.

—¿Ahora? Pero si no he podido ni prepararme... Mira cómo voy vestida, no es profesional…

—Ahora o nunca —apostilló tirando de su hija.

—Vale, bien, vamos allá. Como dicen por aquí: que sea lo que Dios quiera.

Se calzó los zapatos nuevos y acompañó a su padre hasta el despacho de dirección, en la planta de abajo.

—Simplemente sé tú... —José se arrepintió de lo que había dicho—. Quiero decir una mujer educada y profesional, no la parte irreverente donde te vuelves Lucifer.

—No soy idiota, papá —siseó.

Se recolocó la blusa color rosa palo y mangas abullonadas, se subió los vaqueros azules y se rehízo la coleta lo mejor que pudo.

Seguidamente llamó a la puerta y Adrien mismo le abrió dejando que pasase. Él se sentó tras su mesa.

La Madre Superiora, aposentada en una de las sillas, la escaneó de arriba abajo como si fuera el mismísimo Terminator.

—Buenos días —los saludó colocando las manos a la altura del vientre en señal de educación.

—Por favor, siéntese. —Le indicó él con la mano señalando el otro asiento libre.

Esta se sentó de forma modosa pero recta.

—Vaya, señorita Pérez, cuántos años desde la última vez que te vi por aquí… —musitó la mujer en un tonillo de reproche, como si a ella su ausencia le hubiera molestado.

—Así es, señora, ya unos cuantos. —Lorena pensó que tenía la misma cara de amargada que de costumbre. ¿Habría sido joven alguna vez? Incluso niña. No se la podía imaginar sin su hábito negro, ni sin la toca blanca. ¿Tendría pelo debajo?

—Te veo desmejorada —apuntó la abadesa con toda la mala intención del mundo, cosa que no pasó desapercibida para Adrien.

—He dormido poco y mal, me temo…

—Me refiero en general —apostilló.

Lorena no perdió la sonrisa, pero Adrien vio que le temblaba uno de los párpados.

—Su padre nos ha comentado que quiere presentar su candidatura a bedel del centro. —Las cortó Adrien al notar la tensión entre ellas.

—Así es.

Lorena giró el rostro hacia Adrien, ladeándolo un poco para parecer afable.

El sacerdote la miró a los ojos color aceituna y sopesó lo que la Madre Superiora le había contado de ella, informándole de su ateísmo y falta de educación y saber estar. Pero a él no le pareció que la mujer fuera maleducada. Y, en cuanto a ser atea, para las funciones que tenía que realizar aquello era irrelevante por completo.

—¿Dispone de currículum? —Fue al grano.

—Ha sido todo tan repentino, que me temo que no me ha dado tiempo, perdónenme. No cuento tampoco con un ordenador… —se lamentó con sinceridad.

—Esta tarde nos íbamos a reunir la Madre Superiora y yo para deliberar, pues necesitamos con urgencia que un nuevo bedel se incorpore y que su padre le enseñe. Así que, como no puede darnos un currículum, cuéntenos sobre usted.

—Tengo treinta y cinco años y soy zamorana de nacimiento. Estudié psicología en la Complutense de Madrid, y tengo el C2 en inglés ya que estuve de Erasmus en Reino Unido durante un año. Me gradué con notas muy altas, y estoy especializada en Psicología Educativa…

—¿Sabe algo de gestión de centros? —La cortó la mujer.

—No —respondió con total sinceridad.

—¿Ha ejercido muchos años la psicología? —Quiso saber Adrien.

Lorena enrojeció de vergüenza.

—No he llegado a ejercer más que haciendo prácticas al terminar la carrera, en el Hospital Clínico San Carlos, de Madrid... Me casé poco después y no me hizo falta trabajar... —Se sintió morir al oír algo tan patético salir de sus labios, fue como insultar a los millones de mujeres que luchaban por sus derechos.

—¿Y su marido? —La Madre Superiora volvió a la carga ante la estupefacción de Adrien, aunque este supo poner su cara de póker.

—Nos hemos divorciado —mintió Lorena al verse acorralada. No se esperaba esa clase de preguntas en una entrevista de trabajo.

El padre Adrien siguió con la expresión de indiferencia que le caracterizaba, pero la monja soltó un bufido.

—Imagino que no tiene hijos, su padre jamás me ha hablado de nietos cuando le he preguntado.

—No, no tengo... —Lorena casi se echó a sollozar al decir aquello, pues era estéril.

—Entonces, actualmente, es usted libre para trabajar aquí —dijo Adrien haciendo un gesto seco a la oronda mujer, que se mantuvo callada pero con el ceño tan fruncido que parecía tener una sola ceja.

—Sí —afirmó Lorena con voz temblorosa.

—Bien, señorita Pérez, muchas gracias por venir. No es el perfil que buscamos ya que... —comenzó a decir Adrien.

—Pero... —replicó la mujer a la desesperada.

—Ya que buscamos un hombre con cierta experiencia en distintos campos relacionados con mantenimiento —terminó de explicar él—. No es nada personal contra usted. De hecho, le permitimos quedarse aquí hasta que su padre se jubile si así lo necesita.

—¿Un hombre desconocido en un colegio de señoritas? —fue lo único que atinó a decir Lorena, estupefacta—. Discúlpenme, pero me parece una locura. Yo no matricularía a mi hija aquí sabiendo eso.

—Su padre lleva veinte años trabajando en el centro —replicó Adrien, sin entender a qué podía referirse la mujer.

—Sí. Sin embargo trabajaba con mi madre, que imagino usted no llegó a conocer —se lamentó Lorena—. Y obviamente mi padre no es un hombre interesado en menores guapas y en plena la edad del pavo. Déjenme adivinarlo; se han presentado multitud de hombres sin ningún tipo de experiencia. Y por lo pocos currículums que tienen ahí seleccionados —los señaló mientras lo decía—, no hay mucho donde elegir.

Adrien escuchó con atención:

—Puede que carezca de experiencia, pero he visto trabajar a mis padres. Quién mejor que yo para que se me enseñe el oficio. No hay nadie en este mundo que respete más a mi padre, así que puedo seguir sus enseñanzas a pies juntillas. Además, como mujer adulta que soy, no suscitaré malos pensamientos en el entorno de las chiquillas y mucho menos me acercaré a ellas con malas intenciones.

—Pero... —fue a replicar la monja. Sin embargo, Lorena la interrumpió de manera deliberada.

—No tengo responsabilidades, ni cargas familiares. Solo a mi gata Umbra. Y si no puedo tenerla aquí, me buscaré un piso de alquiler cercano al internado.

—No da buen ejemplo estando divorciada —dijo la monja.

—¿Cuántas de las niñas que estudian aquí tienen padres divorciados? Quién mejor que yo para entender lo que sienten. Y tengo mi título de psicología y puedo ayudar a mediar en cualquier problema que se presente.

—Bien, señorita Pérez. Gracias de nuevo por exponer su candidatura. Ahora tenemos que hablar la Madre Superiora y yo.

El padre Adrien dio por zanjada la conversación.

—Por supuesto, muchas gracias por atenderme. —Lorena se levantó de la silla y salió por la puerta con pose digna, pero con el alma por los suelos.

La Madre Superiora se echó unas risas que el sacerdote no compartió en absoluto.

—No está bien reírse de ella —la reprendió Adrien, que ojeó los cuatro currículums que tenía en la mesa, pensativo.

—¡No lo estará considerando de verdad!

Él no contestó, solo recordó la desesperación de ella por quedarse allí a toda costa, lo pudo ver en sus ojos, en aquellas pupilas vidriosas. Y, además, tenía toda la razón: introducir en el colegio a un hombre desconocido no era la mejor idea.

—Con lo buen hombre que es don José, no entiendo por qué su hija ha salido así.

—¿Así cómo? Yo no he visto que sea como usted me cuenta —replicó molesto.

—Dará problemas, ya se lo digo yo, padre.

Adrien dejó los currículums sobre la mesa y se mesó el cabello hacia un lado.

—Ya veremos...

†

Lorena se lamentó en silencio mientras caminaba por el pasillo. José la esperaba sentado en su despachito acristalado, cerca de la puerta principal.

—¿Cómo ha ido? —indagó con el corazón en un puño.

—Peor que mal; fatal. Catastrófico. Fin del mundo conocido —dramatizó con los ojos anegados por las lágrimas que brotaron a botepronto.

José la asió por los hombros y la sentó en su silla, delante del ordenador.

—Pero ¿qué ha pasado?

—He mendigado el trabajo... Para colmo, esa mujer me tiene inquina y yo nunca le he hecho nada de nada. No ha parado de machacarme hasta el final.

—El padre Adrien es más cabal, no te preocupes.

—No sé, parece un robot. Siempre con las mismas dos expresiones: pasa de cara de palo a la de asco y viceversa.

—¿Te ha puesto la de asco?

—No, la de palo.

—Eso es bueno, hay posibilidades —meditó en voz alta.

—No bromees —bufó—, he tenido una actuación lamentable. Raúl tenía razón...

—¿En qué? —José miró a su hija achinando los ojos, mosqueado.

Lorena se quedó callada al darse cuenta de lo que había estado a punto de decir: que no valía para trabajar porque era una inútil.

—Nada, papá...

—Vamos al comedor y así conocerás a los profesores —dijo con entusiasmo, intentando animar a Lorena.

—¿Para qué? En cuanto te jubiles tendré que despedirme de todas esas personas —se lamentó.

—No des nada por hecho y deja ya de ser tan pesimista. Venga, vamos...

La sincera sonrisa de su padre la enterneció, allí vestido con su ropa de bedel de color gris, a juego con la barba y el pelo cano.

Antes de eso, José le enseñó a su hija las distintas zonas que se habían ido renovando desde la última visita de esta.

—El padre Adrien ha implantado muchas novedades, como dotar a la biblioteca de diversidad literaria más acorde con los gustos de las chiquillas. Y también hay ordenadores con Internet, aunque solo se pueden usar para el estudio.

—Bueno, eso está bien. Renovarse o morir...

—A las ocho es el desayuno. A las dos de la tarde la comida. Y para las internas la cena es a las nueve de la noche.

Se cruzaron diversas estudiantes, algunas los saludaron y otras no.

—Qué maleducadas —advirtió la mujer.

—Tiene que haber de todo en la viña del señor. ¿O no te acuerdas cómo eras tú de borde a su edad?

—Oh, gracias por recordármelo, papá —bromeó.

—Mi trabajo consiste en que todo funcione perfectamente. Me levanto a las seis de la mañana. En ocasiones ayudo en cocina, limpio y hago arreglillos. Gestiono bastantes cosas, todo sea dicho.

Mientras le contaba sus quehaceres diarios llegaron al comedor, donde había un jaleo tremendo de voces entremezcladas.

—¡Menudo caos! —gritó Lorena para que su padre la pudiera oír.

—Son niñas, es natural. Ven, comeremos con el profesorado.

Antes de eso se hicieron con las bandejas del menú; escalope con patatas y una ensalada, tras lo cual se acercaron a las mesas donde los profesores comían departiendo sobre diversos temas, un poco apartados de las alumnas.

—¡Hola! —saludó José al resto del personal externo.

Todos le devolvieron el saludo con evidente alegría, pues el bedel era muy apreciado.

—Esta es mi hija Lorena, que está de visita como os comenté.

Le dieron la bienvenida y, tras ello, la invitaron a sentarse.

Entre los profesores laicos había hombres y mujeres de diversas edades. A Lorena le llamó la atención en particular un atractivo profesor llamado Lorenzo.

—¿Qué te trae por aquí, Lorena? —le preguntó este tras presentarse y hacerle un hueco para que pudiera comer.

—He venido a visitar a mi padre antes de que se jubile. —Se inventó a la marcha.

—Encantado de conocerte, entonces. —Lorenzo desplegó su sonrisa seductora, de dentadura perfecta y hoyuelos a juego.

—Lo mismo digo... ¿De qué das clase?

—Ese tostón llamado matemáticas. ¡Aunque a mí me encantan! Pero mis alumnas no opinan igual, mucho me temo —bromeó.

—¡Quién lo diría! Pareces más el profe de educación física.

El hombre estaba bastante bien dotado, con una ancha espalda y fuertes brazos bajo la camisa.

—Se puede ser sexy e impartir matemáticas —volvió a sonreír tras decir aquello—. ¿Y tú a qué te dedicas?

—A la psicología…

No fue mentira, pero tampoco verdad. En cualquier caso, quedaba bien delante de él.

—¿Vives en la provincia? Tu padre no me había dicho que tuviera una hija tan agradable por aquí cerca…

—Oh, no, resido en Madrid… Me acabo de divorciar… —comentó—. Es muy posible que me instale en Zamora.

—Vaya, lamento lo del divorcio —musitó poniendo cara de circunstancias.

—No te preocupes, estoy mucho mejor ahora… —Le sonrió con sinceridad, pues aquello no fue falacia.

Por vez primera, en mucho tiempo, Lorena sintió un gusanillo en su estómago al verse libre, charlando con otro hombre de forma natural sin tener los ojos de su marido pegados en la nuca, juzgándola como si hablar con otra persona de diferente sexo fuera serle infiel.

De pronto, el padre Adrien se acercó a la mesa de profesores, con su chaqueta negra sobre una camisa gris impecablemente planchada y el alzacuellos recto.

Todos se callaron de golpe. Imponía respeto, no cabía duda.

Miró a Lorena con su cara de palo y sus ojos azul polo sur, más fríos que el hielo.

—Señorita Pérez, el puesto de bedel es suyo —informó sin más, en un tono neutro.

En aquellos momentos, Lorena no supo cómo reaccionar debido al giro de los acontecimientos.

—Gracias… —atinó a farfullar mientras los ojos verdes se le llenaban de unas irreprimibles lágrimas.

—Necesito cuanto antes que me proporcione una copia de su DNI y del número de seguridad social, además del de la cuenta bancaria, para formalizar el contrato.

—P-por supuesto, lo tendrá todo sin falta, padre Adrien —aseveró Lorena asintiendo con la cabeza. Le cayó una lagrimilla por el rostro sonriente.

Adrien dudó un instante antes de hablar:

—Y ese animalillo suyo… Puede quedarse mientras no deambule por el centro.

—¡No, no! Si se escapase me moriría —dijo Lorena con angustia.

El director hizo un gesto con la cabeza y se marchó, algo azorado ante la mirada vidriosa de ella. Pudo ver gratitud sincera en aquellos iris color aceituna.

—Por lo que oigo, vamos a coincidir muy a menudo. —Lorenzo sonrió encantado y visiblemente divertido al ver la expresión feliz de la encantadora mujer que acababa de conocer. Una que estaba recién divorciada, lo cual la hacía el doble de interesante.

—Eso parece… No lo puedo creer…

—¿Ves? Te lo dije, hija —apuntó José, muy orgulloso y contento de que Lorena ocupara su lugar.

—Sí, papá… Sí…

Pero no supo si había sido buena idea, porque levantarse a las seis de la mañana no entraba en sus planes.

✝

El padre Adrien, tras haber desoído por completo las quejas y refutaciones de doña Herminia, la Madre Superiora, se encaminó de vuelta a su despacho para iniciar los trámites con la gestoría y avisar al resto de candidatos de que ya había encontrado a otra persona.

No sabía si aquella decisión, movida más por impulso que otra cosa, sería acertada o un absoluto desastre, pero por la mirada agradecida de Lorena había valido la pena correr el riesgo.

CAPÍTULO 3

Durante el fin de semana Lorena no se encontró con el padre Adrien ni una sola vez. Las internas apenas salían de sus estancias personales, y las monjas se dedicaban exclusivamente a su vida contemplativa o, en algunos casos, a atender a las internas en las horas de las comidas, pues el personal laico, exceptuando su padre, no residía en el colegio.

Aprovechó el sábado, dado que había salido el sol, para pasear por su Zamora natal. José le dio dinero de buena gana para que se comprara un móvil, aunque ella le prometió que se lo devolvería en cuanto cobrara su primer sueldo.

El hombre sonrió sabiendo que no aceptaría la devolución.

—¿No vienes conmigo? —le preguntó.

—Ah, no, no. Tengo que poner a punto el apartamento donde vivía aquí con tu madre.

Lorena no entendió por qué tenía que trabajar un sábado, pero lo dejó con sus quehaceres y salió a la calle.

Miró el boquete en la calzada, ya casi vacío de agua, y vio allí su zapato hecho un desastre. Le hizo una peineta y se fue casi trotando con su nuevo calzado: uno cómodo y sencillo que no le destrozarían los pies.

†

El padre Adrien, que estaba preparando la homilía del domingo, la observó desde la ventana del despachito que tenía en el segundo piso de la rectoría y no pudo evitar reírse al verla mirar en el charco y hacerle un gesto grosero con el dedo.

Unos golpecitos en la puerta hicieron que apartara la vista de la colorida figura que se perdía por la calle dando saltitos.

—Pase, don José.

El bedel entró vestido con su ropa de trabajo habitual.

—Me voy a revisar el apartamento para mi hija. Cualquier cosa me da un toque al móvil.

—De acuerdo, pero dudo que necesite algo, y menos en su día libre.

—Ya sabe que lo hago por ella… Quiero que esté lo más cómoda posible. Y en ese apartamento, aunque chiquito, fuimos muy felices mi mujer y yo… —hubo tristeza en su voz.

—Ojalá la hubiera conocido…

—Mi hija es su vivo retrato. Afortunadamente no salió a mí, sino a la belleza de mi esposa.

Adrien pensó entonces que debió de ser muy guapa y enrojeció sin más al darse cuenta. Carraspeó y posó la mano sobre la biblia que tenía sobre la mesa, como si se agarrara a ella.

—Me voy... Y... Gracias, padre.

—¿Gracias por qué?

—Por la oportunidad que le ha dado a Lorena. No sé lo que le ha pasado, porque no me lo quiere decir para no preocuparme, pero ha tenido que ser muy grave.

Adrien sopesó aquellas palabras.

—No hay de qué, para eso está la Iglesia, para ayudar a los que lo necesiten —respondió con parquedad.

José sabía que era su forma de ponerse en guardia y sonrió. Hizo un gesto con la cabeza y se fue.

El sacerdote cogió el boli y continuó anotando ideas en uno de sus múltiples cuadernos, intentando concentrarse en lo debido y no en lo indebido.

✝

Tras comprar un móvil nuevo con número también nuevo, la mujer se sentó en un banco, cerca de la estatua de Viriato, ubicada en la plaza del mismo nombre, y la observó con añoranza.

Viriato estaba de pie sobre una gran roca, y en la base de esta sobresalía una enorme cabeza de carnero. Recordó cómo se subía a esa cabeza de niña tras colarse por las grandes arandelas del enrejado y se quemaba el culo por el calor que había cogido el metal. Aquello le hizo sonreír.

Por lo demás, todo seguía igual. Los árboles aún no habían sido podados, ya que estaban a principios de octubre, pero ya empezaban a cambiar de color. El edificio de la Diputación y el Parador Nacional seguían igual de bonitos y la gente paseaba con sus hijos.

De hecho, un niño no paraba de querer colarse por el enrejado para hacer lo mismo que ella de niña. Al menos no se quemaría el trasero.

Observó cómo jugaba y a sus padres riéndose al lado de la estatua. Algo por dentro se le rompió, ya que ella no podía tener hijos propios.

También pensó en el grupo de amigos zamoranos que dejó atrás para irse a Madrid. ¿Qué sería de ellos? De pronto se sintió completamente sola.

—Me alejaste de todos... Me hiciste ser dependiente de ti... —musitó.

Luego se levantó y fue a dar una vuelta por los alrededores del castillo y los jardines adyacentes, tranquilamente y sin prisa.

El castillo, antigua sede de la Escuela de arte, estaba muy cambiado. Entró junto a otros visitantes por el puente levadizo y recorrió el interior por las pasarelas que habían colocado, pudiendo observar, complacida, que por fin era tratado como se merecía.

Al salir miró el profundo foso que lo rodeaba y siguió la caminata, bajando de nuevo hasta la zona comercial, donde comió en un restaurante donde no tuvo que mirar con lupa cada ingrediente.

Pidió un buen plato de arroz zamorano, con su chorizo, su panceta, sus enormes dientes de ajo, y un vaso de vino tinto, además del postre que estaba hecho a base de esponjosos rebojos.

Ya satisfecha, volvió al colegio católico. Buscó a José, pero este se había ido a ver el fútbol con unos amigos.

Una monja de mediana edad y enormes gafas de pasta la llamó al verla en el pasillo donde estaba ubicada su estancia.

—¡Señorita Pérez! —Corrió hacia Lorena levantándose la falda negra del hábito—. Hola, soy Sor Sofía, encantada de conocerla por fin, me han hablado mucho de usted.

Le ofreció la mano y Lorena se la estrechó.

—Igualmente…

—La Madre Superiora me ha pedido que le enseñe dónde vivirá.

—Ya tengo una habitación… —señaló la suya.

—Ese tipo de habitaciones son solo para las internas.

—Ah, claro, comprendo —contestó Lorena.

Caminaron hacia el claustro y subieron al piso donde convivía la congregación.

—Es el pequeño apartamento donde residían antes sus padres, con una cocina americana que tiene frigorífico, inducción, cuarto de baño con ducha, tele, DVD y otras cosillas. Actualmente la usamos para visitas. Ahora será su casa mientras trabaje aquí.

—Ahora entiendo por qué mi padre quería ponerla a punto.

—¡Correcto! Y yo se la he dejado limpia, con toda la ropa de cama y baño que necesite. Por la comida no se preocupe, si se le termina algo podemos proporcionárselo. De hecho, he metido leche, huevos, verduras y algunos *Tupper*. No es mucho, pero esperamos que esté a gusto.

—¡Seguro que sí! —exclamó ilusionada de veras—. ¡Cuánta amabilidad! —La monja pareció bondadosa y pizpireta.

Allí habían estado viviendo sus padres más de quince años, sería un honor residir en aquel apartamento.

—Si quiere apúntese mi móvil y si me necesita, o tiene alguna duda, puede escribirme un mensajito. Mejor no me llame, por si estoy en la capilla o dando clase. Tengo la mala costumbre de llevarme el teléfono a todas partes. —Se echó a reír, mientras lo sacaba del bolsillo, de su hábito para darle el número a Lorena.

—¿De qué da clase usted?

—¡De dibujo! Aunque también le doy a la informática en mis ratos libres —dijo mientras le tendía a Lorena la llave del apartamento—. Si no cuenta con portátil propio, le proporcionaré uno que estoy actualizando, aunque es viejo.

—Gracias por todo. No sabe lo muy contenta que estoy de que me estén tratando tan sumamente bien.

Realmente se sintió dichosa por primera vez en muchos años, algo triste si se tenía en cuenta que nunca le había faltado de nada.

—Por cierto, ni una palabra a la Madre Superiora de que tengo WhatsApp. ¡Nos lo tiene prohibido! —Y le guiñó el ojo.

—No le diré nada, se lo prometo. De hecho, la evitaré a toda costa.

Sor Sofía asintió con expresión de circunstancia.

Entraron ambas e inspeccionaron el pequeño apartamento. Olía a limpio que daba gusto y la ventana daba al patio trasero donde las chicas hacían deporte.

Cocina americana con lo básico y sin lavadora.

—Toda la ropa la baja a la lavandería en una bolsa y se la devolveremos limpia, ya sea la suya o la del trabajo.

La pequeña habitación contaba con un lecho de matrimonio, un par de mesillas y un baño en suite con ducha, lavamanos y retrete.

—El armario está en el salón porque no cabe en otra parte —explicó la monja como pidiendo disculpas.

Por lo demás, la estancia contaba con un sofá de dos plazas, una televisión de tamaño mediano y una mesa de comedor redonda con dos sillas.

—Mi gata destrozará ese sofá, con toda probabilidad. Tendremos que ponerle algo que lo cubra.

—¡Ah! Sí, me ha dicho su padre que tiene un animalito precioso. Me encantan los animales. Qué lástima que el padre Adrien no nos deje traer a un perro guardián al que malcriar. Es un milagro que le permitiera que se quedara con la gata.

—Bueno, dije que si no era posible, buscaría fuera un alquiler cercano. Pero a mi Umbra no la dejo ni muerta.

—Ah, no. Aquí es necesario que el bedel se quede interno. Por eso ha claudicado... O porque es un trozo de pan —admitió la mujer, asintiendo con la cabeza mientras salían del apartamento.

—¿El padre Adrien un trozo de pan? Pero si siempre está serio. ¿Qué clase de persona es? —indagó Lorena con curiosidad.

—*Umm*, pues es estricto, recto, devoto y de ideas claras. O blanco o negro, sin muchos tonos de gris. Eso sí, ratifico lo del trozo de pan, aunque ponga esa cara de robot automatizado. Ha hecho mucho por renovar el centro.

Lorena se echó a reír, pues ella también pensó que parecía un robot sin apenas expresiones faciales.

—Gracias por todo, Sor Sofía, ha sido de gran ayuda —le hizo saber cuando llegaron de nuevo a la habitación donde Umbra la estaría esperando.

—El placer ha sido mío, querida hija —dijo cogiéndola por las manos—. Cualquier cosa me avisa.

Y echó a correr de nuevo por los pasillos. Así estaba; hecha un fideo pero llena de energía.

Lorena entró y vio a su pequeña en posición de «modo pollo» encima de la cama. Fue a darle un beso en su cabecita y la gatita se restregó contra su mano con mucho cariño. Luego observó a su mamá recogiendo las escasas pertenencias.

Al ver que abría el trasportín, Umbra corrió a esconderse bajo la cama, en la esquina más lejana posible.

—Umbrita, ven... —Lorena se metió bajo el lecho y se deslizó hasta agarrar con fuerza a su gata por las cachas, arrastrándola fuera. Esta se revolvió llena de polvo, pero terminó dentro de su cárcel.

Junto al polvo y el pelo de gato, apareció un papel de cuaderno doblado varias veces. A penas mediría un centímetro.

Lo recogió, abrió y leyó:

«Esta tarde en el almacén deportivo».

Se quedó mirándolo y algo le dijo que no debía tirarlo, sino guardárselo, así que lo metió en la cartera antes de coger todo y salir.

Con lo poco que tenía se fue hasta el piso de arriba y abrió la puerta del nuevo hogar.

Había dejado atrás un chalet de 300 m2, con terraza, piscina y exclusividad en La Moraleja. Baño con hidromasaje, cama enorme, vestidor lleno hasta los topes, cocina de última generación, asistenta y todo lo que se pudiera desear. Además, Raúl poseía un chalet muy apartado en la sierra madrileña al que solo acudían durante la época estival, pues en invierno el camino era impracticable por las copiosas nevadas. Pero ambos eran cárceles, y el carcelero su marido.

—Me quedo aquí —se dijo mientras respiraba el aroma de su nuevo hogar.

Abrió a Umbra, liberándola de su cárcel personal, y esta se fue a olisquear el pequeño lugar, frotándose contra todo lo que encontraba para dejar claro que ya era suyo. También estrenó el sofá con sus mortales uñas.

Unos toques en la puerta la sacaron de sus pensamientos. Creyó que sería su padre, pero erró ya que se dio de bruces con la Madre Superiora. La sonrisa se le borró del rostro.

—Veo que ya se ha instalado, señorita Pérez.

—Sí, muchas gracias. Sor Sofía ha sido todo amabilidad.

—Vengo a explicarle una serie de normas ya que va a vivir con nosotras—. Ignoró el comentario y continuó con su cometido.

—Claro, adelante.

—Bien; no se puede fumar, ni beber alcohol y mucho menos traer hombres.

Lorena se quedó ojiplática.

—Obviamente estas normas son solo para usted, ya que nosotras somos monjas devotas y se da por hecho que…

—No fumo, bebo vino más bien poco o nada, y solo durante las comidas. En cuanto a hombres, no soy ese tipo de mujer que piensa usted. Hasta la fecha solo he tenido una relación en mi vida, y ha sido con mi… exmarido.

La mujerona no le hizo caso y siguió con su perorata:

—La hora de dormir es a las once de la noche. En su caso haga lo que guste mientras no moleste a las hermanas con la tele alta, o música a todo volumen.

—¡Ni se me ocurriría! ¡Qué Dios me salve! —exclamó casi con enfado.

—Busque una ropa adecuada y cómoda para su trabajo, sobre todo si entra en la capilla.

—¿Que cuide mi vestimenta? —Lorena alucinó.

—No vaya escotada, con minifaldas y esas vulgaridades. Sea recatada porque aquí debemos dar ejemplo a muchas chicas influenciables.

—No padezca, Madre, llevaré ropa de trabajo y EPI, no tacones ni vestidos de fiesta —respondió sarcástica.

Lorena estaba deseando que la dejase en paz y se fuera de una vez.

—Y, por último, le voy a ser sincera: estoy totalmente en desacuerdo con el padre Adrien sobre que sea usted la nueva bedel.

La mujer joven cerró el puño derecho con rabia, pero se mantuvo fría en apariencia.

—La estaré vigilando, señorita Pérez. Que pase un buen día.

Y se marchó por donde había venido, dejando a Lorena bastante cabreada.

—Qué hija de... —bufó cerrando la puerta de golpe.

†

Tras colocar sus escasos enseres personales y las cosas de la gata, que estaba escondida por alguna parte, bajó de nuevo para poder cenar en el comedor. Eran casi las nueve de la noche y observó a unas cuantas chicas internas ir en su misma dirección. Las monjas y su padre ya estaban allí.

—¡Papá! —lo llamó alzando la mano también.

—Ah, Lorena, no te he visto el pelo en toda la tarde desde que volví de ver el partido.

—Me estaba emplazando en mi nuevo apartamento de lujo —bromeó—. Lo cierto es que pensaba que me instalaría contigo.

Su padre la miró con cara de extrañeza.

—Eso no es posible, porque ya desde antes de que viniera el padre Adrien, me mudé a la rectoría para no estar solo. Y no puedes ocupar mi lugar ahí, como es lógico. Él vive arriba y compartimos cocina y salita.

Lorena se quedó callada y enrojeció. Hubiera sido lo más incómodo del universo compartir estancia con el sacerdote.

—Sí, claro. Qué tonta, no me acordaba de eso.

—¡Señorita Pérez! —la saludó Sor Sofía de lejos.

Lorena le devolvió el saludo con la mano.

—Menudo personaje es —dijo José.

—¿Por qué?

—No para mal, pero hace lo que le da la gana, ya te lo digo yo. Doña Herminia no la puede ni ver.

—¿La madre Superiora? No me extraña, esa mujer vive de milagro porque no se muerde la lengua, si no ya se habría envenenado.

Se sentaron junto a Sor Sofía, que cenaba sola en una mesita de cuatro.

—Don José, qué buena hija tiene usted. Será una magnífica bedel, ya lo verá. Ah, se me olvidaba; esta es la clave del Wifi abierto, para los adultos. —Le tendió un papel a Lorena con una larga ristra de números y letras.

—Gracias, Sor Sofía.

Charlaron un rato mientras cenaban, siendo una velada divertida.

Lo que observó Lorena fue que las jóvenes internas casi comían en silencio. Le pareció extraño, pero prefirió no preguntar por el momento.

La mujer vio al padre Adrien entrar en el comedor, recoger una bandeja y caminar en dirección a ellos. Todavía a esas horas vestía el hábito sacerdotal. Supuso que no se lo quitaba más que para dormir y asearse.

—Qué viene, qué viene —susurró la monja con cara de susto.

—Buen provecho —dijo el hombre al sentarse junto a José.

—Gracias, igualmente... —Este lo miró con estupefacción.

—Gracias, padre —respondió la monja, algo cohibida ante la presencia del jefe.

—¿Ya está instalada, señorita Pérez? —preguntó mirándola un momento antes de darle un sorbo a su sopa de fideos.

—Sí, muchas gracias...

—Si todo va bien, el martes empezará a trabajar con don José. Recuerde ir a dormir pronto el lunes y que estará de prueba quince días, ni uno más.

—Por supuesto, así lo haré. No pretendo entrar por enchufe —respondió un tanto molesta.

—En principio la iba a rechazar, sin embargo... Sin embargo, sus comentarios sobre las ventajas de tener una mujer bedel me convencieron. Ahora, si veo que no cumple con las expectativas puestas en usted le aseguro que lo sabrá.

José cogió a su hija de la mano para insuflarle valor.

—Estoy de acuerdo, padre Adrien. Yo quiero ser valorada por mi trabajo y esfuerzo, no por ser mi padre quien es. Es lo lógico en cualquier trabajo y estaré encantada que se me comente lo que pueda hacer mal para así subsanarlo.

Adrien asintió con la cabeza, sin decir nada más, y continuó comiendo en silencio absoluto.

El resto de comensales hicieron lo mismo, pues la seriedad del sacerdote no incitaba a las conversaciones animadas.

En realidad, este se había quedado bloqueado sin saber qué más decir. Se dio cuenta de que a Lorena le incomodaba su presencia, pero ya había empezado a cenar y no podía irse a mitad de la velada sin parecer un maleducado.

Se apresuró a terminar su cena para no molestarlos más.

—Bien —Adrien se puso en pie cogiendo la bandeja—, les deseo buenas noches. Hasta mañana en misa de diez.

—Hasta mañana —le contestaron todos.

Tras desaparecer su figura por la puerta, Sor Sofía comentó lo sorprendida que estaba.

—Jamás, pero jamás —recalcó—, el padre Adrien baja a cenar al comedor. Se queda en la rectoría y se hace él la cena.

—Así es. Se ha tomado la molestia de bajar para hablar contigo, hija, y eso en él es casi un hito histórico.

Lorena se quedó asombrada.

—Bueno, yo me voy ya a la cama —comentó José—. Mañana me voy a hacer senderismo por la sierra de La Culebra.

—Buenas noches, papá.

—Yo debo acudir a los rezos nocturnos. Buenas noches —les deseó la religiosa.

—Buenas noches, Sor Sofía.

Lorena marchó a su nuevo hogar, un poco aturdida.

Se encontró con Adrien por el camino, antes de subir las escaleras, que estaba hablando con otra monja. Al verla, la religiosa se fue haciéndoles un gesto en la cabeza a ambos y se encaminó a la capilla, junto a sus compañeras benedictinas.

Adrien se acercó a Lorena, con su cara de robot, y carraspeó.

—No he pretendido ser tan duro con mis palabras durante la cena y me temo que se la he estropeado a usted y a los demás. Mis disculpas.

—No pasa nada, es usted el jefe —bromeó ella, sonriendo.

—¿La veré mañana en misa? —preguntó él con cierto deje de anhelo.

—Ya sabrá que soy atea. —Lorena suspiró incómoda—. No acostumbro a entrar a las iglesias o capillas mientras hay culto, me parece irrespetuoso por mi parte.

—Igualmente es libre de entrar, no creo que vaya a arder en el infierno por pisar zona sagrada.

—Juan Pablo II negó su existencia.

—Y Benedicto XVI instauró la idea de que sí, de nuevo, a su vez que decía que el purgatorio no era algo tangible... Bastante incoherente, ¿no cree?

Por primera vez escuchó la risa de Adrien; breve pero agradable.

—Créame, no predico ese tipo de cosas en mis sermones dominicales ni en el resto de homilías. Me temo que el único infierno que existe es el que nosotros creamos y portamos a cuestas... —Se llevó un dedo a la cabeza.

Lorena no pudo dar réplica a algo así, pues ella había estado en un averno mucho peor que cualquiera de las descripciones que Dante hubiese hecho en sus libros de lo que era el infierno.

—Tiene usted toda la razón.

—Buenas noches, señorita Pérez, que descanse.

—Lo mismo le deseo.

Adrien se detuvo a medio camino y se dio la vuelta.

—Recuerde que su animalito no salga del apartamento, y que las niñas no se enteren de que está ahí o me veré en una encrucijada por saltarme mis propias reglas.

Lorena sonrió, asintiendo con la cabeza.

Por primera vez no le pareció un robot, lo cual la tranquilizó. Tal vez su padre y Sor Sofía tenían razón y el padre Adrien no era tan malo.

Subió al apartamento, se puso su nuevo pijama amplio y cómodo, con el dibujo de un gatito en la zona de la pechera, y llamó a Umbra.

Escuchó sus patitas sobre el suelo de madera y el ruidito al subirse a la cama. La dejó entrar en el lecho y en pocos segundo la escuchó ronronear muy flojito debido a las caricias que le dio.

Una nueva etapa estaba a punto de comenzar.

¿Quién se lo iba a decir una semana antes?

Se habría reído sin duda.

†

Adrien, tras constatar que José estaba roncando como un bendito, como cada noche, subió a su cuarto y se quitó el alzacuellos, mirándose al espejo. Lo dejó sobre la mesita de noche junto al móvil. Suspiró al coger el teléfono y mirar los mensajes. Tenía uno de su amigo Bernardo, también sacerdote en Benavente, pero no le contaba nada relevante, solo le había mandado unos enlaces de noticias sobre unas reuniones que tenía pensadas hacer la archidiócesis de Toledo.

Vio el avatar de WhatsApp de Lorena en los contactos nuevos, ya que se lo había pasado Sor Sofía, aunque doña Herminia le tuviera prohibido usar la aplicación, y abrió el chat para fijarse bien. Era una foto del gatito de extrañas manchas mezcladas. Le pareció un poco feo, aunque a la par gracioso y le arrancó una sonrisa. Le recordó a su perrilla fea Zoe, que estuvo muchos años con él, de niño, antes de irse con Dios.

Le escribió escuetamente para que supiera cuál era su teléfono por si en algún momento surgía un problema relacionado con el trabajo y luego quitó los datos y se puso el pijama para irse a dormir, intentando no pensar en aquellos bonitos ojos color oliva, enmarcados por unas pestañas negras y rizadas.

CAPÍTULO 4

Bostezos, legañas, pelos de loca y un sueño tremendo.

Ese fue el despertar de Lorena; veinte minutos antes del comienzo de la jornada laboral. Tardó unos siete en conseguir levantarse, dos en recordar que estaba sentada en la taza del váter y cuatro en vestirse a trompicones. El resto lo dedicó a poner comida a una Umbra hambrienta, darle un beso y limpiarle el arenero.

—Sé buena, bebita mía.

Bajó corriendo, haciendo lo posible por no rodar cabeza abajo por las escaleras pareciendo un zombi epiléptico, pero consiguió estar allí a las seis en punto de la mañana.

Su padre estaba en portería como si tal cosa, fresco como una rosa y preparando el café en su cafetera de cápsulas.

—Buenos días, hija. —Le tendió una taza humeante intentando no partirse de risa.

—¿Me lo has puesto con extra de cafeína? Yo creo que aún estoy en la cama y esto es una pesadilla...

—¡Pues no te queda ni nada! —se burló.

Ambos se sentaron a la mesa mientras Lorena se hacía un moño bien prieto y se tomaba el caliente café a sorbos.

—Este, como sabes, es mi despacho y será el tuyo. Ya lo decorarás como más te apetezca.

Lorena miró alrededor y vio fotos de sus padres de jóvenes y de ellos tres en distintas épocas.

—No creo que la cambie mucho, excepto esa foto —dijo señalando la de su boda con Raúl.

José se levantó y la quitó, tirándola a la basura con cierta satisfacción.

—Atenta a todo lo que te voy a contar a partir de ahora: estas son las distintas llaves. —Señaló un panel en la pared—. Todas tienen un color dependiendo de la planta y llevan su correspondiente nombre. Tendremos acceso a ellas tan solo tú, la Madre Superiora, el padre Adrien y yo. Si alguien que no sean ellos quiere algo, tienes que acompañarlos, abrir y cerrar. Nada de prestar las llaves, sea monja, profesorado o alumna. Aunque hay monjas que tienen copia de algunas llaves, como por ejemplo la bibliotecaria la de la biblioteca, o la enfermera la de la enfermería.

—Entendido —dijo bostezando.

—Cada vez que salgas de la portería, cierras con llave. ¡Mucho cuidado!

—De acuerdo... —suspiró intentando prestar atención a pesar del extremo sueño que la embargaba.

—Cuentas con un ordenador, una impresora y conexión libre a Internet. En la biblioteca los ordenadores tienen capadas las redes sociales y otras páginas, para que las alumnas no entren donde no deben.

—¿Y los portátiles y móviles personales que llevan?

—No se permiten con conexión a Internet. Si ves alguna alumna navegando desde estos dispositivos, o alguna Tablet, avisas al Jefe de estudios.

—¿Y quién es?

—Lorenzo, el profesor de matemáticas. El que ligaba contigo en el comedor.

—¡Papá! —Se escandalizó.

—Ten cuidado, que este es una buena pieza con las mujeres. Ya le ha roto el corazón a más de una profesora incauta. No están prohibidas las relaciones entre el personal laico, pero es mejor no meterse en líos, aquí todo se acaba sabiendo.

—Lo tendré en cuenta, papá. Aunque ahora lo que menos me interesa es liarme con otro tío...

«Aunque esté tan bueno», pensó con una sonrisilla.

—Prosigamos con tus futuros quehaceres: se abren las puertas a las alumnas externas a las nueve menos diez de la mañana y se cierran a las nueve y diez. Mantente cerca para las que lleguen con retraso. En general son disciplinadas o las traen sus padres.

—¿Y si alguna llega mucho más tarde?

—Le abres, pero se lo comunicas al Jefe de estudios. Por lo general ya han avisado del retraso. Otra cosa sería que no aparecieran, entonces ya se encargarían los profesores. Por otro lado, todas comen aquí y terminan las clases a las cinco de la tarde. Las puertas se abrirán a esa hora y se cerrarán a las cinco y cuarto. Están deseando salir escopeteadas de aquí, no te preocupes que no se retrasará ni una sola.

—¿Y las internas?

—Pues pueden quedarse hasta las siete de la tarde en la biblioteca, que luego se cierra. Sor Serapia, la bibliotecaria, se encargará. También hay una zona para que vean un rato series y esas cosas, supongo que has visto la sala con sofás.

—Sí, ya vi que tienen Netflix.

—Cosas del padre Adrien, que es muy moderno él. En realidad también lo usa y a veces vemos series o películas juntos. Ya te pasaré la cuenta y la contraseña.

Lorena se quedó pasmada, pero claro, era un sacerdote bastante joven y tendría gustos personales también. Se preguntó de veras qué clase de cosas vería en la plataforma de *streaming*.

—¿Y se come de dos a tres? —preguntó cambiando de tema.

—Correcto. Tenemos derecho a comida y cena, pero no es obligatorio acudir. Eso sí, debes apuntarte en la lista que hay en la cocina cada día ya que no tenemos el mismo menú que el de las alumnas.

—¿Y el desayuno?

—Eso es cosa tuya. Hablando de eso, las alumnas lo hacen de ocho y cuarto a nueve menos cuarto, durante media hora.

—¿Y mi horario exacto cuál es? Porque no me cuadran las horas…

—De ocho y media a…

—¿Y por qué estoy aquí a las seis de la mañana? Padre cruel —se lamentó.

—Porque yo me levanto a esa hora de toda la vida y hago mis cosas; caminar por lo del colesterol, ir a desayunar con mis amigos, comprar el periódico…

—¿Entonces con estar aquí a las ocho y media es válido?

—Pues sí. ¿No leíste el contrato o qué?

Lorena solo pudo pensar en que podría dormir dos horas más al día.

—Tu horario es hasta las dos de la tarde y puedes parar media hora para almorzar, mientras nadie te necesite urgentemente. Luego comienzas a las cuatro y media hasta las siete y media de la tarde.

—¿Y en mis horas libres puedo salir y hacer lo que quiera?

—Sí, claro. Vives y trabajas aquí, pero no te atan con grilletes —bromeó—. ¿Alguna duda que te surja?

—¿Me puedo ir a la cama ya?

Su padre frunció el ceño.

—¡Era broma! —exclamó divertida.

—Sí, broma. Venga, te voy a enseñar donde están las cosas.

Anduvieron por la planta baja y José le fue indicando el nombre de las distintas salas.

—Estas puertas son almacenes.

Dentro había pupitres, mesas, pizarras y todo tipo de material viejo.

—A la derecha del pasillo hay un despacho y la sala de profesores. El despacho del fondo ya sabes que es el del padre Adrien. De ese no tenemos llave y está prohibido entrar sin llamar.

Subieron al primer piso del ala oeste, donde estaban las habitaciones de las alumnas internas.

—La verdad es que es un colegio interno que admite pocas alumnas internas. Son quince habitaciones, ¿verdad?

—Sí, aunque ahora hay catorce muchachas. Desafortunadamente siempre hay padres que no quieren hacerse cargo de su progenie —fue sincero y en su voz hubo un tono de amargura—. Es fácil extender el cheque de todo incluido… Y luego pasa lo que pasa.

—¿Qué pasa? —Lorena quedó intrigada.

—La habitación que ocupaste… Era de una alumna que se suicidó en ella al comenzar el curso. Se colgó de la viga.

Lorena se quedó perpleja.

—Pobrecilla —se llevó las manos a la boca tras decirlo—. ¿Por qué hizo algo así? ¿Cuántos años tenía?

—Diecisiete años. Y nadie lo sabe… Era una chica taciturna que ya llevaba en el internado desde el curso anterior…

—Por eso las demás suelen estar tan calladas en el comedor… Supongo que lo están asimilando.

—No lo comentes jamás con el padre Adrien, tiene tajantemente prohibido hablar del tema —advirtió en un susurro.

Lorena asintió en silencio, afectada. Entendió las razones por las que aún quedaban pertenencias de la muchacha allí.

—Cada alumna tiene la llave de su habitación, pero nosotros tenemos llave maestra para todas las estancias. Solo se usan en caso de urgencia.

—¿Y no se usó con la pobre chica? ¿No pudo hacerse nada al respecto?

—La usó el padre Adrien cuando le avisaron de que la chiquilla no había acudido al desayuno, ni a las clases de la mañana. Solo él y la policía vieron el cuerpo, se negó a que entrara nadie. La verdad es que llevaba muerta desde la noche anterior, por lo poco que me quiso contar.

—Si yo hubiera estado aquí la habría podido ayudar. ¿No hay un psicólogo? —Lorena estaba sufriendo de veras.

—Viene un psicólogo, pero solo una vez al mes para hacerles evaluaciones y poco más.

—Pues vaya mierda de profesional, que no fue capaz de ver los indicios —vomitó las palabras con indignación.

—Hija, no hablemos más del tema. Por favor…

Ella asintió con mal cuerpo.

Bajaron de nuevo y José le indicó dónde no debía entrar.

—Aquí vivimos el padre y yo, como sabes. No puedes convivir cerca de él, obviamente.

—¿Se cree que le voy a seducir como un demonio? —bromeó.

—Siendo tan guapa como eres, puede ser —se rio su padre.

—Estoy fatal como para que los hombres se vayan fijando en mí. Mira qué cara de sueño, qué ojeras, qué pelos…

—Para tu padre siempre serás guapa, como lo era tu madre. Pero te hace falta engordar, estás demasiado delgada para tu fisonomía natural.

—Bueno, ya veremos… —suspiró Lorena con hastío.

Odiaba que le hablaran de su cuerpo.

—La llave maestra también abre el acceso a esta vivienda, pero no lo hagas si no es sumamente necesario. Solo tiene otra copia la Madre Superiora.

—Vendré por las noches a seducirlo… Antes de que lo haga ella.

—*Shhh*… —la acalló José muerto de la risa—. Nos puede oír.

—¿Es omnipresente como Dios? —se burló.

—No, es que a esta hora sale a correr por Valorio. A las siete en punto. Quedan diez segundos…

—No jodas.

Justo en ese momento se escucharon unos pasos, se abrió la puerta y salió el sacerdote, vestido con un pantalón corto bajo el cual había una maya, que revelaba unas pantorrillas bien torneadas, y una camiseta pegada al cuerpo dejando entrever un torso definido.

—Oh, buenos días —dijo, sorprendido de verlos allí.

—Buenos días, padre Adrien —susurró Lorena, tragando saliva.

—Señorita Pérez, ¿qué tal el comienzo? —se interesó, pero guardándose la sonrisa para sí.

—Bien, gracias. —Lorena se quedó casi sin habla al verlo como un hombre normal, sin el hábito. Cambiaba tanto que si le hubieran dicho, antes de conocerlo, que aquel pedazo de hombre era un sacerdote católico, no lo hubiera creído.

—Voy a comenzar mi rutina. A las nueve estaré ya en mi despacho, como de costumbre —se despidió Adrien.

—¡Qué vaya bien! —lo animó José.

Lorena, aún ojiplática, tardó en reaccionar a los aspavientos de su padre.

—Creo que necesitas otro café, estás en las nubes.

Ella no lo puso en duda; en las nubes del cielo católico.

No usar la llave maestra iba a ser todo un desafío.

†

El primer día fue tal como estuvo planeado. Lorena observó y anotó todo lo que su padre fue mostrándole, marchando todo a las mil maravillas.

—En ocasiones hay que arreglar cosas, pero aquí tenemos todos los teléfonos de los profesionales. —Señaló una lista plastificada que estaba pinchada en el corcho—. Para las facturas se han de dirigir a la administración, que lo lleva Sor Marta. Esta es la extensión...

—Vale —contestó ella.

—Vamos a la biblioteca para que veas cómo se cierra, por si debes hacerlo tú en futuras ocasiones. Dependiendo del día, algunas monjas tienen otras cosas que hacer en la capilla.

Mientras se dirigían hacia allí, a Lorena le asaltó una duda:

—Las chiquitas internas, ¿pueden salir a la ciudad?

—Oh, sí. Los sábados por la tarde siempre que lo permita el clima. Tienen un tablón donde apuntar cuándo necesitan salir, y en todo momento van acompañadas por dos hermanas. Solas no, ya que son menores, excepto si cumplen la mayoría de edad...

—Entiendo...

Cuando llegaron a su destino, Sor Serapia estaba a punto de cerrar.

—Buenas tardes, hermana. Esta es mi hija Lorena.

—Encantada —dijo mientras la escrutaba con rayos X en los ojos.

—Igualmente. La Madre Superiora nos ha hablado de usted... Todas las chicas se han ido ya, así que voy a cerrar el acceso a la biblioteca. Que tengan buenas noches —les deseó tras ello, antes de irse.

—A saber qué les ha contado de mí esa bruja —dijo Lorena cuando la mujer desapareció de su vista.

—La Madre Superiora ya no va a cambiar con los ochenta y tantos años que tiene, asúmelo.

—Se le ha agriado mucho más el carácter.

De pronto le sonó el móvil a José. El número le era desconocido, pero lo cogió igualmente.

—¿Diga?

La cara le cambió de inmediato y Lorena reconoció el tono de voz al otro lado del aparato.

Le temblaron hasta las piernas y el pulso se le aceleró.

—No sé dónde está ahora mismo, lo siento.

José escuchó a su yerno al otro lado, con paciencia.

—Mira, eso son cosas vuestras y yo no voy a juzgar a mi hija sin haber hablado con ella primero…

De nuevo la voz al otro lado.

—Venga, adiós, adiós, Raúl… Sí, adiós, estoy ocupado.

Y colgó bloqueando el número después.

A Lorena la angustia la invadió.

—¿Qué te ha dicho? —preguntó con el corazón en un puño.

—Que si estabas conmigo y luego ha intentado explicarme que te habías ido de casa sin avisar, sin dejarle una nota, y estaba muy preocupado buscándote…

La mujer se puso lívida.

—¿Qué ha pasado realmente? —inquirió su padre.

—No estoy preparada para contártelo…

Lorena se sentía avergonzada de sí misma por haberse dejado manipular hasta ser solo un guiñapo en manos de un hombre machista,ególatra y violento. Ella era víctima, no la culpable, debía metérselo en la cabeza de una vez.

—Está bien… —José la abrazó contra él y ella se dejó hasta que los temblores cesaron.

Del disgusto, Lorena no pudo probar bocado y prefirió retirarse a descansar, nerviosa, cansada de un día largo y duro.

Lorena no paró de darle vueltas a la posibilidad de que Raúl apareciese allí en cualquier instante.

Abrazó a Umbra, que se subió a su regazo sin preguntar, y sollozó sobre su pelito suave. La gatita, que tenía la particularidad de sentir cuándo sufría su mamá, frotó la cabecita en su frente.

Sentada en el sofá recordó sus dos primeros años juntos; de novios. Fueron idílicos.

Él era diez años mayor, exitoso en los negocios heredados de una familia con dinero y buena posición social, atractivo, inteligente… En definitiva; el conjunto la obnubiló desde el día en el que los presentaron unos amigos comunes.

Por aquel entonces, ella había terminado la carrera y estaba haciendo prácticas. Soñaba con abrir su propia consulta de psicología, pero no disponía del dinero. Raúl prometió ayudarla y aquello le hizo comprobar que él iba en serio y no solo la consideraba una mujer de paso. Acabaron comprometidos. Primero fueron los viajes de ensueño, luego la preparación de la boda lo que comió todo su tiempo, por lo que al final no pudo centrarse en su carrera. Y así un año tras otro, una excusa tras otra.

Incluso intentaron tener hijos sin ser capaces, hasta averiguar que ella era estéril. Esto la sumió en un estado apático donde Raúl la acabó de rematar a todos los niveles.

Perdió todas las conexiones sociales con sus amigos de Zamora y de la universidad, rodeada siempre de las parejas de las amistades de Raúl que, sin ser malas personas, le resultaban superficiales y con las que no conectaba bien, pero que por educación toleraba.

Raúl era celoso sin motivo y cada día la fue machacando más con respecto a su aspecto físico. Le llegó a ofrecer un aumento de senos, que no le hacía ninguna falta, incluso arreglillos faciales para despojarla de esas leves pecas que afeaban su piel.

Al negarse todo fue a peor y comenzó a no llevarla a las cenas con sus amigos y socios, o a criticar su aspecto. Lo que fue un apasionado amor al principio, se convirtió en un infierno conyugal.

Lo peor de todo fue que le creyó, creyó que no valía la pena ejercer su profesión, ni ser madre, aunque fuera adoptiva. Creyó que estaba fea y prematuramente envejecida, gorda y fofa. Creyó que no era nadie sin él, que sería el único que la querría a pesar de todo.

Hasta que en un momento de pura lucidez no pudo más y quiso el divorcio, porque con 35 años aún era joven y tenía toda la vida por delante. Y él se burló haciéndole la vida imposible. Hasta que, al negarse a tener relaciones sexuales con él, Raúl la violó con tanta fuerza que la hizo sangrar, dejando marcas por su cuerpo que aún no se habían ido, solo cambiado de color.

La dejó en la cama, a medio vestir, violentada, mientras se iba a la ducha y luego le decía que acudiría al club a ver el fútbol con sus amigos.

Ese fue el verdadero punto de inflexión, la epifanía, el pistoletazo de salida. Irse y no volver. Pero fue tonta, no acudió al hospital, ni a la comisaría. El miedo se apoderó de su ser y solo fue capaz de coger a Umbra hasta salir corriendo camino de Zamora en el tren de la tarde.

Durante unos días confió de nuevo en ella misma, en que Raúl no daría con su paradero, o la dejaría estar, pero aquella llamada le había revuelto el estómago y el alma, poniéndole los nervios de punta.

No, Raúl no iba a dejarla en paz con tanta facilidad. El hombre que llevaba años con maltratos psicológicos y, finalmente, físicos… No se rendiría.

†

Tras no poder pegar ojo en varias horas y con un tremendo dolor de cabeza, Lorena decidió bajar a la enfermería a por ibuprofeno. No reparó en que no llevaba puesta la parte de arriba del pijama hasta que salió al pasillo y se le puso la piel de gallina.

Le dio igual y bajó en camiseta de tirantes, casi corriendo.

Ya era tarde y todos dormían, por lo que intentó no hacer ruido cuando fue al despachito y buscó la llave de la enfermería y entró en ella con sigilo, encendiendo la luz.

Iba a meterse en la boca un par de ibuprofenos cuando una voz masculina le hizo pegar un brinco y los medicamentos rodaron por el suelo tras salir volando de sus manos.

—¡Padre Adrien! *Jod...* Vaya susto me ha dado —siseó con el corazón a cien por hora, apoyada en la camilla. No tenía los nervios como para aquellas cosas.

—¿Qué hace aquí a estas horas?

Lorena le observó: llevaba un pantalón del pijama suelto y una camiseta negra de manga corta, como cualquier mortal.

—Me duele la cabeza muchísimo y buscaba algo para aliviar este malestar… Ha sido un día duro… —se excusó recogiendo las pastillas del suelo.

Adrien suspiró mirando un poco hacia otro lado, al ver su ligero atuendo superior. Se le fue la vista directamente a los generosos pechos. Imposible no ver aquella exuberancia.

—Tápese un poco, se lo ruego… —dijo mirando hacia sus zapatillas de ir por casa con tal de evitar observar lo que no debía.

Lorena se dio cuenta entonces de que iba en camiseta de tirantes y sin sujetador, por lo que cruzó los brazos por delante de los pechos. Del frío tenía los pezones para rayar cristal.

—Perdón, no pensaba encontrarme con usted.

—¿Ya tiene lo que necesitaba?

—Sí, lo tengo. Me llevo un par más…

—Coja todo el blíster. —Se lo tendió sin mirarla.

—Gracias, padre.

—Buenas noches.

—Igualmente.

—Y no deambule más —añadió él.

—N-no…

Al desparecer ella por la puerta, Adrien apoyó la cabeza sobre la fría pared, terriblemente culpable.

Había bajado también a por algo para evitar un inminente resfriado, pero no se esperó encontrar a Lorena allí ni ver lo más evidente de su anatomía.

—Por Dios… —musitó dándose un cabezazo.

†

Lorena, roja de vergüenza, subió a todo correr, se tomó dos pastillas con un poco de agua y se introdujo en la cama, donde se sintió protegida.

Rememoró la escena con el cura: casi en tetas, con los pezones como piedras.

Un poema.

—A ver con qué cara lo miro yo mañana… —se lamentó, resignándose a parecer tonta, mientras se frotaba los doloridos pezones para hacerlos entrar en calor.

CAPÍTULO 5

Los días siguientes se sucedieron más o menos igual, y Lorena fue aprendiendo con celeridad cada rutina y dónde estaba cada cosa.

Su padre dejó de acompañarla a todas partes, delegando poco a poco en ella las tareas importantes.

José continuó levantándose a las seis de la mañana, pero Lorena a las ocho, incapaz de hacerlo antes por lo cansada que acababa por las tardes. Subía al apartamento, se duchaba, bajaba a cenar, veía algo en Netflix junto a su Umbrita y se quedaba roque tras haber leído algún capítulo de los libros que sacaba de la biblioteca, sin tiempo para pensar en maridos maltratadores.

La mujer fue conociendo a cada una de las catorce monjas que formaban la congregación, siendo unas más abiertas que otras al tratar con ella.

Sor Sofía le regaló el portátil viejo reacondicionado, pero que le permitió conectarse a Internet y hacer gestiones bancarias online en su nueva cuenta, donde cobraría su primer salario.

De vez en cuando salía a pasear con su padre los domingos por la tarde, para despejar la mente. José se sabía de memoria la ciudad, y le iba comentando todos los cambios.

—Este es el piso que te dije que he alquilado. Mañana me dan las llaves. —Su padre le señaló un bloque de edificios que imitaban las fachadas típicas zamoranas, con sus peculiares balconadas voladizas y cerradas—. Con la jubilación me dará para vivir en buenas condiciones.

—¿Antes ahí no había un edificio muy viejo? Recuerdo haber entrado en alguna ocasión… —Lorena intentó hacer memoria.

—Sí, pero se derrumbó. Ahí vivían de alquiler unas tías abuelas de tu madre, pero fallecieron cuando eras muy chica y por eso no puedes acordarte. Todo el edificio crujía al caminar por él y te daba pavor—. Se echó unas risas al recordar las lamentaciones de su hija cuando era niña.

—Papá, no te burles.

Continuaron el paseo hacia el centro, pasando de largo la Plaza de Viriato. Estaba bastante concurrido, así que se sentaron a tomar algo en una cafetería de las tantas que habían abierto.

—Por cierto, si te hacen fija podrías también vivir por tu cuenta.

Lorena lo sopesó. Pero primero tenía que divorciarse y aún no se sentía con fuerzas suficientes para plantarle cara a su marido.

—¿Te encuentras bien, hija?

—Sí, papá. Por ahora creo que es mejor que me quede donde estoy y no me mueva. Que me hagan fija ya es demasiado. Aún tengo que pasar el periodo de prueba, te recuerdo. Y eso es este martes…

—¡Lo pasarás! —exclamó él mientras se tomaba su cafecito sin azúcar.

Lorena prefirió una tila que aliviara sus nervios.

—Volvamos, papá, es casi la hora de la cena.

Se dirigieron al colegio, yendo directamente al comedor. Lorena ya llevaba muchos días observando a las internas. Especialmente se fijó en una jovencita que veía demasiado delgada y que apenas comía.

Las demás parecían ignorar ese hecho, probablemente a propósito. Sospechó que padecía algún trastorno de la alimentación; bulimia o anorexia. Cualquiera de ambos casos era fatal para la salud física y mental de una persona tan joven.

Hablaría con la enfermera. Algo sabría de la muchacha y sus circunstancias. Resultaba demasiado evidente para pasarlo por alto.

Sor Sofía la sacó de sus pensamientos.

—Lorena, ¿qué tal el portátil? —Ya hacía días que la trataba de tú.

—Ah, pues me hace papel, ya ve.

—¿Ya has visto la última temporada de *Dark*? —le susurró confidencialmente.

—¿Pero puede ver esas cosas, Sor Sofía?

—En la Biblia no dice nada sobre que no pueda ver *Dark* —bromeó.

—Si se enterara la Madre Superiora… —dijo José con una sonrisilla bajo el bigote.

—No sabe ni lo qué es. Y si le diera por ver la serie, le explotaría la cabeza y me estaría preguntando cada dos por tres quién es quién y cuándo es qué.

A Lorena le encantaba aquella mujer. Por eso se llevaba tan bien con ella.

—Sor Sofía, no mire a la internas, pero esa niña, la que está tan delgadita…

—Cecilia se llama.

—¿Padece algún problema de salud diagnosticado? ¿Sabe algo al respecto? —indagó Lorena.

—No come mucho. Le han tenido que ajustar la falda dos veces desde el curso pasado, le cuesta hacer ejercicio y sus padres nunca la visitan… —musitó con voz lastimera—. Y me temo que no es la única olvidada por su familia.

—*Um*… Ya veo...

Lorena sintió pena de inmediato.

José se mantuvo serio y callado, cenando en silencio, hasta que su hija se percató y le hizo un gesto con las cejas, para que hablase.

—Te voy a dar un consejo, Lorena. —Él la cogió del brazo con cariño—. Tómatelo muy seriamente; no te metas en este tipo de asuntos.

—¿A qué te refieres?

—A los asuntos de la Iglesia y su gestión con el colegio y las alumnas.

—No te entiendo —susurró al ver la gravedad en el rostro de su padre.

—No nos gusta que los laicos se metan en nuestras cosas —los interrumpió Sor Sofía—. Así es y así ha sido toda la vida. Y no hablo por mí en particular.

—¿Y hago la vista gorda entonces? —Lorena se quedó estupefacta.

—Correcto —añadió su padre mientras se ponía en pie, cogía la bandeja y la llevaba a su sitio. Lorena lo siguió con la suya.

—Pero… —intentó replicar.

—¡No hay peros! Este trabajo lleva implícita esa condición y punto pelota —le dijo en tono tajante—. Y si no lo quieres perder, te recomiendo encarecidamente que hagas caso de lo que te decimos Sor Sofía y yo, que llevamos aquí muchos años.

—No soy una niña. —Se enfadó ella.

—Hasta mañana, descansa y medita —se despidió José, dando por concluida la conversación tras dejar la bandeja en su lugar.

Lorena miró a Cecilia de reojo y cómo removía la sopa con la cuchara, sin probar bocado. Observó los deslucidos que tenía los cabellos, la grisácea piel y el aspecto cansado y entristecido.

No pensaba quedarse con los brazos cruzados, y menos cuando ya había muerto una adolescente.

†

Esa misma noche se hizo una nueva cuenta de Instagram, con nombre falso y la foto de perfil de un gato *random*. Buscó al profesor de matemáticas y le envió una solicitud de seguimiento, ya que tenía la cuenta privada. Pero sin duda era él, posando sexi en la foto.

Con el resto de la plantilla laica no había tenido tanto contacto y no recordaba sus apellidos. Sin embargo, del profesor macizo como para no acordarse.

Mientras cotilleaba la cuenta de Instagram de su marido, que no tenía actualizaciones desde hacía dos semanas, Lorenzo había aceptado su solicitud de seguimiento, así que le mandó un mensaje privado de inmediato.

«¡Hola, Lorenzo! Soy Lorena Pérez, la bedel del colegio.

»¡Lorena! ¿Y este perfil?

«Para que mi ex no me cotillee. Es muy celoso.

»No me extraña habiendo tenido una mujer como tú.

Lorena enrojeció.

«Jajaja, gracias. Pero no te creas. Muchas veces no se valora lo que se tiene en casa.

»Un imbécil, vaya.

«Sí, un imbécil.

»Que sepas que me alegra mucho que seas la bedel. Tu padre me cae genial, pero no ha heredado tu belleza.

«Jajaja, pobrecillo.

»Espero que puedas ejercer de psicóloga. Mientras tanto un curro es un curro. Yo aprobé las oposiciones para la escuela pública y sigo esperando a que me llamen.

«¿Te irás si lo hacen?

»Sin duda. Sé que el padre Adrien no me traga demasiado.

«A mí la que no me traga es la Madre Superiora.

»Estoy seguro de que se metió a monja porque ningún hombre la pretendió, de fea que debía ser de joven.

«Qué bruto, jajaja, no te pases. Es muy devota.

»Bueno, Lorena, me voy a dormir, que mañana tengo clase a primera hora.

«Yo también me voy a descansar. Gracias por charlar conmigo, estoy bastante solilla.

»Un placer, cuando quieras. Mañana nos tomamos un café en persona, jaja. Buenas noches, linda.

«Buenas noches, cerebrín.

Luego le mandó un GIF de un gatito durmiendo y él le respondió con otro de un gatito mandando un corazón.

No había sido una conversación larga, pero la mujer se sintió satisfecha de poder relajarse y no pensar en otras cosas.

Se metió en la cama, tapándose bien pues ya hacía frío por las noches, y llegó a la conclusión de que un lecho de matrimonio no estaba nada mal para una sola. Además, Umbra ocupaba poco o se pegaba a ella y la arrinconaba en el borde.

—Total... —susurró—, ese cabrón solo me buscaba para desfogarse...

Pensó en el sexi y rubio profesor de mates y sus partes íntimas le hicieron cosquillas, algo inusual desde hacía mucho, mucho tiempo. Se tocó con los dedos notándose mojada y fantaseó un poco con Lorenzo, pero en su cabeza apareció de pronto el padre Adrien y dejó de palparse de inmediato, asustada.

—Joder... —Se mordió los labios frustrada del todo.

Dejó la masturbación para otro día, no fuera a cometer pecado mortal por tener un orgasmo pensando en un sacerdote que, para su frustración, le parecían tan guapo.

†

En la rectoría, Adrien dejó la lectura de una revista editada por la CEE, y se quitó las gafas para irse a dormir. Apagó la luz de la mesilla y se dio la vuelta, tapándose hasta la cabeza.

Había estado evitando a Lorena, casi dos semanas, con cierto éxito. Desde que la conoció no podía quitársela de la cabeza.

Para no parecer un maleducado, le preguntaba a José qué tal iba con el aprendizaje y este le contaba las bondades de su primogénita.

Pero al día siguiente tendría que llamarla a su despacho, verla de cerca, enfrentar la situación en la que él solito se había metido sin pedirlo, ni poder hacer nada para escapar.

Al principio fue tan solo el típico *runrún* normal, cuando una mujer le podía agradar físicamente, pues no estaba hecho de piedra.

Pero luego la sirena empezó a sonar más alto y el ruido no le dejó pensar con claridad.

Cada vez que recordaba la forma de sus pezones duros bajo la fina tela, o sus ojos verdes, o la veía a lo lejos, el corazón le bombeaba a mil por hora.

Ya era tarde para echarla porque no era culpa de la mujer que se sintiera tan atraído hacia ella. Dependía de él resistir el envite de Dios, el cual le había puesto una dura prueba. Sabía que en algún momento le podía suceder como les había pasado a muchos otros. Así que solo dependía de él permanecer impasible y no dejar que la tentación le venciera.

†

Como José estuvo enfurruñado todo el lunes, su hija no hizo ni dijo nada que pudiera alterarlo. Cuando se enfadaba era mejor dejar la fiesta en paz.

Por lo tanto, Lorena decidió esperar a que se jubilara para hacer lo que creyera conveniente o, en otras palabras; lo que le diera la gana.

A espaldas del hombre habían estado preparando una fiesta de despedida por su último día de trabajo. Este no sospechó nada. Sería una cosa sencillita: una cena con tarta y algunos regalos. Varios profesores laicos acudirían, así como las alumnas internas y las monjas.

Aquella mañana, mientras Lorena recogía unas colchonetas en el almacén deportivo, Lorenzo la interceptó.

—Veo que ya estás familiarizada con todo el colegio.

Ella se asustó al encontrarlo de pronto. No obstante, le devolvió la sonrisa a aquel guaperas.

—Más me vale, en nada estaré yo sola para todo el trabajo, que no es poco. ¡Pero me estoy poniendo bien fuerte!

Le enseñó un brazo e hizo bola con el bíceps.

—Y ganando peso, lo cual te favorece. Estás como lozana, no sabría explicarlo —la aduló—. Saludable.

—¿De veras lo crees? —Se llevó las manos a las mejillas, avergonzada.

—¿Nos tomamos ese café? No tengo clase hasta las doce. Pero tampoco quiero que te riñan…

—¡Ah! Iba a parar a almorzar, así que por mí estupendo. ¿Vamos a la cafetería del profesorado?

—No es el mejor café del mundo, pero para ser de máquina y gratis yo creo que irá bien.

Cuando Lorena fue a subir una colchoneta a su sitio, le costó un poco, así que el hombre la ayudó y luego se dirigieron hacia la sala donde se solían reunir los profesores para descansar o tomar algo entre clases. No era la primera vez que iba, en ocasiones su padre y ella entraban a almorzar también.

Saludaron al llegar y las dos profesoras más jóvenes miraron a Lorena con cara de hastío, como si su presencia las molestase.

—Están celosas —le sopló Lorenzo mientras esperaban a que la máquina de café hiciera su trabajo.

—¿Por qué?

—Porque soy el profe popular, ya sabes. El guaperas.

—No te lo tengas tan creído —le espetó la bedel dándole un golpecito en el musculoso brazo.

—Toma, tu café con leche. —Le tendió un vasito de papel que quemaba como el mismísimo averno.

Lorena sopló mientras Lorenzo no le quitaba la vista de encima. A pesar de ir vestida con ropa de trabajo, botas de seguridad y de llevar el cabello atado en un moño alto, al hombre le pareció una mujer muy apetecible y, sin duda, simpática.

Departieron un rato más hasta que sonó uno de los timbres.

—Me temo que mis alumnas de doce años me esperan ansiosas. Las mates son su pasión, aunque lo nieguen esas caras mustias que ponen.

Lorena echó una carcajada al aire justo cuando se cruzaron con José y el padre Adrien, que se quedó atascado al ver a Lorena a menos de dos metros de él y, para más inri, riéndose junto al insoportable de Lorenzo. Un sentimiento desconocido lo embargó.

José, al ver a su hija con el profesor «buenorro», como lo llamaban las demás profesoras laicas, se temió que aquello pudiera ser el comienzo de una relación sentimental.

—Buenos días, yo ya me iba a clase.

Lorenzo hizo un gesto con la cabeza y salió escopetado y con el rostro pálido. Adrien lo siguió con una mirada que echó chispas, algo raro en él pues no solía mostrar sus sentimientos más íntimos a nadie.

—Ese hombre no me ha gustado nunca demasiado —hizo saber José a su hija.

—Solo somos amigos, papá. No insinúes cosas que no son.

—¿Y por qué no has hecho amistad con alguna de las profesoras?

—Porque no han mostrado interés alguno. Y yo no pienso ir detrás de nadie a estas alturas de mi vida. Como comprenderás no estamos en el patio del colegio.

—Señorita Pérez —la cortó Adrien—. Necesito que venga a mi despacho cuando acabe su jornada laboral. Muchas gracias.

Dicho aquello, se dio la vuelta y desapareció ante la mirada estupefacta de José, que hasta ese momento había estado departiendo con el sacerdote de forma natural y, de pronto, se había vuelto un robot automatizado.

Desde el incidente de la enfermería Lorena no había vuelto a hablar con él, pero sus pezones seguían sintiendo vergüenza en su presencia, por el cosquilleo que sintió en estos. Se frotó el pecho ante la molesta sensación.

†

Adrien entró en su despacho dando un portazo que resonó por el pasillo de tal forma que una de las monjas salió a ver si se había roto algo, pero no encontró nada.

Apoyó los puños sobre su escritorio y cerró los labios en un rictus amargo.

Celos, estaba sintiendo celos.

—No, no, no... —Negó con la cabeza y se irguió intentando serenarse.

Buscó en el bolsillo de su chaqueta el rosario que tenía desde que había entrado en el seminario y se puso de rodillas para rezar.

Lo único que estaba intentando era entrar en razón, que ese sentimiento tan horrible se le pasara, porque sabía que odiar a otra persona no era ni sano ni normal, además de anticristiano.

—Te lo ruego, Señor, dame fuerzas... —musitó mientras hacía rodar las cuentas del rosario entre los dedos.

Luego suspiro, algo más sereno.

†

Tras cerrar las puertas del colegio católico, y poner en marcha la alarma, le entró un poco de canguelo acudir al despacho del director, así que caminó por el pasillo con pies de plomo.

Dio unos toques en la puerta y esta se abrió momentos después. Allí estaba el padre Adrien, alto y recto, serio como de costumbre, con sus cabellos medio canosos y sus gafas de montura metálica, mirándola con sus ojazos color azul acero. Le cambiaban de color según la luz e incluso el estado de ánimo.

—Adelante, siéntese —le dijo él, que la observó a los ojos en un alarde de valentía que solo él podía comprender.

Lorena siguió sus instrucciones sin mediar palabra, al sentir que el corazón le iba a mil, recordándolo en pijama como un ser humano normal y corriente.

—He hecho una evaluación de su trabajo —dijo tras sentarse en su propia silla.

La mujer tragó saliva mientras esperaba con el corazón en un puño.

—La Madre Superiora también lo ha hecho aunque le dije que no era necesario.

Adrien colocó dos informes sobre la mesa; uno escrito a mano y otro con el ordenador.

—La considera válida por el momento, aunque tiene sus reticencias ya que no es usted religiosa, está divorciada... Nada nuevo bajo el sol viniendo de ella. Ya le he dicho que el trabajo de bedel no requiere ser devoto, igual que no lo son todos los empleados laicos —explicó él al ver que Lorena palidecía.

—Gracias por entenderlo…

—Por mi parte… —hizo una pausa interminable que puso a Lorena de los nervios—, por mi parte he hecho una valoración positiva; ha cumplido su horario, ha aprendido rápidamente, ha sido seria con su trabajo… Por lo tanto, ha pasado el periodo de prueba que marca el contrato.

—¿En serio? —Lorena fue incapaz de disimular su alegría y le chispearon los ojos, además de recobrar el color en aquellas mejillas tan adorables.

Adrien se forzó a no sonreír.

—Sin embargo, no se relaje porque siempre estará en constante evaluación. Aquí hay muchas menores de edad a las que dar ejemplo con nuestros actos.

—Por supuesto. Lo de mi incursión nocturna a la botica fue por pura necesidad —se excusó.

Ambos enrojecieron al recordarlo, como colegiales. El sacerdote intentó disimular siguiendo con sus comentarios como si nada.

—Si baja vístase con ropa adecuada.

—No me lo recuerde, qué vergüenza. —Se tapó la cara con las manos y no vio la sonrisa divertida del hombre, que ya fue incapaz de resistirse.

—Ah, una cosa muy importante: las relaciones de índole amorosa están tajantemente prohibidas entre el personal.

—Mi padre me dijo que sí lo estaban… —respondió confusa.

—Es una nueva norma —atajó—. Por problemas en el pasado que han acabado por enrarecer el ambiente. Y, como he dicho, todo el personal ha de dar ejemplo a estas niñas de las que somos responsables.

Lorena se quedó algo desconcertada y pestañeó, asintiendo.

—Bien, eso es todo. Puede usted descansar ya, lamento haberla citado fuera de su horario.

La acompañó cortésmente hasta la puerta. En aquel momento de cercanía, Lorena percibió el varonil aroma del padre Adrien, mezcla de su olor particular y una colonia sencilla.

—¿Vendrá a la fiesta de mi padre? —le preguntó antes de salir, mirándolo a los ojos.

—Por supuesto, su padre tiene todos mis respetos. —Volvió a sostenerle la mirada y ella percibió un cambio de color en sus iris: el azul resultaba más oscuro y lo dotaba de una humanidad rara de ver en él. Eran fascinantes.

—Gracias por todo, hasta pronto —se despidió ella.

La puerta se cerró tras de sí y Lorena corrió a contárselo a su padre.

Por su parte, el padre Adrien cogió el informe de la Madre Superiora y lo tiró a la papelera de reciclaje, haciendo caso omiso de lo que ponía en él.

Lorena hacía bien su trabajo, y eso era lo importante. Solo tenía que vigilar que ese aprovechado de Lorenzo no la molestara, como solía hacer con otras profesoras, para darle luego la patada.

No podría soportar ver a Lorena sufrir. Aún recordaba la noche en la que llegó, en aquel estado tan lamentable.

Prefería verla florecer pese a ser una flor que no pudiese tocar.

†

El resto de la tarde transcurrió con total normalidad hasta la hora de la cena.

Lorena fue a buscar a su padre hasta la rectoría, ataviada con un bonito vestido de rayas negras y marrones verticales que le llegaba por debajo de las rodillas, y realzaba su busto por encima del ancho cinturón. El pelo estaba suelto, solo recogido con un prendedor en un lado, tras la oreja izquierda.

—¿A dónde vas tan guapa?

—A cenar con mi padre para celebrar que sigo contratada y que además es su cumpleaños —le dijo mientras se agarraba a su brazo.

—No voy vestido para la ocasión…

—Tampoco iremos lejos.

Lorena y su padre entraron en el comedor, y José se quedó atónito al ver la fiesta que le habían montado, con globos flotantes incluidos y una pancarta hecha por las chicas internas donde le deseaban lo mejor.

Hubo abrazos, besos y apretones de manos. Copas de vino, algunas cervezas y refrescos para las menores. La cena fue más copiosa de lo habitual, en *bufett* libre, y al finalizar la ronda de cafés sacaron la tarta hecha aquella misma mañana por las duchas manos de la monjas expertas en dulces que se vendían en Navidad.

Sor Sofía se puso fina, pasándose el pecado de la gula por donde le dio la gana ante la atenta y malhumorada Madre Superiora, que no se privó de su chupito de orujo anual.

Adrien intentó no llamar la atención, aunque departió largo rato con Sor Sofía mientras esta le ofrecía un poco más de vino del que prefirió no abusar porque se le subía con facilidad a la cabeza si tomaba más de tres copas.

Se había fijado en Lorena, como para no, y la encontró tan guapa que enrojeció como un bendito. Así que se contuvo lo posible por no acercarse a ella, incluso cuando Lorenzo hizo de las suyas.

Lorena, que se estaba sirviendo un poco de tarta en el plato, se dio la vuelta al escuchar la atractiva voz de Lorenzo.

—¿Qué tal la tarta?

—Estupenda —dijo mientras le daba un bocado—. De hecho es la segunda ronda ya.

—Mañana ya solita. ¿Miedo?

—*Noooo*. Pánico —añadió con una risilla nerviosa y tonta.

—Cuenta conmigo en lo que haga falta. —Él le tocó el hombro con confianza.

—Gracias…

—Hoy estás especialmente guapa —le hizo saber de pronto y a bocajarro.

Lorena casi se atragantó con la bebida. Tosió un poco, tapándose la boca con una servilleta.

—Qué va, he engordado…

—Pues yo te veo mucho más sana ahora que cuando llegaste. Esos kilillos te sientan estupendamente. Opino que estás en tu peso normal, y punto.

—Gracias.

Lorena se sintió muy halagada. No supo si fue el vino o fueron sus palabras, pero se acaloró.

—No me odies, pero te voy a traicionar —dijo de pronto Lorenzo y, tras guiñarle un ojo, se dio la vuelta y se fue.

Lorena no lo entendió hasta que el padre Adrien se posicionó a su lado para cortar una porción de tarta.

—Hola, señorita Pérez.

—Hola, padre Adrien. —Le sonrió sin poder evitarlo.

Fue a beber del vaso de vino, pero lo tenía vacío, así que él se lo llenó y luego cogió una copa limpia para verter en ella un poco también.

—Perdón por mi ignorancia, pero… ¿Los clérigos pueden beber alcohol? —Adrien sonrió divertido, cosa que dejó pasmada a Lorena, que no lo había visto nunca reírse de forma tan evidente. Sus ojos rasgados se achinaron tras las gafas.

—¿Le recuerdo lo que bebemos en misa? La sangre de Cristo no es más que vino, al fin y al cabo.

—Uy, tiene razón —se echó a reír como una tonta, pero de sí misma—. Estoy un poco piripi y pienso menos de lo normal. Me he manchado el escote con nata, oh...

Con el dedo recogió los restos y se los llevó a la boca, sonriendo después.

Adrien se quedó obnubilado y con una expresión de estúpido que ella, por fortuna para él, no notó.

—La veo mejor que la primera vez —comentó él casi sin pensar.

—¿Se refiere a hecha un adefesio? Porque eso es fácilmente mejorable, me temo.

—Sin contar ese desagradable incidente, quiero decir. Gracias a Dios que me pilló aún medio dormido, porque su padre estaba roncando a base de bien.

—Lo lamento, de veras...

—En cualquier caso, no parece la misma, porque sonríe mucho, está animada, lozana y más guapa.

Lorena sintió una sensación en la boca del estómago que le subió hasta la coronilla. Enrojeció tanto que no pudo mirarlo más a la cara, no supo ni qué decir.

El padre Adrien, percatándose de su azoramiento, la dejó tranquila de inmediato.

—Voy a... despedirme de su padre. Buenas noches —balbució.

—Buenas noches...

Le observó alejarse y acercarse a su padre. Intercambiaron algunas palabras y se dieron la mano. Sonrió cuando José abrazó al sacerdote, que no supo muy bien cómo reaccionar.

†

Después del efusivo abrazo del ya antiguo bedel, Adrien salió casi corriendo, porque había dicho todo lo que estaba pensando de Lorena, como si tal cosa. Beber vino de más había sido un error muy grande.

De pronto vio a Lorenzo apoyado en uno de los pilares del claustro, mirando su móvil, y fue hacia él sin pensar.

—¡Ni se le ocurra con ella! —exclamó en tono duro.

—¿Perdón? —El profesor se hizo el tonto.

—Ni se le ocurra, ya me entiende.

—No, no le entiendo, señor director. Así que explíquese con claridad.

—Lorena —dijo sin más—. Ni la toque.

—¿O qué? —Lorenzo se le encaró—. ¿Acaso los empleados de este centro somos de su propiedad?

Adrien le miró con los ojos de un azul polar.

—O me las pagará.

Sin decir nada más Adrien se dio la vuelta y se fue a dormir la mona a la rectoría.

Lorenzo se quedó perplejo y luego sonrió al comprender que el padre Adrien estaba un poco borracho y había dejado entrever que tenían un interés bastante morboso por Lorena. Uno que le frustraba porque era incapaz de hacer realidad dado su voto de castidad.

—*C'est la vie*, maldito bastardo francés.

†

—¡Atención! —la voz de José se alzó sobre las demás—. Quiero agradecer a todos los presentes sus años de respeto y amistad para conmigo, así como la confianza depositada en mí y en mi esposa. Ella ya no está físicamente, pero estoy seguro de que su espíritu también ha venido a esta reunión. Y, ya que estoy, gracias a mi hija Lorena que ha hecho que esté tan orgulloso de ella.

A la mujer se le saltaron las lágrimas.

—Consideradla una extensión de mí, pero en guapa —la gente rio a su alrededor.

—Gracias, papá.

Lo abrazó con cariño, ya llorando.

—Gracia a ti, hija. No podía dejar en mejores manos este lugar.

La pequeña fiesta terminó y todos se fueron retirando. José se marchó a la rectoría a descansar en su última noche y Lorena cerró todo bien, en su lugar.

Cuando caminó hacia las escaleras de la primera planta, escuchó unas toses en el baño comunitario que estaba debajo de estas. Entró con cuidado y observó por debajo de las puertas para ver cuál de los cubículos estaba ocupado. Escuchó vomitar a la persona y supo de inmediato dónde estaba.

—¿Estás bien? —preguntó tras dar unos golpecitos a la madera.

—Sí, me sentó mal la cena —contestó una joven voz femenina.

Al salir la muchacha vio que se trataba de la chica que sospechaba que tenía anorexia.

—Cielo, ¿te has provocado el vómito? —dijo sin filtros, lo que dejó a Cecilia muy sorprendida.

—No… —No obstante, Lorena supo de inmediato que mentía, por su mirada vidriosa y esquiva.

—Vale, pero si lo has hecho no te voy a reñir, no soy ni tu madre ni tu profesora. En ocasiones algo nos sienta mal y hemos de hacerlo para aliviarnos…

—Sí, ha sido eso… La tarta me sentó muy mal. Aunque estaba buena, luego pensé en que tenía muchas calorías y… En fin.

—Cecilia, ¿cierto? ¿Cuántos años tienes?

—Quince.

Por su estructura ósea y el escaso peso parecía más pequeña.

—¿Te acompaño a tu cuarto? ¿Quieres?

Cecilia asintió, pero antes de partir se lavó las manos y la cara.

—Yo soy Lorena, la bedel.

—Lo sé —dijo con una tímida sonrisa—. Eres muy guapa…

—Muchas gracias. Tú también, cielo.

—No, yo… yo estoy… —la voz se le quebró intentando expresarse.

—Si necesitas hablar, o cualquier cosa, solo tienes que decírmelo, ¿vale? —la informó de camino al cuarto.

—Vale…

—Cielo, recuerda; estoy aquí para lo que necesites. No estás sola.

Lorena le regaló una gran sonrisa y un apretón de hombros, lo que tranquilizó a la joven.

Tras dejarla en su cuarto, Lorena partió hacia el suyo.

En los últimos tiempos la obsesión con su peso la ató a una rutina de dietas y comidas. En cuanto pesaba un poco más de lo que Raúl le exigía, ya sentía que era una fracasada. Nunca vomitó, pero ganas no le faltaron.

Al llegar a Zamora, toda aquella presión se esfumó, lo que le dio apetito y ganó unos cuantos kilos y salud.

Por eso pensó en que tenía la obligación moral de ayudar a Cecilia para que lo suyo no fuera más allá del punto de no retorno.

Agotada en todos los sentidos, se quitó los zapatos al llegar al apartamento, tirándolos de cualquier forma. E hizo igual con el vestido y la ropa interior. A continuación, se deslizó en bragas entre las sábanas de su cama.

Umbra dormía en el sofá, entre los almohadones.

Lorena se quedó pensando un poco en que, aquel día, dos hombres le habían expresado que la veían mucho más guapa y con mejor aspecto. Lorenzo fue al grano y el padre Adrien tampoco se quedó corto, a su manera.

Que se lo dijera el matemático no era de extrañar, pues por todos era sabido de su predisposición al flirteo, así que se lo tomó un poco a guasa, aunque le hizo ilusión parecerle atractiva a alguien.

Pero cuando el mismo mensaje llegó del padre Adrien fue distinto por completo, pues el gusanillo en el estómago subió sin permiso hacia la zona del corazón y se instaló allí sin intención de desaparecer.

CAPÍTULO 6

Era el primer sábado de noviembre por la tarde cuando Lorena salió sola a dar una vuelta, por el centro de Zamora, para poder comprarse algo de ropa nueva con su propio sueldo.

Le resultó gratificante elegir a su libre albedrío algo que le gustara de verdad. Ya no tenía la talla 36, sino una 40 y probablemente subiría alguna más.

Cuando se estaba tomando algo en la plaza del Ayuntamiento, una chica se la quedó mirando con cara de reconocerla. Lorena también la reconoció de inmediato y se levantó de la silla de un salto.

—¡Pili! —exclamó de alegría.

—¡Lorena, maja! ¡Pero cuánto tiempo! —Pili conservaba el acento característico zamorano que tanto gustaba a Lorena.

Se abrazaron con mucha fuerza, animadas por haberse reencontrado.

—¿Estás de visita? ¿Cómo anda tu padre?

—Mi padre estupendamente, recién jubilado y en su pisito nuevo. Y no, qué va, me volví desde Madrid para quedarme aquí a vivir. Pero siéntate —le instó.

Pili lo hizo de inmediato, aunque puso una expresión preocupada en su lindo rostro ovalado.

—¿Y tu marido?

—Nos hemos separado. Es una larga historia... No podía seguir viviendo con él, ni por todo el oro del mundo. Un chalet en La Moraleja no puede comprar un amor roto.

—Por supuesto que no, el amor no se compra, se da de forma libre y sincera.

—Ahora estoy mucho mejor, así que no te preocupes —añadió al ver aquella carita tan triste—. No nos vemos desde hace por lo menos ocho años. ¿Cómo estás?

—¡Estupendamente! Fui mamá hace unos meses.

—¡Enhorabuena! —gritó Lorena con sincera alegría, sujetándola por las manos.

—Mi pareja se ha quedado con la niña esta tarde. Me hacía falta salir a que me diera el aire, hacer unas compritas porque he empezado a perder el sobrepeso del embarazo y necesitaba ropa nueva. Por lo demás no hay modo de hacer vida social, maja. Cuando yo puedo, las otras no y viceversa porque todas tenemos niños, o trabajo, o yo qué sé —se lamentó mientras se atusaba su pelo rubio y corto.

—Yo también salí sola, aunque en mi caso es porque no tengo a nadie.

—Ay, pues eso se va a acabar. Si aguantas a una mamá loca que solo habla de bebés, yo soy tu chica.

Se echaron a reír ambas.

—Sigues igual que en el instituto. Y me alegra que no hayas perdido un ápice de ese júbilo contagioso.

Ambas pidieron un par de infusiones y continuaron con su distendida charla.

—Así que eres la nueva bedel del Santa María de Cristo Rey. No me lo puedo creer, me dejas en shock.

—Quién me lo habría dicho a mí hace unos años, que odiaba el sitio con toda mi alma. Pero necesitaba un trabajo, un techo… Un lugar lejos de Raúl.

—¿No te pasa alguna pensión?

Lorena la miró y decidió sincerarse como cuando eran crías.

—Raúl me anuló durante toda nuestra relación, Pili. Me fui de casa, lo dejé sin decirle nada. Él no sabe que estoy aquí, ni quiero volver a verlo hasta que firmemos los papeles del divorcio. No quiero nada suyo. Me estuvo maltratando psicológicamente muchos años.

—Valiente hijo de puta —dijo Pili.

—Sí, ya lo creo. Pero reconozco que le tengo miedo…

—¿Lo has denunciado?

—Debí de hacerlo, pero en ese momento concreto solo pensé en alejarme para siempre. ¿Quién me iba a creer? Es un hombre atractivo con dinero, propiedades, negocios… Y yo solo su mujer florero. Pero la flor se había casi marchitado.

—Lorena, eso no es así en absoluto. Me acuerdo de las notas que sacaste en tu carrera, hasta matrículas de honor. Y te veo guapísima. Eres una persona muy válida, que nadie te haga pensar lo contrario. Cuenta conmigo para lo que necesites. No dudes en avisarme.

Sacó del bolso su móvil y le pidió el número para poder seguir en contacto.

—Gracias, de veras. Llevo sin una verdadera amistad muchos años. Solo me movía en su círculo social cerrado, no podía confiar en nadie. Cuando me fui solo pude pensar en la única persona que me quedaba en el mundo…

—Tu padre, claro.

—No salgo apenas del colegio por miedo a que Raúl me esté buscando. No estoy preparada para hacerle frente.

Pili la cogió del brazo y apretó con fuerza para insuflarle ánimos.

—Has dado un paso súper importante: irte.

—Cuando tenga los medios económicos suficientes acudiré a un abogado y solicitaré el divorcio. Pero sé que no me lo va a poner fácil. No quiero nada suyo: ni dinero, ni propiedades; solo su firma en el papel que certifique que ya no estamos casados.

—Y todos que creíamos que pillaste un chollo de hombre... —se lamentó Pili.

—No es oro todo lo que reluce. Más bien es mierda.

—Maja, desde luego que es mierda, y de la gorda.

—Ha sido una gran suerte que nos hayamos encontrado, Pili.

—Uy, un mensaje de mi chico: la niña no quiere el biberón y se ha puesto a llorar como una desesperada —leyó en voz alta—. He de irme. Tengo los pezones escocidos, y no porque mi chico me los muerda —se echó a reír tras decirlo.

—Vete tranquila, yo también debería volver ya. Invito a las infusiones relajantes.

—Vale, maja. A la próxima pago yo.

Se abrazaron con entusiasmo, prometiendo quedar lo antes posible.

†

Lorena caminó tranquilamente hacia el colegio. En ocasiones imaginaba que Raúl se personificaba en Zamora, saliendo de detrás de cualquier esquina oscura, se abalanzaba y...

Era consciente de que pronto daría con ella y tendría que enfrentarlo.

Cuando llegó al edificio lo hicieron también tres chicas internas acompañadas de una de las monjas: Sor Serapia. Por lo visto habían ido a comprar libros y algo de ropa. No le parecieron tan tristes como era habitual, pero tampoco risueñas. Era comprensible, pues apenas las visitaban sus familiares. Entre ellas se encontraba Cecilia, la cual le sonrió con timidez.

Entraron las cinco juntas y se despidieron hasta la hora de la cena.

—Señorita Pérez —una voz masculina la llamó cuando se disponía a subir las escaleras hacia su apartamento. No era otro que el padre Adrien.

—Buenas tardes, padre Adrien. Casi no le he visto el pelo en toda esta semana...

«Desde la fiesta de despedida, de hecho», pensó Lorena.

—Ha vuelto usted más tarde de lo habitual… —comentó intentando sonar despreocupado.

Adrien temía que hubiese quedado con Lorenzo.

—Curiosamente me encontré con una amiga de toda la vida, Pili, y estuvimos hablando largo rato para ponernos al día.

—¿Todo bien entonces? ¿La ayudo con alguna de las bolsas?

—No pesan, solo es ropa que me hacía falta.

—De acuerdo. Buenas noches.

Él hizo un gesto con la cabeza y se fue tan serio como de costumbre, directo a la capilla.

Entró y se sentó frente a la imagen del Cristo crucificado que solía tener a sus espaldas, pero que en aquella ocasión le miraba con su rostro lastimero.

—Estoy celoso… —susurró como si mantuvieran una conversación—. Y sé que no tengo derecho, ni puedo, ni debo…

†

Tras dejar sus compras en su apartamento, darle mimitos a su bebita Umbra y limpiarle el arenero, Lorena bajó a cenar. Se percató enseguida de que Cecilia, la joven con trastornos alimenticios, no estaba presente. Cenó rápido y mal, ansiosa por acercarse a la mesa de la chicas y preguntarles de forma directa:

—Hola, buenas noches —todas respondieron con idéntica buena educación—. ¿Y Cecilia?

—Se encontraba mal después del paseo y por eso no ha bajado a cenar —respondió una chica morena de rizados cabellos—. Merendamos en una cafetería y Sor Serapia la obligó a comer también. Así que le dolía el estómago —continuó contándole.

—Muchas gracias. Luego veré si está mejor. Buen provecho.

Corrió a por la llave maestra y buscó en el listado qué habitación ocupaba la chiquilla. Subió y llamó primero varias veces sin obtener respuesta.

No sin reticencias, porque sabía que estaba mal, entró usando la llave y saltándose la jerarquía y las normas del colegio.

La habitación estaba en silencio, con la cama revuelta y la ropa tirada de cualquier forma.

Lorena miró entonces en el baño y se quedó espantada.

—¡Cecilia! —exclamó.

La chica estaba apoyada sobre el retrete, con la cara y el pelo mojados por su propio vómito.

De forma inmediata la tumbó sobre el suelo, de lado para que no se atragantara con lo que tuviera en el estómago, y la limpió lo mejor que pudo. Después intentó que se despabilara, sin éxito.

Estaba en los huesos, deshidratada y con la tez cetrina.

—Joder, joder, joder… —masculló entre el enfado y la preocupación.

Buscó el móvil en el bolsillo de la chaquetilla y llamó al padre Adrien por primera vez en su vida.

—Señorita Pérez —le dijo al descolgar—, sabe que a estas horas estoy cenando.

—¡Me da igual! Necesito que venga a la habitación de Cecilia. ¡Ya! —le ordenó tajante y sin contemplaciones.

—¿Por qué? —preguntó él al otro lado de la línea, también de forma categórica.

—¡Porque sí, joder! ¡Ya! —chilló antes de colgar, cabreada, tirando su móvil al suelo.

Levantó a la chica en brazos, que pesaba poquísimo, y la llevó hasta la cama donde la tapó para que entrara en calor. Puso la calefacción tan alta como pudo y esperó que el sacerdote apareciera por la puerta.

El padre Adrien entró con aire molesto, pensando en que el problema estaba relacionado con alguna tontería técnica, como un cerrojo que no abría, o un aire acondicionado que no funcionaba bien.

Pero se quedó congelado al ver la escena que tenía ante sí, recordándole de alguna manera a la que presenció semanas atrás.

—¡Qué ha pasado! —gritó abalanzándose sobre ellas.

—¿Que qué ha pasado? —Lorena se cabreó aún más—. ¡Que tiene anorexia y se ha desmayado mientras vomitaba! —chilló a pleno pulmón.

Sin rechistar, Adrien cogió a la joven en brazos intentando que volviera en sí sin conseguirlo. La chiquilla estaba desmayada y con el pulso muy débil.

—¿Por qué no se ha hecho nada si es obvio que padece un trastorno alimenticio?

—No fue a la enfermería —se excusó, sin saber qué más decir.

—Las niñas anoréxicas no buscan ayuda, padre Adrien, sino todo lo contrario. No es la primera vez que la pillo vomitando la comida. Lo ha tenido que ver más gente, incluida la enfermera. ¡Y no ha hecho nada! ¡Nadie ha hecho nada! —exclamó enfurecida.

—¿Ha terminado su discurso? —dijo él en tono duro.

—Voy a llamar a la ambulancia.

Lorena gateó hasta su móvil con la intención de ponerse en contacto con urgencias.

—¡No! Ya llamo yo a nuestro médico. Una ambulancia llamaría demasiado la atención. —La detuvo el sacerdote.

—¿Es lo único que le importa? ¿Llamar demasiado la atención? —le increpó, ofuscada—. ¿El qué dirán?

—No se meta más, se lo ruego. Muchas gracias por todo lo que ha hecho por Cecilia, pero ahora deje que lo gestione yo.

Adrien hizo la llamada al doctor y luego bajó a buscar a la Sor María, la enfermera, mientras Lorena se quedaba con la chica, limpiando su macilento rostro y despojándola de su ropa sucia y maloliente, además de levantarle las piernas para que le subiera la tensión.

Apareció Sor María y casi la apartó de un codazo. Le colocó una vía a la enferma para poder introducirle en el cuerpo el suero, regulando la velocidad a la que caían las gotas.

Al menos aquello alimentaría los tejidos y evitaría que se deshidratara.

En menos de media hora volvió el padre Adrien junto con un hombre de aspecto robusto que se encargó de tomar las constantes a Cecilia y hacer que volviera en sí.

El padre Adrien instó a Lorena a salir de la habitación.

—¿Qué van a hacer?

—No se preocupe, si consideramos que es necesaria la ambulancia para ir a urgencias, la solicitaremos.

—¿Y sus padres? ¿Se les ha avisado ya de la situación?

Lorena estaba muy nerviosa y Adrien también, así que no supo cómo tratarla.

—Le recuerdo que no es asunto suyo.

—¿Cómo que no? Si no llega a ser por mí… Mañana hubiera sido un cadáver.

Lorena no pensó en lo que había dicho hasta ver la expresión de pánico en el rostro de Adrien, que había encontrado a una pobre chica ahorcada de una viga.

Este intentó serenarse y se quitó las gafas, masajeándose el puente de la nariz.

—Y de nuevo se lo agradezco, pero le recuerdo que es usted la bedel, no su médica —respondió tras colocarse los anteojos de nuevo.

Aquello le sentó a la mujer como una patada en la boca y miró con especial odio a Adrien.

—Es cierto, solo soy una bedel. Mi titulación como psicóloga es solo un papel que ni si quiera sé dónde dejé, por lo que ha perdido todo valor, por lo que veo.

—No quise decir eso —Adrien respondió a la defensiva, entre ofuscado y nervioso.

—Muy bien, me voy. Pero si le pasa algo a esa niña no me quedaré cruzada de brazos mientras la Iglesia Católica y Apostólica lo tapa.

Adrien palideció al ver a Lorena en aquel estado de enajenación.

Dejó que se marchara sin poder mover ni un músculo. La voz de Sor María lo sacó del estado catatónico en el que se hallaba.

—Venga dentro y no haga caso a esa mujer, estaba fuera de sí —le dijo ella mientras lo arrastraba del brazo para meterlo en la estancia, cerrando la puerta tras de sí.

†

Fue a la mañana siguiente cuando Lorena se enteró de que sí había ido una ambulancia para llevarse a Cecilia a las urgencias del Hospital Provincial.

Sor Sofía le chivó la habitación en la que estaba y, aprovechando que era domingo, se fue a verla sin importarle lo que el padre Adrien dijera o dejase de decir.

Además estaba dando misa, por lo que no se enteraría hasta más tarde de aquella necesaria fechoría.

Una Cecilia sorprendida de verla le sonrió débilmente desde su cama del hospital, donde estaba tendida y con el suero puesto.

—Señorita Pérez… —musitó la chica—. Gracias… —susurró con los ojos llenos de lágrimas—. Lamento mucho tantas molestias. —Desvió la mirada, con vergüenza.

—No te preocupes, cielo, lo importante es que ahora estás bien, en un lugar donde te van a cuidar.

—Me gustaría arrancarme el suero —se sinceró—. Estoy haciendo un gran esfuerzo para no hacerlo…

—Es molesto, nada más. Ya se te pasará el dolor.

—¿Y si engordo por el suero? —preguntó con extrema preocupación.

—¿Es eso lo que te preocupa? No vas a engordar con esto, te lo prometo. Y si engordaras, ¿qué habría de malo?

—Que ya estoy muy gorda. —Sollozó con fuerza y desesperación.

—Cecilia, escúchame; tienes un trastorno llamado anorexia. ¿Eres consciente?

La joven asintió con la cabeza, sin poder articular palabra.

Lorena le limpió las lágrimas y los mocos con cuidado.

—Pero me veo mórbida…

—Lo sé, sé que te ves horrible. Sin embargo, estás tan delgada que incluso has perdido el sentido, por lo débil que está tu cuerpo al no recibir el alimento necesario.

—¿Cómo sabe todas estas cosas?

—Cielo, estudié psicología y conozco muchos tipos de trastornos. Seguro que pronto viene un psicólogo para evaluarte, y debes prometerme que te sincerarás con él o ella. Es la única forma de salir de esta espiral; reconocer lo que te pasa.

—Vale… —admitió con un suspiro.

—¿Han llamado a tus papás? —indagó.

—Viven en Francia por trabajo. Mi tutor legal es el padre Adrien.

Lorena suspiró.

«Con la Iglesia hemos topado".

—¿Quieres que me quede contigo y me cuentas cómo has llegado a este punto? ¿Te sientes preparada?

Cecilia asintió.

—Cuando llegué el año pasado al colegio, estaba un poco rellenita y muchas otras chicas se burlaron de mí llamándome gorda.

—¿Quiénes? —preguntó indignada.

Cecilia no quiso hablar más de eso, por lo que Lorena tuvo que seguir otra línea de investigación.

—Bueno, entonces empezaste a no comer…

—Primero hice dietas, y cada vez comía menos. No veía que adelgazara lo suficiente. Y luego empecé a engordar con cada bocado que probaba… Desayuno, comida, cena… Y así cada día hasta tener este aspecto asqueroso.

Sollozó con una amargura tremenda, así que la abrazó contra sí. Estaba tan delgada que pensó que podría partirla en dos.

—Cecilia… —cogió su muñeca y la rodeó con los dedos, como una pulsera—. Mira lo que me sobra, estás en los huesos. Sé que te cuesta verlo, pero yo no te mentiría. Tu cerebro te engaña. La anorexia nerviosa hace que te creas y veas gorda, pero te aseguro que no lo estás. Y, aunque sí lo estuvieras, no sería nada malo. Cuando te traten para esta enfermedad mejorarás en todos los sentidos. Además, con lo bonita que tienes la cara, ¡te vas a convertir en una mujer preciosa!

Cecilia sonrió a pesar del disgusto.

—¿Me vas a prometer una cosa? —prosiguió hablando Lorena.

La enferma asintió.

—¿Vas a comer todo lo que puedas de los menús que te traigan? Lo que puedas —insistió.

—Sí...

—Y nada de vomitarlo, o de aquí no te permitirán salir.

La puerta sonó y entró el padre Adrien, que se quedó mirando a una Lorena pillada in fraganti.

—Señorita Pérez —la voz del padre Adrien las interrumpió—. ¿Nos deja a solas, por favor?

—Faltaría más.

Se puso en pie muy digna, no sin antes darle un beso a la chiquita.

—Si es tan amable, espéreme en la cafetería —le pidió Adrien antes de que saliera.

Lorena asintió en silencio y se fue.

—Padre Adrien, no se enfade con ella —demandó la niña.

—¿Qué te hace pensar que estoy enfadado?

—El ceño se le frunce.

Adrien suspiró y sonrió, relajando la expresión.

—Perdóname, Cecilia, por no haberme dado cuenta de lo que te estaba pasando. Supongo que es un tema un poco tabú del que no había hablado nunca con nadie.

—Yo tampoco, antes de hacerlo con ella. Por eso no quiero que se enfade con la señorita Lorena. Es súper buena.

—Lo sé... Ayer me chilló por teléfono exigiéndome que acudiera a tu habitación. Estaba muy preocupada por ti. Y yo también. Todos lo estamos.

—Me gustaría ser tan guapa como ella cuando sea adulta.

—Y lo serás, Cecilia, lo serás...

El sacerdote le pellizcó la cara, en señal de cariño.

—No te preocupes por nada, buscaré ayuda para ti.

—¿Lo saben mis padres?

Adrien asintió con la cabeza.

—Tu madre viajará lo antes posible y se encargará de todo. Mientras tanto tendrás que conformarte con este pobre sacerdote estúpido que no para de cagarla...

Cecilia le sonrió con cariño, pues eran familia, aunque lejana. La madre de Adrien era hermana de su abuela.

—Me vale este sacerdote estúpido, porque es muy buen hombre, aunque ponga cara de robot.

Adrien volvió a fruncir el ceño.

—Así que ese es mi apodo: ¿robot?

—Uno de tantos…

El hombre suspiró con una sonrisa y acarició con ternura la mejilla de la chica, que se lo agradeció.

†

Tras una media hora de espera, llegó el clérigo a la cafetería pública del hospital, serio como de costumbre. Se sentó frente a Lorena tras pedir un café solo, y la miró con fijeza.

—¿Qué se supone que hace aquí? —le preguntó a Lorena.

—Venir a ver a Cecilia, obviamente.

—Se está extralimitando —añadió.

—Es mi día libre y hago lo que me da la gana. El hospital es público, así que…

Notó un leve cambio en la expresión del hombre.

—¿Qué le ha dicho a Cecilia? —inquirió.

—Solo le he explicado lo que es la anorexia —contestó en tono defensivo—, y le he dado ánimos para superarla. Lo que haría cualquiera en su sano juicio, vamos.

—Eso es ya cosa de los médicos.

—Aunque usted no me considere así, soy psicóloga. Me atrevo a afirmar, rotundamente, que el profesional que trate a Cecilia llegará a la misma conclusión que yo y llevará a cabo el protocolo indicado.

—No pretendí ofenderla anoche —se disculpó Adrien, para sorpresa de su interlocutora.

—Pues lo hizo —tuvo que responder con franqueza.

—Seguí su conejo y llamamos a la ambulancia inmediatamente.

—Era lo más lógico, padre. Me ha dicho la niña que es usted su tutor. Lo más adecuado es trasladarla a un centro para personas con este tipo de trastornos alimenticios. En el colegio volvería a recaer.

Prefirió no mencionar lo del acoso escolar al carecer de pruebas y culpables.

—Haré todo lo que los médicos me recomienden, no se preocupe.

—¿Los padres de la chica vendrán?

—Su madre sí —dijo tras beberse el café—. Por el momento yo me encargaré de todo.

Adrien se levantó, intentando no parecer afectado por el disgusto de Lorena, y se despidió de ella.

†

La mujer anduvo bastante hasta llegar al bosque de Valorio. Lo encontró algo cambiado, como la pequeña laguna que ya no tenía agua. Por lo demás resultaba un precioso lugar por el que pasear bajo los pinos y aspirar su aroma a pura naturaleza.

Mientras caminaba tranquilamente por el pinar, le llamó poderosamente la atención un hombre corriendo que hacía ejercicio.

Advirtió que se trataba de Lorenzo, el profesor macizo.

—¡¡Holaaaaaa!!

Echó a correr para llamar su atención, tropezó y cayó de bruces, rebozándose por el suelo.

Lorenzo, que la vio caer, corrió hacia ella.

—¿Estás bien?

Lorena se quedó en cuclillas.

—Sí.

—¿Te has hecho daño?

—Un poco en las manos, pero ya está.

Lorenzo la agarró de la cintura y la puso en pie como si no pesara nada. Quedaron muy cerca el uno del otro. Ella estaba segura de que él lo había hecho con toda la intención.

—Gracias. —Se apartó, avergonzada.

—¿Qué haces por aquí tú sola? Se va a hacer de noche en nada. Menos mal que estás cerca del colegio.

—Paseaba para despejarme… Ayer tuve un mal día.

—Oye, te invito hoy a cenar para que se te pase ese disgustillo que tienes entre las cejas —bromeó el muy bandido.

—Bueno, ¡vale! —Aceptó.

«¿Por qué no?», se dijo.

—Si quieres te recojo a las nueve de la noche.

—Mejor nos vemos en la plaza del Ayuntamiento.

Lorena temió que el padre Adrien los pillara saliendo juntos, así que extremó precauciones.

—Ok, entonces. ¡Nos vemos luego!

Lorenzo se fue corriendo y Lorena caminó hasta el colegio para ducharse e ir preparándose.

Mientras salía del baño, alguien llamó a su puerta. Al abrirla se encontró con la Madre Superiora.

—¿Necesita algo de mí? —le preguntó con extrañeza.

—Puede que el padre Adrien sea indulgente con usted, pero si fuera por mí ya la habría echado a la calle por meterse donde no la llaman.

—Buenas noches —contestó Lorena, tras lo cual le cerró la puerta en las narices.

Acabó de vestirse y arreglarse el cabello castaño oscuro, que dejó suelto y libre tras secarlo.

Llevaba una blusa blanca con un lazo en el lateral del cuello y una falda negra por encima de las rodillas, a juego con la chaqueta corta de invierno. No se había maquillado en exceso, prefería ir natural como ella era. Tampoco deseaba que Lorenzo creyera que era una especie de cita donde se acababa uno enredando en las sábanas del otro.

Solo quería despejar la mente pasando un rato agradable con un amigo simpático y atractivo.

Al dirigirse a la salida se cruzó con Adrien, que volvía del hospital. Este la miró atónito, pues no se la esperaba tan elegante y guapa.

—¿Va a alguna parte? —le preguntó.

—A dar una vuelta con una amistad.

—¿A estas horas teniendo que trabajar mañana?

—Es lo que hacemos las personas normales. Ya me entiende, la gente laica. Salir a cenar, tomar algo, ir al cine, al teatro…

—¿Con quién?

—¿Esto es un interrogatorio? ¿Soy acaso miembro de su congregación? ¿Ve que lleve hábito? ¿Se acaba de inventar alguna nueva norma relacionada con toques de queda?

Adrien se quedó callado, ardiendo por dentro de rabia.

—He quedado con mi amiga Pili —mintió Lorena para que tanto ella como Lorenzo no tuviesen problemas a posteriori.

Adrien no mudó su expresión seria.

—No vuelva tarde y tenga cuidado —dijo con sequedad.

—Lo tendré, buenas noches.

Ella se dio la vuelta y Adrien vio que no se había quitado la etiqueta de compra de la chaquetilla.

—¡Lo…! —detuvo sus palabras al darse cuenta de que iba a llamarla por su nombre de pila. A pesar de eso, ella se detuvo y le miró esperando alguna reprimenda nueva.

—¿Qué?

—Buenas noches. —Adrien se dio la vuelta con el ceño fruncido y se dirigió a la rectoría, donde llevaba unos días viviendo solo. Cerró la puerta de un golpetazo, frustrado a más no poder.

Se sentó en el sofá de la salita y cruzó las piernas, apoyando el codo en el reposabrazos y la sien en el puño.

Miró la foto del Papa Francisco que tenía colgada en una pared lateral y se preguntó cuándo pensaba plantear que los clérigos católicos pudieran casarse.

Porque, si no fuera por su estúpido voto de castidad, habría tenido el valor de pedirle a Lorena que le diera una oportunidad de conocerse mejor.

Y simplemente no podía.

CAPÍTULO 7

Lorena no tuvo que esperar demasiado a que Lorenzo acudiera a su encuentro. Se acercó a ella y le dio dos besos, cogiéndole la cintura con una mano.

—Qué bien te sienta ese conjunto, la verdad. Está hecho para ti.

—Lo he comprado hoy y tenía la obligación de estrenarlo. —Se dio la vuelta para que la viera bien.

—Eso explica la etiqueta que no te has quitado, ahí sobresaliendo de la chaqueta por arriba.

Lorenzo se echó a reír a carcajada limpia mientras ella palidecía.

—Espera, yo te la arranco.

El hombre le apartó todo el cabello hacia un lado y Lorena pudo sentir sus dedos intentando quitar la etiqueta. Le entró un cosquilleo en la nunca y se estremeció.

—Ya está, etiqueta fuera —dijo mientras la tiraba a una papelera cercana.

—Gracias, qué tonta he sido.

Recordó que el padre Adrien había querido decirle algo más y su enfado porque la controlara no le dejó terminar la frase. Probablemente vio la etiqueta colgando por fuera del cuello y prefirió zanjar la conversación antes de que ella lo mandara al carajo. Se sintió un poco mal, pero no permitiría que la dominaran nunca más, y mucho menos un hombre.

—Me gustan las mujeres naturales, sin kilos de maquillaje que les tapen la cara. Y la tuya es muy dulce, con esos cachetes al sonreír.

Lorenzo era directo, de eso no cabía duda.

—No soporto el maquillaje en exceso.

No desde que su marido la obligara a pintarse siempre. Hasta la raya del ojo debía de quedar perfecta.

Nunca más. Solo lo que ella decidiera en cada ocasión. Como si quería ir con la cara lavada en plena cita con un hombre, o en pijama de gatitos.

—Si te parece, vamos a un restaurante italiano de por aquí que está muy bien —sugirió.

—¡Estupendo! Hace mucho que no como pasta fresca con alguna salsa por encima, de queso, o pesto. *Mmmm*, qué ganas.

Porque, claro, los hidratos estaba prohibidos casi en su totalidad, y más por la noche, no fuera a ponerse como una foca, según Raúl.

—Te gusta comer. Me sorprende, porque cuando te conocí estabas muy delgada para tu estatura y constitución. Eres una mujer bajita con curvas, y no tiene nada de malo —la aduló mientras caminaban.

—Me encanta la comida, no le hago ascos a nada. Pero estaba pasando un mal momento por el… divorcio.

—Entonces es reciente —indagó él.

—Muy reciente, sí. Le dejé, no le quería —dijo con total naturalidad y eso la dejó algo confusa.

¿Desde cuándo ya no le amaba? Hacía mucho, muchísimo.

—Bueno, no siempre las relaciones conyugales van bien. A la vista está la cantidad de separaciones, divorcios e infidelidades que hay.

—Yo quiero algo como lo que tenían mis padres. Y mi relación no se parecía en nada. Ojo, no estoy idealizando las relaciones de pareja perfectas, porque no lo son. Pero si no hay respeto, si se miente al otro, si se anula a esa persona, si se la somete… Entonces eso ya no puede ser amor… —concluyó.

Lorenzo medio sonrió asintiendo.

No tuvieron que caminar demasiado por la zona centro de Zamora. En una de las calles adyacentes se situaba el restaurante. A la mujer le pareció elegante, agradable, asequible para bolsillos medios, como el suyo.

—Te diré que no voy a invitarte —le informó Lorenzo mientras tomaban asiento.

—Es que no iba a permitirlo y lo sabes.

Él asintió con esa sonrisa suya en el rostro, tan atractiva.

—No me va el rollo de galán que invita para conseguir cosas. Y te aseguro que muchas mujeres le hacen flaco favor a su género cuando pretenden cenar gratis a costa de los hombres.

—Totalmente de acuerdo —afirmó Lorena—. Una cosa es que de vez en cuando se invite a la otra persona, ya sea una amiga o amigo, y sea mutuo, y otro muy diferente que se pretenda comer de gorra.

Les trajeron las cartas de cena y vinos.

Ella prefirió no tomar alcohol y pidió agua, sencillamente.

—¿Temes hacer alguna locura si bebes? —bromeó.

—El alcohol, por lo general, no me afecta demasiado. Simplemente no me apetece hoy.

—A mí ponme una cerveza mejor, por favor.

El camarero indagó sobre qué marca prefería. Después anotó qué deseaban para cenar: unos *fiocchetti* de pera con queso gorgonzola y una pizza cuatro estaciones.

Mientras esperaban ser servidos charlaron con animosidad de varias manías que tenían las monjas del colegio, y ambos coincidieron en que Sor Sofía era la más maja.

—Lo que no entiendo es por qué las profesoras laicas pasan de ti —comentó Lorenzo mientras le daba un trago a su cerveza.

—¿Por qué? Vamos, Lorenzo, que tenemos una edad. No les hace ninguna gracia que tú y yo hayamos hecho migas. Están celosas porque no tienen tu atención. Seguro que con alguna ya has tenido algo, no me lo niegues.

—Con ellas no, pero sí con otra profesora que ya no está este curso. Simplemente no funcionó.

El camarero les sirvió sus respectivos platos y comenzaron a dar cuenta de ellos.

—Estás bastante buena —soltó Lorenzo a bocajarro.

—¿La pizza? Bueno, sí, tiene una pinta tremenda, ya me dejarás probarla.

—No, tú. Que estás bastante buena, muy buena —ratificó.

—Lorenzo… —Lorena miró a ambos lados de la mesa, por si alguien lo había escuchado.

—Hasta el director te mira… —musitó él con malicia.

—¿Qué director? —No le comprendió bien.

—El padre Adrien, obviamente.

Lorena no se puso roja, se puso púrpura, lo que hizo que el profesor se echara a reír con toda sinceridad.

—Qué tonterías dices… ¡Cómo me va a mirar de esa forma que insinúas! —exclamó con turbación.

—Porque, por muy sacerdote que sea y todas esas mierdas católicas, es un hombre con dos ojos en la cara. Y los usa, porque me he fijado en cómo te mira. Está colado por ti.

Lorenzo obtuvo así su venganza por lo del lunes anterior.

—Mira, vamos a dejar este tema —pidió ella.

No supo qué le turbó más; si Lorenzo tirándole los trastos o saber que Adrien la veía como a una mujer deseable.

—Está bien, cenemos en paz. Yo solo te lo he dicho para que andes con ojo.

—El padre Adrien jamás, pero jamás, ha insinuado o hecho nada —quiso dejar claro.

—Oh, de eso no me cabe duda. Tiene que cumplir a rajatabla el voto de castidad.

—Bien, zanjemos el asunto aquí y ahora.

Lorenzo asintió mientras le daba un mordisco a su deliciosa pizza y Lorena intentaba que el corazón no se le saliera por la boca.

Aunque la conversación fue fluida el resto de la velada, y la comida estuvo muy buena, Lorena no pudo dejar de entrelazar pensamientos confusos sobre Adrien.

Tras un *cannoli* de postre, y un café, ambos salieron al exterior, donde hacía frío.

Lorena se arrebujó en su chaquetilla.

—Tenía que haberme puesto algo más abrigado…

—¿Quieres que te ofrezca mi chaqueta como buen caballero que soy? No me importa, en serio.

—No te preocupes. Y quiero que sepas que lo he pasado estupendamente —se sinceró.

—¿Seguro que no lo dices para quedar bien?

—Tendrás que vivir con esa duda existencial.

Lorenzo la atrajo hacia así y la besó con decisión. Lorena le devolvió el beso, aunque de forma más tímida.

Lorena recordó lo que era sentir un beso apasionado y no pudo evitar que le agradara el contacto.

—Nos vemos mañana en la escuela —se despidió él, sonriendo con cara de tonto.

Ella se encaminó hacia el colegio, confusa, abrazada a sí misma para darse calor.

No había buscado aquello con Lorenzo de forma deliberada. Desde luego era atractivo, divertido e inteligente. Eso la hizo sonreír y sentirse bien.

Y, sin embargo, al llegar al colegio y ver la tenue luz que salía de una de las ventanas de la rectoría, su mente divagó por derroteros por los que fue mejor no seguir.

Se asustó al ver aparecer la figura de Adrien y corrió a meterse en el edificio, mientras este la observaba un poco más tranquilo al constatar que estaba sana y salva.

†

A la mañana siguiente, Lorena fue a hablar con la enfermera, Sor María, que se hallaba en su puesto de trabajo, ordenando algunos medicamentos en el dispensario.

—Buenos días —le dijo la mujer al verla, sin demasiado entusiasmo.

Aquella era del grupo «anti-Lorena,» encabezado por la Madre Superiora.

—Buenos días —empezó a decir—, he hablado con la alumna que está en el hospital, Cecilia…

—¿Por qué? —inquirió Sor María de forma seca.

—¿No advirtió en ningún momento que la pobre estaba anoréxica?

La mujer la miró como si le salieran dardos de los ojos.

—Las niñas de ahora están más delgadas, y es su constitución natural —se defendió ante semejante ataque.

—Delgadas sí, no en los huesos. Era su responsabilidad haberlo detectado a tiempo.

—Fuera de mi enfermería. Dios Santo, qué poca vergüenza venir aquí a responsabilizarme de una indigestión.

—Sabe perfectamente que no fue una indigestión, sino que padece un trastorno alimentario severo.

Sor María hizo la señal de la cruz, como espantada.

—Eso, a rezarle a Dios Todo Poderoso, a ver si las enfermedades de las chicas se curan solitas. ¿Fue Dios quién le dio el diploma de enfermería?

—¡Fuera! —exigió sor María, muy digna y recta como un palo.

Lorena se marchó sintiendo un cabreo mayúsculo.

Intentó centrarse en su trabajo. Miró el panel de tareas; le tocaba limpiar el almacén deportivo y mover algunas colchonetas para hacer sitio a nuevo material que tenía que llegar.

Al entrar se dio cuenta de que ya estaba abierto, así que supuso que había sido la profesora de educación física, por lo que no se preocupó demasiado. Se llevó un buen susto al encontrarse, sentadas tras las colchonetas, a dos alumnas que se estaban dando un beso de lo más efusivo.

Ellas se separaron abruptamente, asustadas. Ambas la miraron con cara de pánico al ser descubiertas.

—Perdón —pidió disculpas y se fue por donde había venido, aún sorprendida, aunque ni mucho menos escandalizada, pues no tenía ningún problema con las relaciones homosexuales, ni con la comunidad LGTBIQ.

Lorena mantuvo cerrada la boca, de forma literal, toda la mañana. Pensó en que no debía de ser fácil para ellas aquella relación, fuera la que fuera, dentro de una institución católica, y que por ello debían esconderse de todos. Además, por la edad que tenían, debían estar explorando su sexualidad.

—Pobrecillas... —se dijo para sí—. Tal vez pueda ayudarlas con algo...

En su descanso matutino, mientras estaba comiéndose un par de pastas zamoranas de las que había comprado en una tahona ubicada en la misma calle que el colegio, le llegó un mensaje de WhatsApp del padre Adrien, cosa excepcional pues era la primera vez. Le dio un vuelvo al corazón hasta que lo leyó:

»Acuda de inmediato a mi despacho.

Bufó exasperada, decidiendo si mandarlo al carajo porque estaba en su media hora de almuerzo o si acatar las órdenes del que era su jefe, al fin y al cabo.

«Voy.

Escribió mientras se ponía en pie y cerraba la portería con llave.

Anduvo con paso firme por el largo pasillo y entró tras tocar a la puerta y recibir permiso.

Él no la miró al principio, sino que continuó leyendo un libro bastante grueso con pinta de ser un verdadero tostón.

Lorena se mantuvo de pie, con las manos cruzadas por detrás, a la espera de ser atendida, pero con el ceño cada vez más fruncido mientras veía pasar los minutos en un reloj digital que había en la pared.

Adrien levantó un momento su mirada y se cruzó con la de la mujer. Cerró el libro y entrelazó los dedos de sus manos sobre él.

La situación estaba empezando a ser incómoda.

—¿Sabe por qué está aquí? —indagó.

—Me hago una idea —respondió con sequedad.

—Le ha faltado usted al respeto a Sor María al hablarle así sobre su Fe cristiana y su titulación —dijo con un tono muy serio.

—Oh, por favor... —bufó, molesta.

—Sé que es atea y no la juzgo por ello. Presupongo que no vendrá a misa nunca, como me dijo, ni participará de nuestra Fe ya que no la siente, pero le voy a pedir que respete las creencias de esta congregación y que se guarde para sí sus sarcasmos, porque ha sido grosera, irrespetuosa y, además, se ha burlado de los estudios que tiene Sor María. Igual que no le gusta que infravaloren los que tiene usted, deje de hacer lo mismo con los demás.

—Está bien, lo lamento, no se repetirá.

Bajó la cabeza en señal de disculpa y se sintió realmente mal de pronto cuando se dio cuenta de que se había dejado llevar por el enfado y la preocupación hacia Cecilia.

—Sor María está muy preocupada por Cecilia, igual que los demás. Es consciente de que ha cometido un error al no darse cuenta y me ha prometido que estará atenta y le hará a todas las chicas unos chequeos. Estas pruebas no son baratas, pero las asumiremos económicamente como no puede ser de otra forma, sin pedirles nada a los padres más que su consentimiento legal. Al final el responsable soy yo, así que si quiere decirme algo, adelante.

Lorena, aún con la cabeza baja negó con esta.

—No les dé motivos a los demás para que sigan insistiendo en que la despida, porque ya tengo bastante con defenderla constantemente.

—¿Constantemente? —Se sorprendió levantando el rostro—. ¿A caso hago mal mi trabajo?

—En absoluto —se apresuró a decir—. Su trabajo lo realiza usted de forma impecable. Es su actitud al creerse con potestad para meterse en los temas del alumnado. Si una de las niñas le habla de algún problema, me la envía y yo me encargaré, pero no actúe por cuenta propia, se lo ruego encarecidamente.

—A usted le tienen miedo. No le vendrán a hablar de sus problemas —se sinceró con él.

Adrien se quedó algo descolocado.

—¿Miedo? ¿Por qué?

—Miedo o respeto, no creo que lo sepan diferenciar de forma correcta. Pero lo cierto es que les da cosa hablarle. Deben de creer que es usted inaccesible. Siempre está serio, nunca sonríe y no se prodiga entre ellas. Entiendo que tiene mucho trabajo, pero…

Adrien meditó aquella verdad tan aplastante.

—Bueno, por ahora haga lo que le pido, por favor.

—Está bien —claudicó ella—, me limitaré en mis funciones. Y si observo comportamientos erráticos le remitiré el informe a usted.

«Lo cojones», pensó por dentro al recordar a las dos jovencitas besándose apasionadamente a escondidas.

—Me alegro haber llegado a este acuerdo tácito. Es lo mejor para todos. Porque no quiero tener que despedirla.

—Se lo agradezco, padre Adrien. ¿Puedo retirarme ya para seguir con mi almuerzo?

Aunque Adrien notó el tono sarcástico, prefirió no echar más leña al fuego.

—Por favor. Y disculpe que la haya interrumpido en su media hora libre. De haberlo sabido…

—Buenos días.

Lorena se dio la vuelta y salió sin más para volver a su café con pastas. Antes de eso pasó de nuevo por la enfermería.

Sor María la miró con los ojos entornados.

—Vengo a pedirle disculpas… Y lamento haber dudado de su profesionalidad y titulación.

—Disculpas aceptadas. Pero recuerde que, al final, solo Dios nos juzgará.

Lorena asintió intentando sonreír, y se fue a seguir con lo suyo.

Adrien, dando vueltas por su despacho, sintió frustración por tener tantos problemas relacionados con ella.

La Madre Superiora, y otras monjas, presionándolo para que echara a la mujer, las alumnas con todo tipo de dificultades que no le confiaban cuando iban a confesarse, y Lorena cada día sacando una personalidad más fuerte, una que le volvía loco de atar de lo mucho que le sacaba de sus casillas y a la vez le excitaba.

†

Tras cerrar todas las puertas aquella misma tarde, la mujer observó que una alumna interna le hacía señas desde lejos.

Se acercó a ella de forma discreta, percatándose de que era una de las chicas que había pillado infraganti por la mañana.

—¿Se lo ha dicho a alguien? —indagó la joven con el temor en los ojos verdes y grandes. Era muy linda.

—En absoluto. Soy aliada —añadió al final.

—Estoy… confusa… —se sinceró la joven de aspecto delicado.

—¿En qué habitación estás?

—La quince —le indicó.

—Después de cenar me paso, ¿vale?

La chica asintió, azorada pero agradecida.

†

Tras una anodina cena sin compañía, Lorena esperó prudentemente a que todas las alumnas estuvieran ya en sus cuartos. Acudió entonces a la habitación con la nomenclatura indicada y dio unos leves toques a la puerta. Esta se abrió y la chica le permitió el paso.

—Antes de nada, cielo, ¿cómo te llamas?

—Mari Carmen.

—Ven, sentémonos en el sofá este tan mono que tienes, ¿vale?

—¿Usted sabe cómo está Cecilia, señorita Lorena? —preguntó.

—Está mejor, en el hospital y muy bien cuidada. Su madre ha llegado ya.

—Es que el director nos reunió esta tarde en la sala de actos para explicarnos algunas cosas: que nos van a hacer pruebas para determinar si estamos bien de salud, y que Cecilia no volvería este curso porque no se encontraba bien. Normal, casi no comía…

Lorena se quedó perpleja al constatar que él se había comunicado directamente con las alumnas.

—También nos dijo —continuó—, que habláramos con él de cualquier cosa que nos pasase, no necesariamente en el confesionario, sino que acudiéramos a su despacho pidiendo una cita a través del Jefe de estudios.

—Pues eso está muy bien, hacedle caso. Es un buen hombre aunque parezca a veces que tenga metido un palo por el culo —bromeó para que Mari Carmen se relajara.

—Lo que pasa es que no creo que él pueda ayudarme para que se me quite esto que siento.

—¿Y qué sientes?

—Que me gusta mucho Myriam, la otra chica…

Pareció desorientada y nerviosa.

—Pero a ver… ¿Qué tiene de malo que te guste Myriam? Es muy maja y guapa.

—Que no es normal que me guste una chica, que lo que debería sentir es atracción hacia los chicos.

—Tanto una cosa como la otra es lo normal. El amor entre dos personas es lo más bonito del mundo, ya sean del mismo sexo, género, o no. Incluso hay personas que no sienten atracción hacia nadie. Y no pasa nada malo por ello.

—Somos dos chicas. Eso no puede estar bien —insistió una y otra vez.

—Estás confusa, muy confusa…

—Hace dos años mis padres me llevaron a un programa para reasignar mis gustos, porque se dieron cuenta…

—Ya comprendo mejor por qué estás tan perdida, Mari Carmen.

¿De veras todavía existían ese tipo de grupos engañabobos?

—Allí me convencieron de que me gustaban los chicos y tengo un novio fuera, pero…

—Pero te gusta más Myriam —concluyó Lorena.

—A él le aprecio como amigo, pero no consigo sentir nada más… Me inventé eso de ser una católica que no da besos ni mantiene relaciones íntimas hasta el matrimonio, para evitar cualquier contacto con él, porque a ese nivel me da asco. Pero este año he conocido a Myriam, y es tan guapa, tan lista, tan divertida…

La cara le cambió de forma radical. Aquella chica estaba coladita por Myriam.

—Cielo, lo que te pasa es completamente normal y natural —reiteró—. Esto no se elige, ni se puede reasignar sin causar graves trastornos psicológicos a la persona. Por cierto, ¿tú te sientes chica o chico?

—Me siento mujer, no tengo disforia de género. Y me gustan solo las chicas, no soy bisexual.

—Entonces eres lesbiana.

Al escuchar aquella palabra prohibida se puso a llorar.

—Me parece deleznable que psicólogos titulados se presten a estas prácticas —bufó—. Y que haya padres así…

—Ellos quieren lo mejor para mí. Que sea normal…

—Ya eres normal, cielo. Una joven perfectamente sana, dulce, guapa… Una chica a la que le gusta otra chica y es correspondida. ¡Eso es precioso! —exclamó intentando insuflarme positividad.

—Tengo pensamientos con Myriam…

—¿Sexuales? —La joven asintió—. Lo raro sería que no los tuvieras a tu edad. Tu cerebro funciona así, no tiene nada que ver con la religión o lo que dicte la sociedad hipócrita que nos rodea. Es pura química… Si no eres asexual, el cuerpo se desarrolla y siente atracción sexual. Yo soy una mujer hetero, y si un hombre me gusta pues me excito. Es inevitable. Solo hay que ser precavido con las enfermedades de transmisión sexual.

Mari Carmen pareció aliviada al haberle contado todo.

—Te voy a contar una intimidad… Yo tuve un marido al que en su momento quise con locura. Pero él no me trató bien, no me respetó. Hombre y mujer no es igual a normalidad o felicidad asegurada. Lo nuestro sí que no era normal, era tóxico.

—¿Por qué?

—Me manipuló y me anuló como persona. Y eso me ha dejado muchas secuelas que intento superar. No me puedo fiar cien por cien de otros hombres, pienso que me van a hacer lo mismo. Pero no todos son malos, ni me van a tratar mal. Soy yo la que debe quererse, amarse por encima de todo, y entonces podré ser feliz de nuevo, si quiero, con otro hombre.

—Siento mucho que haya tenido que pasar por eso. Es cierto, una relación heterosexual no tiene por qué ser buena. Mis padres estoy segura que ya no se quieren y les importan más las apariencias.

—¿Qué podemos hacer con lo tuyo? Te preguntarás. No quiero mentirte; creo que tus padres no lo van a aceptar con facilidad, porque ya son conscientes de tu condición sexual y te llevaron a ese lugar.

—Es cierto…

—¿Qué edad tienes?

—Diecisiete, pero cumplo la mayoría de edad en diciembre.

—Cuando cumplas los dieciocho, tienes la opción de decidir, y ellos no podrán volver a mandarte a ese horrible lugar.

—¿Y si me echan de casa?

—No quiero ni pensar que hagan eso…

Pero la realidad en la comunidad LGTBIQ era muy distinta.

—Bueno, tengo una tía en Salamanca que no se lleva bien con mi padre, pero siempre es muy buena conmigo y viene a verme. Tal vez pudiera irme con ella si todo se complica.

—¿Myriam está en las mismas condiciones familiares que tú? Porque ella es alumna externa.

—Sabe perfectamente que es bisexual y se acepta a sí misma como tal. Pero también le tiene miedo a la reacción de sus padres porque nunca les ha confesado nada. De hecho, yo soy su primera relación y está muy enamorada de mí. Me hace sentir en una nube, y solo quiero estar con ella todo el tiempo.

—Es complicado, y me temo que en estos casos yo no puedo hacer más. Solo quiero decirte que te aceptes también a ti misma, como lo hace ella, y lo que sientes cuando estáis juntas. Es lo bonito del amor, compartirlo con quien te corresponde de igual forma.

Aquello le entristeció de algún modo. ¿Hacía ya cuánto que no tenía con quién compartir un sentimiento mutuo de respeto y confianza?

—Esperad a ser mayores de edad para tomar decisiones importantes, porque mientras tanto serán vuestros padres quienes lo hagan por vosotras.

—Gracias… De verdad. —Los ojos verdes de la joven se llenaron de lágrimas.

—De nada, bonita.

La abrazó contra sí, para darle a entender que no la rechazaba físicamente tampoco.

—Me tengo que ir y tú has de descansar. Además, a veces pienso que el padre Adrien me vigila —bromeó.

—La observa bastante, sí —dijo Mari Carmen.

Lorena se quedó de piedra.

—¿Cómo sabes eso? Supongo que evalúa mi trabajo, como a vosotras os evalúan los profesores.

—No se ofenda, pero bromeamos con que está enamorado de usted por esa expresión que pone de ternero degollado.

Mari Carmen se echó a reír y Lorena la imitó, pero con nerviosismo.

—¡Ni se os ocurra dar eso por real! Lo meteríais en un buen lío. Es sacerdote y ha hecho un voto de castidad. Y yo, bueno, yo no tengo ningún interés en él —se defendió intentando sonar bromista.

—No se preocupe, estaba de coña. Además, ya se ve que el profe de mates, don Lorenzo, le va detrás, señorita Lorena. Tenga cuidado con él. ¿Vale?

—¿Por qué?

La chica bajó un poco la cabeza y se retorció las manos.

—Antes ha dicho que no quería a una persona manipuladora. Pero solo soy una adolescente, qué sabré yo de cosas de adultos…

Lorena se quedó pensativa, pero no dijo nada, solo sonrió con candor.

Se levantó y dio unos pasos hasta la puerta.

—Hasta mañana, Mari Carmen.

—Qué duerma bien. Y espero poder conocer a su gatita *carey*, me han dicho que tiene una y me encantan los gatos.

La mujer asintió y se fue de camino al apartamento, dándole vueltas a todo lo que Mari Carmen le había dicho sobre Adrien y Lorenzo.

El susto de su vida se lo llevó al encontrarse allí al sacerdote en modo centinela, apoyado en la puerta con los brazos cruzados.

Este la miró al verla llegar y se apartó de allí.

—¿Necesita algo, padre Adrien? Son casi las once de la noche. ¿Por qué no me ha mandado un mensaje o me ha llamado?

Sacó el móvil de la chaqueta por si no lo había visto, pero no había nada.

—¿Dónde estaba, señorita Pérez? —indagó como si le aplicara el tercer grado.

—No querrá que nos oigan las santas señoras, ¿verdad? Pase, por favor.

Abrió la puerta con cuidado para que Umbra no saliera, pues estaba esperándola con ansia viva, e invitó a su interlocutor a cruzar el umbral.

—No me parece procedente entrar en su apartamento personal.

Pareció nervioso de pronto.

Lorena lo agarró de la camisa negra y lo metió casi de un empujón.

—A ver, padre, ¿me está espiando por alguna razón en particular? —Le clavó el dedo en el duro pectoral.

Adrien sintió que se excitaba con solo aquel contacto, así que le apartó la mano.

—Yo pregunté primero dónde estaba, así que no me cambie de tema deliberadamente —dijo, cruzándose de brazos—. Y no me mienta, porque sé más de lo que parece.

—Una alumna me rogó, con desespero —exageró—, que le diera consejo profesional sobre sus asuntos personales. Y vengo de hablar con ella.

—¿Qué asuntos?

Umbra se frotó en los pantalones de Adrien, que se quedó perplejo al notar el contacto y mirar hacia sus pies. No se atrevió a moverse.

—¿Qué parte de personales no ha pillado, padre?

—¿Este es su gato? —preguntó al sentir una ternura extraña. Le pareció feíto por las manchas de su pelaje, pero tenía unos ojos grandes y redondos que le miraban y hacía unos ruiditos muy graciosos.

—Es una gata carey. La mayor parte de los gatos tricolores son hembras. —La cogió en brazos y la llevó hasta el comedero vacío, donde vertió pienso que la gatita se puso a comer con ansia. También le cambió el agua.

—¿La alumna es Mari Carmen? —indagó Adrien.

—¿Cómo lo sabe? ¿Me ha seguido hasta su cuarto? —Se ofendió la mujer mientras se sentaba en el sofá, agotada.

—Tal vez sepa de esos asuntos personales —le respondió con aire de suficiencia.

—Lo dudo mucho, no es algo que una adolescente cuente al cura.

—¿Sabe lo que es el secreto de confesión?

—Claro que sí, soy atea, no estúpida. Se me bautizó sin mi consentimiento de bebé recién nacido e hice la comunión porque daban regalos.

Adrien suspiró ante sus sarcasmos.

—Pues eso, a lo mejor hay alumnas, digamos llamadas Mari Carmen, que han venido a hablar conmigo de ciertos asuntos personales —enfatizó aquellas dos últimas palabras.

—Pero usted no puede contar nada de eso a nadie.

—Correcto. En eso consiste el secreto de confesión.

—Pues asunto zanjado entonces. Callejón sin salida. Usted ha de permanecer callado y a mí no me da la gana abrir la boca. Me lo tomo como confidencialidad médica/paciente, que resulta tener la misma validez para mí que para usted el asunto de las confesiones.

—Me prometió avisarme —le reprochó.

—¿Hola? Son las once de la noche. ¿Quiere que baje a su rectoría, toque a su puerta y me ponga a contarle confidencias de una alumna que arrastra problemas?

Adrien tuvo que callarse ahí pues ella tenía razón.

—No se fía de mí y me espía. Es bastante siniestro, ¿no cree?

—No la espío. La vi por casualidad dirigirse hacia las habitaciones de las chicas.

—Vaya, no he sido lo suficientemente discreta. Pero la próxima vez espérese a la mañana siguiente para regañarme. ¿O es que no está cansado?

—No, no lo estoy.

O no entendió la indirecta, o Adrien no quiso irse, porque no se movió un milímetro de donde estaba plantado como una estatua de granito.

Así que Lorena sacó un tema de conversación expresamente para incomodarlo y que saliera pitando, porque tenerlo allí la estaba volviendo loca. Era innegable que se sentía fuertemente atraída por aquel estúpido cura guapo e irritante.

—¿Qué piensa usted de la homosexualidad, padre?

El hombre se dispuso a abrir la boca, pero Lorena se lo impidió y siguió con su perorata:

—Seguro que le resulta una abominación en contra de Dios, algo antinatural, un error a corregir a pesar de destrozar la vida de esas personas que no entran en la normalidad de la Iglesia y la podrida sociedad que nos rodea.

Adrien la frenó.

—¡Señorita Pérez! Usted siempre con sus juicios de valor preconcebidos que me ponen de los nervios.

—¿A caso puede defenderse de mis acusaciones? Apuesto a que no —sentenció con firmeza ella.

—En primer lugar: no pienso que la homosexualidad sea antinatural. De hecho, existe en muchas especies de este planeta desde que el mundo es mundo. Mucho antes de que el hombre fuera consciente de la existencia de un ser superior. Ni lo censuro ni lo dejo de censurar. Y por supuesto que conozco todas las religiones y sociedades que censuran el homosexualismo. Me resulta una abominación imperdonable que haya países donde se asesine a las personas con distintos gustos sexuales, extensible a toda condición o género, ya sean hombres o mujeres, heterosexuales, homosexuales, transexuales, intersexuales y un largo etcétera.

Se detuvo un momento para coger aire, ante una callada Lorena.

—Igualmente me parece absurdo negarle la entrada a la Iglesia Católica a homosexuales, bisexuales y lesbianas con verdadera Fe. Y censuro de igual modo a los que mienten para acceder y así esconder su condición sexual de por vida. Debo reconocer que no me gusta ver el *Pride* o que pierdan la compostura y el decoro en público, pero no soy quien para censurarlos mientras no dañen a nadie.

Lorena se quedó estupefacta y sin alegatos. Se hundió en el sofá, habiendo perdido todas sus fuerzas como un globo desinflado y chuchurrido que Umbra se dedicó a amasar con sus patitas.

—Esto no es algo de lo que hable con cualquiera —continuó el sacerdote—. Sé perfectamente lo que piensa la mayoría al respecto de este tema. La Iglesia ha de reformarse desde sus raíces más profundas para poder avanzar en un mundo que va demasiado rápido y no se va a detener por nada ni nadie. Pero a mí lo que me duele es que usted me haya prejuzgado así de buenas a primeras, sin conocerme. Es lo mismo que si diera por hecho que soy un pederasta porque todos los sacerdotes lo son, cosa que tampoco es así y que, desde luego, censuraría de inmediato en un compañero, denunciándolo a la policía sin pasar antes por mis superiores aunque eso me perjudicara a mí.

Adrien se movió hacia ella y se sentó en una silla al lado de la mesita. Por lo visto aquella conversación iba a continuar.

—Para terminar con todo este asunto, le voy a contar algo que pocas personas saben; mi hermano mayor es gay, vive con su pareja gay y han adoptado a una niña china. Para mis padres ese es el triángulo del infierno, temerosos de Dios y chapados a la antigua como son. No le deseo a nadie el sufrimiento de mi hermano, porque lo viví en primera persona cuando decidió salir del armario y divorciarse de su mujer, con la que llevaba veinte años casado, haciéndolos infelices a ambos por fingir quien no era. Por lo tanto, mucho menos se lo deseo a unas pobres crías en edad de crecimiento mental y físico, ya sean lesbianas, transexuales o lo que quieran o sientan ser. Tan solo me preocupa que sufran. Así que tenga mucho cuidado con lo que les recomiende hacer.

Lorena, hecha un guiñapo en el sofá, no tuvo palabras, ni se atrevió a mirarlo cuando el hombre se levantó.

—Buenas noches —dijo Adrien con la voz quebrada, como si estuviera a punto de llorar.

Este la miró y alargó la mano para acariciarle el pelo al sentir su abatimiento, pero la desvió hacia el lomo de la gata, que subió la cabecita para que se la frotara.

Luego se fue cerrando la puerta con cuidado.

Lorena no pudo responderle antes de que se marchara.

La mujer se llevó las manos a la cara, avergonzada. Debió haberse contenido antes de juzgarlo.

Y lo peor de todo fue que, en vez de odiarlo por aquel mal rato, le gustó mucho más aquel hombre y hubiera deseado que se sentara a su lado y abrazarlo con todas su fuerzas para poder consolar su cuerpo y su alma.

†

Adrien bajó las escaleras limpiándose las lágrimas. Quería mucho a su hermano, y nunca le había contado aquello a nadie, ni siquiera a su amigo Bernardo.

Se sintió maltratado por Lorena, injustamente juzgado. Que ella pensara aquello de él le hundió en la miseria.

Llegó a su cuarto y buscó un pañuelo con el que sonarse las mucosidades y limpiarse la cara mojada.

—Y qué más da lo qué opine de ti, si no puedes estar con ella... —se dijo, sintiéndose miserable y volviendo a sollozar como un chiquillo.

CAPÍTULO 8

Dos días estuvo Lorena evitando como fuera al padre Adrien. Si lo veía aparecer, se escabullía. En una ocasión incluso se escondió en una habitación de limpieza durante diez minutos, a oscuras y en absoluto silencio.

Pero llegó el fatídico momento en el que Adrien la llamó a su despacho de nuevo y ya no pudo evitar el encuentro.

Picó a su puerta sintiendo las piernas de gelatina.

—Adelante —se escuchó decir.

—Buenos días, padre.

—Siéntese, por favor.

Adrien se comportó de forma seria, como de costumbre cuando estaba en su zona de trabajo.

—La he llamado porque quería que supiera que Cecilia ha sido trasladada a un centro privado de Madrid dedicado a trastornos alimenticios como el que padece. La controlarán en todo momento y se pondrá bien.

Lorena no puedo evitar regocijarse y sonreír de oreja a oreja, entrelazando los dedos de las manos de pura ilusión.

—Cecilia me ha pedido que le dé las gracias por ayudarla y estar tan pendiente de ella, porque eso le ha dado fuerzas para afrontar la anorexia y vencerla.

—¡Cómo me alegro! Estoy que no quepo en mí de gozo —expresó mientras daba saltitos en el asiento.

—Yo mismo le recomendé a sus padres el centro, tras investigar bien. Su tutora legal ahora mismo ha pasado a ser su madre de nuevo, por lo que no estará sola en este proceso.

—Espero de corazón que se recupere.

—Rezaremos por ello —concluyó Adrien con una sonrisa sincera mientras se levantaba de su silla y rodeaba la mesa, acercándose a la mujer—. Cecilia también me pidió que le diera un abrazo de su parte… Pero entenderé que n…

Lorena se puso en pie y le pasó un brazo por el hombro izquierdo y otro por debajo del sobaco derecho, pegándose a su pecho y girando el rostro en dirección contraria al suyo, por lo que Adrien sintió el tacto sedoso de sus cabellos sobre la barbilla y el aroma a coco le embriagó los sentidos.

Adrien la estrechó contra sí cerrando los ojos con intensidad y aguantando las ganas de apretarla tan fuerte que ambos se fundieran.

—Quiero pedirle disculpas por haberle juzgado tan mal la otra noche. Fue lamentable por mi parte —Lorena habló, aún abrazada a él, aguantándose las ganas de ir a más.

—Está exculpada. Yo también me excedí siguiéndola hasta su apartamento —susurró.

—Gracias…

Lorena rompió el contacto sin poder mirarlo a la cara, avergonzada.

—Si quiere puede continuar con su trabajo, no la entretengo más.

Adrien se apartó de inmediato y volvió a sentarse tras su escritorio.

Lorena se dio la vuelta para marcharse, pero él la detuvo al hablar:

—Una cosa… —musitó él.

—¿Sí?

Ella le miró, como anhelante, esperando algo.

—No hace falta que se esconda en cuartos de la limpieza durante tanto rato solo para no encontrarse conmigo.

La mujer sintió el calor subirle por la cara.

—Lo tendré en cuenta —respondió con una sonrisa.

Luego cerró la puerta tras de sí y se quedó apoyada en ella, intentando recobrar el sentido de la realidad.

Adrien existía, era de carne y hueso, un hombre que olía como tal, al que el corazón le bombeaba en el pecho. Y hubiera dado lo que fuera porque aquel abrazo hubiese sido eterno.

†

El sacerdote cruzó los brazos sobre la mesa y escondió el rostro entre ellos, emitiendo un gruñido.

Era la primera vez en su vida que sentía algo así de intenso, eléctrico y excitante. Le costó mucho rato que le bajara la tremenda erección que tenía entre las piernas, sobre todo porque al principio no podía dejar de pensar en el cuerpo de Lorena contra él y en lo mucho que le gustaba este.

—Dios Santo, dame fuerzas… —gimoteó.

†

Desde aquel día tan extraño, Lorena intentó comportarse de forma natural con Adrien, pero fue incapaz y siempre se sentía torpe y avergonzada ante él. Este estaba un poco distante, o simplemente muy ocupado.

Jamás le había sucedido aquello con un hombre, ni siquiera con su marido, ya que con él no existió nunca una pared infranqueable.

Pero Adrien era «el hombre prohibido». El «se mira pero no se toca».

Así que Lorena tuvo que conformarse con lo que había; o sea, nada.

Lorenzo había estado enviándole mensajes cada noche, o charlando con ella durante las comidas, siempre afable y juguetón.

Ambos tenían presente que el beso significaba el comienzo de algo, pero que en el colegio nadie debía darse cuenta.

Llegó de nuevo el fin de semana y él quiso quedar con ella, pero a Lorena no le apetecía repetir cuando tenía en mente, día y noche, a otro hombre. Necesitaba primero aclararse, o con Lorenzo no habría posibilidad alguna de que saliera bien.

Que Pili le escribiera para quedar fue muy conveniente, porque le pudo poner una excusa real y creíble a Lorenzo.

»Perdona, Lorenzo, pero ya he quedado con mi amiga, la que te dije que me había encontrado por casualidad. Solo puede hoy y me apetece charlar de los viejos tiempos.

«No te preocupes, bombón. Cultivar las amistades es muy importante. Yo me iré con los amigos a tomarme unas cañas por la calle de Los Herreros. Si os apetece pasaros luego, me avisas.

»Vale, te aviso si mi amiga puede. Y si no, que lo paséis bien. No ligues demasiado.

«Yo solo ligo contigo.

»Jajajaja, serás idiota.

El hombre tuvo que claudicar pues, ante todo, no deseaba forzar a Lorena sabiendo que venía de una relación tóxica con un marido muy controlador. Era mejor sistema permitir que fuera ella misma la que le buscara.

†

Lorena llegó a la cafetería Golosa, relativamente cerca de la vera del Duero y del Puente de Piedra que lo cruzaba.

—Maja, lamento no haber podido quedar antes —se disculpó Pili cuando su amiga se sentó enfrente de ella, en un cómodo sofá de estilo Versalles.

—Mujer, siendo una reciente mamá… Oye, pues me encanta el sitio, es súper acogedor, con estos sillones y las mesas rollo antiguo.

—Estarás un poco aburrida en Zamora, viviendo en Madrid tantos años. Pero sí, me encanta venir aquí, por eso te lo recomendé.

—Estoy muy bien, adoro la ciudad ahora. Hasta que no perdemos la cosas no nos damos cuenta de lo que teníamos. Y yo no supe valorar esta ciudad lo suficiente. Ojalá tuviera más turismo, es una gran olvidada. Por lo demás no me siento sola, tengo a mi padre cerca y en el colegio no hay tiempo para aburrirse.

Pidieron unos cafés con pastas típicas de la zona.

—¿Y qué tal lo llevas en el trabajo? ¿Ya estás habituada?

—Pues sí… Algunas alumnas acuden a mí para que las aconseje. Les inspiro confianza, parece ser.

—¡Qué bien! —exclamó Pili con una gran sonrisa en los labios.

—No te creas, eso ha provocado varios problemas con el padre Adrien, el director del colegio de monjas.

—¡Curas! —bufó Pili haciendo rodar los ojos.

—No es tan malo como quiere aparentar… —Lorena sonrió como una tonta al recordarle—. En el fondo me hace caso, aunque al principio se enfade porque tengamos puntos de vista diferentes.

Les sirvieron los cafés y las pastas y continuaron con la conversación sobre hombres.

—¿Y qué tal con el profesor ese? ¿Lorenzo era? Me dijiste que en cuanto nos viéramos me contarías cositas… —Le dio un codazo poniendo cara de pilla.

—Quedamos a cenar, charlamos un montón y fue divertido. Me reí bastante. Antes de despedirnos me besó… En la boca.

—¿En serio? —Pili abrió la boca de par en par—. Desde luego los tíos no pierden el tiempo.

—Fue agradable… —susurró Lorena mientras se llevaba una pasta a los labios, como si sopesara lo que había sentido.

—¿Y ya está? ¿Agradable y nada más? ¿No te entró así como un ardor entre las piernas? —preguntó divertida.

Lorena suspiró.

—Me gusta… Es atractivo, gracioso, inteligente… Pero no sé si estoy preparada aún para acabar en su cama.

—Es posible. Lo de tu ex es demasiado reciente.

Lorena pensó en que si Adrien la hubiera besado cuando estaban abrazados, lo habría empujado sobre la mesa de su despacho para hacerle el amor, sin lugar a dudas.

Solo pensarlo le excitó, igual que cada noche desde entonces, siempre haciendo caso omiso a las ganas de masturbarse pensando en ello, por respeto a Adrien.

—Me dice mi chico que la niña duerme… —Pili miró el móvil un momento—. No hace falta que vaya. ¿Quieres que cenemos juntas?

—¡Me encantaría! —exclamó con entusiasmo.

—No tendré que sacarme las ubres en un buen rato —bromeó y Lorena se echó a reír con una envidia sana.

Terminaron cenando en una bocatería con bastante afluencia de público, gracias a unos precios asequibles.

—Esto está de puta madre —dijo Lorena cuando les trajeron sus hamburguesas con guarnición y unas patatas bravas para compartir.

—Y que lo digas. En casa hay un poco de caos al respecto, porque Jorge es vegano y yo no. Pero bueno, por lo demás nos entendemos.

—Yo simplemente tenía un marido obsesionado con que estuviera delgada. Y yo no tengo ni la constitución ni la altura de modelo, sobre todo esto último. Dios mío, soy un hobbit y lo sé bien. No llego al metro sesenta.

Se echaron a reír sin poder parar.

—Eres súper bonita, maja. Suerte has tenido de que yo no sea *bi* y esté ya comprometida, que si no te empotro.

—¡Serás bruta, Pili!

Más risas entre las dos.

Cuando Lorena se dispuso a dar su primer bocado, le sonó el móvil.

Miró la pantalla y colgó de forma deliberada, enrojeciendo como una tonta.

—¿Era *spam*?

Lorena negó con la cabeza.

—Este hombre no me deja en paz ni en mi día libre… Cada vez que salgo tiene que estar pendiente… —musitó.

Le hubiera resultado halagador si no fuera porque odiaba ser controlada. Por eso le cabreaba tanto que Adrien lo hiciera.

—¿A quién te refieres? ¿Es tu ex? —Pili palideció.

—Mi ex no tiene este número. Me refiero al padre Adrien.

Le llegó un WhatsApp suyo que decidió ignorar sin ni siquiera abrir la aplicación, guardando el teléfono en el bolso.

—En mi noche libre no estoy, joder —dijo antes de darle un bocado a su cena y mancharse la barbilla con la mayonesa.

—¿Y si es algo importante? —planteó Pili.

—Que no, que te digo que es muy pesado. El otro día vino a mi apartamento porque me había estado siguiendo cuando fui a hablar con una interna…

—A ver si es un viejo pervertido de esos… —Puso cara de asco.

—No tiene ni cuarenta años y es guapo el muy *jodio* —comentó ya sin tapujos—. Podría salir en el calendario ese que saca el Vaticano cada año, el de los curas sexis.

—¿En serio? Cuéntame, cuéntame más.

Pili apoyó el codo en la mesa y el puño en la barbilla, expectante.

Lorena decidió sincerarse con ella porque lo necesitaba de veras o iba a explotar.

—Medirá un metro ochenta, sale a correr cada mañana, así que se mantiene en buena forma física. No es muy delgado, pero tampoco está súper cachas. El hábito le favorece porque no puede ser de otra manera con ese cuerpo que, paradójicamente, Dios le ha dado. Es moreno, pero con el cabello medio cano, así hacia un lado. Y esas patillas completamente blancas pues… A todo eso súmale unos ojos muy azules además de unas gafas que le dan un aire sexi e irresistible.

—Madre mía, Lorena, debe de ser una tortura trabajar con alguien así… Lo digo porque me estás describiendo a un adonis. A uno que ha hecho un voto de castidad, para tu desgracia.

Lorena miró a su amiga con cara de pena.

—A veces lo estrangularía con mis propias manos, porque es estricto y más seco que la mojama… Pero otras le arrancaría el alzacuellos con los dientes.

—Así que el que te gusta de verdad es el cura, no el profesor.

—Sí… —admitió en voz alta—. Me gusta, me gusta muchísimo.

Unas lágrimas le asomaron en el borde de los párpados inferiores.

Pili le dio unas palmaditas en el hombro, consolándola.

El móvil sonó de nuevo, insistentemente, pero al tratarse de Sor Sofía no dudó ni un instante en descolgar. Sintió que algo malo había tenido que pasar.

—Sor Sofía, ¿qué sucede? —preguntó.

Pili vio la cara demudada de Lorena y se preocupó de veras.

—Vale, voy para allá ahora mismo. —La mujer colgó y cogió sus cosas tras ponerse el abrigo de paño gris.

—¿Qué pasa?

—Perdóname, Pili. Mañana te lo explico.

Le dio un beso en la mejilla y salió corriendo. Su amiga se quedó preocupada, pagó la cuenta y decidió volver a casa con su familia.

†

Lorena corrió hacia el colegio, resguardándose bajo los soportales o los balcones, lloviendo a cántaros todo el camino que recorrió a pie hasta dar con un taxi que la acercó al colegio de estilo benedictino románico. Cogió el móvil durante el trayecto y leyó el mensaje del padre Adrien:

«Señorita Pérez, necesito que venga de inmediato al colegio, ha desaparecido Mari Carmen".

Se sintió estúpida y egocéntrica al creer que Adrien la llamaba para controlarla cuando era evidente que eso era una extraña e insana fantasía suya.

Al llegar el taxi a destino se encontró un coche de policía estacionado en doble fila con las dos intermitentes puestas y también las luces azules encendidas.

—¡Señorita Lorena! —la llamó Sor Sofía, que estaba hablando con un agente.

—¿La han encontrado? —preguntó con preocupación.

—No tienen ni idea de dónde están —le explicó la monja.

—¿Están? ¿Cómo? —Se quedó confusa.

—Myriam no ha vuelto a su casa tampoco, y es la mejor amiga de Mari Carmen.

—Pero ¿cómo ha pasado?

Se adentraron en el colegio hasta llegar a la zona del claustro que, a aquellas horas, tenía las luces encendidas cuando deberían estar apagadas.

—Mari Carmen se apuntó esta tarde para salir a pasear con las otras alumnas y, en un descuido de Sor Serapia, se fue.

—Ay, Dios, qué desastre —dijo llevándose la palma de la mano a la boca.

—¡Señorita Pérez! —Adrien la llamó, más preocupado que furioso—. Necesito hablar con usted en privado. Venga conmigo.

La asió del brazo para arrastrarla lejos de las miradas indiscretas de las monjas.

Caminaron juntos hasta un pasillo alejado del claustro.

—¿Por qué ignoró la llamada y el mensaje? —inquirió él en evidente estado de crispación.

—Estaba cenando fuera…

—¿Con Lorenzo? —preguntó a bocajarro en tono de reproche velado.

—¡Con mi amiga Pili! A la que he dejado tirada, dadas las graves circunstancias —contestó molesta.

Adrien pareció aliviado, pero se flageló mentalmente.

—Perdón, estoy muy preocupado…

—¿Me puede decir qué coño ha pasado? —le preguntó Lorena.

—Mari Carmen se ha escapado, y Myriam no aparece por casa. Las dos están en paradero desconocido con los móviles apagados. Necesito saber qué le dijo a Mari Carmen. Sin secretismos, se lo pido de rodillas. ¡Por favor!

—Le dije que, cuando fuera mayor de edad, les contara a sus padres que era lesbiana y estaba enamorada de su amiga. No la incité en ningún momento a hacerlo de inmediato ni, mucho menos, a escaparse con Myriam. ¿Por quién me toma?

—Los padres de Myriam están aquí, en mi despacho. Le voy a pedir que ejerza de psicóloga con ellos a ver si conseguimos averiguar algo más. Sígame el juego.

—Claro, faltaría más.

Él caminó tan rápido hacia su despacho que Lorena trotó detrás.

—Como va bien vestida no sabrán que es la bedel —dijo él.

—¿Y qué tiene de malo ser la bedel?

—Que perdería credibilidad, ¿no cree?

—Bueno, tiene razón —tuvo que admitir pese a sentirse ofendida. Sin embargo, no era el mejor momento de ponerse a discutir con él y su falta de tacto.

Entraron en el despacho, donde el matrimonio esperaba con nerviosismo junto a un policía nacional.

—Esta es la doctora Pérez, psicóloga del centro —les dijo—. Estos son el señor Ruíz, la señora Castellanos y el agente Cobreros.

A Lorena le chocó que Adrien mintiera así, pero era necesario.

—Por favor, sentémonos a hablar —rogó ella.

Adrien le ofreció a Lorena su asiento al otro lado del escritorio, y se quedó de pie a su lado, con la mano en el reposacabezas, muy cerca de ella.

—Aunque ya se lo habrán dicho al señor Cobreros, ¿tienen alguna idea de por qué su hija ha desaparecido a la vez que su amiga Mari Carmen?

—No entendemos nada —dijo el padre con talante autoritario.

La madre, en cambio, estaba compungida y algo se guardaba para sí, así que Lorena se centró en ella y la miró incitándola a hablar con un gesto de las cejas.

—Es una chica estudiosa y feliz, jamás había hecho algo así —comentó la mujer mirando a su esposo.

—¿Su hija y Mari Carmen tenían alguna relación especial? —preguntó de forma deliberada.

—¿Cómo especial? ¿Qué insinúa? —se puso a la defensiva él.

—No insinúo, señor Ruíz. Solo intento entender a su hija, a la que no he tenido el gusto de conocer todavía ya que... no ha necesitado venir a consulta. Pero con Mari Carmen sí he hablado y sé por dónde van los tiros. Cuanto antes salga a la luz la verdad, antes podrá la policía buscarlas en condiciones.

—Si saben algo es imperativo que lo comuniquen —informó el policía con gesto serio.

—Cariño, creo que deberíamos contárselo... —rogó la madre.

—¿Contárselo? ¡Es una vergüenza! —exclamó él.

—Me da igual, solo me importa que mi hija aparezca —respondió muy enfadada por fin.

—Haz lo que quieras.

El hombre se levantó y salió del despacho, como si no quisiera escuchar la verdad. La señora miró a sus tres interlocutores.

—Ayer la niña nos confesó que... es bisexual. Y que tenía una novia en el colegio. Su padre se enfadó mucho y la amenazó con sacarla de aquí. Yo he intentado entender a mi hija, aunque reconozco que me cuesta.

—¿Usted acepta su bisexualidad? —preguntó Lorena alargando una mano hacia la de ella, como para tranquilizarla.

—Es mi hija, sería una madre horrible si dejara de quererla por eso. Pero me pregunto qué hemos hecho mal para que se haya vuelto así...

—Nada, no han hecho nada mal. Su hija nació así y no se puede cambiar.

—Solo quiero entenderla... Si mi marido no se hubiera puesto como un energúmeno, ahora estaría en casa con nosotros y no fugada con esa otra muchacha. Ay, Dios mío... Se gritaron muchísimo, yo no supe cómo consolarla y esta mañana salió y ya no volvió...

—Probablemente hayan ideado un plan para escapar juntas y han aprovechado que Mari Carmen salía hoy a pasear. ¿Sabe de algún sitio donde puedan estar? —indagó Adrien.

La mujer negó con la cabeza.

Lorena miró al padre Adrien, que la observó a su vez con preocupación.

—Voy a informar a mis compañeros de todo esto —dijo el agente mientras cogía el móvil y salía por la puerta de camino al exterior.

Lorena se quedó dándole apoyo moral a la madre de la adolescente e intentó explicarle mejor lo que le pasaba a su hija.

Esta parecía entenderlo bastante bien y Lorena tener una extraordinaria mano para explicar la cosas y tranquilizar a los demás.

El sacerdote la admiró por ello y entendió mejor por qué las niñas acudían a ella y la adoraban. Sintió orgullo.

Adrien salió para hablar con el padre de Myriam, que estaba enfurruñado y dando vueltas el por jardín del claustro, cigarro en mano, calada tras calada. En la tierra del suelo yacían dos colillas pisoteadas.

—Señor Ruíz, ¿quiere hablar?

—Mi hija es una desviada, y no sé qué he hecho para merecer esto —respondió con total sinceridad—. Es esta ideología que la izquierda nos está metiendo a la fuerza: feminismo, maricones, y yo qué sé.

Adrien se sintió arder al escucharlo y tragó saliva. Supo contener sus propios sentimientos y proceder como era su cometido.

—Escúcheme. Esto no se trata de usted, ni de merecer o no. Se trata de su hija, una chica estudiosa, educada, creyente. Dios no la va a juzgar a ella por sus gustos sexuales, sino a usted por no aceptarla tal y como es.

El hombre le miró entre estupefacto y avergonzado.

—¿Le parece bien que haya desviados?

—No lo entiende, señor Ruíz. Su hija no es una desviada, no existen las personas desviadas tal y como usted las interpreta. Desviado es el que mata, el que engaña, el que hace daño a los demás. Y el amor verdadero no mata, no engaña, y no hace daño. Usted quiere a su hija, la ama tanto que teme perderla. Y con su actitud es lo que va a conseguir. ¿Se imagina una vida sin ella? Solo porque ama a otra mujer…

Adrien negó con la cabeza y los ojos llenos de lágrimas al recordar el sufrimiento de su hermano.

—Solo Dios nos puede juzgar, recuérdelo…

Lorena y la madre de Myriam habían presenciado parte del discurso de Adrien y estaban sollozando a lágrima viva.

La mujer se acercó hasta su marido y ambos se abrazaron. Ella le miró a la cara y le dijo:

—Cuando encontremos a nuestra hija la aceptaremos tal como es. Y si te niegas nos iremos las dos de tu vida. Te lo advierto.

—No hará falta, te lo prometo…

Finalmente, el matrimonio se fue a casa a esperar noticias.

Lorena recordó entonces algo muy importante.

—¡Padre Adrien! —lo llamó. Este se acercó a Lorena—. Mari Carmen me dijo que tenía una tía en Salamanca que venía a verla en ocasiones, y que se llevaba bien con ella…

Él asintió en silencio y la agarró por los hombros con una tierna fuerza que hizo estremecer a Lorena.

—Voy a decírselo a la policía, gracias por haber hablado con ella.

Se miraron un instante con mucha intensidad, con ganas de abrazarse de forma mutua. Adrien reculó rompiendo el contacto y salió corriendo para acompañar a las fuerzas del orden en el coche patrulla durante una noche en la que llovía como si fuera el diluvio universal.

Lorena no pudo hacer otra cosa que esperar junto a Sor Sofía.

—¿Crees que se han fugado juntas por amor? —preguntó Sor Sofía a Lorena.

—Pues sí, estoy segura del todo. El amor verdadero es el más atrevido…

—Nuestro querido padre Adrien ha estado muy acertado, ¿no crees? Es tan buen hombre…

Lorena asintió con una sonrisa triste en los labios.

—Desviado es el que mata, el que engaña, el que hace daño a los demás. Y el amor verdadero no mata, no engaña, y no hace daño… —repitió sus palabras y miró a la monja con una expresión derrotada.

—El padre Adrien se ha puesto muy nervioso hoy cuando no ha conseguido contactar contigo. No le había visto así jamás. Ha llegado a creer que te había pasado algo malo a ti también. Por eso te llamé yo.

—Estaba cenando con mi amiga Pili. Y me enfadé porque creía que me estaba controlando como hacía mi exmarido, así que le colgué.

—Dijo: «seguro que está con ese impresentable». Me imagino que se refería a Lorenzo…

Lorena no supo cómo gestionar toda aquella información.

—Aunque no lo creas, se preocupa por ti. Ya hubo un caso, de una profesora, que se marchó por culpa de Lorenzo. Supongo que no desea que vuelva a pasar, aunque la Madre Superiora no deja de darle el coñazo para que te eche. Te aseguro que es tan cabezón que no lo hará ni aunque se lo pidiera el mismísimo Papa Francisco.

Aquello hizo reír a Lorena.

—Es usted peculiar, Sor Sofía.

—Sí, la ovejita negra de la congregación. Voy arriba a informar a las compis, porque estarán ávidas de chismes frescos —bromeó la buena mujer.

Se dieron un abrazo muy largo.

—Lorena, el padre Adrien necesitará apoyo moral, porque de aquí en adelante va a tener muchos problemas —le contó de forma confidencial antes de irse.

—¿Por qué? —preguntó con intriga.

—Solo apóyalo.

La enjuta mujer desapareció entre las sombras, camino del primer piso. Lorena apagó las luces del claustro y decidió aguantar despierta todo lo posible en la salita donde las chicas veían la televisión.

†

Se había quedado dormida con la tele puesta hasta que un ruido la despertó de golpe. Se puso en pie y vio las luces del pasillo encendidas. Eran ya las tres de la mañana y se encontró al padre Adrien y a Mari Carmen, empapados de arriba abajo, junto a la habitación de la joven.

Lorena acudió a su encuentro.

—Por favor, quédese con ella, voy a secarme a la rectoría —le rogó el sacerdote antes de bajar las escaleras.

—¿Estás bien, chiquilla? —le preguntó Lorena a Mari Carmen en cuanto entraron en la habitación de esta.

La joven sollozó en silencio mientras la mujer la ayudaba a desvestirse y abría el agua caliente de la ducha.

—Nos van a separar... —se lamentó.

—Ay, cielo. No pienses eso ahora, lo importante es que no os ha pasado nada malo, nadie os ha secuestrado, ni violado, ni nada terrible y horrible. Menos la muerte, todo tiene arreglo.

Tras la ducha la ayudó a secarse el pelo, mientras la veía llorar en silencio.

—Métete en la cama, bonita. ¿Estarás bien? ¿No harás nada raro?

—No voy a suicidarme, no se preocupe...

—De acuerdo, eso me tranquiliza.

—Myriam les dijo a sus padres que es bisexual. Ellos se lo tomaron mal y la amenazaron con sacarla del colegio. Ideamos el plan de escapar juntas e irnos a Salamanca. Pero la policía nos interceptó antes de llegar a casa de mi tía.

—Era un plan muy malo, Mari Carmen —se sinceró la psicóloga.

—Lo sé, pero estábamos desesperadas. Ahora nos sacarán del colegio a ambas y a mí me llevarán a terapia.

—Niégate, como sea. Y si al final te llevan, no hagas ni puto caso y habla con asociaciones *queer* que puedan ayudarte. Pero no vuelvas a desaparecer, por favor. Estábamos todos atacados de los nervios.

—Quiero volver a ver a Myriam, estar con ella, vivir con ella. La amo con todo mi corazón... —susurró—. No queda tanto para que seamos mayores de edad. Así que tengo esperanza.

—Entonces aguanta un poco más. Si vuestro amor es verdadero, ni el tiempo ni la distancia lo quebrantarán.

—Usted ha sido muy buena conmigo. Incluso el padre Adrien… No me ha regañado en todo el camino, me ha abrazado contra él para darme calor físico y moral. Ojalá fuera mi padre.

Lorena asintió, emocionada.

Le acarició el cabello hasta que se quedó completamente dormida, de puro cansancio.

Después bajó hasta la rectoría y llamó a la puerta. Esperó con paciencia hasta que Adrien abrió, ya cambiado y seco, con sus pantalones de pijama de la anterior vez y una camiseta de manga corta de color blanco.

—Se ha dormido y estará bien —le informó para su tranquilidad.

—Entre —la invitó a pasar.

—¿Me da permiso?

Adrien sonrió con cansancio, pero de forma sincera.

La planta baja era la pequeña casa que su padre había estado ocupando los últimos tres años, y arriba se encontraba la vivienda de Adrien.

—Aquí hace frío y arriba tengo ya puesta la calefacción. Si no se siente incómoda…

—En absoluto…

Incómoda no era la palabra, más bien nerviosa.

Este subió la escalera y lo siguió.

Halló una planta sencilla, con un baño, un saloncito y una habitación para dormir. Se sentó en el sofá, agotada.

—Iba a hacerme una tila. ¿Quiere algo?

—Lo mismo, por favor.

Lorena observó mejor la estancia mientras Adrien calentaba agua y ponía las bolsitas de infusión en sendas tazas.

Había una tele y un Blu-ray. En el estante de abajo vio un montón de películas variadas: desde *Sentido y sensibilidad* hasta *Terminator*, pasando por *Mi vecino Totoro*, lo cual la dejó sorprendida.

En los muebles más viejos se mezclaban libros eclesiásticos, clásicos de la literatura universal, otras colecciones más modernas, libros de historia, de ciencia, política y lo que más le llamó la atención: de temática romántica. Por lo visto Nicholas Sparks era su favorito.

Le chocaron las fotos del Papa Francisco, y las figuritas de las Vírgenes. Pero aquello debía de ser lo normal, supuso.

Apenas conocía a aquel hombre, pero cuanto más sabía de él más le gustaba, para su desgracia.

Adrien posó la taza de Lorena sobre la mesita de centro, frente a la mujer, tras lo cual se sentó a su lado en el pequeño sofá de dos plazas.

—Estaban juntas en Salamanca. Habían cogido el autobús hasta allí...

—Lo sé, me lo ha contado.

—Ha sido un drama. Íbamos los tres en la parte trasera del vehículo policial, ellas abrazadas llorando como si no hubiera un mañana y jurándose amor eterno. Hice la vista gorda todas las veces que se besaron... No me vi con fuerzas de negarles eso... Luego dejamos a Myriam con sus padres y abracé a Mari Carmen para que se desahogara.

—Pobrecitas... —susurró Lorena antes de darle un sorbo a la tila.

—Me imagino que los padres de Mari Carmen nos denunciarán por perderla de vista y, en ambos casos, las niñas serán sacadas del colegio. Pero qué le vamos a hacer... Hoy no puedo más...

Apoyó el cuerpo en el respaldo del sofá, agotado.

—Mis padres sometieron a mi hermano Jean, en su juventud, a un programa para volverle heterosexual cuando vieron en él comportamientos anormales... Le convencieron de tal modo que acabó casado y con dos hijas. Pero el río vuelve a su cauce. Conoció a su actual pareja y lo dejó todo. Sus hijas no quieren verlo. Mis padres menos aún. Para ellos está muerto y enterrado.

—Pero le sigue teniendo a usted, ¿estoy en lo cierto?

—Siempre.

—Padre Adrien, es usted el hombre más bueno que conozco —se sinceró con él—. Ya me lo dijo Sor Sofía: «es un trocito de pan".

Imitó su vocecilla y sus gestos.

Adrien no pudo evitar sonreír.

Lorena pensó que, cuando sonreía, era el hombre más guapo del universo, así que le miró con cara de estúpida.

—Pero me doy cuenta de que mi gestión en el colegio está siendo pésima —se flageló con aquellas palabras.

—¡No es cierto! —exclamó Lorena—. Puede que no tenga mi capacidad para captar los problemas de las chiquillas. Yo ando todo el día dando vueltas; veo cosas, las oigo...

—Y yo me la paso en mi despacho...

—Le recomiendo que contrate un psicólogo de verdad, uno que venga cada semana a ser posible.

Lorena estaba pegada a él y su presencia hacía a Adrien sentir el imán de la atracción física.

La miró a los ojos y luego bajó la mirada hasta sus labios, luchando entre el anhelo y el sentido común.

—Tengo que pensar en todo esto —dijo, llevándose las manos a las sienes, como dolorido—. Gracias por su ayuda, discúlpeme. Me voy a dormir, estoy agotado.

—Claro, yo también me voy.

Adrien la vio desaparecer escaleras abajo, lejos de él.

Quiso gritarle que no se fuera, que volviera y le abrazara.

Sintió el impulso de bajar las escaleras pero ella ya no estaba, así que se fue a su cuarto y se metió en la fría cama, sintiendo que algo le faltaba por primera vez en su vida. Miró a una Virgen que tenía en la mesilla de noche y le preguntó en silencio cómo podía gestionar algo tan indócil. Esta le miró con su carita ladeada, apiadándose de él.

†

Lorena subió a su apartamento y se metió en la cama, agotada. Las niñas estaban bajo techo y seguras, Adrien también en su casa... Por fin podría descansar como un tronco.

Umbra rascó la colcha para que su mamá la dejara entrar y se metió con ella. Lorena la abrazó y besuqueó con ternura hasta quedarse dormida casi sin darse cuenta.

El móvil sonó y pegó un respingo tal que su gata salió escopetada y se colocó en una punta de la cama en modo bola, molesta.

Lorena cerró un ojo por la fuerte luz de la pantalla; era Adrien.

—¡La Virgen! —exclamó—. ¿Qué pasa?

—Lorena... Necesito que me traigas algo para la fiebre...

—Padre, ¿no puede ir usted? —frunció el ceño al decirlo.

—No soy capaz de salir de la cama... —Se puso a toser.

—¿Llamo a Sor...?

—No. Quiero que vengas tú, por favor...

—Bueno, vale. Voy.

Lorena colgó, se bajó de la cama y advirtió, sorprendida, que Adrien la había tuteado por primera vez.

CAPÍTULO 9

En la enfermería, aterida de frío, buscó todo lo necesario, yéndose después hacia la casa de Adrien.

Cualquiera hubiera pensado que eran amantes.

—Bueno, no —se dijo bromeando consigo misma—, el pijama de gatitos no es lo más sexy del mundo, ni esta bata de abuela que llevo...

Subió las escaleras y entró en el cuarto de Adrien llamando antes.

—Permiso…

Observó lo pulcro y sencillo que era: cama grande, un armario de madera bastante viejo pero bien conservado y un escritorio con un portátil.

—Lorena —gimoteó su nombre.

—Mañana a urgencias de cabeza, ¿eh? Ha venido tan empapado y aterido de frío que el resfriado ha sido inevitable.

Él no dijo nada.

—Venga, tómese esto.

Lo ayudó a erguirse y le fue ofreciendo pastillas con agua.

—Quítese las gafas, las tiene empañadas. ¿Tan cegato está que duerme con ellas?

Se las quitó con cuidado y las depositó sobre la mesilla, observando su rostro atractivo, rojo y húmedo por la fiebre.

El hombre tiritaba de frío e insistía en taparse una y otra vez.

—No, esta manta no. Así está bien…

—Tengo mucho frío —refunfuñó.

Lorena se las arregló para colocarle el termómetro bajo el sobaco, teniendo que acercarse bastante a él.

Sintió su pesada respiración en el cuello y eso la dejó unos segundos obnubilada, hasta que sonó el pitidito del termómetro y la expulsó del ensueño.

—Treinta y nueve grados... Estamos apañados, padre Adrien.

—Lo siento… —pidió disculpas él, tiritando.

—¿Por qué no quiere llamar a Sor María? Ella le cuidará mejor…

—Porque tú eres menos indulgente conmigo.

—Oh, qué piropo. Pues como soy tan poco indulgente, le obligo a que se quede quietecito en la cama y deje hacer efecto a los medicamentos y a este paño frío.

Le colocó en la frente una toalla de mano, doblada y húmeda.

—No te vayas… —sonó como un lamento infantiloide mientras la asía sin fuerzas por la muñeca.

Adrien se moría de ganas de que se quedara allí con él, a su lado, dentro de su cama a ser posible.

—Padre… necesito dormir. Me caigo de sueño…

Él se echó a reír de tal forma que Lorena alucinó.

—Sería la primera vez en mi vida que duermo con una mujer que no es mi madre…

—¡No voy a dormir con usted! —respondió de forma tajante—. Me iré abajo.

—Hace mucho frío en ese piso… —musitó colocándose mejor el paño sobre la frente y los ojos.

Lorena observó sus labios anchos y apetecibles.

—Pues usaré el sofá… —Se levantó para alejarse de la tentación.

Adrien suspiró como si claudicara.

—Hay mantas y sábanas en la cajonera del armario… —susurró casi dormido.

—El sofá… —repitió ella, afligida—. Venga, me voy al sofá. Pero no quiero habladurías después. Lo aclara usted.

La respuesta fue un leve ronquido.

—No entiendo a este hombre —farfulló mientras se hacía la cama en el susodicho mueble.

†

Cuando Lorena llevaba un par de horas durmiendo, sobre las seis de la mañana, se despertó por las divagaciones de Adrien.

Se levantó a trompicones y fue a verlo. Le puso la toalla fría en la cara, de nuevo, pues se había deslizado sobre la almohada.

Adrien tenía los párpados entornados y la agarró del pijama para atraerla. Lorena no supo qué hacer cuando se vio con medio cuerpo sobre él.

—*Tu es très belle*… —susurró el sacerdote en francés, mirándola a los ojos y tocando su mejilla.

Ella sabía suficiente como para entender lo que le había dicho, así que sintió algo tan poderoso en la boca del estómago que el corazón se le desbocó.

—Adrien… —jadeó su nombre—, no…

A pesar de la negación en sus palabras, sus actos la traicionaron y sus labios atraparon los de él hasta convertirse aquel íntimo contacto en un beso lento, ardiente y profundo por parte de ambos.

Lorena sintió su cuerpo electrizarse, y sus partes íntimas contraerse en espasmos de placer. Jamás se había sentido de aquella forma, ni si siquiera con Raúl.

Pero, consciente de que aquello no debía suceder entre ambos, se apartó con mucha fuerza de voluntad.

Él le acarició el rostro y luego el cabello despeinado.

—*Une précieuse Vierge…* —dijo de pronto.

Lorena se quedó perpleja y saltó como un resorte, alejándose de la cama, confundida.

—Está delirando… —Se percató de que Adrien creía ver a la Virgen.

Pues ella, de Virgen, tenía nada y menos.

Sintió un bochorno tremendo, una vergüenza insoportable que le provocó un nudo en la garganta.

Haciendo gala de una gran fuerza de voluntad y autocontrol, tapó a Adrien de nuevo, le puso el paño frío otra vez y se volvió al sofá, con las bragas bien húmedas, comiéndose las ganas y frustrada a más no poder.

—Soy gilipollas.

†

Por la mañana fue Adrien quien la despertó. Lo miró, sintiendo que enrojecía de pura vergüenza.

—¿Y esa cara de susto? ¿Tan mal aspecto tengo? —indagó él.

—¿No se acuerda de los delirios con la Virgen…?

—¿Delirios con la Virgen? ¿Qué…?

—En francés…

Adrien negó con la cabeza, confundido.

—Lamento haber hablado en francés… Solo lo uso con mi madre.

Lorena dedujo que no recordaba el tórrido beso. Si no, no estaría tan tranquilo ante ella, como si tal cosa, lo cual la alivió por completo.

—¿Y el termómetro? —preguntó él mientras lo buscaba por la estancia—. No está en la habitación.

—En el baño, fui a limpiarlo…

Se levantó y fue a por él con sus pintas de haber tenido una noche espantosa, el pijama medio de lado y el cabello más enmarañado que el de una bruja.

Volvió dando pasos a trompicones y se lo tendió a Adrien, que se había sentado en el sofá y parecía agotado.

—Póngaselo en el sobaco y estese quietecito.

—Lo sé, no soy un niño —gruñó mientras se lo colocaba y quedaba a la espera del resultado.

—Me duele el cuello, este sofá es de todo menos cómodo —comentó ella mientras se masajeaba a sí misma.

—¿Por qué no fue abajo? Está la cama que usaba su padre.

Lorena le echó una mirada cargada de rencor.

—¡Porque me rogó que me quedara con usted!

Él no dijo nada al principio.

—Le pido disculpas, desde que don José se fue me siento un poco solo, supongo.

Lorena suspiró enternecida, pero pilló a Adrien mirando a una Virgen que había en un cuadro y eso la enfureció.

En realidad él estaba fijándose en la hora del reloj que había al lado.

—No puedo dar misa hoy... —dijo de pronto.

—Dios se lo perdonará por estar malito.

—¿Se burla?

—Es evidente que sí.

El pitido del termómetro cortó la infantil conversación.

—Treinta y ocho...

—Bueno, mucho mejor que esta madrugada. Yo me voy a descansar a mi cama ahora que puede valerse por sí mismo.

Lorena se puso su bata de abuela y procedió a irse tras recoger el móvil de la mesa. Adrien la asió de la mano con delicadeza.

—Gracias... —La miró a los ojos, con sinceridad.

Luego la soltó de forma inmediata, dándose cuenta de que se estaba pasando y ella empezaría a notarlo si seguía por ese camino.

—No hay de qué...

La mujer se fue, encontrándose a la Madre Superiora abajo, a punto de tocar al timbre al ver que Adrien no bajaba a la capilla.

—¡Señorita Pérez! —gritó, escandalizada.

—Las explicaciones se las pide al padre Adrien.

—Pero...

—¡Al padre! Yo me voy a dormir durante todo el maldito domingo. Déjenme todos en paz.

«Que se pongan a especular si quieren, yo ya he hecho bastante el gilipollas por mí misma», se dijo.

†

Lorena durmió como un tronco hasta bien entrada la tarde. Luego se duchó, se vistió y bajó a cenar bajo las inquisitivas miradas de las monjas y la Madre Superiora.

Hizo caso omiso, pero aquello la puso de mal humor.

Sor Sofía se sentó a la mesa con ella, como de costumbre.

Estuvieron calladas un rato hasta que Lorena rompió el silencio:

—¿Qué? —preguntó cansada.

—¿Es verdad que has pasado la noche en la rectoría?

Lorena dejó el tenedor a un lado de la mesa y suspiró.

—Sí, porque el padre Adrien es como un niño caprichoso y quería que le cuidaran porque estaba malito.

—Me temo que cualquier hombre cree estar al borde de la muerte cuando enferma —bromeó Sor Sofía.

Lorena no pudo evitar reprimir una sonrisa.

—¡Molestar a la bedel es su pasatiempo! Me pregunto si era tan pesado con mi padre. Aunque me los imagino a los dos enfermos a la vez, durmiendo juntitos para darse calor y lloriquear. Porque mi padre es de esos, ya se lo digo.

—Si los hombres fueran los que pudieran parir, la humanidad ya se habría extinguido. —Sor Sofía no se quedó corta a la hora de poner verde al sexo contrario.

El resto de la congregación, atentas como estaban a las dos interlocutoras, se miraron sin entender aquellas risas.

—¿Le ha ido a cuidar Sor María? —Se interesó Lorena, ya en serio.

—Acudieron a urgencias hace un par de horas, cuando al padre le subió la fiebre de nuevo.

—¿Qué? —Se preocupó.

—Me ha dicho Sor María que le estaban haciendo unas placas, pero que seguramente sea un buen catarro y poco más.

—Bueno, pues esperemos que se ponga bien pronto y vuelva a ser el robot de siempre.

—¿Tan mala fue la noche?

—¡Peor! —Las frustraciones de Lorena saltaron al ruedo—. Empezó a delirar con la Virgen, en plan devoto. Vamos, que estaba convencido de que se le había aparecido y era yo.

Sor Sofía se echó a reír a carcajadas.

—¿De qué se ríe? Porque a mí eso de las apariciones marianas me da mucho reparo —confesó.

—De los delirios de un cura, hija mía, de los delirios de un cura.

—¿Es cierto que dormiste con el padre Adrien? —le preguntó Lorenzo al día siguiente, en confidencia, cuando entró al despacho de la bedel, que estaba pasando al Excel unos datos relacionados con los contadores de agua.

—No con él, sino en su sofá —puntualizó Lorena echándole una mirada viperina—. Porque se puso muy enfermo con fiebre, como sabrás. Pero veo que ya soy la comidilla de toda Zamora, prácticamente.

—No es tonto, no... —susurró, dejando caer la frase, en un deje molesto.

—¿Qué insinúas?

—Que cualquier hombre querría que le cuidara una mujer tan guapa como tú, no un vejestorio monjil.

—¡Ten más respeto por Sor María! —le increpó.

—Me voy a poner celoso o, mejor, me voy a enfermar para que me cuides tú a mí. A ver si así me prestas algo de atención —le reprochó.

—Te mandaré a la monja —le respondió mientras se ponía en pie para encender la impresora.

—Bueno, ¿y qué pasó? —continuó con el cuestionario—. ¿Intentó algo contigo?

—¡Por supuesto que no! —exclamó enervada—. Es un sacerdote católico, apostólico y romano.

«La que se extralimitó fui yo», se dijo.

—¿Y desde cuándo ser sacerdote evita que pasen ciertas cosas? Antes los Papas tenían mujer e hijos, por no decir veinte amantes. Los Borgia, por ejemplo.

—Te aseguro que el padre Adrien no es de esos. Su único amor es la Virgen. —Le castañearon los dientes, de rabia.

—Pero sigue sin ser tonto. ¡Un hombre es un hombre! —añadió.

—¡Me voy a trabajar! No puedo estar aquí charlando contigo. ¿No tienes clase o qué?

Asió los documentos que había impreso y los metió en la carpeta correspondiente. Luego cogió unas cuantas llaves y salió de la portería.

—¿Si me pongo malito te puedo llamar? —bromeó él mientras ella se alejaba.

—Solo si quieres morir estrangulado en lenta agonía, porque soy una pésima enfermera. ¡Hasta luego!

Al desaparecer por la esquina, Lorena ya no se percató de la expresión seria de Lorenzo y su gesto de rabia.

†

La bedel supo por Sor Sofía que los padres de Mari Carmen irían por ella a la mañana siguiente, así que optó por acudir a verla y darle unos últimos consejos.

La chica le pareció más animada, pues no fue obligada a acudir a clase y evitó así las burlas de las alumnas más desagradables.

De salud se sentía a la perfección, tan solo algunas toses y mocos que ya estaban pasando.

Por lo demás, la joven estaba resuelta a aguantar hasta la mayoría de edad para estar con su novia.

Lorena no podía saber si aquel amor adolescente, e incomprendido, sobreviviría ante las adversidades como lo haría un amor adulto, pero en ocasiones la juventud era mucho más fuerte y decidida que la madurez. Así que tuvo fe en que todo saldría bien y así se lo hizo saber a la chica, que le dio un largo abrazo antes de despedirse de ella.

Cuando pasó por el pasillo B de la zona lectiva, escuchó hablar a varias chicas del último curso. Hizo como que limpiaba el extintor y escuchó con suma atención:

—Qué puto asco las dos tortilleras esas. Anormales —escupió una en un tono burlón—. Y encima el director las defendió. Mis padres están súper cabreados y van a poner una queja.

—Bueno, mejor que ya no vayan a estar por aquí, así no tenemos que estar todo el día jodiéndolas, que ya cansaba.

—¡Que las jodan otras es lo que les pone!

Se echaron a reír a carcajadas y Lorena no pudo creer que aquellas estudiantes tan jóvenes usaran ese lenguaje soez y tuvieran semejantes malas intenciones. ¿Qué les enseñaban sus padres en casa?

—Entre estas, la anoréxica de mierda y la gorda que se suicidó, nos vamos a quedar sin gentuza a la que putear lo que queda el resto del curso. Con suerte entra alguna nueva y le hacemos creer que somos sus amigas.

—Aún tenemos a la pava de Sonia. Se ha vuelto a cortar a escondidas, la muy imbécil. La pillé el otro día en la biblio, escondida en un rincón. Me ofrecí a comprarle cuchillas, por si se le acababan.

Volvieron a carcajearse y Lorena no aguantó más.

—Señoritas, es hora de estar en clase —les dijo mirando el reloj de su móvil.

—¿Y usted no debería de estar «cuidando» al director? —contestó la que pareció la cabecilla, una chica alta y delgada, bastante guapa.

—Id a clase, ¡ahora! —ordenó Lorena.

—Uy, sí, señora bedel, qué miedo.

Caminaron, alejándose, entre risotadas.

—Puto cáncer… —se dijo Lorena, con los dientes apretados.

Tendría que averiguar quién era la tal Sonia. Si de veras se estaba autolesionando no podía dejar que siguiera así, debía de padecer algún trastorno depresivo con disociación.

†

Por la tarde fue a ver al padre Adrien a la rectoría para hablar de ello, pero Sor María le dijo que estaba durmiendo como un bendito, por lo que tuvo que buscarse la vida.

A la hora de la cena se sentó con las internas y estuvo interrogándolas sin muchos miramientos. Estas se quedaron bastante pasmadas de que fuera tan al grano.

—¿Conocéis a una tal Sonia que se hace cortes y se esconde en la biblioteca?

Ninguna abrió la boca.

—Sé que aquí se practica el *bullying*, sé quiénes lo hacen, y no lo voy a permitir. Bastantes problemas he descubierto ya en el poco tiempo que llevo aquí, y sé que estáis enteradas de casi todo porque sois las internas y eso hace piña.

—Señorita Lorena, es mejor no meterse con ellas… —dijo una, la amiga morena de Cecilia.

—¿Y eso por qué? —indagó.

—Si lo hace la echarán, y no nos gustaría porque la apreciamos un montón.

—Si no me ha echado ya el padre Adrien, pocas cosas lo podrían llevar a hacerlo…

—Bueno, nosotras solo la advertimos. Esas chicas son malas y sus padres tienen contactos directos con el obispado. Ahí el director no podrá hacer nada si le obligan a que le rescindan el contrato —comentó otra más pequeña, una niña de trece años recién cumplidos pero que parecía tener más cabeza que otras chiquillas de su edad y ser bastante inteligente por cómo hablaba.

—Me siento muy agradecida por vuestras palabras, y ese cariño que me transmitís... —Lorena sintió que las lágrimas acudían a sus ojos—. Pero considero más preciada la vida y el bienestar de cualquiera de vosotras que este trabajo. Y si alguna conoce a esa tal Sonia, ya sabéis dónde estoy. Prometo no decir palabra de cómo lo supe. ¿Vale?

Todas asintieron en silencio.

†

A la mañana siguiente, Lorena se encontró una notita en su despachito, pasada por debajo de la puerta. Obviamente no iba firmada.

«Sonia pasa muchas horas en la biblioteca. Es rubia con gafas y lleva aparato y unos mitones negros".

Lorena intentó dar con la joven durante el horario de la biblioteca, pero no coincidió con ella en ninguno de los casos. Decidió ir a hablar con Adrien que, por fortuna, estaba mejor de salud y se había reincorporado a su puesto.

Entró en su despacho y se quedó sin habla al verlo, con el corazón latiéndole a lo loco.

—¿Qué puedo hacer por usted? Siéntese…

Puso un poco de distancia entre ellos, pues desde el incidente de la visión mariana, no podía parar de pensar en el tórrido beso y en sus carnosos y calientes labios. Se resistía a masturbarse porque le seguía pareciendo una falta de respeto. Así que cuanto más lejos, mejor.

—B… Bueno, yo… —balbució.

—¿Sí? —La miró tras sus gafas y con rostro amable.

—Vengo a comentarle el caso de una alumna...

El padre suspiró, exhausto.

—Puedo venir en otro momento si tiene trabajo… —Temió haberlo molestado.

—No, por favor. Solo es cansancio. A parte de eso, estoy embotado por los medicamentos.

—¿Se encuentra mejor? —indagó.

—Ya no tengo fiebre, así que con eso me conformo. Sor María ha tenido una gran paciencia conmigo. Soy como un niño pequeño, sin duda —admitió—. ¿De qué alumna me habla? —cambió de tema.

—No estoy muy segura, pero sé que se llama Sonia, rubita con gafas, aparato en los dientes y usa unos mitones negros para las manos.

—¿Pero la ha visto?

—No.

—¿Entonces cómo lo sabe?

—Escuché a otras alumnas… Esa chica se corta para flagelarse. Es un claro indicativo de trastorno depresivo. Puede cometer una locura mayor…

Adrien palideció al recordar el incidente del ahorcamiento.

—¿A qué alumnas escuchó?

—Unas de último curso. Se reían de ella, de Cecilia, de Mari Carmen, de Myriam y… hablaron del suicidio de una chica con sobrepeso, regocijándose de que estuviera muerta. Parece que también acosan a Sonia.

—Yo me encargo —dijo sin más, muy serio.

—Pero puedo hablar con la chica…

—No. Yo me encargo —insistió.

Adrien se llevó las manos a la cabeza.

—¿Está bien?

Lorena se acercó y tuvo el impuso de tocarle la frente de buena fe, pero él se apartó, asustado, casi levantándose de su asiento.

—Me iré a la rectoría de nuevo… Me he mareado.

Se levantó del todo.

—Si me necesita, dígamelo…

—No lo creo, tranquila. Ahora aviso a Sor María para que me tome la tensión. Puede seguir con sus tareas.

—De acuerdo… —contestó decepcionada, y se fue disimulando sus sentimientos de tristeza.

†

El hombre la vio marcharse y hundió la cabeza entre los brazos, de nuevo sentado, con el corazón a cien. No paraba de tener pensamientos, y extraños recuerdos, de haberla besado. La sensación de sentir su boca, su olor y calor, su cuerpo encima. Había sido un sueño muy vívido que lo atormentaba una y otra vez. Se le estaban yendo de las manos sus sentimientos por ella y no sabía cómo proceder.

†

Tras una jornada laboral intensa, Lorena habló con Pili por WhatsApp:

«Maja, que tú te estás colando fuerte por el cura.

»Estoy bien jodida.

«Te pone cachonda.

»Sí.

«¿Y el profesor? ¿Por qué no lo intentas con él? No soy partidaria de olvidar a un tío con otro, pero a lo mejor sería bueno que salieras más con él antes de que te cueles tanto por el cura, que es inaccesible.

»Lo pensaré.

«Si te quita los picores que el cura te deja, pues adelante.

»XDDDDDDDDDDDDDDDD No tienes remedio, Pili.

«Me quedé embarazada por follar como una coneja, así que no, no tengo vergüenza.

»Te prometo que lo pensaré bien.

Estuvo un rato sentada en la cama, con Umbra dormitando a su lado, antes de escribir a Lorenzo, que estaba supuestamente conectado.

»Hola, profe.

«Hola, bedel sexi. Me tenías abandonado.

»He pensado que, si no tienes nada que hacer, podríamos quedar el viernes a cenar.

«Mi agenda siempre está libre para ti, bombón ;)

»Pues ya quedaremos a una hora. Por el momento me voy a dormir, profesor sexi.

«*Ey*, qué pronto me dejas.

»Me lo guardo todo para el sábado.

Le llegó una foto de Lorenzo en su cama, con el torso desnudo y todos sus pectorales bien marcados.

Se quedó estupefacta.

«¿No piensas dejarme algo para que la espera sea menos dura?

Lorena pensó que no estaba tan mal probar. Él parecía interesado y no tenía por qué ser nada serio, en principio.

Se quitó la parte de arriba del pijama, quedando en camiseta de tirantes, y se hizo una foto desde arriba para que viera bien el escote, pero no el rostro.

La envió sin más.

«Madre mía, nena, qué buena estás. Me voy a dormir calentito.

»Eso, vete a dormir. Hasta mañana…

Luego apagó los datos y dejó el móvil sobre la mesilla.

No sabía si estaba haciendo bien, pero tenía que intentarlo.

Raúl fue siempre el único hombre en su vida, con el que se había acostado. No conocía otra cosa y se obnubiló con sus primeras atenciones. Pero a sus treinta y cinco años, y con unas necesidades sexuales bastante especiales, no tenía por qué seguir con telarañas entre las piernas por más tiempo.

Demasiados años siendo malquerida le habían pasado factura.

Y el único hombre que, tal vez, hubiera podido aportarle verdadero cariño, no estaba a su alcance.

CAPÍTULO 10

Finalmente, la tarde del viernes, Lorena consiguió dar con la susodicha Sonia. Era una chica de aspecto desvalido, macilenta y menuda.

Estaba sentada en una mesa de la biblioteca, así que se le acercó e intentó entablar conversación, interesándose por el libro que estaba leyendo: *La sombra del viento*, de Carlos Ruíz Zafón.

—Hola…

—Hola —respondió la chica.

—Es un libro muy bueno, yo ya he leído todos y me parecen maravillosos.

—Yo también, pero me gusta releerlos, en especial *El juego del Ángel*…

—Sí, su protagonista era muy especial. Un escritor extraordinario con mucha imaginación.

—Me gustaría ser escritora, así que intento leer a los mejores.

—¡Eso es estupendo! Tener una meta en la vida.

Pero Sonia no sonrió.

Sor Serapia andaba tras su escritorio, clasificando algunos libros nuevos, por lo demás solo estaban ellas tres.

—¿Sabes quién soy? —La joven asintió con la cabeza—. ¿Sabes por qué suelo hablar con las alumnas?

—Sí…

—¿Necesitas contarme algo? Como, por ejemplo, por qué llevas los mitones siempre puestos…

Sonia cogió sus cosas y se levantó ante la mirada estupefacta de Lorena, dejándola sola.

Por fortuna, Lorena sabía que una psicóloga, especializada en adolescentes, acudiría al centro a la semana siguiente. Por un lado, se alegró. Aunque por otro se puso celosa por no poder desempeñar ella ese puesto.

†

Tras terminar su jornada laboral, y quedar con Lorenzo sobre las diez de la noche donde la anterior vez, merendó en casa de su padre. Este le enseñó sus planes para hacer el Camino de Santiago al año siguiente. Estaba volviéndose monotemático con aquello, así que su hija llevó la conversación por otros derroteros.

—Papá, tú que conoces mejor al padre Adrien... ¿Qué me puedes contar sobre él?

—¿Y ese repentino interés? Porque antes no le podías ver ni en pintura.

—Aunque no lo creas, me cae bien. Nuestra relación laboral ha mejorado.

—¡Ah! El que decías que te miraba por encima del hombro.

—Él no hace esas cosas. —Lo defendió.

—Yo eso ya lo sabía. Pero tienes la mala costumbre de juzgar a todo el mundo, en especial a quien es creyente.

Lorena bufó, harta.

—Estoy intentando corregir ese aspecto de mi personalidad. ¿Sabes o no cosas de él? —Retomó el tema.

—Claro, vivíamos juntos y era un excelente compañero. Se nota que ha estado estudiando en el Vaticano, y que es civilizado y no uno de esos curas que aplican las leyes de la Iglesia católica a rajatabla o según sus propios intereses. Eso le suele traer problemas con los demás. Pero no hace ni caso. Se ordenó muy joven, estuvo dando clases en la Comunidad de Madrid tras volver de Italia y luego lo destinaron a Zamora para hacerse cargo del colegio.

—Vaya, así que ambos vivíamos allí. Qué cosas de la vida, tan cerca y tan lejos...

—Su madre es francesa, y su padre español. Por lo visto vienen ambos de familias pudientes. Me acuerdo que, cuando llegó, las profesoras laicas se volvieron locas.

—¿Cómo?

—Sí, sí. Qué por lo visto les resultaba atractivo. A ver, yo qué sé.

José se echó a reír.

—¿Alguna se le insinuó? —preguntó sintiendo unos tontos celos.

—Ah, claro. Pero, si él se percató, no hizo ni puñetero caso.

¿Y si Adrien se había dado cuenta de su interés por él? ¿Y si se hacía el tonto al igual que con las otras?

—Debes de caerle muy bien, hija —comentó echándole un poco de café en la taza de leche que había puesto delante de ella, sobre la mesita del diminuto salón.

—¿Por qué crees eso? —Lorena removió el interior de la taza tras añadir el azúcar.

—No te ha echado. ¿Te parece poco?

—¡Oh, gracias!

José se rio a carcajada limpia, mofándose de su hija.

—Y se ha tomado muchas molestias. ¿O te crees que no me entero de las cosas que pasan allí? Sor Sofía me mantiene al día.

—Madre de Dios… —Su hija se llevó la mano a la frente—. Te juro, papá, que han pasado muchísimas cosas con las chiquillas.

—Él habla contigo, te hace caso. Vamos, lo nunca visto antes, te lo aseguro. A ver si va a estar enamorado de ti —se burló.

—¡Papá! —lo reprendió, muerta de la vergüenza.

—Lástima, porque de yerno me lo quedaría. Al gilipollas de Lorenzo, ni loco.

—¿Qué problema tienes con Lorenzo? Conmigo es encantador.

Lorena se levantó para ir a la cocina americana y lavar la taza.

—Oh, pues claro. Una mujer guapa como tú, recién separada… Vamos, es un buitre de libro. ¿O te crees que no se ha acostado ya con todas las profesoras?

—Me contó que solo con una que ya no está.

—¡Claro que no está! En cuanto se la llevó al huerto le dio la patada, ignorándola como si no existiera. Pobrecilla. Y no, no te mereces un tipo tan ruin y despreciable como ese. Mi hija vale más.

Lorena se curó en salud y no le dijo que pensaba tener una cita con él aquella misma noche, pero las palabras de su padre la dejaron con un extraño malestar en el estómago.

✝

Sobre las nueve y media de la noche, Lorena se arregló y maquilló más de lo habitual, con un poco de sombra, rubor y labios rojos pasión. El pelo suelto le caía por mitad de la espalda.

Debajo del abrigo de paño gris llevaba un vestido negro con escote en uve, y estrenó unas botas de caña alta.

Al disponerse a bajar las escaleras, mientras guardaba el móvil en su bolsito, Adrien la interceptó.

—¡Señorita Pérez! ¿Sale con su amiga? —La pregunta no pareció maliciosa, ni controladora como en otras ocasiones. Adrien estaba muy comedido y una sonrisa adornaba ese masculino rostro.

Lorena dudó si ser sincera o no.

—Sí —mintió finalmente.

—Pues, que lo pasen bien entonces —le deseó de forma afable—. La verdad es que venía a… A preguntarle si quería ver alguna película o serie conmigo… Pero su plan es más divertido.

Lorena le miró de hito en hito. Algo dentro de ella le gritó que cogiera el móvil y cancelara la cita con Lorenzo de inmediato, pero por otra parte, estar a solas con Adrien en la rectoría era la peor idea del mundo.

—Ah... L-lo siento, es que mi amiga ya ha salido hacia el restaurante. Tendrá que ser en otra ocasión.

—Por supuesto. La acompaño a la salida y ya pongo yo la alarma.

Bajaron las escaleras, rodearon el claustro y llegaron a la puerta de servicio por donde el personal laico solía entrar y salir.

—Gracias, buenas noches, padre. Qué disfrute usted viendo *Los diez mandamientos* o leyendo la Biblia en bucle —bromeó.

Él sonrió casi divertido.

—Buenas noches, señorita Pérez.

El hombre se la quedó mirando e hizo un gesto de resignación que Lorena no advirtió.

Tras conectar la alarma caminó hacia el claustro, se apoyó en una columna, observando el cielo estrellado y limpio de aquella noche clara.

Tragó saliva con afectación. Había recordado lo sucedido noches antes, sabía que el apasionado beso entre ambos no fue fruto del delirio, sino de una atracción mutua.

La idea de invitarla a la rectoría a ver la televisión era peor que mala, pero solo pretendía hablarlo con ella, dejarle claro que no podía ser, que él tenía un voto muy importante que cumplir. Al menos así pasarían página.

Sacó el teléfono del pantalón y llamó a su amigo Bernardo, encaminándose hacia la sacristía de la pequeña capilla.

—Bernardo... —musitó—. Tengo que contarte algo.

—Ese tono de voz no me gusta. ¿Estás llorando?

Adrien fue incapaz de contestar, metiéndose en la habitación donde guardaba las cosas para la misa.

Efectivamente se puso a sollozar y su amigo esperó a que se recuperara y hablara por sí mismo cuando se tranquilizó un poco.

—Estoy enamorado —la voz se le quebró al aceptarlo por fin.

—¿De una mujer?

—Claro, ya sabes que soy hetero...

—Madre mía, no me digas que es de esa chica: Lorena.

—Sí...

Se escuchó un suspiro fuerte al otro lado.

—Sabes perfectamente que tienes un voto muy importante que cumplir.

—¡Ya lo sé! —le gritó—. Perdona… Es que sé que sale con otro hombre y se me comen los celos.

—O sea, que ella no siente nada por ti.

Adrien se quedó callado.

—Adrien…

—Creo que sí lo siente.

—¿Se te ha insinuado?

—No… No lo sé. ¡No lo sé! —exclamó—. A veces creo que sí, otras que son mis propios anhelos los que me hacen imaginar cosas, o malinterpretarlas. Pero hemos empezado a tener los dos comportamientos evasivos el uno hacia el otro.

—Será que le has dejado ver más de lo que debías, se ha percatado y te evita —concluyó.

Adrien sabía que no se trataba de eso, pero prefería callarse lo que había pasado el día de la fiebre.

—Tienes razón. Mis propios antojos me hacen ver cosas donde no las hay.

—Ahora lo que importa es que te mantengas fuerte en tu fe.

—Soy fuerte en mi fe, lo que no soy es fuerte en mis sentimientos por ella.

—Supongo que echarla no es una opción…

—No pienso hacer algo tan vil. Ella no tiene la culpa de que me pase esto. Pensar que las mujeres son las culpables de los instintos de los hombres es machista —dijo, ofuscado.

—Bueno, no pretendía insinuar eso.

—Ya… Perdona, estás pagando tú mis frustraciones sexuales y afectivas.

—Te diría que rezaras, pero creo que ahora mismo eso no te serviría. Intenta relajarte, dar una vuelta, despejarte… Y seguir evitándola dentro de lo posible. Tal vez creas estar enamorado y no sea así. No recuerdo, ni una sola vez desde que te conozco, que te haya pasado esto.

—No me había sucedido. Y ya sabes que se me han insinuado un montón de mujeres durante toda mi vida adulta.

—¿Y cómo sabes entonces que estás enamorado? —reiteró.

Adrien se quedó callado, sopesándolo.

«Porque lo sé», se dijo.

—Otra vez tienes razón, Bernardo.

—Venga, ánimo y sé fuerte. Lamento no poder ir ahora hasta allí.

—Gracias, Bernardo, por ser mi confesor y mi amigo.

—No hay de qué, para eso me soportaste en el seminario. Alguna vez me tenía que tocar a mí ser tu paño de lágrimas.

—Sí...

Tras colgar, Adrien cogió una de las botellas de vino que se usaban en la eucaristía, la descorchó y se bebió a morro gran parte de su contenido.

✝

Lorena, por su lado, acudió a su cita con Lorenzo, que la besó en los labios antes incluso de saludarla.

—Tenía ganas de estar a solas contigo... —le hizo saber él, mirándola con pasión.

—Perdona... Estas semanas han sido un verdadero lío con las chiquitas...

—Sí, pobres... Pero mejor no hablar del colegio. Bastante tenemos ya entre semana.

Le frotó la espalda en un gesto cariñoso.

—Tienes razón. —Lorena le sonrió de oreja a oreja.

Durante la cena en un bar de tapas, se tomaron una copa de vino tinto cada uno y charlaron de sus experiencias universitarias, echándose unas risas. Después Lorenzo indagó sobre Raúl.

—Pues no sabe lo que se ha perdido por ser tan gilipollas.

Lorena enrojeció de placer.

—Tal vez no supo verlo...

—De eso estoy seguro, porque eres una mujer con personalidad, que se preocupa por los demás, que se atreve a llevarle la contraria a la Iglesia, y ya no digamos lo guapa que eres.

—¡Calla! —Le pegó un manotazo.

—Uno ya no puede ser romántico sin que le arreen... —bromeó.

Lorena estaba un poco más ausente de lo que le hubiera gustado, porque no paraba de pensar en Adrien estando solo en su rectoría, cuando podrían compartir ese momento juntos, por peligroso que fuese.

Para quitarse aquella absurdez de la cabeza, se acercó a Lorenzo y lo besó en los labios.

—Solo necesito un poquito de tiempo —le rogó ella—. No vayamos rápido...

—A la velocidad que tú quieras...

—Qué galán.

—¿Quieres que te lleve al colegio después de cenar? No deseo que andes por ahí con el frío que hace.

—Vale, pero no me dejes en la puerta. Ahora es imprudente que se sepa que andamos por ahí juntos.

—¿Tienes miedo de que se entere el director? Porque si yo pudiera, se lo restregaría por la cara.

Lorenzo se puso serio.

—A él qué más le dará… Simplemente no quiere relaciones entre el personal laico y punto, para evitar malos rollos.

—Yo sé lo que me digo.

—¿Qué es lo que te dices?

—Que está coladito por ti.

—¡Qué no! —negó ella, ofuscada.

—Me alegra saber que, al menos, te resulta incómodo. Eso quiere decir que no es mutuo.

—Obviamente no —se apresuró a negarlo.

—Tengo entonces posibilidades…

—Calla. —Lo besó de nuevo con una sonrisa.

†

Tras la cena, Lorenzo la dejó a dos calles del colegio. La mujer caminó unos metros hasta la puerta, y no vio la luz de la rectoría encendida. Adrien ya debía de estar dormido.

Desactivó la alarma, entró y la volvió a activar.

Subió al apartamento, donde se encontró a Adrien apoyado en la puerta y sentado en el suelo, dormido.

Se arrodilló, confusa, y lo zarandeó.

—Padre…

—Lorena… —susurró él al verla.

Lo ayudó a levantarse ya que parecía ebrio. Lo metió en su apartamento y lo sentó en el sofá, no sin dificultad.

Dejó el bolso y se quitó el abrigo. Umbra no se movió de su camita, mientras observaba adormilada a su mamá.

—¿Está borracho? —preguntó a pesar de la evidencia.

Él la miró y se echó a reír asintiendo con la cabeza.

—Me he bebido el vino de la eucaristía del domingo… Bueno, toda la botella… —rio de nuevo.

—¿Y eso por qué? Me dijo que le sentaba mal el exceso de alcohol.

La mujer no pudo evitar posar las manos sobre su pecho y luego acariciarle el cabello de la nuca mientras observaba esos ojos azules que la miraban con tantas ganas.

—Me vi solo, me puse a beber y... Lorena, no puedo luchar más contra lo que siento... —gimió en un susurro, desviando la mirada hacia los labios rojos de ella.

Adrien la asió por debajo de las mandíbulas y le dio un ósculo con tierna torpeza, atrayéndola hacia él al rodearle la cintura con el brazo derecho.

—P-padre... —Lorena le apartó con el corazón desbocado, aunque sin mucha firmeza.

—Qué Dios me perdone, pero me pareces la persona más preciosa del mundo...

Volvió a besarla y Lorena fue incapaz de resistirse, dejándose llevar. Él la estrechó contra su pecho y ella deslizó los brazos por sus hombros, rodeándole el cuello.

A pesar de la inexperiencia besando, Adrien deslizó la lengua en su boca y lamió la de ella. Le mordió los labios con pasión, besándola una y otra vez con fuerza. La mujer se sintió morir de placer y jadeó cuando él deslizó una de sus manos bajo la falda, apretándole un muslo, y bajó la cabeza para enterrarla entre los pechos.

—Desde que te vi en la enfermería medio desnuda no puedo dejar de pensar en tus pechos... —Los asió con ambas manos.

—Adrien, nos van a escuchar las monjas —dijo, separándose un poco de él.

El sacerdote la ignoró, empujándola sobre el asiento del sofá y colocándose encima. Lorena pudo sentir su tremenda erección contra ella, y solo de pensar en tener sexo con él la hizo estremecer de gozo.

Adrien se detuvo un instante y la miró con tal devoción que Lorena fue incapaz de apartarse de él. A pesar de ello, debía ser fuerte.

—No podemos, Adrien...

Él fue consciente de sus palabras.

—Lo siento... Estoy borracho... —Se separó de ella sentándose e intentando recobrar el sentido común.

—Tranquilo —dijo, intentando que se apaciguara, acariciando su mejilla caliente y suave.

Lorena se moría de ganas de sentirle aquella noche, y todas las noches. Pero aquello solo le daría verdaderos problemas a él y lo perdería todo por un calentón del que, seguramente, se arrepentiría después.

—Lorena, perdóname —insistió.

—No te preocupes...

—Desde la otra noche no he sido capaz de dejar de pensar en el beso que nos dimos en mi cama.

La volvió a coger del rostro y sus miradas se cruzaron. La besó con dulzura después, brevemente.

—Pensaba que no te habías dado cuenta…

—Al principio no… Hasta que lo recordé todo. Y entonces supe que yo… yo te atraía y que no era fruto de mi imaginación ni de mis propios deseos prohibidos.

—Qué vergüenza… —Lorena apoyó la cabeza en su cuello, aspirando el masculino aroma que él desprendía, mezclado con el vino.

—Solo quería que me cuidaras tú… —Adrien acarició sus cabellos—. Estar a solas contigo…

—Yo también…

—¿Estás con él? Sé que te has ido con él esta noche… —dijo refiriéndose a Lorenzo.

Lorena no supo bien qué responder.

—¿Estáis juntos? —insistió.

—Hemos empezado a conocernos…

—Eso me mata de celos, Lorena. Esto se me ha ido de las manos.

Salgo con él, porque contigo no puedo —se sinceró—. Me esfuerzo en olvidarte y le utilizo de alguna forma para eso, aun a sabiendas de que sé que está mal.

Lo miró con lágrimas en los ojos.

—Soy un hombre de fe, no tengo problemas con eso. Pero… pero tú has hecho temblar todo mi mundo, maldita sea. —Cerró los ojos.

—No era consciente de que alguien como yo pudiera interesarte a ese nivel... Y más después de todos los problemas que te he causado.

—Eres la única mujer, en treinta y ocho años que tengo, que me ha hecho sentir esto. Creía que era fuerte, pero es porque no te conocía…

Aquello le pareció a Lorena lo más romántico del mundo.

—Dios, qué borracho estoy. No digo más que boberías.

Se limpió las lágrimas de la cara y también frotó los cristales de sus gafas con la camisa.

—Tengo que volver a la rectoría.

Lorena lo besó en un acto de desesperación y él, sin poder luchar contra ello, le devolvió todos los besos, entremezclados con suspiros.

—No me puedo quedar… —se resistió, apartándose—. Perdóname, olvidemos esto.

Ella asintió con desconsuelo, mientras él se levantaba para dirigirse a la puerta.

Cuando se dispuso a salir, Lorena lo abrazó por la cintura.

—Bésame por última vez, Adrien… —pidió en un susurro.

Fue un beso largo y dulce, un beso que se resistió a terminar, pero que debía hacerlo por el bien de ambos.

Finalmente Adrien se fue y Lorena se quedó sola, con una gran desdicha en el alma.

✝

Aquel sábado soleado de noviembre, Lorena lo dedicó a pasear por toda Zamora, pues necesitó pensar. Recorrió no solo el centro, o rodeó las altas murallas, también visitó por dentro la catedral románica de Zamora, situada en el punto más alto de la ciudad. Lo que más le gustaba de ella por fuera era el cimborrio, con sus torrecillas y las tejas que imitaban escamas.

Allí se posaban a menudo las cigüeñas.

Por dentro se podía admirar la magnificencia de la catedral, sus trabajados retablos, los enrejados que impedían que los turistas tocaran las figuras u otros objetos de valor, los arcos y las cúpulas.

Ser atea no quería decir que no se pudiera disfrutar de la arquitectura de un templo, o del silencio cuando no había culto, solo las toses, o los pasos de los caminantes que, como ella, miraban hacia arriba casi todo el tiempo.

Se sentó en uno de los bancos de madera y, de forma figurada, le preguntó a Dios qué había hecho para merecer una vida tan triste. ¿Tal vez no creer en él?

Sonrió para sí misma y negó con la cabeza.

Antes de salir encendió una velita por su madre, católica devota, y la recordó con lágrimas en los ojos.

—Te echo de menos… —le dijo a la velita, como si representara a su madre.

Después cruzó el río por el puente de piedra para poder admirar Zamora desde el lado contrario mientras caía la noche y las luces se iban encendiendo.

Volvió y, al final, se quedó sentada en un banco de los jardines adyacentes al castillo, con la mirada perdida en este y en su silueta.

—Soy imbécil… —se dijo tras haber pensado tanto en Lorenzo y en Adrien durante sus paseos.

Cerró los ojos y pudo sentir la sensación, casi orgásmica, que los besos de Adrien le habían hecho sentir. Electrizaron cada zona de su cuerpo, partes de este ya olvidadas.

Sus manos en la cara, sus brazos alrededor de su cintura, el contacto de sus pechos y cuerpos. Pura química.

Pero no solo fue una conexión física y una tensión sexual no resuelta, sintió una vínculo a otro nivel difícil de describir y que jamás había conocido hasta ese momento.

Adrien podía irritarla en ocasiones, se pasaba de serio, a veces era como un robot con la cabeza cuadrada. Sin embargo, al final no era más que un trozo de pan que se preocupaba por todo el mundo.

Ambos estimulaban la mente del otro, y también el cuerpo. Lorena sentía que se estaba enamorando a una velocidad imposible de frenar, lo cual resultaba terrible, pues no podían estar juntos.

Ni siquiera volver a tocarse.

No podía dejar el trabajo en esos momentos y salir con Lorenzo le parecía, además, un error.

Lorena se levantó y miró el móvil en silencio, lleno de mensajes de Pili y del profesor. Lo había tenido en silencio todo el tiempo.

Abrió los de este último y casi soltó el teléfono del susto. Le había mandado una foto de su tremenda erección bajo los bóxeres.

«Para ti.

»Eres un bruto.

«Lo que daría porque estuvieras aquí.

Respondió al instante.

»No puedo, estoy con mi amiga. Así que pórtate bien.

Cortó el chat, más roja que una tomatera entera.

Tras aquello se fue a cenar sola y escribió a Pili para decirle que necesitaba desahogarse. Esta la llamó de inmediato.

—Lorena, vente a mi casa —le ofreció.

—No quisiera molestar, y menos a estas horas.

—Ven y hablemos. La niña ya está dormida y mi chico se quedará jugando en su despacho con los cascos puestos.

—Muchas gracias.

Pagó la cuenta y fue hasta casa de Pili, que estaba por la zona de la estación de ferrocarril.

Su amiga la invitó a pasar a un piso pequeño pero acogedor.

Le ofreció alguna infusión y después charlaron.

—Estoy muy confundida con los dos.

—¿A ti cuál te gusta más?

—Adrien —respondió sin dudar.

—Pues no sé qué recomendarte. Si Lorenzo no te agrada tanto, no le des más pie, por mucho que te guste Adrien. Además, este es sacerdote y no puede pasar nada entre vosotros.

—Es que… Sí que pasa —admitió ante su amiga.

Ella abrió mucho los ojos y la cogió de las manos, intentando que se serenara al ver las lágrimas en sus ojos verdes.

—Ayer salí a cenar con Lorenzo y le pedí que fuéramos poco a poco, aunque ha puesto el turbo y eso me agobia.

—No me extraña. Parece que haya tíos que no entiendan lo de ir despacio y piensen solo con la polla —bufó.

—El caso es que al volver al colegio me encontré a Adrien esperándome en la puerta de mi apartamento, borracho y a la vista de cualquier monja a la que se le hubiera ocurrido salir de su cuarto.

Pili se quedó tan perpleja que no pudo hacer más que dejarla continuar.

—Le hice pasar y acabamos besándonos en el sofá…

Lorena enterró el rostro entre las manos y se echó a llorar.

—¿Os habéis acostado? —susurró.

—No, no. Solo nos besamos y tocamos un poco. Pero es que no puede ser, ¿entiendes? Lo nuestro es especial, lo siento dentro, lo noto, y no puede hacerse realidad. Estamos sufriendo ambos.

—Estás enamorada hasta las trancas, maja —afirmó sin lugar a dudas.

—Sí, muchísimo. Estoy muy enamorada de él. Ni a mi ex le he querido tanto, ni siquiera es la misma sensación, ¿sabes? —No podía parar de llorar—. Con Adrien siento una conexión única.

—¿Y él? ¿Está enamorado de ti?

—No lo sé, no nos hemos confesado nuestros sentimientos hasta ese punto. Pero a veces no hacen falta palabras, simplemente lo sabes por cómo te toca, te besa o te mira. Y él…

—Entiendo bien eso. Lo siento mucho, maja, lo siento mucho…

Le acarició el cabello oscuro y dejó que se apoyara en ella y se desahogara.

Al final se quedó a dormir en su casa y conoció a Jorge, el novio de Pili y padre de la criaturilla que dormía como un tronco en su cunita.

Se metió en la cama que su amiga preparó para ella en el cuarto de invitados, que era más bien un almacén de pañales, e ignoró de forma deliberada los mensajes de Lorenzo.

Abrió la aplicación de mensajería instantánea y primero escribió a Sor Sofía para pedirle que se ocupara de Umbra, a lo que esta le respondió que no padeciera por la gatita.

Y luego mandó un mensaje a Adrien para que no se preocupara si no la veía volver aquella noche.

Este, en línea, le respondió de inmediato:

«Gracias por avisarme, me quedo más tranquilo.

»Te lo debía, Adrien… Que tengas buenas noches.

«Lorena…

En lo alto de la aplicación Lorena vio la palabra «escribiendo» largo rato. Luego desapareció, volvió a estar «en línea» o «escribiendo».

Los nervios se apoderaron de ella y le dolió el estómago.

«He escrito veinte veces esto y lo he borrado otras veinte. Pero me gustaría que mañana nos viéramos en el bosque de Valorio, delante del antiguo estanque. Te esperaré a la ocho de la mañana allí.

La mujer sintió que se le llenaban los ojos de lágrimas.

»Allí estaré.

Después quitó los datos y sollozó sobre la almohada hasta quedarse dormida.

✝

Lorena pasó antes por su apartamento para atender las necesidades de Umbra, que la recibió con cariños y ronroneos varios. Por lo visto Sor Sofía le había dado una latita húmeda la noche anterior y la muy desvergonzada de la *carey* no quería el pienso, sino otra latita.

Luego se duchó y secó el pelo, se colocó una boina roja y una bufanda a juego, unos pantalones vaqueros azules y su chaqueta verde.

Se maquilló un poco, poniéndose un pintalabios de color cereza y se miró en el espejo, satisfecha de su aspecto.

No quería parecer una persona abatida ante Adrien. Ya bastante tenían ambos con lo suyo.

Anduvo hasta Valorio a buen paso y, según se adentraba en el bosque en dirección al antiguo estanque, divisó la figura oscura de Adrien, que estaba sentado en un banco de madera.

Aquella fría mañana fue bonita, con los colores del otoño tiñendo el bosque, y las piñas crujiendo bajo sus pies.

Él la vio llegar y se puso en pie con las manos en los bolsillos. Llevaba una camisa gris sacerdotal, el alzacuellos y su chaqueta de paño gris oscuro.

—Qué frío… —se quejó Lorena al llegar.

—Lo siento, es que no me puedo permitir estar en un recinto cerrado contigo, a solas… Y también necesito que no nos escuchen…

—Lo comprendo… —Le miró a los ojos, a esas pupilas tan azules.

Adrien no pudo sostenerle la mirada mucho tiempo y se sentó. Al lado, a una distancia prudencial, ella le imitó.

—Te quiero pedir disculpas por lo que pasó. Asumo toda la carga.

—No te preocupes, de verdad.

—Me volví loco de celos al verte tan guapa y estar seguro de que te ibas con Lorenzo a cenar, y que me mentías. Así que llamé a mi amigo

Bernardo, le dije qué me pasaba contigo y luego me bebí toda la botella de vino.

Lorena no dijo nada, solo se miró las manos, que toquetearon la bufanda con nerviosismo.

—No quería mentirte… Es que necesitaba olvidarte de alguna manera y no sabía cómo. Perdóname.

—No, el que hizo algo imperdonable fui yo, pero por mucho que tú seas indulgente conmigo… Me sigo sintiendo mal...

—Soy tan responsable como tú, Adrien. Yo lo deseaba desde que empecé a conocerte mejor.

—¿De verdad?

Adrien la miró con las mejillas coloradas. Lorena pensó en lo adorable que era aquel hombre cuando expresaba sus sentimientos íntimos.

—Aunque me irritaras… —bromeó la mujer salvando un poco la distancia que los separaba.

—Eres pejiguera, te metes en líos, no me das más que problemas con el obispado y las monjas…

—¿Gracias? —sonrió ella.

—Todos quieren que te despida. No les gusta que te metas en sus asuntos.

—Si has de hacerlo, hazlo, Adrien —dijo con total sinceridad.

—Me niego rotundamente.

Lorena se sintió halagada.

—Lo más sencillo para mí sería despedirte, no verte más, pero también muy injusto. Un acto egoísta e inútil. Soy yo el que debe aprender a superar mis sentimientos por ti, a que estarás en el colegio, que nos veremos cada día y que eso será todo entre nosotros.

La mujer se sintió realmente triste y apoyó la cabeza en su hombro. Las manos de él buscaron las suyas para tomarlas.

—Estás helada…

Ella no se atrevió a mirarlo, simplemente se mantuvo quieta y en silencio, apoyada en su cálido cuerpo.

—Te prometo que no volveré a méteme en tu relación con Lorenzo. No es asunto mío que rehagas tu vida con quien elijas.

—De acuerdo… —gimió ella perdiendo cada vez más la esperanza de estar con Adrien, si es que quedaba alguna.

Él cerró los ojos y sintió a Lorena apoyada en su pecho. Sus manos suaves y pequeñas entre las suyas le hicieron desear besarlas, y así lo hizo, se las llevó a los labios para dejar dos pequeños ósculos.

Se miraron a los ojos.

—Hemos hecho bien en hablarlo en un sitio público —susurró el sacerdote—, porque si no te besaría en esos labios preciosos que tienes y que tanto me gustan…

Lorena se estremeció ante sus palabras y su mirada azul cálido, le rogó con los ojos que lo hiciera, que la besara.

Él dudó unos leves instantes, pero se levantó, dándole la espalda, yéndose sin mirar atrás, destrozado por dentro.

Lorena se quedó allí sentada con lágrimas en los ojos, que acabaron rodando por sus frías mejillas. Tenía el corazón en un puño.

Definitivamente debía olvidarle y, definitivamente, estaba enamorada de aquel hombre con toda su alma.

CAPÍTULO II

Lorena optó por concentrarse más en su labor durante los días venideros, y en observar cómo trabajaba la psicóloga que Adrien había contactado.

Era una mujer madura, pulcra y de aspecto afable. Alta, rubia con el cabello corto y delgada. Fue clase por clase, presentándose a todas las alumnas, y se pasó varios días completos atendiendo a estas y cubriendo las necesidades psicológicas y afectivas que pudieran necesitar.

Aquello tenía que costarle un dineral al colegio, así que en el obispado no debían de estar precisamente contentos.

En una de las ocasiones en las que la psicóloga y el director estaban reunidos, este llamó a Lorena al despacho.

—Buenos días, señorita Pérez, siéntese junto a la señora Ortega, si es tan amable.

Era la primera vez que se dirigía a ella desde su «despedida» en Valorio y lo notó como antes de que todo sucediera: serio y cabal.

La mujer le dio la mano a la bedel, que se sintió fuera de lugar delante de aquella profesional, ya que iba vestida con el mono de trabajo.

—El director me ha hablado mucho de usted —se pronunció la mujer.

—¿Bien o mal? —bromeó Lorena.

De reojo observó cómo Adrien se sonreía.

—Excelentemente bien. Me ha contado que observó diversas actitudes erráticas en las alumnas y que salvó a una niña con problema anoréxicos.

—Tanto como salvarla... —enrojeció ante el halago.

—No se quite mérito, señorita Pérez —intervino el sacerdote.

—También medió en el asunto de las chicas que mantenían una relación amorosa y lo hizo genial.

—Quise ayudar, aunque todo se precipitó por culpa de los padres...

—El padre Adrien me ha estado contando que hay una alumna que se hace cortes. ¿Ha podido hablar con ella?

—Sí y no. Lo hice en un espacio en el que se siente segura, la biblioteca, interesándome por sus gustos literarios y animándola en su sueño de ser escritora, pero cuando le pregunté por qué llevaba los mitones puestos, se negó a continuar con la conversación. Desde ese momento solo he podido vigilarla de forma relativa ya que no se prodiga demasiado.

—Comprendo. ¿Y cómo averiguó que se daba esta situación?

—Escuché hablar de ella a las alumnas que le hacen *bullying*. Por lo visto se dedican a meterse con chicas más jóvenes que ellas a las que consideran escoria.

Miró de reojo a Adrien, pero este solo las observó hablar en silencio, sin intervenir.

—Está usted titulada en psicología, ¿verdad?

—Sí, pero por temas de la vida no llegué a ejercer más allá de las prácticas. —Lorena se sintió miserable de nuevo.

—Lo ha hecho usted muy bien, pero ahora seré yo la que tome las riendas de todos estos procesos.

—¡Por supuesto! —exclamó Lorena.

—No se lo he dicho con acritud, no me malinterprete, simplemente es para aplicar un solo criterio unificado. Pero quiero agradecerle su ayuda, porque sin usted y su excelente capacidad, yo no estaría aquí solucionando todos y cada uno de estos cánceres que debemos erradicar.

—No sé qué decir… Muchas gracias por sus palabras.

—Cualquier cosa que perciba, por nimia que sea, comuníquesela al padre Adrien y él me lo hará llegar.

—Faltaría más. Ha sido un placer conocerla, señora Ortega.

Lorena le ofreció la mano y la psicóloga se la estrechó.

—Igualmente, señorita Pérez. Que tenga un buen día.

†

Mientras Lorena estaba en su despachito, la psicóloga picó al cristal para llamar su atención.

—¿Necesita alguna cosa? —preguntó Lorena al salir.

—Esta es mi tarjeta. Cuando guste venga a hablar conmigo. Busco personas para mi equipo, con ojo y criterio.

Lorena se quedó patidifusa.

—Gracias…

—Aunque su trabajo de bedel es muy digno, creo que se merece ejercer lo que tanto estudió y se nota que le apasiona.

—Gracias, de nuevo… No sé qué más decir.

—Hasta pronto, señorita Pérez.

Esta no pudo creerse lo que acababa de sucederle. Una reputada psicóloga, pues había buscado información fidedigna sobre ella, le estaba ofreciendo un posible trabajo.

Aquel hecho la entusiasmó, así que llamó a su padre de inmediato para contárselo y también se lo dijo a Pili, que la animó a ello.

Mientras miraba los mensajes del móvil, Lorenzo apareció en la puerta.

—Hola, bombón…

—¡Me has asustado! —chilló dando un bote en la silla.

—¿Por qué me tienes tan confuso? ¿Me vas a decir si quieres quedar conmigo otra vez o no?

—De acuerdo… Pon día y hora —claudicó.

—Te voy a ser sincero… —dijo él.

Se sacó el móvil del bolsillo del pantalón y escribió algo.

Luego se dio la vuelta sin decir una palabra más, para estupefacción de Lorena.

En su teléfono saltó una notificación, así que la miró y los ojos se le salieron de las órbitas al leer le mensaje:

»Quiero hacerte el amor, esta noche. Te recogeré a las diez en punto en la puerta de servicio del colegio.

Ella se sonrojó de pies a cabeza y le buscó con la mirada, pero Lorenzo ya había desaparecido de su vista.

Sopesó bien los hechos: Lorenzo no le era indiferente, y por lo que todo el mundo parecía dar por hecho, este solo buscaba sexo sin compromiso con cualquier mujer que se le pusiera a tiro. Así que, de forma sentimental, no tenía nada que temer.

Adrien y ella, por otro lado, no podían ni debían quedarse a solas.

Y, finalmente, si la señora Ortega le daba un puesto de trabajo, dejaría el colegio y no tendría que ver más la sacerdote.

A pesar de todo eso no supo si acudir a la cita propuesta por Lorenzo, pero contaba con todo el día para decidirse.

†

Mientras las horas pasaron, se cruzó en dos ocasiones con Adrien. Tan solo se saludaron con cortesía, bajo la atenta mirada de Sor Sofía, la cual pidió a Lorena hablar en privado dentro del apartamento de la bedel.

Umbra se subió a las faldas de la monja y se dejó mimar por esta mientras ronroneaba con el motor a toda potencia.

—Tengo que confesarte algo, hija mía. Vi al padre Adrien, borracho, esperándote en esa puerta. Hasta que llegaste y os metisteis aquí los dos.

—Oh, por favor... —Lorena se llevó las manos a la cabeza.

—Está enamorado de ti, ¿eres consciente? —dijo la monja de sopetón, sin medias tintas.

Lorena la miró con cara de cordero degollado.

—¿Qué? N-no, él jamás me ha dicho algo así.

—Las palabras sobran cuando los actos hablan por sí solos. Está enamoradísimo de ti desde el día en el que te conoció, lo que pasa es que el pobre aún no era consciente y ahora sí lo es y está sufriendo como un bendito.

—¡No pasó nada! —se apresuró a decir.

Sor Sofía levantó una ceja y miró a la gata.

—Umbra, ¿me has mentido? ¿No me dijiste que se habían besado? —bromeó con la felina, pero luego observó con seriedad a una Lorena decaída.

—No pasó nada que lamentar... Nada que Dios no pudiera perdonarle.

—El padre Adrien es muy buen hombre: sensible, a pesar de parecer a veces que lleve un palo metido por el culo. Pero hizo unos votos en su día y debe cumplirlos.

Lorena se quedó callada un rato.

—Lo sé... —Se le saltaron las lágrimas.

—Ay, maja, pobrecita. Que sé que también estás enamorada de él...

—Tengo más que asumido el hecho de que no podemos estar juntos como pareja —dijo tras limpiarse el agua salada del rostro con las manos—. ¿Lo sabe alguien más?

—No lo creo... Pero es cierto que la Madre Superiora aprecia mucho al padre. Es como un hijo para ella, y teme que cometa una locura y no haya vuelta atrás.

—Yo solo quiero tener el respeto y amor que tuvieron mis padres, nada más. Y siento dentro de mí que lo lograría con Adrien. En cambio la vida me ha vuelto a putear. Perdón por expresarme así.

Lorena se limpió las lágrimas de los ojos.

Umbrita saltó a su regazo y se dejó abrazar por su mamá. La gata sabía cuándo ella sufría.

—¿Sabes? Le tenía un gran aprecio a tu madre. Eres igual que ella.

—Eso es muy bonito... —musitó con una sonrisa agradecida en los labios.

La monja la abrazó con cariño y dejó que se desahogara a gusto.

†

El profesor de matemáticas la estaba esperando a la vuelta de la esquina, en doble fila y con los intermitentes puestos. Lorena subió al coche con rapidez, poniéndose el cinturón y sin querer pensar demasiado en lo que estaba haciendo allí.

—Disculpa, tardé demasiado en arreglarme —se excusó.

—No te preocupes. La espera ha valido la pena. Reconozco que no las tenía todas conmigo y dudaba de que fueras a venir.

Lorena lo agarró del cuello de la camisa y le dio un buen morreo, mordiéndole el labio inferior antes de separarse de él.

—Vamos, antes de que me arrepienta, Lorenzo —le hizo saber y este no perdió el tiempo.

Arrancó el coche y se encaminó hasta la zona de Las Tres Cruces, donde él residía. Aparcó en el parking y subieron en el ascensor. Él se le acercó hasta casi rozarle el cuello con los labios.

—Hueles demasiado bien…

Las puertas se deslizaron y él salió de espaldas, arrastrando a Lorena por la cintura. Abrió su piso sin dejar de sujetarla con delicadeza.

Lorena, al entrar, se quedó patidifusa ante lo que vio: velas por todas partes, sin una sola luz eléctrica encendida.

—Estoy un poco nervioso… —admitió él, quitándole el abrigo con cortesía.

—No te creo… —susurró ella.

—¿Por qué? —contestó, acariciándole la cara y el cabello—. Eres una mujer que pone nervioso a cualquier hombre…

—También sabes ser romántico… —se burló un poco de él.

—Es que me gustas de verdad… —admitió el profesor—. O no habría sido tan insistente, puedes estar segura…

La besó poco a poco, con cada vez más pasión.

Lorenzo comenzó a desabotonar lentamente la camisa de la mujer, que respiró de forma entrecortada. Aún estaba asimilando lo que él le acababa de decir.

—Me encantan tus pechos… —Los rozó con los dedos por encima del sujetador de encaje.

—¿Porque son grandes? —gimió.

—Eso no es importante para que me gusten. Es porque son tuyos…

Él le cogió las manos para que ella le desabotonara la camisa también.

—Te tiemblan… ¿También estas nerviosa? —bromeó.

—Claro...

Lorena le despojó de la camisa, encontrando un cuerpo esculpido por el deporte. Le rodeó el cuello con los brazos y besó al profesor intentando no pensar en nada más.

Este la fue dirigiendo hacia su cuarto, entre besos y gemidos. Recostó a Lorena sobre su cama. En la habitación también había velas encendidas.

—Me he gastado el sueldo entero en velas...

Ella se echó a reír con aquella broma, pero él se la quedó mirando un rato, satisfecho de haber conseguido tenerla sobre su lecho.

Lorena decidió que él tomara las riendas y cerró los ojos.

El hombre le quitó los zapatos, dejándole las medias puestas hasta medio muslo. La falda fue deslizada junto a las bragas.

La mujer prefirió seguir con los ojos cerrados cuando él tocó su pubis con los dedos, deslizando estos hacia el clítoris y la vagina. Le permitió el paso y gimió al notarlos dentro, moviéndose de forma certera. Mientras seguía dándole placer, él la besó con pasión, encantado de escucharla gemir bajo su cuerpo.

Deslizó la boca sobre sus pechos, mordiéndole los pezones endurecidos por encima de aquel sujetador trasparente que ella llevaba.

Lorenzo se despojó con rapidez de su camisa, pantalones y ropa interior. Ella sintió la enorme dureza de su pene contra la vagina, frotándose poco a poco, para hacerla sufrir.

—No te preocupes, usaremos protección...

—Más te vale... —sonrió Lorena.

—Quiero follarte toda la noche, y otra vez por la mañana... Tengo mucho para darte y hacerte gozar.

Cuando el hombre se incorporó para ponerse el preservativo, algo dentro de ella se revolvió al recordar su último encuentro sexual con Raúl y le hizo cerrar los músculos de la vagina instintivamente. Por eso cuando él intentó introducir el glande apenas pudo.

—Relájate, preciosa... —Besó sus labios—. No quiero que te duela, todo lo contrario... Si te apetece, bajaré primero para darte placer y abrirte...

—No es necesario... Es solo que... Estoy nerviosa.

Lo besó en la boca y le rodeó la cintura con las piernas.

Nunca le habían hecho un *cunnilingus*, así que la vergüenza le pudo y prefirió no saber si le gustaba.

Lorena le dejó entrar poco a poco, sintiéndose extraña al notar un tamaño distinto al que estaba acostumbrada.

—Joder, nena, menudo coño tan prieto tienes.

Ella intentó pensar en cualquier otra cosa y lo primero que le vino a la mente fue Adrien y en cómo sería acostarse con él de aquella misma forma, en cómo sentiría su dureza dentro. La imaginaba fuerte, ansiosa, dura, y a la vez placentera, no como aquello que estaba sintiendo porque, en realidad, no quería que pasara.

Sus divagaciones se fueron rápidamente a la violación de Raúl, así que apartó a Lorenzo de encima suyo cuando este comenzó a empujarla con fuerza.

—¡No! —gritó atemorizada, más por los horribles recuerdos que de la situación real.

—¿Estás bien? —Lorenzo la sujetó con dulzura—. ¿Te he hecho daño? Iré más despacio, perdóname…

La abrazó contra sí cuando ella se echó a llorar y tembló.

—Me voy a casa…

Lorena le empujó con cuidado y recogió su ropa. Se colocó las bragas, la falda y la camisa a toda prisa.

—Pero… —Lorenzo no entendió nada—. Lorena, pero ¿qué pasa? ¿Por qué tienes este ataque de ansiedad? —La asió por los brazos.

—¡No! —le apartó chillando, asustada.

—Tranquila, no voy a forzarte. Ni se me pasaría por la cabeza…

—No es culpa tuya, es que… —le dijo con desazón—, es que… mi marido me violó.

—¿Cómo que te violó?

—Me forzó a tener relaciones sin mi consentimiento. ¡Por eso me fui de Madrid! Le pedí el divorcio, y su respuesta fue violarme brutalmente…

Sollozó con angustia mientras se ponía los zapatos.

—Pedazo de hijo de puta… —siseó el—. Lo siento, si lo hubiera sabido habría ido muchísimo más despacio… Actuado de otro modo.

—No estoy preparada, Lorenzo. Perdóname… Lamento haberte mareado así.

Acabó yéndose del piso, con lágrimas en los ojos y el rímel corrido.

Llamó a un taxi y, mientras lo esperaba bajo un soportal, el hombre al que tanto temía la observaba a lo lejos, con cara de pocos amigos.

†

El vehículo dejó a Lorena a las puertas del colegio. Se dio cuenta entonces de que se había dejado el manojo de llaves en el apartamento.

Qué paradójico para una bedel.

—Mierda —masculló entre dientes, agotada.

Llamó al timbre de la puerta de servicio en un par de ocasiones y esperó con paciencia, aterida de frío. Escuchó la alarma desconectarse y Adrien tardó poco en abrir; iba en bata y pijama.

Este, al ver su cara manchada de rímel y los ojos llenos de lágrimas, la sujetó del brazo y la metió en el edificio.

—¿Estás bien? —preguntó con expresión de pánico.

Ella negó con la cabeza y se echó a llorar con desconsuelo, apoyándose en él, sin poder articular palabra.

—Ven, ven conmigo a la rectoría… Vamos.

—No… —Lorena se apartó de él.

—No pasa nada —sonrió él intentando que se tranquilizase—, te prepararé una tila y entrarás en calor; tengo puesta la estufa y estaba viendo una serie.

Acabó por hacerle caso y se sentó en el sofá, cerca del calorcito, hasta que Adrien le trajo la infusión y la depositó sobre la mesilla de centro.

—Ahora quema mucho, espera un poco.

También le puso una manta limpia sobre los hombros.

Lorena se arrebujó en ella.

—Gracias… —fue lo único que atinó a decir.

Adrien temió hacer la pregunta, porque si la respuesta era afirmativa no sabía si sería capaz de soportarlo.

—¿Te ha hecho algo Lorenzo? —Lorena lo miró, asustada.

—No, no… No ha hecho nada que yo no le haya permitido… Te lo aseguro.

Una mano temblorosa se posó sobre el pecho del sacerdote y este la asió con fuerza.

—Porque si lo hace, lo mato… —siseó—. Aunque acabe en la cárcel, yo lo mato —dijo muy serio.

—De verdad que no, Adrien. No digas ese tipo de cosas, te lo pido por favor. No me pongas más nerviosa.

—Perdona —se disculpó, pese a seguir pensando lo mismo.

Se mantuvieron en silencio unos segundos.

—Solo estaba intentando rehacer mi vida, pero he tomado la mala decisión de seguir el camino equivocado de nuevo. Accedí a quedar con él e ir hoy a su casa. En todo momento se ha portado de forma normal —aclaró—, no me ha forzado, pero es que… Es que no he podido mantener relaciones con él…

Los nudillos de Adrien se volvieron blancos al apretar los puños. El mero hecho de saber que aquel maldito hijo de puta embaucador le había puesto la mano encima a Lorena le estaba matando de celos.

—Entonces empecé a pensar en ti primero, no lo pude evitar, perdóname. Y luego en que mi ex me violó…

—¿Qué tu exmarido te violó? —preguntó horrorizado.

—En realidad sigue siendo mi marido. Tras negarme a tener relaciones con él, la última vez que lo vi, me forzó brutalmente y entonces… me fui de casa y vine aquí con Umbra… No sabía qué más hacer… No tengo a nadie más que a mi padre.

Un torrente de lágrimas le impidieron continuar.

Adrien recordó aquella noche de tormenta cuando Lorena apareció con lo poco que tenía y su gata, preguntando por don José. Con aquel aspecto demacrado y lastimero. Todo cuadró.

—¿Por qué no le denunciaste? —Quiso saber.

—Estaba muerta de miedo. Me pegó, me violó y me dejó marcas por el cuerpo… Pero ¿y si la policía no me creía de todos modos? Así que no fui al hospital, ni a la comisaría… Porque Raúl tiene dinero, ¿entiendes? ¡Mucho dinero! Es popular, exitoso… ¿Quién iba a creerme a mí? A la esposa florero. Hubiera sido juzgada como la mujer que quería el divorcio y ya está, para sacarle su dinero o qué se yo. Se me pasaron por la cabeza miles de razones para no denunciarlo y salir corriendo. Y me vine con mi padre, el cual no sabe nada de esto y no quiero que se entere…

—Dios Santo, Lorena, cuánto lo lamento…

Adrien estaba en shock. ¿Cómo podía existir tanta maldad?

—Lleva años maltratándome psicológicamente...

El sacerdote la abrazó contra sí, intentando darle consuelo. Le acarició el pelo con cuidado y lo besó varias veces.

La mujer se estremeció entre sus brazos, se arrebujó contra él sintiéndose segura y suspiró. El calor de su cuello contra la mejilla, el olor a hombre bueno, el latido de su corazón y sus abrazos curativos.

Sí, ahí era. El lugar y la persona.

—Será mejor que me vaya al apartamento...

Se apartó un poco de él, que la miraba rogándole en silencio que no se fuera de su lado.

Adrien estuvo a punto de hablar, pero ella le cortó:

—Necesito tu llave maestra. Te la devolveré mañana sin falta.

Adrien frunció el ceño con determinación.

—Te daría la llave maestra, pero me niego a que pases la noche sola y en este estado psicológico tan débil.

—Pero…

—Duerme abajo —añadió en tono imperativo.

Adrien se levantó y fue a por uno de sus pantalones de pijama y una camiseta.

—Pareceré un payaso...

Él no pudo evitar sonreír a pesar de las circunstancias.

—Dúchate aquí mientras yo voy a poner la calefacción del cuarto que usaba tu padre, porque estará muy frío ahora. En el armario, bajo la pila, hay toallas secas. —Señaló—. No tardo, pero tómate el tiempo que necesites para relajarte. Y, escúchame bien, aquí estás a salvo.

Adrien sacó un manojo de llaves de una cómoda, se puso los zapatos y bajó las escaleras.

†

El sacerdote abrió la llave de la estufa y cerró el cuarto para que se templara. Salió de la rectoría, caminó en dirección al ala donde estaban las estancias de las monjas, subió las escaleras y entró en el apartamento de Lorena, encendiendo las luces.

Umbra saltó hacia él desde el sofá y con el cuerpecito arqueado le frotó las piernas.

Adrien la cogió en brazos y miró a la gata, que abrió mucho los ojos y se revolvió. La dejó en el suelo y comprobó que tenía agua y comida suficiente para pasar la noche y la mañana siguiente. A pesar de eso le abrió una lata de alimento húmedo que la muy bandida se zampó mientras él buscaba ropa interior y un pijama.

Sopesó llevarse la ropa de trabajo y las botas, pero lo descartó.

Volvió a comprobar que el animalillo, al que tanto quería Lorena, estaba disfrutando de una buena cena, y se marchó.

Al salir y encontrarse a Sor Sofía en bata, esperándole en el pasillo a oscuras, casi hizo que le diera un infarto. Se apoyó en la puerta e intentó respirar.

—Joder… —musitó.

Pocas veces decía palabrotas, muy pocas.

—Eso debería decirlo yo, padre. Porque como para no… —susurró.

—No es lo que parece. Lorena no está dentro.

—Eso ya lo sé. Se fue con Lorenzo. Así que deme una explicación creíble. ¿Y por qué lleva unas bragas en la mano?

Adrien suspiró, claudicando y metiéndoselas en el bolsillo.

—Lorena se ha dejado las llaves, ha llegado llorando y he insistido en que se quede en la rectoría. En la cama de su padre —añadió, por si las moscas.

—¿Llorando? ¿Le ha hecho algo ese canalla? —Sor Sofía no tragaba al profesor de matemáticas.

—No… Porque si no yo lo…

—*Shhh*, padre.

Lo empujó hacia una sombra al escuchar una puerta abrirse.

—¡Sor Sofía! ¿Qué haces a estas horas ahí? ¿Ya estás otra vez fumando? —le preguntó una hermana que había escuchado algo y se asomó por la puerta del fondo.

Adrien levantó una ceja, pero se mantuvo callado en su escondrijo nocturno.

—Sí, Sor Rosa, estaba dando una caladita. No le digas nada al padre, por favor —pidió, más divertida que otra cosa.

La otra monja cerró su puerta y Sor Sofía empujó a Adrien hacia las escaleras, con aspavientos y en silencio, despidiéndole. Este le hizo un gesto de que no se podía fumar, pero ella le ignoró y sacó un pitillo a medias que tenía en el bolsillo de la bata y lo volvió a encender mientras negaba con la cabeza.

No sabía cuándo, pero el padre Adrien acabaría saltándose el voto de castidad tarde o temprano. Una gran pérdida para la Iglesia, sin duda, porque era un sacerdote muy bueno. No obstante, Lorena lo merecía más que el propio Dios.

†

Durante la ducha Lorena se limpió bien, como si quisiera borrar cualquier rastro de Lorenzo de su cuerpo. También del recuerdo de Raúl, aunque ya no quedaran señales de los moratones ni le doliera la vagina por lo que le hizo.

En cambio no pudo evitar imaginar a Adrien con ella allí dentro, abrazándola bajo el agua caliente y apoyando su cuerpo desnudo contra el suyo, besándola con una apasionada ternura. Porque era su forma de besar y era perfecta.

Aquella fantasía no se cumplió, obviamente, y salió de la ducha muy acalorada, intentando serenarse.

Se secó el pelo lo mejor que pudo, ya que Adrien no usaba secador, y se volvió a poner la ropa interior, además de la camiseta, que le llegaba por debajo del trasero. Los pantalones tuvo que atárselos a la cintura y subirse el dobladillo de forma ridícula. A pesar de todo se sintió como en casa.

Adrien estaba sentado en el sofá mirando su móvil y sonrió al verla salir con aquellas pintas.

—¿Parezco o no un payaso?

—Un poco —reconoció—. La tila se puso fría, así que la volví a calentar.

—Gracias, Adrien. —Se sentó a su lado en el sofá y vio encima del reposabrazos un pijama de su propiedad y unas braguitas sencillas.

—Tu animalillo está bien, no te preocupes. Comiendo como si no hubiera un mañana —bromeó para que ella se sintiera más tranquila.

—¿Has ido al apartamento?

—Perdona que haya hurgado en tu ropa interior, te prometo que no soy un pervertido de esos.

—Vaya, qué pena…

Adrien no pudo evitar sonreír.

—Me ha pillado Sor Sofía, pero como por lo visto había salido a fumar, cosa que está prohibida en todo el recinto, y más en interiores, creo que ambos estamos en paz.

—¿Sor Sofía fuma? —indagó con sorpresa.

—Es una monja peculiar…

—Ella es aliada, así que… —Lorena le dio otro sorbo a la tila y sonrió. Los cachetes estaban rojos por la ducha y eran redondos y suaves, con unas ligeras manchitas e imperfecciones que a Adrien siempre le habían parecido adorables.

Le apartó un mechón de cabello mojado, que se le había pegado a la mejilla izquierda, mientras la miraba perdido en su perfil.

—Si sigues así, la tila no me hará efecto… —susurró Lorena, sin mirarlo y dando un sorbo después a la caliente infusión.

—Mentiría si te dijera que no te amo —le confesó de pronto él, de forma tan natural que Lorena se quedó sorprendida.

—Adrien… —Le miró.

—Te amo… Y que Dios me perdone, pero te vuelvo a amar a cada segundo que pasa.

—Si me dices esas cosas, ¿cómo quieres que olvide lo que pasó entre nosotros y siga con mi vida?

—Solo sé ser sincero. No concibo mentir… Así que me he estado escondiendo tras una máscara de seriedad toda mi vida. Pero tú me ves más allá de ella.

—Eres un buen hombre, una buena persona, un buen sacerdote.

—¿Y de qué me sirve si no puedo estar contigo el resto de mi vida?

—Yo seré fuerte por los dos —gimió ella.

—Perdóname por amarte, Lorena…

—No puedo perdonarte por algo tan hermoso. Te tendrá que perdonar Dios.

—¿Te burlas? —Él sonrió y ella también.

—Me voy abajo —dijo decidida mientras depositaba la taza en la mesita y se ponía en pie, asiendo su ropa.

—Quédate a ver una película conmigo —propuso él, resistiéndose a dejarla marchar.

Ver una película, sentada en el sofá con el hombre que la amaba, al que amaba, abrazados y tranquilos.

Así recordaba a sus padres cuando era pequeña y ponían la tele, mientras ella jugaba a alguna cosa sentada en la moqueta.

Nunca tendría a ese hombre así con ella, ni habría niña jugando a los pies de ambos.

Se fue con los ojos llenos de lágrimas, bajó las escaleras y se metió en la cama donde su padre había pasado solo los últimos años, sin la mujer que amaba.

†

Por la mañana, Adrien entró en el cuarto donde Lorena dormía de forma profunda. Aún era de noche y estaba preparado para salir a correr.

Le dejó las llaves del apartamento al lado del móvil y una nota donde le decía que ese día se lo daba libre, que estaba prohibido trabajar.

Una hora después sonó la alarma de Lorena y leyó el papelito.

Con extremo cuidado, Lorena salió de la rectoría y caminó hasta su apartamento.

Umbra le maulló, porque su cuenco estaba medio vacío.

—Aún tienes comida… —le dijo, divertida.

Otro maullido lastimero.

Le puso unas cuantas bolitas más y con eso engañó a la gata, que debía de tener algún tipo de manía si su cuenco no estaba a reventar de pienso.

Su móvil emitió algunas notificaciones y las miró. Tenía bastantes sin leer desde la noche anterior, todas de Lorenzo.

Este le pedía disculpas de todas las formas posibles, y le rogaba que le respondiera, porque estaba preocupado por ella.

»He pensado que es mejor dejar esto un tiempo hasta que me sienta preparada para volver a tener una relación con un hombre, del tipo que sea. Lo siento mucho, Lorenzo.

Fue lo único que se le ocurrió contestar.

«Me deja más tranquilo que me respondas. Creía que no querías saber nada de mí. Entiendo tus palabras y las respeto.

»Gracias.

Lorena decidió que ese día iría a pasarlo con su padre, así que lo llamó y este le dijo que se fuera con él y sus amigos a desayunar y luego podían ir a comer por ahí y a dar una vuelta.

Se echó a llorar porque se dio cuenta de que no estaba sola en absoluto. Que José estaba allí para ella, como siempre.

✝

El sábado por la mañana Lorena decidió que quería recuperar el día libre, así que se metió en su uniforme de trabajo y limpió todo lo que vio a su paso que necesitara estar reluciente.

Cogió la llave del cuarto en el que había dormido los primeros días y decidió que era hora de adecentarlo de forma que se pudiera borrar esa mala energía que las niñas decían que emanaba.

Había escuchado tonterías como que había un fantasma que por las noches gimoteaba, o que olía a muerto.

Limpió con cuidado, recogiendo toda su ropa y las cosas que los padres o la policía no se llevaron. Le dio pena tirar las poquitas pertenencias que quedaban allí de ella, pero no tenían ningún valor.

Pensó en la pobre chica al mirar la viga, y también en Adrien al encontrarse con la escena. Él jamás había dicho una palabra al respecto, ni tampoco de lo que debió sentir al entrar.

Al quitar la funda de almohada cayó un poco de relleno y, al hurgar queriendo volver a introducirlo, dio con un trocito de papel muy doblado. Extrañada lo desplegó con prudencia, para no romperlo.

«Esta tarde espérame a las 17:00 h donde siempre.

Lo pasaremos bien".

Leyó aquello con el ceño fruncido, mosqueada. Recordó que ya había encontrado otra nota al sacar a Umbra de debajo de la cama, sin saber qué había hecho con ella.

Se guardó aquella en el bolsillo del pantalón y siguió con su trabajo, pensando en preguntar a las internas nuevamente por si sabían algo.

No dio con ninguna otra misiva por mucho que rebuscó por cada rincón o recoveco de la estancia.

Cuando bajó tras dejar preparada la estancia, el timbre principal sonó en varias ocasiones, con insistencia.

Como consideró que estaba en su horario laboral, fue a abrir cuando se cruzó con Adrien, que se quedó sorprendido de verla vestida con el mono.

—¿Por qué estás trabajando? —Se detuvo al llegar hasta su altura.

—Porque me hace falta —respondió.

—No iba a descontarlo del salario, sino de tus vacaciones. Te hacía falta descansar.

—No me refería a eso, sino a que me va bien mantener la mente ocupada.

El timbre sonó con insistencia.

—Voy yo —añadió ella antes de abrir el portón.

Al otro lado había una señora que, nada más verla, le sonó muchísimo: alta, delgada y elegante. El pelo blanco perfectamente peinado sin un solo pelo fuera de su sitio, maquillaje discreto en su rostro serio, labios finos, ojos muy azules, joyas de oro y un abrigo de pieles.

Lorena podía oler la riqueza rancia a kilómetros. Sí, ya había visto a aquella mujer, probablemente en el Real Club de donde era socio Raúl.

Entró casi empujando a Lorena, sin darle ni los buenos días, lo que hizo que esta se quedara estupefacta.

—Soy *madame* Lefevre. Busco a Adrien Calderón.

—*Mère!* —exclamó este al verla.

—*Adrien!* —lo nombró la mujer con perfecto acento francés.

—*Mère... Que fais-vous à Zamora?* —le preguntó.

—*Je suis venu te a voir parce que votre ami Bernardo m'a appelé. Il m'a dit que tu avais des problèmes à l'école.*

Adrien pensó en que matar a su amigo podría ser buena idea.

—Ah, solo algunos… Pero ya estamos en ello —respondió en español al estar presente Lorena, que no dominaba tanto el idioma como para entenderlo entre dos francófonos.

—*Oh, pourquoi me parles-tu en espagnol?*

—Porque no estamos solos, madre.

Así que aquella señora era la madre de Adrien. Jamás pensó que pudiera haberla visto antes, lo cual era una absoluta coincidencia. Fue a presentarse, pero la mujer la miró de arriba abajo con cara de asco, algo que no pasó desapercibido para el sacerdote, que enrojeció de vergüenza.

—Buenos días, soy Lorena, la bedel —dijo tendiéndole la mano.

—Buenos días —contestó su interlocutora y luego se giró para agarrar a su hijo del brazo como si fuera un tesoro y lo arrastró lejos de allí, siguiendo con su verborrea en francés.

Adrien pareció reprenderla por su falta de educación. Sin embargo, ella hizo un gesto quitándole importancia y continuó a lo suyo.

El hombre giró el rostro hacia Lorena y le pidió disculpas con un gesto de cabeza, sin poder parar al torbellino de madre que tenía.

Qué suegra tan encantadora habría tenido.

Lorena pensó en hacer un cambio drástico tras Navidad. Veía insostenible quedarse allí mucho más tiempo. Tenía que alejarse de Adrien o no dejaría nunca de sufrir.

†

Durante la cena se sentó directamente con el grupo de internas de confianza. Fue al grano:

—Chicas, hoy he adecentado la habitación que tanto miedo parece daros —les comentó—. No tenía nada raro y, desde luego, no me encontré un fantasma.

—¿La de Rocío? —preguntó la más pequeña—. Es la que está al lado de la mía. La verdad es que no escuché nada raro aquella noche, pero lloraba un montón de veces…

—¿Y no se lo dijisteis al padre Adrien?

Negaron al unísono.

Se sacó la nota que había hallado escondida y la puso sobre la mesa.

Todas se la fueron pasando según la leían, con cara de circunstancia.

—¿Os suena?

Volvieron a negar, cada vez más pálidas.

—Acosaba a Rocío, supongo. ¿Era una chica grande? —indagó.

—¿Quiere decir gorda, señorita Lorena?

Esta rodó los ojos ante tal expresión.

—Sí, pero no me gusta que se use esa palabra de forma despectiva. No sabemos si tenía algún problema de salud. Y si estaba con sobrepeso, pero sana, tampoco hubiera pasado nada.

Lorena se percató en aquellos momentos que había superado su problema con el peso que Raúl le había inculcado con sus manipulaciones.

—Las de siempre la acosaban, la llamaban gorda asquerosa, le decían que a ver si se moría de una vez… La Obispa, sobre todo.

—¿Quién es la Obispa?

—Alicia Valera, la sobrina del obispo de Zamora, que es como el jefe del director.

Lorena cayó en la cuenta de quién era esa chica.

—Estoy muy enfadada, chicas. Todo esto lo sabéis y no habéis dicho nada al padre Adrien.

—Rocío fue a hablar con el Jefe de estudios, el profe de mates. Después de eso siguió llorando cada noche en su cuarto.

Lorena asintió en silencio y recogió el papel.

—Bueno, si recordáis algo relevante, ya sabéis dónde estoy… —comentó antes de dejarlas terminar con los postres.

La bedel no quiso ni pensar en ir a ver a Lorenzo a indagar sobre una alumna suicida, así que supuso que el profesor se lo habría dicho a Adrien. Otro con el que no se atrevía a hablar del tema.

Además, se había ido con su encantadora madre a cenar, así que prefería no molestarlos.

†

El lunes por la mañana tenía otra nota misteriosa bajo la puerta del despachito. La leyó mientras se tomaba el café, y lo escupió sobre la mesa por el shock.

«Rocío sufría abusos sexuales".

—Qué cojones…

Se le encendió la bombilla al recordar, de pronto, dónde estaba la primera nota. Abrió su cartera y rebuscó entre los papeles que acumulaba.

La desdobló y comparó la caligrafía: era idéntica.

Cogió las tres notas y se fue volando a la rectoría, cabreada como nunca en su vida. Llamó a golpetazos, con ofuscación, sin respuesta.

Lo buscó por todas partes y al final entró en la capilla por vez primera, buscándolo allí.

—¿Qué pasa? —preguntó Sor Sofía, que andaba limpiando la mesa donde se celebraba la eucaristía.

—¿Y el padre Adrien?

—Ha salido de buena mañana, a una reunión de la diócesis, por lo que estará fuera hasta el jueves, creo. ¿No te lo dijo?

—No…

No tenía por qué decírselo, de hecho.

—¿Te puedo ayudar yo?

—No, es que es un asunto relacionado con las alumnas. Ya sabe que, si no le comunico las cosas, me reprende. Me voy a seguir con el trabajo, ya se lo diré.

Lorena se fue a su cuarto y le mandó las fotos a Adrien, dejándole varios mensajes de voz, explicándoselo todo.

—Adrien —terminó la última nota de voz—, esa pobre cría recibía abusos sexuales de alguien del colegio y se quitó la vida por ello.

CAPÍTULO 12

Lorena le había enviado a Adrien mensajes de texto y audio que este leyó y escuchó pero no respondió dejándolos en visto, lo cual puso a la mujer de muy mal humor.

—¡Capullo! —masculló mientras esperaba a Sor Sofía en los portones de salida para ir a Valorio con algunas alumnas mayores, pues tenían que pintar al natural y no estaban lejos del bosque.

Afortunadamente, la psicóloga había determinado que las chicas no presentaban riesgo de fuga o autolesiones.

El grupo parecía estar contentísimo de hacer una clase práctica al aire libre. Por lo general, Sor Sofía caía bien a todo el mundo.

—Es que nos cae muy bien Sor Sofía, y usted, Lorena —le dijo Vanesa, la alumna interna más mayor, la que Lorena sospechaba que le dejaba las notas informativas.

—Oye, Vanesa... Quería saber cómo era Rocío... —probó a preguntar—. Porque me ha llegado cierta información...

Lorena la miró de reojo y la joven sonrió con amargura.

—Pues al principio no era una chica muy abierta, pero tampoco cerrada. Una chica normal, muy bonita, aunque estuviera más rellenita que otras. Lo que pasa es que las cabronas esas, ya sabe quiénes... —Hizo un gesto con la cabeza hacia el grupo de las abusonas—, empezaron a molestarla bastante por su físico y comenzó a ser más retraída. Pero cuando solo estaba con nosotras se la veía feliz, disfrutaba de las pelis, de los libros... A finales del curso pasado se encerró en su mundo. No quería volver este año al colegio, me consta. Y poco después de su vuelta... se quitó la vida.

Lorena entonces sospechó que el acoso sexual había comenzado el curso anterior. Y que al tener que volver al centro, no soportó la presión de que los abusos continuaran.

¿Quién podía ser el abusador o abusadora? Tenía más papeletas un hombre, por estadística. Lo peor de todo era pensar que seguía allí, entre todos.

Pensó en decírselo también a Adrien. No obstante, prefirió enfrentarlo cuando volviese.

Mientras las alumnas estaban dibujando, Lorena observó a la chica de los mitones sentada tras un árbol y a la reina de las abusonas quitarle el cuaderno de las manos y arrancar la página para romperla.

Corrió hacia allí y le quitó el cuaderno a aquella niñata maleducada, de tal forma que trastabilló cayendo de culo.

—¡Hija de puta! —la insultó la chica, algo que a Lorena le entró por un oído y le salió por el otro.

—Recoge los trozos de papel —le ordenó.

La otra se empezó a reír a carcajadas.

—Le voy a contar a mi tío, que es el obispo de Zamora, que me has empujado y tirado al suelo.

—Ni te he tocado, pedazo de... —se mordió la lengua para no decir algo de lo que luego se arrepentiría.

Fue la autora del dibujo roto en cachos la que los recogió.

—¿Lo ve? Es mi perrito. Enséñale a nuestra querida bedel los cortes que te pedí que te hicieras ayer. Vamos...

Se levantó la camisa blanca del uniforme hasta la zona del sujetador y Lorena se horrorizó al ver unos cortes profundos y supurantes, con zonas enrojecidas alrededor.

—¿Estás bien? ¿Te duele? ¡Sor Sofía! —la llamó a gritos hasta que esta corrió agarrándose el hábito y llegó casi sin aliento.

—¿Qué pasa?

—Mire lo que Sonia está pasando por culpa de esta —dijo señalando a la otra alumna, que estaba como si nada.

El resto de chicas se acercaron a ver qué circo se había montado.

Lorena abrazó a Sonia, que sollozaba de angustia y vergüenza.

Sor Sofía se acercó a la alumna más mayor y le dio un bofetón que la dejó estupefacta.

—Dile a tu tío el obispo lo que te dé la puñetera gana, niñata mimada de mierda. Como vuelva a enterarme de que acosas a las demás crías, te juro que te arrepentirás. Estamos todas las monjas hartas de ti y tus aires de grandeza. No eres más que una palurda con padres ricos. Y si tu tío quiere montar un lío contra toda una congregación de monjas benedictinas, que lo haga. Le estaremos esperando con los brazos abiertos. Y en cuanto vuelva el director le voy a mandar una carta pidiendo tu expulsión del centro por acoso físico y psicológico.

Luego se dio la vuelta, enfurecida, y miró señalando con el dedo a todas las demás.

—Esto vale para todas. Porque os recuerdo que Rocío se ahorcó en su cuarto y esta pobre niña, Sonia, se corta porque la obligáis. ¡Se acabó! Aquí manda Dios, no vosotras. Y como emisaria de Dios que soy, quedáis advertidas. ¡Se ha terminado la clase! Todas de vuelta al centro. ¡Ya!

Se apresuraron a recoger sus libretas, mochilas y enseres para caminar en silencio. Sor Sofía las fue vigilando como un perro a su rebaño, mientras Lorena, en estado de shock por lo que acababa de presenciar, acompañaba a Sonia de camino a la enfermería para que le revisaran las recientes heridas, ya que parecían infectadas y tenían pus.

—Gracias, señorita Lorena… Quiero dejar de hacerlo, necesito dejar de hacerlo…

—¿Hablaste con la psicóloga? —Sonia afirmó con la cabeza.

—Me remitió al área de psiquiatría. Mis padres ya lo saben. Yo no me quería cortar ayer, pero esa cabrona me obligó.

—Ya está, se acabó. No volverán a molestarte más. ¿Vale? Y tus padres tienen que poner una denuncia. Esto no debe quedar impune si ayer te obligó a autolesionarte.

Sonia asintió de nuevo, agradecida de haber encontrado en aquellas dos mujeres un ancla a la que aferrarse.

†

Los padres de Sonia se llevaron a su hija a urgencias, tras las curas iniciales de Sor María. Afirmaron que irían después a poner la denuncia cuanto tuvieran los papeles del hospital.

Sor Sofía se lo contó absolutamente todo a la Madre Superiora, que llamó a Adrien y le puso al tanto de lo sucedido.

Este le dijo que hablaría él mismo con el obispo para ponerle en situación, ya que estaban asistiendo a las misma reuniones.

Al menos Lorena se quedó más tranquila al haber eliminado el peor cáncer del cetro.

—No, el peor es el acosador… —musitó mientras salía de la ducha y se sentaba en la cama.

Observó parpadear el teléfono y lo asió casi con ansia. Tenía un mensaje de voz de Adrien. Rápidamente lo escuchó:

«Lorena, la policía solo encontró su nota de suicidio y no investigó mucho más, porque ninguno sospechábamos que pudiera pasarle lo que dices. El jueves lo hablamos".

La mujer se quedó largo rato mirando la pantalla. Él estaba en línea y comenzó a escribir.

«Te echo de menos…

Iba a volverse loca con Adrien.

»No sigas por ahí, por favor.

«Perdona.

»Buenas noches.

«Buenas noches.

Ambos estuvieron en línea un rato más, como si eso los mantuviera conectados de algún modo.

Al final ella cortó esa conexión y se fue a dormir.

†

El padre Adrien, móvil en mano, observó cómo Lorena salía de la aplicación y no volvía a entrar, dejando en visto su despedida.

Suspiró y guardó el teléfono en la chaqueta oscura, frotándose las plateadas sienes.

La revelación de los abusos confirmó algunas sospechas que ya tenía. Y luego lo de la sobrina del obispo. Creía que le iba a explotar la cabeza.

—¿Con quién hablabas?

Bernardo se sentó a su lado en el sofá de la salita. Ambos se hallaban en unas conferencias y reuniones episcopales, pero que se impartían en la Archidiócesis de Toledo.

—Con Lorena, sobre una alumna.

—No me mientas…

—Si te mintiera no te habría contado lo de la otra noche, cuando me emborraché e hice aquello…

—*Shhh* —Bernardo se llevó el regordete dedo a los labios—. No es el mejor sitio para seguir con esta conversación.

Los ojos oscuros de su amigo le reprocharon muchas cosas.

Bernardo era bajito, con la cara redonda y una barba frondosa. Simpático con sus feligreses y amable. Era buena persona, pero estaba claro que no podía entender bien a Adrien en aquellos momentos tan duros.

†

Lorena había pedido a la madre superiora que le diera el jueves libre para poder ir al cementerio con su padre. Era el aniversario de la muerte de su madre, así que doña Herminia no puso ningún problema a tal cosa.

Limpiaron la lápida lo mejor que pudieron y le cambiaron las flores secas por otras artificiales que durarían bastante más tiempo.

Miró el panegírico de su madre en la sencilla lápida de mármol blanco:

Inmaculada Arias Sorribes

1955-2014

Tu marido y tu hija nunca te olvidarán.

Dios te tenga en su gloria.

—Yo no quiero acabar aquí —le dijo a su padre.

—Ya sé que eres atea, hija. ¿Y qué quieres entonces?

—Que me incineren y me planten un árbol encima. O algo así…

—Bueno, si se diera el caso… lo haré… Pero déjame ser egoísta y decir que prefiero morirme yo antes.

Lorena sonrió con tristeza y lo abrazó.

—¿Y tú, papá? ¿Cuáles son tus deseos?

—Yo ya tengo pagada la parcela esta de aquí, al lado de tu madre. —Señaló una zona que solo tenía tierra y hierbajos—. Pero ojo, que pienso darte guerra muchos años.

—Más te vale, papá, más te vale.

—Tengo que contarte una cosa. Hoy me ha llamado Raúl desde otro número…

—¡Qué! —Se alarmó.

—Me ha amenazado con ponerme una denuncia si no le digo dónde estás. Sí, claro… Este se cree que me puede acojonar con sus tonterías. Ya sabe que estás aquí. No es tonto. Solo que no puede entrar en el colegio al ser propiedad privada.

—¡Pues que venga si quiere! Iré a la policía si me acosa. En cuanto tenga dinero suficiente me voy al abogado matrimonialista.

—Si necesitas ese dinero, ¿por qué no me lo has pedido?

—Deja que me divorcie con el mío.

—Vale, usted perdone… Pero ya sabes que tengo un buen colchón y no me importa ayudar a mi hija a divorciarse de semejante mequetrefe.

Lorena se quedó callada un rato.

—Papá, me gustaría quedarme un rato a solas con mamá...

José le tocó el brazo y se fue a dar una vuelta a observar lápidas curiosas o panteones opulentos.

La mujer se sentó sobre la fría lápida y acarició la suave superficie.

—Nunca te conté nada de lo que me hacía Raúl por no preocuparte, mamá —susurró—. Pero ahora hay un hombre que amo, como nunca amé a Raúl. Y no puedo estar con él. Me pregunto qué me aconsejarías hacer. Si luchar por lo que quiero, o dejarlo pasar…

El viento sopló un poco y sus cabellos sueltos le taparon los ojos. Se los apartó de la cara y sonrió.

Cogió las flores secas, los utensilios de limpieza, y se alejó con lágrimas en los ojos.

Su madre ya no estaba allí, ni siquiera sabía si su esencia se hallaba en alguna parte del cosmos. Pero le alegró compartir aquellos pensamientos con esa representación de ella.

†

Por la tarde, ya sin luz natural en las calles, paseó por el centro vacío de Zamora tras salir de casa de su padre.

A lo lejos vio una figura alta, corpulenta y familiar que le detuvo el corazón durante unos segundos. El hombre fue hacia ella, con las manos metidas en los bolsillos del abrigo gris oscuro y largo hasta las rodillas.

Lorena fue incapaz de moverse cuando llegó hasta su altura, aterrada como se sintió.

—Tus vacaciones han terminado, cariño. Es hora de volver a casa.

Se inclinó para besarla, pero ella reculó haciendo un gran esfuerzo por no quedarse paralizada por más tiempo.

—Raúl...

—Sí, Raúl, tu marido. Espero que no te hayas olvidado de que tienes uno.

—Te he tenido muy presente en mis pesadillas —le respondió endureciendo el gesto.

A la mujer le temblaron las piernas e intentó disimularlo.

—Vamos a olvidar este gran error por tu parte y... —comenzó diciendo mientras alargaba las manos para sujetarla por un brazo.

—¡Me violaste! —exclamó reculando para evitar su contacto una vez más.

—No digas sandeces, estamos casados. ¿Cómo te voy a violar?

—Fue en contra de mi voluntad. Ante la ley eso es violación, por mucho que unos papales digan que estamos casados.

—¿Y quién va a creerte a estas alturas? ¿Me denunciaste acaso? —Él sonrió como si aquello solo le parecieran tonterías sin sentido.

Lorena sabía el gran error que cometió en su momento.

—Me anulaste durante todos estos años... —comenzó a decir ella.

—¿Prefieres ser una vulgar bedel que cobra una mierda en vez de tener tu paga mensual para gastar en lo que quieras? ¿Y salir con tipos como ese profesor gallito en vez de estar con tu guapo marido? Dime, ¿te acuestas con más hombres a parte de ese hijo de puta?

—¡No! —Lorena se dio la vuelta y comenzó a caminar lejos de él, ofendida.

—Esta noche vendrás conmigo al hotel, y mañana renunciarás a ese trabajo de mierda. —La agarró con tanta fuerza del brazo que Lorena gimió de dolor.

—¡Quiero el divorcio! —Intentó soltarse, pero él apretó más, hincándole los enormes dedos en el brazo y retorciéndoselo.

—No voy a firmar ningún divorcio para que te quedes con la mitad de lo que me pertenece —masculló entre dientes.

—¡No quiero nada tuyo! Te puedes quedar tu sucio dinero, tus putos chalets de lujo en La Moraleja y en la sierra, el apartamento en Gran Vía y la casa de Ibiza, las membresías en los clubes esos de pijos insoportables, tus amigos snobs y a tu puta madre —se atrevió a decirle, cogiendo confianza.

—Cállate, Lorena. Sin mí no eres más que una muerta de hambre. ¡Mira qué gorda y fea estás! ¡Mira dónde trabajas!

—¡Soy una mujer que está en su peso! ¡Y mi empleo es tan digno como cualquier otro! De todas formas me colegiaré y abriré mi consulta porque soy muy buena en lo mío, aunque te joda. —Se defendió creyendo en sí misma como nunca antes.

—Una mediocre como tú, no me hagas reír —dijo con el rostro desencajado y rojo de rabia.

—Y si soy fea y mediocre, ¿para qué me quieres? ¿Eh? ¡Para qué!

—Porque eres mi mujer —enfatizó con posesividad—. Mía y solo mía, como todo lo que tengo. Mi posesión desde el primer día que te vi y decidí que estaríamos juntos toda la vida.

Lorena sacó el teléfono y marcó el 112. Raúl intentó quitárselo y se cayó al suelo.

La mujer comenzó a chillar, y una pareja que pasaba por allí corrió hacia ellos.

—¡Me quiere violar! —exclamó Lorena, por lo que Raúl tuvo que soltarla y echar a correr.

La pareja llegó hasta ella, que lloraba por el mal trago que había pasado, recogieron el móvil del suelo y le preguntaron si quería denunciar.

—No, no… Muchas gracias, de verdad…

—Pediré un taxi para que la recoja —comentó el chico mientras buscaba el número. La chica le dio un pañuelo de papel y la acompañaron bajo un soportal hasta que llegó el taxista.

Volvió al colegio echa un manojo de nervios, escondiéndose directamente en la rectoría, temblorosa, pensando en que Adrien habría vuelto. Sin embargo, aún no estaba allí.

Le dejó un mensaje de voz, llorando como una niña:

«*Mi marido ha vuelto y me está acosando para que me vaya con él. Me ha hecho daño y ha intentado pegarme en la calle. Tengo mucho miedo*».

Este le contestó con otro mensaje de voz al poco rato:

«*Bernardo y yo estamos a punto de salir de Toledo, conduzco yo así que no podré ni escuchar ni leer mensajes. Tranquilízate y llama a la policía si lo ves necesario. Tardaré unas tres horas y media. Comprueba todas las alarmas y enciérrate en la rectoría*».

Así lo hizo Lorena, y también avisó a Sor Sofía para que lo supiese, por si Raúl llamaba a la puerta principal o a la de servicio.

Volvió a la vivienda de Adrien y se quedó esperándolo tumbada en su cama abrazando su almohada, aspirando ese olor que le volvía loca y a la vez le hacía sentirse segura.

CAPÍTULO 13

Adrien abrió la puerta de su vivienda, subió de dos en dos los peldaños de las escaleras y corrió hacia su habitación, donde vio encendida la tenue luz de la lamparilla de mesa.

Lorena estaba sentada sobre el lecho, mirándole con una expresión de cierta alegría al tenerle allí por fin.

La estrechó contra sí con todas sus fuerzas, sin ni siquiera quitarse el grueso abrigo negro. Ella le pasó los brazos por la cintura, bajo la prenda, sintiéndole, amándole.

—¿Estás bien? —preguntó él, ansioso, asiéndola por el rostro, observando si tenía algún daño.

—Ahora que estás aquí, sí... Estoy bien por fin... —No podía dejar de mirarlo a los ojos, agradecida.

— Bernardo casi se muere del susto de tanto que he pisado el acelerador del coche, pero lo he dejado en su casa y he venido lo antes posible.

Ella no pudo articular palabra, solo hundir la cara en su hombro derecho, aunque el alzacuellos le recordase que aquel hombre estaba prohibido.

—¿Qué te ha hecho ese bastardo? —masculló.

—Quería retenerme y que me fuera con él al hotel. Me agarró tan fuerte del brazo que lo tengo dolorido... —le explicó sin apartarse de él ni un instante.

Adrien le subió la manga del jersey y pudo ver los tremendos verdugones que las grandes manos de Raúl habían dejado en su brazo.

Le acarició la zona con los dedos, de forma delicada. Lorena se estremeció.

—Deberíamos ir a la policía. Voy a hacerte fotos de las marcas.

Cogió su móvil para tomar unas cuantas instantáneas.

—Me he pegado un susto de muerte... —susurró ella.

La ayudó a colocarse de nuevo el jersey, pues Lorena apenas si podía mover la extremidad.

—Tienes la cara hinchada de tanto llorar. Pobrecilla.

—Debo de estar horrible, como él me dijo... Gorda y fea... —susurró angustiada al recordar las vejaciones.

—Eso es imposible... Eres la mujer más preciosa que existe, por dentro y por fuera.

Adrien bajó la cabeza y se quitó las gafas para poder frotarse los ojos llorosos. Los hombros le comenzaron a convulsionar cuando las lágrimas brotaron ya sin control.

—Adrien... —Ella le sujetó la cabeza por las mandíbulas para poder mirarlo.

—Bernardo me ha puesto la cabeza como un bombo durante todo el trayecto. Cuando se ha enterado de lo que te ha pasado y de por qué yo quería irme cuanto antes e iba tan rápido por la autovía. No paraba de repetirme que no podía ser, que tengo que mantenerme fuerte y no ceder a mis impulsos sexuales. Pero es que no es eso, es que estoy profundamente enamorado de ti y quiero estar cont...

Lorena le cortó al besarlo con pasión, agarrándolo de la camisa negra con tal fuerza que casi le hizo saltar el alzacuellos.

Él se dejó llevar sin importarle nada más, solo abrazarla y sentirla contra él, comérsela a besos y dejarse comer.

Lorena le ayudó a despojarse del molesto chaquetón y él le levantó el jersey, dejando a la vista unos pechos perfectos enmarcados por un sujetador tan sexy que fue imposible no querer arrancarlo.

Ella le desabotonó la camisa y le quitó el alzacuellos del todo, tirándolo al suelo. Por fin Lorena pudo contemplar su pecho bien torneado y cubierto de vello. Con las uñas le arañó la piel, sintiendo su cuerpo caliente, hasta llegar al borde del pantalón.

—¿Te gusto? —preguntó él, con cierta inocencia.

—Mucho... Muchísimo... —dijo mientras le desabrochaba el cinturón y desabotonaba la prenda, introduciendo la mano para poder frotar su tremenda erección por encima de la ropa interior.

Adrien gimió de puro gozo, con los labios sobre las clavículas de ella. Fue descendiendo, beso a beso, hasta sus pechos, que bajaban y subían movidos por la pasión. Hundió el rostro en ellos, mientras que con las manos le desabrochó el sujetador con más pericia de la esperada para ser primerizo. Con las manos los amasó, haciéndola gemir tumbada en la cama. El hombre besó y lamió los pezones, duros como el diamante, hasta los mordió con mucho cuidado, pellizcándolos.

Lorena lo asió por la nuca, para apretarlo más contra sí, sobre todo cuando Adrien bajó hasta el redondeado vientre y se recreó en el ombligo, haciendo que ella se riera por las cosquillas.

—Ah... Dios, Adrien... —suspiró de placer.

Este la volvió a besar en la boca, con tanta hambre que casi no la dejó ni respirar, colocándose encima. Las piernas de Lorena le rodearon la cintura.

El sacerdote frotó su erección contra ella, lo que la excitó más si cabía. Hubiera podido llegar al orgasmo de ese modo, con tantas capas de ropa entre ambos.

—Adrien… Para… —le rogó.

Este se detuvo de inmediato y la miró con la respiración desacompasada.

—Perdona… He ido muy rápido…

Ella sonrió con ternura y le acarició el rostro antes de volver a atrapar sus labios.

—Lo que quiero es que me desnudes y que te desnudes… Deseo sentirte tal y como eres…

Adrien le desabotonó el pantalón vaquero, agarró la cinturilla y la despojó de la prenda. Se quedó mirando sus sencillas braguitas negras y se sonrió.

—Eres jodidamente sexy, Lorena…

Ella suspiró de placer al oírle hablar así, tumbada sobre su cama, solo con aquella prenda puesta.

—Si no me quitas las bragas pronto, las voy a empapar… —respondió en un susurro—. Y si no me dejas ver esa polla ya, me va a dar algo…

Adrien se mareó de placer.

Se sentó para quitarse los zapatos los pantalones y los bóxer. Se giró hacia Lorena, que lo miraba obnubilada, mordiéndose un dedo mientras se sonreía.

No había estado tan cachonda en toda su vida, y fue a peor cuando él se tumbó desnudo sobre su cuerpo caliente y deslizó los inexpertos dedos por dentro de la braguita, buscando dónde tocarla para darle placer.

Adrien se sorprendió de lo mojada que estaba de verdad, de lo hinchados que tenía el clítoris y los labios vaginales. Decidió dejarse de tonterías y le quitó las bragas, hundiendo el rostro entre sus piernas, muerto de hambre.

Lorena gimió ante semejante sensación de placer. Adrien lamió la carne húmeda, degustó su sabor, escuchó sus jadeos y se olvidó de quién era y de sus votos.

Ella lo agarró del cabello por ambos lados, y le rodeó con las piernas la espalda, apoyando los talones en ella. La lengua inexperta de Adrien pareció la más experta del mundo. Raúl se negó siempre a hacerle aquello, así que no lo había tenido nunca. Las sensaciones fueron tremendamente excitantes, apremiantes, húmedas…

No pudo evitar gemir y removerse, sobre todo cuando él introdujo la lengua y la penetró con ella, moviéndola en su interior. Un escalofrío la recorrió desde ese punto hasta la punta del pelo, haciéndola gemir más.

Podría haberse corrido así, pero aquella lengua subió por todo el vientre, pasó entre sus pechos y alcanzó su boca, introduciéndose en ella con ardor. Lorena pudo sentir el sabor de su propio sexo y le encantó.

Deslizó una mano entre los dos cuerpos y asió su pene para frotarlo. Adrien casi perdió toda la fuerza, jadeando sobre el cuello de su amante.

—Quiero hacerte lo mismo que tú a mí, quiero metérmela en la boca y darte placer.

—Por favor… —gimió él, estremecido solo de pensar que sus anhelos se hacían realidad.

Lorena rodó con él sobre la cama y se puso encima, bajando por ese pecho y recorriendo el vello abdominal hasta que se topó con su glande, lamiéndolo con cuidado por la sensibilidad de este. Poco a poco fue introduciéndose el pene en la boca, haciéndole una felación.

Lorena degustó el sabor salado de su líquido pre seminal, gimiendo de goce ella misma. Le ardía todo entre las piernas, así que se tocó ella misma con el dedo, para darse placer, mientras que con la otra mano agarraba bien el miembro de Adrien. Este la asió del pelo y resopló muy excitado.

—Siento que no sea muy grande… —dijo él de pronto. Ella le miró y dejó de acariciarla con la lengua, para reírse después.

—Me encanta —le hizo saber tras darle un lametón—. Me encanta, porque así no me va a doler, me va a dar mucho gusto cuando me la metas hasta el fondo… Y estás equivocado, sí es grande y perfecta.

Adrien pareció azorado al darse cuenta de algo.

—No tengo preservativos…

Lorena se le puso encima y jugueteó con su boca, besándolo y sonriendo.

—No puedo quedarme embarazada... Y estoy sana, no tengo nada que te pueda contagiar, porque me hice unas pruebas. No me fiaba de mi ex…

Adrien la miró a los ojos, enamorado de veras. La abrazó contra sí, rodeándola también con sus piernas.

—Guíame tú —le rogó él.

Lorena se tumbó a su lado y le hizo ponerse encima. Pasó las piernas por su cintura y asió el pene erecto y duro de Adrien, para conducirlo hacia su vagina.

—Empuja poco a poco.

Adrien lo hizo con cuidado, sintiendo cómo ella iba cediéndole paso con cada embestida. A veces sentía que ella apretaba los músculos de la vagina de forma instintiva, lo que le mareaba de gozo.

Ambos se miraron antes de besarse con lenguas y labios sin parar.

El sacerdote comenzó a embestir con cadencia, haciendo gemir a Lorena de puro placer. El tamaño de su pene encajaba con su vagina a la perfección y ya estaba todo dentro.

—Sigue así, justo así —jadeó ella, que sintió el punzante placer de un orgasmo que comenzaba a formarse en su interior—. Y bésame lentamente... —Adrien hizo todo lo que le pidió, mientras sentía los músculos de la vagina contraerse alrededor de su pene con cada vez más fuerza.

Adrien estaba maravillado de verla en ese estado de concentración: con los ojos cerrados, la boca abierta, la cabeza echada hacia atrás y agarrada a él con piernas y brazos, gritando con cada vez más intensidad. Su último estertor fue largo y placentero mientras se corría de puro gusto como nunca antes en su vida.

Lorena descansó un momento, casi sin aliento, tras el placer intenso.

—Eso ha sido música celestial para mis oídos —susurró él, parando de embestir.

—Adrien... Adrien... —Buscó su boca anhelante de todos los besos del mundo y comenzó a moverse de nuevo, excitadísima.

—No pares de follarme, Adrien, no pares...

Él volvió a empujar, enterrando el rostro en su cuello caliente mientras ella lo agarraba por los glúteos.

El hombre sentía aquella suavidad húmeda rodeándole el pene. Podía empujar este hasta el fondo y ella seguía gimiendo de gusto y teniendo palpitaciones. Se moría de ganas de decirle guarradas, pero no se atrevía.

—Lorena, joder... —Buscó su boca para besarla—. Qué ganas tenía de follarte... —se soltó un poco al decirlo—, de sentir tu coño caliente...

—Adrien... He de confesarte algo...

—Qué...

—Soy multiorgásmica y me voy a correr otra vez con tu polla dentro… Y esto no me había pasado antes jamás. Solo contigo, solo con tu polla —repitió.

Adrien no se pudo creer tener tanta suerte, así que empujó con cadencia, dejándose llevar del todo, escuchando los jadeos de su amante, gimiendo también de gusto.

—No me aguanto más… Cariño, no puedo más, necesito correrme…

—Córrete dentro de mí, córrete, Adrien…

Los gemidos de este fueron cada vez más intensos, hasta que empujó con fuerza y la levantó de la cama mientras eyaculaba. Lorena apretó su vagina por los impulsos de placer, corriéndose a la vez que sentía el semen caliente inundarla.

Ambos se quedaron derrengados sobre el lecho; la mujer abajo y él apoyado entre sus pechos suaves y redondos.

—Adrien… —le acarició el cabello canoso—. Te quiero…

Este levantó la cabeza, mirándola con ojos vidriosos.

—¿En serio? —preguntó ilusionado.

—Te quiero muchísimo —repitió Lorena.

Adrien la besó sin parar, acariciando su cara y su pelo con sumo cuidado y delicadeza, aún dentro de ella.

—Acabo de faltar a mi voto de castidad por ti. ¿Eres consciente?

—Sí, lo soy.

—¿Entiendes de qué forma estoy enamorado de ti? No he podido soportarlo, era imposible aguantar más sin tenerte entre mis brazos, sin unirme a ti de este modo.

—Estoy loca por ti… Muy, muy enamorada.

—Mis sentimientos son serios. No estoy encaprichado ni nada parecido. Eres mi primer y único amor.

—¿Cómo un hombre puede ser tan bonito? —Le acarició los labios sonrientes.

—Nunca me habían llamado bonito. Pero me gusta…

La besó con entrega recreándose en sus labios.

—Estás loco por mí, ¿eh?

—Agilipollado es lo que estoy. No sé cómo voy a disimularlo.

—Pues tendremos que esforzarnos por ahora, mi amor…

—¿Quieres darte una ducha? Te he manchado por todas partes… Mucho, mucho, mucho.

Lorena sentía su semen entre las piernas, así que asintió.

Adrien la levantó en brazos y la llevó a pulso hasta el baño.

Puso la ducha en marcha y reguló el agua tras dejarla sobre la alfombrilla.

Lorena le miró mordiéndose el labio, fascinada con su cuerpo. Él le devolvió la mirada de arriba abajo.

—Eres perfecta, me encantan tus curvas. —Acercó las manos a sus pechos y los masajeó con suavidad.

—Y a mí esta parte de aquí… —Lorena se apretó contra su pecho y deslizó los dedos entre su velludo pecho y por la fina línea de pelo vertical que bajaba hasta su ombligo.

El vapor les indicó que era el momento de meterse bajo el agua caliente. Lo hicieron juntos, abrazados y besándose.

Se limpiaron el uno al otro sin prisas, sintiéndose con las manos y otras partes del cuerpo.

Adrien la asió por debajo de las nalgas y Lorena se subió a su cintura sujetándose con las piernas y abrazándolo. La penetró de nuevo, muy excitado. No sabía si podría tener otro orgasmo, pero estaba tan necesitado de ella que le dio igual, solo quería volver a sentirla, a darle placer, a conseguir que se corriera, a estar unido a ella de la forma más íntima posible.

No dijeron nada, solo sintieron placer bajo el agua caliente, contra la esquina de la ducha.

Por tercera vez aquella noche, Lorena sintió el orgasmo llegar, aunque ya no fue tan fuerte. A Adrien le costó un poco más alcanzarlo, pero volvió a derramarse dentro de ella.

Acabaron riéndose entre besos y suspiros.

Lorena bostezó, agotada.

—Duerme conmigo… —rogó él bajo el chorro de agua.

—No quiero otra cosa…

Salieron muertos de frío, se secaron con las toallas y se metieron desnudos en la cama donde habían hecho el amor.

—Te amo… —musitó Lorena, ya más dormida que despierta, arrebujada contra él, que entrelazó las piernas entre las de ella.

—Y yo a ti también…

Adrien tapó a ambos con las mantas quedándose dormido de inmediato, sin sentir ni un solo remordimiento, sino toda la felicidad del mundo.

†

Muy temprano sonó el despertador y Lorena dio un respingo. Adrien apagó la alarma, ignorándola. Acto seguido se puso encima de

Lorena para poder besarla de forma profunda. Ella le rodeó con piernas y brazos, sintiendo aquella erección mañanera contra la ingle, lo que encendió su propio deseo de inmediato.

Adrien se recreó en sus pechos, bajó por su abdomen dejando un reguero de besos y mordiscos, se enterró entre sus piernas y le dio placer a Lorena hasta que esta sintió el calor del orgasmo ir formándose en su zona íntima de tal forma que, casi sin darse cuenta, levantó la pelvis y se agarró del pelo de Adrien al sentir cómo culminaba todo en un placer muy intenso.

Quedó derrengada y se echó a reír cuando él apareció de debajo de las mantas completamente despeinado.

—Veo que te ha gustado este despertar... —susurró él.

Ella lo tomó del cuello para poder besarlo entre sonrisas y miradas de amor. Se puso de espaldas a él y frotó las nalgas contra su erección.

—Me vas a volver loco si haces eso...

—¿Prefieres salir a correr o hacer esto? —bromeó.

—Prefiero correrme mientras te hago el amor... —respondió buscando con los dedos la entrada al túnel del placer.

Lorena gimió al sentir cómo la iba penetrando, empujón a empujón, de menos a más.

Se tuvo que agarrar al cabecero de la cama de madera, entre gemidos, sintiéndole fuerte y duro en su interior.

—Lorena... Te quiero...

—Y yo, mi amor...

Adrien estaba sintiendo tanto gozo que hundió la cabeza en su cuello y se dejó llevar sin más, ahogando los gemidos sobre esa piel suave y ardiente, escuchándola a ella gemir con cada embestida. Aguantó todo lo que pudo hasta que la sintió correrse y él se dejó llevar también, eyaculando de nuevo en su interior.

Se quedaron ambos en aquella posición, intentando recobrar el aliento.

—No me puedo creer que tengas esa facilidad para llegar al orgasmo. Me ha tocado la lotería, porque lo que más me gusta es escucharte gozar.

Lorena se dio la vuelta y lo besó con fuerza en los labios, feliz. Tener el mejor sexo de su vida con un hombre que había sido virgen hasta la noche anterior le hizo saber que había estado perdiendo el tiempo con Raúl desde el minuto uno.

Adrien solo quería tocarla, darle placer, disfrutar de ella tal y como era: con sus defectos, sus estrías, su vello sin depilar o sus curvas.

Él se dejó caer a un lado del colchón y Lorena se fijó en la sencilla cruz de plata que caía sobre su hombro, pendida de una fina cadena del mismo metal.

Eso la sacó de pronto del ensueño: Adrien era un sacerdote, no podía olvidarse.

Tuvo una mezcla de sentimientos: felicidad, tristeza, dicha, miedo…

—¿Qué te pasa? ¿Estás mareada? ¿Me he pasado de fuerte? —susurró él acariciándole la arrebolada mejilla.

Ella respondió sujetando con delicadeza la cruz y él lo comprendió. Sujetó con la suya esa mano que asía el símbolo cristiano.

—Poco a poco… —pidió él en un susurro—. Todo esto es nuevo para mí… Pero quiero que sepas que te amo de verdad.

—Eso no lo pondría nunca en duda, Adrien. Es evidente…

—El día en el que nos abrazamos en mi despacho casi me muero al sentir tu cuerpo contra el mío.

—Y yo. Creo que si llega a durar unos segundos más te hubiera comido los morros y te habría tirado sobre la mesa para arrancarte el hábito con los dientes —dijo entre risas.

—Ojalá lo hubieras hecho —él la acompañó entre carcajadas—, porque estaba muy cachondo.

Lorena recorrió su rostro con los dedos mientras él la miraba con esos ojazos azules en los que todo el hielo polar se había derretido.

—¿Te puedo hacer una pregunta? —Adrien asintió con la cabeza—. ¿Te han intentado seducir muchas veces? Porque eres jodidamente atractivo y lo sabes.

—No quiero alardear, pero sí, muchas veces. Desde que estoy aquí unas cuatro profesoras. Y cuando era más joven también, un montón de mujeres y algún que otro hombre. Nunca he sentido la necesidad de ceder, porque nunca he sentido esto antes por nadie…

Lorena enrojeció de pronto por aquel halago.

—Somos un *Enemies to Lovers* —bromeó ella y Adrien no pudo evitar reírse a carcajadas—. El comienzo fue horrible entre nosotros.

—Debemos levantarnos… Aunque me pasaría el día aquí encerrado contigo, ambos tenemos muchas cosas que hacer. Hoy me temo que voy a recibir unas cuantas visitas indeseables.

Adrien se puso en pie mientras iba al baño a darse otra ducha rápida.

Lorena se aseó también y volvió a ponerse la ropa que estaba desparramada por la cama y el suelo.

Adrien se vistió todo de negro y se puso la chaqueta del mismo color. Cuando fue a colocarse el alzacuellos lo sintió raro entre sus manos, como si estuviera mal usarlo. Sabía muy bien por qué: el voto de castidad estaba roto.

Luego miró a Lorena tras él y ella le arrebató el complemento de las manos, levantó el cuello de la camisa y se lo colocó con cuidado.

—Así estás muy guapo… —musitó antes de ponerse de puntillas para darle un beso profundo y cargado de sentimientos.

Él la sujetó por la cintura y bajó la cabeza.

—Lamento tener que ponerme la careta de nuevo…

—No pasa nada. Como has dicho, hoy será un día complicado, así que salgamos de este santuario al mundo real.

†

Efectivamente, aquella mañana Adrien tuvo que atender al mismísimo obispo de Zamora, a su hermano acompañado de la esposa, y a la hija de ambos: la Obispa, como era llamada la chica más mala de todo el colegio.

Le llamó Lorena desde el teléfono del trabajo, y este le pidió que los acompañara hasta el despacho y luego hiciera ir a Sor Sofía y a la Madre Superiora también.

Estas últimas ya se lo esperaban, así que entraron al despacho con la cabeza bien alta y mucha dignidad.

La Obispa, o más bien Alicia Valera, le echó una mirada de odio a Sor Sofía, que hizo caso omiso sentada recta como un palo en su silla.

Adrien se sentó en su lado de la mesa, y puso la cara de póker que tanto le caracterizaba.

—Excelentísimo obispo, como comentamos ayer durante unos minutos, me temo que tengo que expulsar a su sobrina, la señorita Alicia.

—¡Eso no es justo! —clamó esta a grito pelado. Su tío le hizo un gesto con la mano para que se mantuviera callada.

—¿Qué pruebas tiene, padre, para hacer algo así? Y más sabiendo lo que aporta mi hermano a este centro.

—Es cierto, no se habrían podido comprar ordenadores nuevos, ni mejorar las instalaciones si no fuera por nuestra generosa aportación económica —expresó el señor Valera—. Y nos lo agradecen a mi esposa y a mí expulsando a nuestra hija mayor.

—Prefiero que el colegio se caiga a trozos antes que el resto de alumnas sufran el *bullying* constante de su hija, señor Valera.

El obispo, por su parte, sabía que Adrien le daría problemas porque tenía la fama de ser duro de pelar y muy recto en todo lo referente al colegio. Pero tenía un as en la manga.

—Padre, reconozco que su gestión hasta ahora ha sido impecable. Pero los últimos acontecimientos no le dejan en muy buen lugar, la verdad: una joven se suicidó, otra tenía anorexia, y ya no hablemos de las dos chicas que... En fin. Cuatro alumnas han abandonado la institución y ahora pretende prescindir de la más valiosa.

Adrien no movió ni una pestaña, solo sacó de una carpeta de cartón azul unas fotos impresas. Las puso sobre la mesa, unas al lado de otras.

Alicia bajó la cabeza, sus padres fruncieron el ceño y el obispo se quedó estupefacto.

Eran los cortes en el abdomen de Sonia, supurantes de pus. Sor María las había hecho antes de aplicarle las curas, como prueba.

—¡Se los hizo porque esa niña está loca! —gritó Alicia, fuera de sí—. Yo no tengo nada que ver.

—¿No le dijiste a la señorita Pérez que Sonia era tu perrito? ¿Lo niegas? —preguntó Adrien con cara de robot—. ¿No te reíste con tus otras compañeras de Sonia y de las demás chicas que han abandonado el colegio?

—¿De qué está hablando, hija? —preguntó su madre, absolutamente horrorizada—. ¿Esto es cierto? Dime que no...

—Si son débiles y hacen caso a las bromas, no es culpa mía —admitió de alguna forma.

—Ve, bromas, solo bromas —justificó su padre.

El obispo Valera estaba callado, escuchando.

—La broma de su hija hacia Cecilia la llevó a la anorexia. La broma de su hija hacia Sonia la llevó a autolesionarse, la broma de su hija hacia Mari Carmen y Myriam sobre que eran unas tortilleras, las llevó a sufrir, incluso a intentar escapar juntas. Y Rocío también sufría el constante acoso de su hija, señor Valera.

—¿Insinúa que se suicidó por culpa de Alicia? ¡Le voy a denunciar por semejante bulo!

—No, no lo insinúo, ni lo afirmo. En cuanto a denuncias, supongo que ya sabrá que los padres de Sonia han presentado una en contra de Alicia. Así que la expulsión no es lo peor que le va a pasar, por muy menor que sea.

—¿Me ha denunciado esa niñata? —Alicia explotó al verse acorralada—. ¡Entonces denunciaremos nosotros a Sor Sofía por pegarme un bofetón ayer?

Esta ni se inmutó, como si todo le diera igual. De haber podido, se habría liado un cigarrillo allí mismo.

—Sor Sofía… —susurró el padre Adrien.

La mujer se giró y miró a los presentes con expresión impertérrita.

—Lamento mucho haber pegado a su hija, que Dios me perdone por ello. Perdí los papeles al ver las heridas de Sonia… Así que les ruego acepten mis disculpas, aunque entenderé que me denuncien por dar un bofetón a una menor.

—Toda la congregación de monjas benedictinas lo siente —añadió la Madre Superiora—. Desde que existe este colegio, hace ya cincuenta años, jamás hemos castigado a las alumnas con violencia. Y no pasará más, puedo asegurarlo.

Hizo la señal de la cruz y rezó una breve oración.

El obispo se pronunció:

—Padre Adrien, considere la expulsión. Seguro que mi sobrina recapacitará…

—No. De hecho ya la he firmado.

Sacó otro papel y se lo tendió a los padres de la joven. Estos no supieron muy bien qué decir.

—También tengo la evaluación psicológica que le hicieron a Alicia. Es privada, así que solo la pueden leer los tutores legales.

Les dio un sobre cerrado con el nombre y apellidos de la joven escritos a mano por fuera.

La madre se apresuró a rasgar el sobre y sacar el informe firmado por la psicóloga junto a su número de colegiada. Se llevó la mano a la boca, temblorosa, y luego plegó la hoja y la volvió a meter.

—¡Mamá! ¿Qué dice? —Su hija intentó quitarle el sobre de las manos y, al no conseguirlo, gritó rabiosa y se puso a despotricar tirando al suelo la silla y dándole una patada.

Sor Sofía tuvo que girar el rostro para no reírse, Adrien siguió sin inmutarse y tanto el obispo como su hermano sujetaron a la chica hasta que se tranquilizó.

Había sido bochornoso.

—Querría hablar con el director en privado —demandó el obispo.

Todos fueron abandonando el despacho, mientras Adrien colocaba la silla de nuevo en su sitio. Luego se quedó de pie, mirando al obispo con educación pero muy serio.

—Veo que no le tiembla el pulso a la hora de impartir justicia. Aunque sea mi sobrina está claro que… necesita ayuda.

—Muchos problemas subyacentes de otras alumnas han sido alimentados por Alicia, pero con Sonia ha sobrepasado el límite de lo verbal. Esto lleva pasando desde que yo soy niño, incluso cuando lo era usted, excelentísimo obispo. Pero lo que antes era normal, ya no lo es. Igual que no se castiga en clase pegando a un niño con la regla, tampoco se permite el acoso escolar por parte de otros, ya sean alumnos o profesores. Ni en la escuela pública ni en la privada, como es el caso. Y menos cuando lo que intentamos aquí es que las niñas se ayuden y respeten. Tampoco aprobamos sin más las asignaturas con tal de que los padres sigan pagando la cuota.

—¿Y qué piensa hacer con Sor Sofía?

—No se preocupe, ya se ha confesado —mintió—, y la he absuelto e impuesto una dura penitencia. No lo volverá a hacer, porque si se repite nos veremos obligados a trasladarla.

Se lo acababa de inventar todo.

—Es usted muy joven aún para entender la burocracia eclesiástica, me temo —contestó con parquedad—. Iba por buen camino en su carrera, ahora no sé qué decirle. Puede que tenga que pensar incluso en sustituirlo en la dirección del centro. Sus padres no estarán muy contentos al respecto.

Adrien sonrió por primera vez, aunque de forma sarcástica.

—Considere lo que deba, excelentísimo. Para eso está por encima de mí. Pero le recuerdo que hay alguien más importante muy por encima de ambos.

Por supuesto se refirió a Dios y el obispo lo comprendió de inmediato.

—Le llegará mi decisión después de que pasen las festividades. Prefiero no remover más las cosas por ahora. Que el alumnado termine el trimestre con toda la normalidad posible, por favor.

—Así se hará —aseguró.

†

Lorena corrió a abrirles las puertas al obispo, su familia y a la Obispa, que lloraba histérica y se revolvía en brazos de su padre, que llevaba la cara más larga del universo.

Sor Sofía y la Madre Superiora se acercaron en cuanto la comitiva se fue.

—¿La ha expulsado?

—Sí, de forma fulminante —dijo Herminia—. Creo que es la primera expulsión en la historia de este colegio…

—Esto le va a atraer problemas con el obispado… —musitó Sor Sofía—. Tenía que haberme contenido más.

Se sintió culpable por lo que pudiera pasar.

—¿Problemas por qué? Ha hecho lo que tenía que hacer sin que le temblara el pulso.

—Porque todo es política, hija. Cualquier día lo llaman y lo trasladan a otra parte sin más... Ay, no me gustaría. Es tan bueno el padre Adrien... Como un hijo para mí... —Por vez primera vio a la Madre Superiora ponerse tierna.

Aquello dejó a Lorena muy preocupada.

—Haremos huelga si hace falta —contestó Sor Sofía, en plan incendiaria.

—¡No digas tonterías! Venga, vámonos, sigamos con la limpieza del segundo piso.

—Más bien usted se sienta y nosotras limpiamos —se quejó la delgada monja mientras caminaba ayudando a su superiora.

—Claro, me voy yo a poner a fregar a estas alturas —gruñó—. Cualquier día me muero y me voy con Dios, entonces qué será de vosotras...

Lorena negó con la cabeza y una sonrisa tierna en los labios.

†

Lorenzo había estado observando a Lorena desde que esta le había dicho que necesitaba un tiempo. Por eso se dio cuenta enseguida de que tenía otra cara aquella mañana, una muy diferente a la habitual.

Estaba feliz como unas castañuelas, no quedaba un ápice de su estado de tristeza o nerviosismo, lo cual le mosqueó.

Le gustaba aquella mujer y no pensaba cejar en su empeño para conseguirla. La necesitaba en su cama y en su vida, o se volvería loco.

Lorenzo interceptó a Lorena en el baño de caballeros cuando iba a poner papel. La pobre se dio un susto de muerte.

—Hola, Lorena. ¿Cómo estás? —preguntó a su espalda.

—Bien... —No fue capaz de mirarlo a la cara.

—¿Después de lo que pasó entre nosotros ni me miras?

—*Shhh.* ¿Quieres que lo sepan todos?

—Me da igual. No me da ninguna vergüenza que me vean contigo.

—Oye, ahora mismo no puede ser... Además, mi marido anda rondando por Zamora. Ayer tuve un encontronazo con él. Y es muy celoso... Es mejor para ti que no nos vea juntos —comentó con las esperanza de disuadirlo de ese modo.

—Muy contenta estás para haber visto a tu marido. ¿Vas a volver con él? —indagó.

—¡Claro que no! —exclamó ofendida.

—Dame otra oportunidad, por favor. Iré todo lo despacio que quieras. Toma un café conmigo, por ejemplo. Aquí mismo, en la sala de profesores —insistió—. No querrás que los demás murmuren. Antes siempre estábamos charlando y de pronto ya no.

Lorena se sintió acorralada con aquello, pero asintió.

Lorenzo esperó fuera a que terminara de colocar el papel higiénico y cuando ella salió se dirigieron a la sala de profesores, donde solo estaba Adrien sentado tomándose un café.

Lorena enrojeció de pies a cabeza. Fue como estar entre la espada y la pared.

—Director, buenos días. Aunque creo que no han sido tan buenos para usted. Ya nos hemos enterado de la expulsión de la señorita Alicia Valera y, teniendo en cuenta quién es su tío...

Adrien miró a Lorenzo con los ojos entornados.

—No me tiembla la mano a la hora de expulsar alumnas o despedir profesores —respondió tras darle un sorbo a su café.

—Lo tendré en cuenta, señor director. ¿A qué te invito, Lorena? —cambió de tema deliberadamente.

—Ah… *Em*… Una tila, por favor… —gimió al mirar de reojo a Adrien, que no mudó su expresión.

Se sentó frente a él, que la miró a los ojos de forma fija, mientras Lorenzo estaba de espaldas a ellos. Le guiñó un ojo tras las gafas y sonrió.

La mujer enrojeció sin poder evitar que le naciera una sonrisa tonta en los labios.

Lorenzo dejó el vasito a la vera de Lorena y se sentó a su lado, muy pegado, mirando a Adrien e intentando descifrar qué le parecía que estuvieran tan cerca.

—¿Así de caliente está bien? —susurró Lorenzo cerca de la oreja de Lorena, que se estremeció, aunque de desagrado.

—Sí, gracias…

La mujer dio un sorbito que casi le quemó la garganta, pero se contuvo.

Adrien sabía que Lorenzo lo estaba haciendo a propósito para joderle, además de intentar seducir a Lorena de nuevo a pesar de que ella ya le habría dicho que no podía ser.

—Señorita Pérez, cuando termine su descanso venga a mi despacho, tengo algo urgente que tratar con usted.

Se puso en pie, tiró el vaso vacío y salió por la puerta. Ella no pudo evitar seguirlo con la mirada y posar sus ojos en aquel trasero tan bien puesto.

—Me parece que es el director el que va a tener que tener cuidado con tu marido —soltó de pronto Lorenzo.

—¿Qué insinúas? —preguntó Lorena en tono ofendido.

—Que se te nota a la legua que quien te gusta es él —escupió con inquina y celos.

—¡Vale ya, Lorenzo! —se puso muy nerviosa—. No tienes ningún derecho a sentir celos, ni tampoco a afirmar ese tipo de cosas.

—Soy experto en mirar culos, así que sé cuándo alguien mira uno.

Él se levantó, molesto.

—¡A mí no me vuelvas hablar así! ¡No soy nada tuyo! ¡Y desde luego nunca lo seré! No quiero otro gallito celoso en mi vida, gracias —le hizo saber casi gritando, ofuscada.

Adrien entró por la puerta de nuevo, pues había escuchado a Lorena alzar la voz, y fue directo hacia Lorenzo, que bordeó la mesa para poner distancia entre ellos.

—¿Qué pasa aquí? ¿La está acosando, señorita Pérez?

Lorena tembló y frunció el ceño.

—No acepta que no quiera salir con él.

El profesor sonrió.

—Vale, está bien. Mensaje captado. Me voy.

—¡No la vuelva a molestar o le despido! —gritó el sacerdote.

Salió por la puerta cabreado como una mona, odiando a Adrien con toda su alma.

—Vamos al despacho, tranquila… —Notó cómo ella temblaba bajo su contacto, pero de ansiedad.

La condujo hasta él, cerró el pestillo por dentro y la estrechó entre sus brazos. A Lorena le temblaron las piernas por el tórrido beso que Adrien le dio y que duró varios minutos. Finalmente la dejó respirar, entre sonrisas, pero no la soltó.

—¿Estás loco? —jadeó ella en un susurro.

—Por ti, ya lo creo que sí… Llevo todo el día esperando este momento, todo el maldito día.

—Nos van a oír.

Él sonrió con picaresca.

—Nos oirían si ahora te arrancara la ropa y te empotrara contra la pared haciéndote gemir hasta que vieras las estrellas.

—No me digas esas cosas… —Lorena se puso caliente solo de pensarlo. Lo cogió del rostro para besarlo con ardor.

Tuvieron que separarse antes de perder los papeles y que no hubiera marcha atrás. Aquel era el lugar menos adecuado del mundo.

—Si ese imbécil sigue detrás de ti, no dudes en hacérmelo saber y le abriré un expediente para acojonarlo.

—Se da cuenta de que estoy enamorada de ti… No sé disimularlo como tú…

—Da igual, no puede acosarte sexualmente. Independientemente de quién seas tú para mí.

—¿Qué soy para ti, Adrien? —Este se quedó algo confundido.

—La mujer que amo…

La abrazó de nuevo.

Lorena no buscaba ese tipo de respuesta, así que decidió no insistir por el momento. Se apartó intentando sonreír, aún nerviosa.

—Adrien, necesito que aclaremos lo de las notas —le recordó.

—Lo tengo en cuenta. Por favor, perdóname por no responderte al principio, no hubo modo en todo ese tiempo. O estaba en charlas, o con más gente. Bernardo tampoco me quitaba el ojo de encima.

—No importa. Aquí están todas las notas…

Las depositó en las manos de Adrien, que las leyó.

—¿Y esto de quién es? Porque estas afirmaciones son gravísimas.

—Lo sé y no lo sé.

—¿Qué quieres decir?

—Es una de las alumnas internas. Ellas me pasan información así.

—¿Has montado una red de espías, Lorena? —inquirió en tono de reproche.

—¡No! Pero es verdad que les he preguntado cosas. Luego están estas dos notas que deben de ser de Rocío y yo encontré en su cuarto.

El sacerdote se puso lívido al recordar la escena aquella mañana y la nota de suicidio en la mesa de estudio pulcramente ordenada.

—¿Sabes? No lo he hablado con nadie hasta ahora, excepto con la policía, pero es muy duro encontrar el cuerpo de una chica de diecisiete años…

—Puedes hablar conmigo.

Él la miró y asintió. Se sentaron en el pequeño sofá gris marengo que había en un lateral del despacho. Lorena lo asió por las manos y dejó que se expresara cuando pudiese.

—Siempre me he preguntado qué podía llevar a una chica tan guapa, porque lo era, creyente, estudiosa e inteligente a suicidarse de una manera tan cruel. Aunque supongo que todas las maneras lo son…

Hizo un pequeño parón antes de seguir:

—Antes de entrar ya sabía que algo malo estaba pasando, pero tuve la esperanza de que se podría salvar. Que Dios no habría dejado que…

—tragó saliva antes de seguir con el relato—. Se las había arreglado para pasar la sábana por la viga y atarla bien y luego hacer una soga. Su cuerpo ya estaba muy quieto, con el rostro desencajado y rojo, la silla en el suelo, caída... Olía a orín, porque...

No puedo seguir ya que se puso a sollozar. Lorena lo estrechó contra ella y dejó que se desahogara, acariciándole el cabello y besándole en la mejilla.

—¿Cómo Dios permitió algo así? ¿Por qué? —musitó él.

—Sé que es mi punto de vista, amor mío, pero Dios no es el culpable... Ni siquiera Rocío lo era. Solo una víctima de alguien malo.

Él asintió y la miró, suspirando e intentando recomponerse.

—Cuando me llamaste por lo de Cecilia me enfadé así ya que recordé lo de Rocío y me eché la culpa. Gracias por meterte donde no debías... —Sonrió un poco y la abrazó contra sí.

Luego se puso en pie e hizo una fotocopia de todo. Guardó las notas originales en un sobre cerrado, al que le aplicó un sello oficial del colegio.

—¿Qué hacemos ahora?

—Nos vamos a comisaría y matamos dos pájaros de un tiro. Les entregamos las nuevas pruebas y tú denuncias a tu ex. Tengo las fotos de tus moratones.

Lorena se puso tensa.

—No conoces a Raúl. Ayer estaba fuera de sí...

—Y por esa razón nos vamos a comisaría. Y, siento comunicarte, que tienes prohibido volver a salir sola de aquí. Me da igual lo que digas. Si no puedo ser yo el que vaya contigo, que sea Sor Sofía, o que venga tu padre a buscarte.

Lorena pensó que ya no quedaba nada de aquel hombre serio y seco del principio; era todo ternura.

Lo besó, atraída como una polilla a la luz. Solo el contacto con sus labios le hacía sentirse en una nube. Lo quería demasiado.

—Venga, ponte el abrigo y vamos en mi coche.

—Está bien, pero no conduzcas como un loco...

Adrien sonrió.

—Prometo que hoy no me saltaré ningún stop y ningún rojo. En ningún sentido... —dejó caer y ella se puso roja como un tomate.

†

En la Dirección General de la Policía, Lorena narró en la oficina de denuncias todo lo sucedido desde el principio: la violación de Raúl, la huida, el acoso de la noche anterior, el verdugón en el brazo... Incluso se puso a llorar de puro nerviosismo.

Por desgracia, no fue suficiente para hacer algo que alejara a Raúl de ella de forma eficaz, ya que no tenía pruebas de absolutamente nada. Ni siquiera las marcas del brazo fueron una prueba que se pudiera utilizar contra él.

Lorena pensó que había sido tonta por hacerlo todo mal y que, por cosas como aquella, morían tantas mujeres a manos de sus parejas.

Mientras esperaban a que el comisario los atendiera, Adrien habló con Lorena sobre ello:

—No, no tienes la culpa de nada ni eres tonta. Ninguna mujer u hombre lo es por recibir de su pareja un maltrato psicológico o físico. La sociedad siempre culpa a la víctima. Si un montón de brutos violan en grupo a una chica, es culpa de esta porque iba borracha. Si un hombre mata a sus hijos, es culpa de la mujer que le pidió el divorcio. Si un hombre muere a manos de una esposa violenta, es que era un calzonazos que se dejaba vapulear por su mujer. Solo escapaste por miedo a que te matara tarde o temprano, porque la justicia no hubiera hecho suficiente. El único culpable es Raúl.

Lorena le miró con ojos llorosos y asintió, anhelando abrazarlo y besarlo. Pero no podía, allí en público era imposible hacer eso.

Un agente les hizo un gesto para que Adrien y ella pasaran al despacho del jefe.

El hombre, con cara de circunstancia, leyó las notas, les hizo algunas preguntas y guardó el sobre.

—En la carta de suicidio no escribió nada relacionado con abusos, pero me indican ustedes que alguna alumna les ha dejado esta nota que tengo aquí dando esa información.

—Así es, señor comisario —asintió Lorena—. Es la forma que tienen algunas alumnas de comunicarse con nosotros.

—Pues van a tener que averiguar quienes son y que sus padres accedan a que declaren, si no esto no nos sirve para esclarecer nada ni abrir una investigación. La otra se cerró porque era un claro caso de suicidio. Ya estaba en tratamiento psiquiátrico… Aunque los padres me contaron que insistía en no querer volver a clase. Lo achacaron a sus problemas y los médicos recomendaron que volviera de todos modos.

—Pero está claro que si se suicidó fue por varios factores, entre ellos los abusos sexuales —añadió la mujer.

—Supuestos abusos sexuales —corrió él—. En cualquier caso, si se sospecha que existen, sigo necesitando pruebas para investigar. El lunes les mandaré unos agentes. Es todo lo que puedo hacer hasta ahora, lo lamento mucho.

—Gracias por atendernos. —Adrien le dio la mano y también lo hizo Lorena. Después se fueron al colegio de nuevo para pensar en cómo convencer a las chiquillas de que hablaran con sus padres y la policía.

Durante el trayecto en coche no hablaron mucho, Adrien estaba como en otra parte conduciendo con el piloto automático mental puesto. Así que Lorena prefirió mantenerse en silencio en el asiento del copiloto y escribió a su amiga Pili.

»Me ha pasado algo muy fuerte, Pili. Bueno, dos cosas muy fuertes.

Esta apareció en línea y le respondió de inmediato:

«¿Qué ha pasado? No me asustes.

»Mi ex me ha encontrado. Intentó obligarme a volver con él, pero grité y una pareja me ayudó.

«¡Hijo de puta!

»Hasta que no solucione lo de ese cabrón, es mejor que no quedemos. Lo siento, me da miedo que os haga algo para castigarme a mí. Está muy loco.

«Vale, maja. Ten mucho cuidado y avísanos con lo que sea.

»Y otra cosa. Adrien y yo nos hemos acostado ♥

Escribió sin más, añadiendo un corazoncito rojo al final.

No hubo respuesta al principio.

«¿Acostado de dormir o de follar?

»Lo he desvirgado.

La respuesta fue un montón de iconos de pasmo que emulaban *El Grito*, de Munch.

No se dio cuenta, pero se estaba riendo entre dientes y Adrien la miró de reojo, extrañado.

—¿Con quién chateas? —le preguntó él y ella dio un respingo.

—Con mi amiga Pili. La estaba avisando de que Raúl ronda por Zamora.

—¿Y eso te hace gracia?

Adrien giró a la derecha buscando aparcamiento.

—N-no. Era otra cosa... —se excusó.

—¿Le has contado a tu amiga lo nuestro? —preguntó de forma directa.

—Sí... —gimió ella—. Lo siento, tenía que haberte consultado. Pero estaba al tanto de lo que sentía por ti. De hecho, me acaba de pedir una foto tuya porque quiere saber si eres tan guapo como le había contado.

Adrien aparcó sin decir palabra y Lorena se temió que estuviera enfadado.

Tras estacionarlo la miró con esa cara suya tan seria. Pero alargó la mano y le tocó el muslo en una caricia íntima.

—Bueno, pues hazme una foto.

—¿Te parece bien?

—Ahora o nunca.

Lorena se echó hacia atrás y encuadró el rostro de Adrien que la miraba con cara de enamorado.

—¿Te parece bien esta foto? —se la enseñó.

—Para ser de noche, estar hecha con flash, y tener cara de gilipollas, va bien así, sí.

Lorena sonrió como una adolescente tonta y se mordió el labio mientras se la mandaba a Pili.

—Venga, entremos y cenemos con los demás esta noche. Estoy agotado para hacer yo la cena…

Lorena se bajó del automóvil y entró tras Adrien mientras leía la respuesta de Pili:

«Es jodidamente guapo. ¡Qué ojazos! Así que, maja, a por él de cabeza. Arráncale el hábito hasta que ya no se lo quiera volver a poner.

Lorena pensó en aquello último. Seguía sin tener claro qué clase de relación habían iniciado y eso le produjo una incertidumbre difícil de borrar. Pero era muy pronto para hacerle la pregunta que tenía en mente desde entonces.

¿Colgaría los hábitos por ella?

CAPÍTULO 14

Lorena entró en su apartamento tras una cena tranquila con Adrien y Sor Sofía.

Umbra la estaba esperando al otro lado de la puerta, hambrienta.

—Sí, sí, cariñosa, ahora tu mami humana te da comidita.

Le rellenó el comedero y la fuente de agua, limpió la arena y vertió sepiolita limpia. La gata se metió dentro y se puso a croquetear como una loca, feliz de que Lorena estuviera por fin en casa.

—Mira que eres cochina, sal de ahí —la reprendió entre risas.

La gata echó a correr y se puso a devorar su pienso. Lorena la estuvo acariciando mientras, con suavidad. La agarró un momento y la llenó de besos pues la quería mucho.

Había sido su único consuelo en los últimos dos años, desde que la encontró de cachorrilla, maullando en su jardín porque tenía hambre y sed ya que a saber dónde estaría su mamá.

Fue el único «capricho» que Raúl consintió mientras a él no le molestara. Y ella se curó bien de que así fuera.

En la puerta del apartamento se escucharon unos golpecitos.

Se puso en pie y abrió, encontrándose a Adrien fuera.

—¿Qué haces aquí?

Él entró y cerró rápidamente, entregándole una cala preciosa. Lorena enrojeció de placer.

—Ya sé que es una ñoñada regalar flores —admitió, sonriente—. Pero la he robado.

—¿Cómo?

—Sí, del terrario de Sor Adela. No se enterará.

—Eso es pecado mortal…

—De perdidos al río… Si he de hacer tonterías, que sean todas por ti.

Lorena se quedó descolocada. Nunca le había dicho nadie algo tan románticamente estúpido.

Lo abrazó por el cuello, para poder besarlo.

—Te quiero mucho, Adrien…

—Y yo a ti…

Umbra empezó a ronronear entre las piernas de ambos, como esperando su parte de mimos.

El sacerdote la cogió en brazos y Umbra se dejó en aquella ocasión.

—¿Por qué es tan fea tu gata?

—¡Cómo te atreves! Es una monada, tan blandita y comestible.

Umbra ronroneó con fuerza mientras Lorena no paraba de darle besos en el cuello.

Él no pudo evitar sonreír.

—Esta pequeña gatilla ha sido mi ancla. La única que me quería de verdad, a la única a la que quería… Si Raúl le hubiera hecho algo… Tendría que haberme ido antes.

Adrien la abrazó, junto al animalillo.

—Tu gatita está bien, tú ahora estás bien —musitó sobre su pelo.

Lorena levantó la cabeza y le besó con lentitud, mordiéndole el labio inferior.

Umbra saltó de su regazo, como si sintiera vergüenza ajena, y se fue al cuarto de baño a remover la arena con fuerza.

—Yo solo venía a traerte una flor… No me seduzcas —bromeó.

—Tenemos algo pendiente en ese sofá de ahí… —jadeó ella mientras lo arrastraba hasta él y lo empujaba para ponerse encima.

—No pensarás que vamos a hacer el amor aquí… —Adrien la estrechó por la cintura, metiéndole las manos por debajo del jersey y besándola en el cuello.

—Sí… Lo pienso constantemente desde que nos besamos por primera vez… Me dejaste a medias, comiéndome las ganas, así que ahora acaba lo que empezaste…

Le desabrochó el sujetador y de un tirón se deshizo del jersey. Ella le desabotonó la camisa poco a poco, dejando entrever su vello, sacándole la prenda de dentro de los pantalones.

—¿Por qué no lo hicimos aquella noche, Adrien? —le preguntó ella mientras le despojaba de sus gafas y las dejaba en la mesita auxiliar.

—Tenía miedo… Y estaba borracho.

Lorena se echó a reír, amortiguando las carcajadas sobre su pecho antes de besarlo y luego subir por su cuello, hasta atrapar esa boca tan suave y masculina.

—¿De qué?

—De no satisfacerte… De no gustarte de verdad —susurró él.

—Me habrías satisfecho como ningún otro. Estaba loca por ti.

Lorena le desabotonó el pantalón y metió la mano bajo la ropa interior, asiendo su dureza caliente y dispuesta.

Adrien asió a Lorena de la nuca y la besó con ardor.

—Vamos a tener que ser muy silenciosos… —dijo ella—. Que sepas que hoy te voy a follar yo a ti —le hizo saber Lorena.

Adrien la miró obnubilado y enterró el rostro entre esos pechos que tanto le excitaban, asintiendo.

Lorena se quitó el pantalón y las bragas y luego se puso de rodillas y le despojó a él de los zapatos, pantalones y bóxer. Asió entre las manos su pene y lo lamió de abajo arriba, varias veces, mirándole a la cara y sonriendo como si fuera un diablillo.

El glande, rojo y húmedo, acabó en su boca, donde siguió jugueteando con él mientras que, con una de la manos lo sacudía y con la otra le masajeaba los testículos.

Adrien la sujetó del cabello y cerró los ojos. Si seguía mirándola se correría en su boca.

—Para… —le rogó en un susurro—. Para o me corro…

—*Tshh* —chistó ella, colocándose a horcajadas sobre él, para que pudiera penetrarla en aquella erótica posición. La mujer se movió arriba y abajo con cadencia, besándolo con fuerza, aguantando los jadeos de ambos. Él la asió de las nalgas con fuerza, y de las caderas. Luego la abrazó por la cintura, dejando que ella hiciera todo el trabajo, dejándose llevar.

Lorena sentía un ardor en su bajo vientre, y en su vagina, cada vez más punzante.

—Córrete, quiero que te corras y gimas en mi boca… —susurró él, cogiéndola por el rostro.

—Yo quiero que te corras tú…

—Lo que más me excita es verte gozar. Si tú te corres, yo me corro.

Ella lo besó y comenzó a jadear casi sin control, amortiguados los sonidos por la boca de Adrien. El orgasmo le sobrevino a Lorena como un torrente de lava, caliente, ardiendo. Contrajo todos los músculos de su sexo húmedo sin poder evitar emitir un gemido largo y agónico que él recibió en su boca. Luego respiró con dificultad, intentando recobrar el aliento tras el orgasmo.

Cuando lo recobró, volvió a moverse igual que antes, incluso con más fuerza, hasta que él la colocó en la esquina del sofá y volvió a penetrarla a punto de correrse en su interior, muy excitado. Hundió el rostro en el cuello de Lorena, para no gritar al sentir la urgencia de la eyaculación. Ella sintió el semen caliente entrar e inundarla. Luego, él se quedó quieto y se echó a reír.

—Mucho mejor que en mi imaginación…

—Y que en la mía…

—¿También lo habías imaginado? —indagó él.

—Ya lo creo…

Adrien la miró, aún con la respiración agitada.

—Eres maravillosa, ¿sabes? —afirmó sin dudar, observándola mientras le acariciaba el pelo.

—Nunca me habían hecho sentir así… Jamás…

—Yo solo sé querer de una forma… Es esta…

Lorena lo abrazó, entre dichosa y a la vez preocupada de perder aquello tan único que tenían.

†

Las vacaciones de Navidad estaban a la vuelta de la esquina y solo quedaba un día de clase antes de que incluso las internas se fueran a pasar las fiestas con sus familias.

Los profesores andaban por la escuela, con papeleo. Lorenzo terminó de meter las notas finales en el Excel, hacer un PDF con el archivo y enviárselo a Adrien por mail.

Este le llamó de pronto al móvil, poco después de eso, y le pidió que acudiese a su despacho.

De mala gana se acercó y llamó a la puerta.

—Adelante.

—Dígame, director. ¿Hay algún problema con el archivo de las notas? —preguntó con desidia.

—No, en absoluto. Está todo muy bien. Me alegra ver que desde que no está Alicia Valera, las alumnas parecen más atentas en clase en general, y que incluso en una asignatura como la suya hayan ido a mejor. Así que le felicito.

—Era una mala alumna. De hecho… Reconozco que la aprobaba con cincos por no oír a sus padres. Sé que está mal, pero…

Adrien hizo un gesto con la mano, como quitándole importancia.

—Lorenzo, siéntese.

Este lo hizo, intrigado.

—Si es por Lorena, no la he vuelto a…

Otro gesto de Adrien le hizo detenerse.

—Ya lo sé. No es eso. He estado revisando los informes del curso anterior que me pasó antes de las vacaciones de verano, y me consta que la alumna que se suicidó, Rocío Linares, fue a hablar con usted como Jefe de estudios que es.

—Así es… A mitad de curso, más o menos. —Lorenzo palideció un poco.

—¿Recuerda por qué? ¿Por el acoso que sufría por parte de Alicia y otras chicas?

—Creo que sí. La llamaban… gorda.

—¿Y por qué yo no me enteré?

—Hablé con Alicia y me prometió que no lo haría más. Pero supongo que me ignoró... Lo siento. No pensé que le pudiera afectar tanto como para... suicidarse... Aunque no creo que lo hiciera solo por el *bullying*—. Lorenzo bajó la cabeza con afectación—. Era una chica lista, se le daba muy bien mi asignatura y lamenté mucho su muerte.

—Gracias por responder con sinceridad. Antes de irse hágame un favor. Reparta esto entre los profesores. —Le tendió un taco de papel—. Cada hoja lleva el nombre y apellidos ya puestos. Es una encuesta muy sencilla sobre el centro y cosas a mejorar, tanto para todos nosotros como para el alumnado. La quiero a mano. Que lo vayan dejando todos dentro del buzón de sugerencias, en la sala de profesores, por favor.

Lorenzo asintió y salió por la puerta, encontrándose a Lorena de camino hacia la sala de profesores para tomarse un café con leche.

Se saludaron de forma cordial, Lorenzo repartió la encuesta entre los docentes que estaban aún terminando de poner las notas y él rellenó la suya introduciéndola después en el buzón. Pidió que lo explicaran a otros profesores, luego cogió su chaqueta, su portátil y se fue.

Lorena sintió una punzada de tristeza al verlo tan decaído. Desde que le había dicho que no, el profesor estaba como en otro mundo.

Decidió ir detrás de él.

—¡Lorenzo! —corrió por el pasillo, antes de que saliera a la zona del claustro. Este se detuvo para esperarla—. Solo quiero saber qué tal estás...

El hombre la miró.

—Enamorado de ti —le respondió de sopetón—. Habrías sido, sin duda, la que me hubiera hecho sentar la cabeza. Solo lamento que tus sentimientos vayan en una dirección incorrecta.

Lorena no salió de sus asombro y enrojeció de pies a cabeza.

—Pero...

—Al principio no supe identificar el sentimiento, porque bueno, soy un tipo que nunca ha tenido una relación estable. Hice y dije muchas tonterías, incluso ponerme celoso de... el director. De un cura, de un hombre que nunca renunciaría a todo lo que tiene y ha conseguido por una mujer.

Ella se quedó tan chafada que no supo ni qué decir.

—Qué pases Felices fiestas, Lorena. Saluda a don José de mi parte.

Luego se fue, dejándola en medio de aquella encrucijada de caminos. Uno era: «sentimientos en la dirección incorrecta» y el otro; «nunca renunciaría a todo lo que tiene y ha conseguido por una mujer».

✝

Aquella noche, aunque Adrien le mandó un mensaje para que fuera a la rectoría para ver una película con él, y se quedara a dormir, Lorena tuvo que ponerle una excusa. Adrien se ofreció a ir él a cuidarla si se sentía mal, pero no le respondió más y el sacerdote la dejó tranquila.

Llamó a Pili, que no tardó en cogerle el teléfono:

—Hola, maja. Felices fiestas.

—Felices fiestas... —respondió con la voz quebrada.

—¿Qué te pasa? ¿Ha vuelto a molestarte tu ex?

—No... Es que... Es que no sé qué hacer con Adrien...

—¿Qué quieres decir?

—No para de decirme que está enamorado de mí, que me quiere con locura, tenemos el mejor sexo del mundo, y pasamos todo el tiempo que podemos juntos. Pero siempre escondidos...

—Lógicamente, Lorena. ¿Qué esperabas de un sacerdote católico?

La mujer prorrumpió en sollozos.

—Tienes razón, soy estúpida...

—No, no lo eres. Solo te has dejado llevar por tus sentimientos. Pero es él el que se está escondiendo y te está obligando a ti a esconderte con él.

—Hoy Lorenzo me ha dicho que estaba enamorado de mí y que lamentaba que mis sentimientos vayan en la dirección equivocada porque Adrien no iba a renunciar a todo lo que tenía por una mujer.

—Este tío es gilipollas. Seguro que te lo ha dicho para...

—No, no. Por una vez ha sido sincero, ha dicho la verdad. Ni siquiera yo me atrevo a preguntarle a Adrien qué piensa hacer...

—Porque no quieres escuchar que no renunciará, ¿verdad?

—Exacto...

—Lo siento, amiga.

—Yo no soy quién para obligarlo, ni exponerlo. Sería egoísta por mi parte. Así que necesito pensar en si esto lleva a alguna parte. Pero le quiero tanto, Pili, tanto que me cuesta prescindir de él.

—No puedes basar tu vida en un hombre. No otra vez.

—Es verdad... Debo mirar por mí.

Umbrita se subió a la cama con ella y se metió dentro para masajearle los pechos con sus patitas. Ronroneó con levedad.

—Vete a dormir, anda. Mañana tendrás las cosas más claras.

—Gracias por escucharme, Pili. Qué buena eres.

—Nada, maja. Para eso estamos las *best friends forever* —bromeó robándole una sonrisa a Lorena.

†

La escuela se quedó vacía de personal laico y alumnas. Al final solo quedaron las monjas, el padre Adrien y la bedel.

Las mujeres aprovecharon las fechas para hornear todo tipo de dulces típicos y sacar un dinero extra que luego se donaría a los pobres, o con el que se adquirirían juguetes para niños con familias sin recursos.

Lorena también contó con sus días de vacaciones, pero Adrien no la dejó salir del colegio por miedo a que Raúl le hiciera cualquier cosa. La sobreprotegía tanto que empezó a molestarle un poco y, aunque podía llegar a comprender la razón, le recordaba al paternalismo condescendiente de Raúl.

—La policía no ha hecho nada… —Se desesperó ella, una mañana que anduvieron desayunando juntos en el comedor—. Lo conozco, está esperando…

—¿Tú crees?

Lorena asintió mientras mordía la tostada.

—Entonces no te dejaré ni a sol ni a sombra.

—Eso ya lo haces… —comentó un poco cansada.

—Porque no concibo estar separado de ti mucho tiempo… Ni que él te pueda hacer tanto daño —susurró para que no los escucharan.

Ella sonrió a pesar de todo.

—He invitado a tu padre a que venga a la cena de Navidad.

—¿En serio? ¡No me ha dicho nada el muy bandido!

—Queríamos darte una sorpresa, pero como te veo tan agobiada he preferido que lo supieras.

—Gracias, Adrien…

Lorena lo miró a los ojos largo rato y él se sonrojó.

—Sé que te mueres por salir a dar una vuelta. La daremos juntos, ¿qué opinas?

—¿En serio? —preguntó con los ojos brillantes de ilusión.

—Dudo que Raúl se atreva a hacer algo si vas conmigo. Aunque me hubiera gustado salir contigo con ropa no sacerdotal, me temo que es mejor que lleve puesta la del sacerdocio.

—¿Tienes ropa normal? No me puedo ni imaginar cómo es tu estilo —se echó a reír de tal forma que el resto de monjas se giró hacia ellos.

—Pues pantalón vaquero y jerséis anodinos y sin gracia de esos que regalan las madres pensando en que su hijo estará guapísimo. O sea, un horror.

Lorena se rio más, casi tiró el vaso al suelo del ataque que tuvo.

La Madre Superiora los miró con los ojos entornados.

—¿Alguien me puede explicar qué les pasa?

El resto de hermanas tosieron o carraspearon.

—Que son jóvenes —respondió Sor Sofía—. Estarán en la edad del pavo.

—Eso no me tranquiliza, Sor Sofía...

Esta siguió cenando mientras pensaba en cómo podía ayudarlos, porque comenzaba a ser más que evidente que tenían una relación de pareja bastante ilícita y prohibida.

†

En la tarde antes de la Nochebuena la gente aún andaba como loca comprando regalos a última hora y los comercios de Zamora estaban a reventar de clientes indecisos.

Adrien y Lorena entraron en una juguetería y el sacerdote se fue directo a la sección de *Star Wars*.

—¿Qué buscas? Por si puedo ayudarte.

—Tengo una sobrina pequeña, ¿recuerdas? Le gusta mucho *Star Wars*.

—¿La adoptaron tu hermano y su pareja? —indagó.

—Sí. Mis otras sobrinas ya son adolescentes, pero apenas tengo contacto desde que me puse de parte de mi hermano. No le veo hace años, por las circunstancias de cada uno. Pero siempre le mando regalos a la nena. Mira, este peluche de BB8 será para Reyes.

—Hasta te sabes el nombre —bromeó dándole un pequeño puñetazo en el brazo.

—¿Te crees que vivo aislado del mundo? —Se echó a reír—. Cuando aceptes ver más películas conmigo te darás cuenta de lo cinéfilo que soy. No nací sacerdote. Y nada me prohíbe ir al cine.

—Tienes razón, supongo que mi idea preconcebida y llena de prejuicios hacia el clero me ha nublado el juicio.

—Obviamente los más mayores son cerrados de mente. Y algunos jóvenes también.

Se llevó le peluche del droide a la cara y sonrió feliz, pensando en su sobrina pequeña.

Lorena se acercó a él y le miró con fijeza.

—¿Por qué me miras así?

—Eres jodidamente guapo cuando sonríes...

—No es para tanto —respondió sintiéndose incómodo.

—Jodidamente guapo —se reiteró—. Me recuerdas al actor Cillian Murphy con esos ojos azules y esos labios… También pones la misma cara de palo que él. —Se burló al ver lo azorado que Adrien estaba.

Este sintió calor por toda la cara e intentó que no se le notara, pero fue imposible, así que se dio la vuelta para ir a la caja, dejándola allí sin más.

Mientras envolvían el regalo para Adrien, Lorena se dio cuenta de que él evitaba su contacto o estar demasiado pegado a ella.

—¡Señorita Lorena! —escuchó que una voz femenina y conocida la llamaba.

Al darse la vuelta se encontró a Mari Carmen y a Myriam cogidas de la mano como una pareja normal. Le entró una ternura indescriptible y las abrazó.

—¡Qué alegría veros juntas!

—Nuestros padres han tenido que entrar en razón. Nos tienen un poco vigiladas, pero ya somos novias oficiales.

Levantaron sus manos entrelazadas, sonriendo de pura dicha.

Adrien se acercó y ellas se pusieron algo tensas.

—¡Feliz Navidad, director!

—Feliz Navidad. Ya no sois alumnas mías, podéis llamarme Adrien.

Este se fijó en el íntimo contacto entre ellas y sonrió a las chicas, algo que no le habían visto hacer nunca. Ambas enrojecieron y se rieron por lo bajini.

—Nos tenemos que ir a casa ya. Nos ha encantado verles a ambos.

—Igualmente, chicas —les contestó Lorena.

La parejita fue a caja a pagar unas tazas frikis que se querían regalar mutuamente y los adultos se las quedaron mirando.

—¿Quieres comprarle algo a tu padre ya que estamos?

—Sí, vamos a una librería de aquí cerca.

Cuando salieron de la tienda Adrien caminó unos pasos por delante de ella, manteniendo distancias. Aquello la hizo sentir mal, y más después de constatar la felicidad en las caras de dos niñas que iban juntas de la mano porque se querían.

Caminaron entre el gentío, pareciera que Zamora entera estaba allí en el centro. Entraron en una librería donde la gente hacía cola para que les cobraran sus libros. Curiosearon ambos por su cuenta.

Lorena buscó libros relacionados con el Camino de Santiago y se quedó con uno que explicaba las distintas rutas desde donde salir. A su padre le iba a encantar y seguro que no lo tendría, pues era de reciente publicación.

Buscó a Adrien con la mirada y lo encontró delante de los clásicos del S. XIX, mientras miraba la sinopsis de *Jane Eyre*.

—¿Lo has leído? —le preguntó apoyándose en él de forma natural y buscando su mano para deslizar el dedo meñique.

Adrien apartó la mano y dejó el libro en su sitio.

—No. Aún no… Pero te prometo que *Cumbres Borrascosas* me puso de los nervios.

—Este no es de la misma autora.

—Lo sé…

Lorena, afectada por el rechazo decidió observar otros libros y dio con una edición preciosa de todas las novelas de Jane Austen metidos en una caja de diseño exquisito.

—Oh, me encanta… Dejé en Madrid todos mis ejemplares… —susurró con pena.

Como Adrien seguía a lo suyo, sin prestarle el mínimo de atención, se molestó y caminó en dirección a un stand con paquetes de viajes ya predefinidos: París, Praga, Roma, Reino Unido…

Había estado en todas aquellas espectaculares capitales, en los mejores hoteles y en los restaurantes de más estrellas Michelín. Por aquel entonces le obnubilada todo y no era capaz de ver qué le estaba haciendo Raúl en sus primeros años juntos.

Asió uno de los paquetes por impulso y fue a pagarlo junto al regalo para su padre. Observó a su alrededor y Adrien la estaba esperando fuera, teléfono en mano y con otra bolsa más, seguramente cuentos para su sobrinita.

Salió al frío de diciembre y esperó a que Adrien terminara la llamada, que no duró mucho más tras ella aparecer a su lado.

—Disculpa, me llamó Bernardo y ahí dentro no escuchaba una palabra de lo que me estaba diciendo.

—No pasa nada, así me ha dado tiempo a pagar y que me envolvieran lo de mi padre.

—Estoy congelado. ¿Tomamos algo en la plaza del Ayuntamiento? —propuso Adrien.

—¡Claro! Me irá bien un té caliente.

Lorena intentó sonreír, pero aquella especie de «cita de pareja a solas», estaba siendo horrible y más fría que los tres grados que hacían.

Tomaron asiento en la terraza, junto a una de esas estufas exteriores, y se colocaron unas mantas en las rodillas.

Lorena se sentó al lado de Adrien y este la miró.

Hubiera querido besarlo allí, delante de todo el mundo. Pero bajó la vista desde sus sensuales labios hasta el alzacuellos y eso la puso de mal humor. El maldito y odiado alzacuellos que no conseguía que se quitara para siempre.

Adrien sabía que estaba siendo frío. Sin embargo, ¿qué podía hacer? Estaban rodeados de cientos de personas. La quería besar, abrazar y coger de la mano. No poder hacerlo en público le resultaba un tormento difícil de soportar, sobre todo porque notaba que Lorena estaba padeciendo.

No obstante, necesitaba un poco de tiempo para comunicar a la diócesis su decisión de colgar los hábitos. Y era un proceso complicado que tendría que sobrellevar hasta obtener la dispensa. Y secularizarse ni siquiera era sinónimo de dejar de ser sacerdote, ya que era un sacramento hasta la muerte.

Y no solo eso, sus padres iban a poner el grito en el cielo, aunque era lo que menos le preocupaba.

Estaba a la espera de que el obispo Valera le mandara la carta con su decisión de trasladarlo o no. En cualquier caso, estaba retrasándolo también para no perjudicar al colegio y su buen funcionamiento cuando por fin había conseguido mantener el timón recto.

Lorena, por su parte, se sentía mal, angustiada y repleta de incertidumbres. Decidió preguntarle a bocajarro qué pensaba hacer con aquella relación, si la elegiría a ella o a la Iglesia Católica.

De pronto Raúl se sentó con ellos como si tal cosa, sin mediar palabra. Se encendió un cigarrillo y los miró, cruzado de piernas, relajado. Dio una calada al cigarrillo y soltó el humo.

Adrien se quedó perplejo, pero entendió enseguida la situación, y quién era el tipo, en cuanto ella se puso tensa y se aferró a él por debajo de la mesa, temblando. Le sujetó con fuerza la mano.

—Por un momento pensé que me ponías los cuernos otra vez, Lorena. —Miró a Adrien con aquellos ojos oscuros y fríos—. Pero ya veo que es el sacerdote.

Dejó el pitillo en el cenicero.

—Has tenido suerte, amigo —se dirigió hacia él, con una sonrisa en la cara.

—No le hagas nada… —rogó ella, aterrada.

—Supongo que te hace de guardaespaldas. Llevas muchos días sin salir de la escuela. Es por mí, imagino —dijo tras una calada a su cigarro.

—¿Qué quiere de ella? —preguntó Adrien con su cara de rabia, pasándole el brazo por los hombros a Lorena.

—Si no fuera un sacerdote ya le habría partido la cara por tocar así a mi mujer.

—¡Basta, Raúl! ¿Qué quieres de mí? —preguntó ella, mirándolo a la cara, por muy aterrorizada que se sintiera.

—Ya te lo dije: que vuelvas a casa conmigo. Eres mi mujer —reiteró.

—No voy a volver contigo. En unos días interpondré la petición de divorcio. Renuncio a tu patrimonio totalmente. No quiero nada tuyo.

—No voy a firmar —amenazó.

—Encontraré la manera legal de que nuestro matrimonio se disuelva.

—¿Para irte con ese profesor? —indagó mientras apagaba el cigarro con un gestor de rabia.

—No salgo con él. No salgo con nadie, estoy bien sola, sin que ningún hombre me tome el pelo y abuse de mí, en ningún sentido.

Adrien no supo cómo interpretar aquella afirmación.

—Señor, creo que debería irse —le instó el sacerdote al ver que la cosa iba de mal en peor.

—Padre, no es asunto suyo.

—Por supuesto que sí. Ella es mi empleada y velo por su seguridad. Y esto es acoso.

—¿Acoso es hablar con mi mujer en un lugar público? ¿A caso tengo alguna orden de alejamiento?

Adrien sacó el móvil y se lo enseñó.

—¿Llamamos a la policía? Me llevo muy bien con ellos, seguro que no ponen en duda cualquier cosa que yo les diga.

Raúl entornó los ojos. Luego dejó un billete de 100 euros sobre la mesa y se levantó.

—Hoy invito yo. Un placer, padre. No veremos pronto, cariño.

Se alejó entre la multitud y desapareció.

Lorena apoyó el codo en la mesa y la cabeza en la mano, intentando serenarse.

—Tranquila, ya está —la consoló Adrien—. Volvamos al colegio, allí estarás bien.

—No va a dejarme en paz… —musitó esta mientras el sacerdote la ayudaba a levantarse y recogía las bolsas con los regalos.

—Estoy contigo, no lo olvides.

—Claro, volvamos... Es lo mejor ahora mismo... —expresó de forma confusa.

†

Lorena se quedó en su habitación, llorando, mientras Adrien preparaba la Misa del Gallo que se celebraría un poco antes de la medianoche.

También se deprimió por él, consciente de que lo suyo no tenía futuro. Cada día lo conocía más, y se daba cuenta de lo mucho que había trabajado en su vida para ser quien era. Tanto que había despotricado de él en su día, pero era realmente bueno como sacerdote y director. ¿Quién era ella para obligarlo a abandonar todo eso? Nadie.

Unos toquecillos en la puerta la sacaron de sus tristes ensoñaciones. Se limpió la cara como pudo, y abrió.

—Señorita Pérez —le dijo la Madre Superiora—. Vengo a hablar seriamente con usted. Y no me cierre la puerta en las narices, porque me estoy perdiendo la Misa del Gallo de nuestro querido Papa Francisco en el Vaticano. Así de importante es lo que tengo que decirle.

—Pase, por favor —dijo con un suspiro dejándole paso.

Ambas se sentaron en el saloncito mientras la gata se escondía. Lorena fue recogiendo los trozos de papel higiénico usados para limpiarse los mocos.

—Le voy a pedir que se vaya de la escuela.

—¿Y por qué tendría que hacer eso? —le preguntó con sorpresa.

—Todos sabemos que está casada, no divorciada. Vuélvase con su marido…

—Es un maltratador —respondió con total sinceridad.

La mujer pareció incómoda al saber aquello.

—Las mujeres han de estar con sus parejas —repitió la letanía a pesar de todo.

—No me hable de parejas: usted no está casada. Y me atrevo a decir que se metió a monja por no encontrar un marido —contraatacó.

—¡Qué desfachatez y qué falta de respeto es esa! —exclamó.

—La misma que usted, que viene a darme lecciones matrimoniales cuando ignora las circunstancias que me llevaron a abandonar a Raúl. Me violó, me pegó y estuvo diez años haciéndome de menos. Soy víctima de violencia de género.

La mujer cerró la boca, enfadada, sin argumentos.

—No le deseo el mal, no vuelva con él si no quiere, pero solo deseo que se vaya y deje en paz al padre Adrien.

—¿Perdón? —Lorena estaba estupefacta.

—Todas sabemos que le gusta el padre Adrien. ¡No es la primera que intenta seducirlo! ¡Es muy guapo e inteligente!

—Fuera de aquí —le contestó Lorena.

—El padre es un hombre íntegro y extraordinario. Y usted una tentación, porque él es humano, al fin y al cabo.

—¡Claro! ¡Yo soy la bruja a la que quemar! La única culpable de todo. Ese pensamiento machista y retrógrado es lo que hace que tantas jóvenes no quieran saber nada de la Iglesia y, mucho menos, hacerse monjas. Tienen que convencer a pobres chiquitas de países tercermundistas que no tienen otra salida, porque ustedes se están quedando viejas.

A la Madre Superiora le sentó como una patada aquella afirmación.

—Haré lo que me dé la gana, y punto. Y ya váyase.

La enorme mujer se marchó airada, cerrando de un portazo. Minutos después volvieron a llamar.

—¡Fuera, señora! —gritó Lorena a pleno pulmón, sollozando de rabia.

—Soy Sor Sofía —se escuchó su voz amortiguada al otro lado.

Le abrió de inmediato, hecha un mar de lágrimas.

—Ay, maja, menuda cara llevas. Cuando he visto a la Madre Superiora saltarse la Misa del Papa… He tenido que seguirla.

—No sé ya qué hacer…

Lorena se sentó en una silla, derrengada.

—No le hagas caso a la Madre Superiora. Chochea porque el padre Adrien es como su hijo, o algo así.

—Lo que ella me diga me es irrelevante.

—¿Entonces?

—Pero tiene razón con Adrien… —susurró.

La monja la instó a sentarse en el sofá, junto a ella.

—¿Quieres contarme algo?

Lorena dudó unos minutos, incapaz de expresarse. Así que Sor Sofía lo hizo por ella.

—Sé que estáis juntos —dijo, cogiéndola de la mano—. Y enamorados… Se os nota.

—Por mí ha faltado a sus votos… Y me siento fatal… Porque no sé en qué punto estamos. ¿Qué carajo somos? ¿Pareja? ¿Amantes?

—No tiene nada que ver con unos votos. Sino con decisiones personales. Si solo se hubiera dejado llevar, estaría arrepentido. Y se le ve feliz. Aquí no hay culpables.

—No deseo que pierda todo lo que ha conseguido. No sé si irme y dejarlo, o seguir y luchar por él para que me elija. Vivo con esa incertidumbre constante y ya no puedo más con mi alma.

—No es sencillo colgar los hábitos. Ponen trabas burocráticas, ha de llegar al Vaticano… Es del todo menos fácil. Conozco a una monja que lo hizo por un hombre, hace ya muchos años. Un escándalo...

—¿Y fue bien? —Sor Sofía negó con la cabeza.

—Eran otros tiempos. La sociedad es machista… Y al final se quedó compuesta y sin novio…

Lorena suspiró.

—Por primera vez siento que soy valorada como persona, como mujer, como profesional. El cariño que recibo de él es... Real. Pase lo que pase, es y será el amor de mi vida. Y por eso no puedo ser egoísta con él.

—¿Y qué harás entonces?

—Tengo que dejarlo… —Se puso a sollozar de pura pena—. Además, me aterra que mi marido le haga algo malo. No me lo podría perdonar jamás.

—Ay, maja, pero qué lástima todo, de verdad.

Sor Sofía la consoló lo posible, hasta que tuvo que volver para ver terminar la misa del Papa y a la cocina para terminar con los preparativos de la cena de Nochebuena.

Lorena cogió el portátil y el paquete de viaje a la Bretaña francesa. Cruzó los dedos para poder conseguir pronto un vuelo y que hubiera sitio en la lista de hospedajes.

†

Tras ducharse, Lorena se maquilló para que no se le notaran los estragos del llanto, y bajó a cenar antes de que comenzara la Misa del Gallo del colegio. Su padre ya estaba allí y le salió del alma abrazarlo con fuerza.

—Tengo una cosa para ti. Es un regalo de Papá Noel, así que tendrás que esperar a mañana.

—Yo soy de los Reyes Magos…

—Bueno, pues espérate al día seis entonces… —José miró el paquete con expresión golosa.

—Haré una excepción y dejaré que Papá Noel venga desde Laponia —murmuró curioso.

—Estoy segura de que te gustará… —Sonrió a su padre.

Este le tocó la mejilla, pellizcándola.

—¿Nos veremos mañana en la comida de Navidad, hija?

—Claro, papá.

Pero Lorena mintió, pues se había cogido un vuelo para irse a París y salía sobre esa hora desde Madrid.

Mientras se comía un pastelillo sin muchas ganas, Adrien se le acercó.

—Lorena… —La sacó de su trance—. Feliz Navidad…

—Felices Saturnales… —Él sonrió entendiendo bien la referencia pagana.

—Mira… —Le enseñó un trozo de muérdago—. Aquí no es tradición, pero me lo guardo para luego… —El sacerdote le guiñó un ojo y después se fue hacia la Madre Superiora y se lo enseñó también.

Ella, ni corta ni perezosa, estrechó al padre entre sus grandes brazos y le dio un besazo que lo dejó pasmado y con las gafas torcidas. Ni su propia madre le había expresado tanto cariño, así que se enterneció como un imbécil y le devolvió el abrazo con los ojos llorosos.

Lorena sonrió, tragándose la pena. Allí es donde Adrien debía quedarse.

†

Después de aquello se fue a su cuarto a hacer la maleta. Ya había hablado con Sor Sofía sobre la gatita y esta se ocuparía de ella hasta su vuelta.

Por vez primera se acercó hasta la capilla del colegio y observó, escondida tras una columna, a Adrien oficiar una misa. Verlo vestido con una casulla blanca le hizo tomar más conciencia aún de quién era él en su totalidad.

Se dio la vuelta, caminó a solas hasta la rectoría y dejó una nota sobre el lecho de Adrien, ese en el que habían compartido sus sentimientos más profundos.

†

La Misa del Gallo terminó y Adrien le mandó un mensaje a Lorena para que fuese a la rectoría mientras él terminaba de recogerlo todo.

Se quitó la casulla y la dobló con cuidado, pensando en que sería de las últimas veces en las que se la pondría.

Él se sintió muy dichoso. Tenía claro a quién elegir desde el principio, el camino que quería tomar en la vida.

Y era junto a ella.

En el fondo, aunque Lorena no lo expresase, él sabía que lo estaba esperando con suma paciencia. No la haría aguantar la situación mucho más: se lo diría aquella misma noche.

Cuando subió a su casa Lorena no estaba allí.

Por esa razón, cuando encontró la nota doblada sobre la cama, se quedó lívido y le entró un malestar por dentro imposible de describir.

Se tuvo que sentar y volver a leerla para poder dar crédito:

«Adrien, perdóname, he decidido irme a Francia durante estos días de vacaciones, porque necesito pensar en lo que ha pasado entre nosotros. No quiero que tires por la borda toda tu vida como sacerdote solo por estar conmigo. Lo nuestro es imposible, lo sé desde el principio, y no deseo ser egoísta contigo. Por favor, dile a mi padre que estoy bien. Prometo avisaros de vez en cuando para que no os preocupéis.

Adiós, Adrien...

Lorena»

Estrujó la nota entre las manos y la rompió, apretando la boca de pura desesperación. Tuvo dificultades para respirar por la ansiedad. Le saltaron las lágrimas sin más, sintiéndose impotente, decepcionado, traicionado y vacío por dentro como si le hubieran arrancado el corazón de cuajo.

Para empezar
Diré que es el final
No es un final feliz
Tan solo es un final
Pero parece ser que ya no hay vuelta atrás

Solo te di
Diamantes de carbón
Rompí tu mundo en dos
Rompí tu corazón
Y ahora tu mundo está burlándose de mí

Miedo
De volver a los infiernos
Miedo a que me tengas miedo
A tenerte que olvidar

Miedo
De quererte sin quererlo
De encontrarte de repente
De no verte nunca más

Oigo tu voz
Siempre antes de dormir
Me acuesto junto a ti
Y aunque no estás aquí
En esta oscuridad la claridad eres tú

Miedo
De volver a los infiernos
Miedo a que me tengas miedo
A tenerte que olvidar

Miedo
De quererte sin quererlo
De encontrarte de repente
De no verte nunca más

Ya sé que es el final
No habrá segunda parte
Y no sé cómo hacer para borrarte
Para empezar
diré que es el final.

Miedo
De volver a los infiernos
Miedo a que me tengas miedo
A tenerte que olvidar

Miedo...
y aquí en el infierno
oigo tu voz.

-M Clan-

CAPÍTULO 15

Lorena, por su parte, pasó un frío invernal en Francia, pero visitó diversas localidades de la Bretaña y Normandía, como el Mont Saint Michel, donde pasó la última noche del viaje en un acogedor y calentito hostal normando.

Había elegido Francia porque Adrien le contó cosas de su infancia allí durante los veranos más felices de su vida.

Se metió en la cama, con los pies helados, echando de menos el cuerpo caliente de Adrien y también sus quejas divertidas cuando lo tocaba con esos pies tan fríos que solía tener, pero que él calentaba con los suyos mientras la abrazaba contra sí.

Sonrió sin poder evitarlo, mientras le echaba un ojo a las fotos que había tomado aquel día desde la localidad a todo el espectacular territorio de alrededor, a las caprichosas arenas, la pleamar y las distintas edificaciones.

La guía les había contado que la abadía tenía tres niveles jerarquizados. Y que los monjes trabajaban para alcanzar el cielo, siendo cada nivel más sagrado que el anterior.

No pudo evitar pensar en el día en el que Adrien le contó que había estado allí de niño, teniendo en cuenta que su madre era francesa, visitando la abadía cercada por murallas. ¿Habría ya sentido la llamada de Dios por aquel entonces?

Sin poder evitarlo buscó la única foto que tenía de Adrien, anhelando ver sus ojos azul cielo y su sonrisa. Solo tenía esa: la que realizó para mandarle a Pili cuando esta se la pidió y él se prestó a ello.

Como todas las noches anteriores se puso a sollozar al ver su rostro, echándolo de menos a rabiar.

¿A quién pretendía mentir durante el día? Sí, disfrutaba del viaje, pero con una tristeza extraña, con una soledad que ni con Raúl había sentido. Ya fuera mientras caminaba sola por Finisterre, o si miraba pasar los bucólicos paisajes bretones a través del cristal del tren, sentía que faltaba Adrien cogido de su mano.

Luego, por las noches, lloraba como una niña apoyada en el móvil, mirando aquella foto y esperando a que él le respondiera algún mensaje, cosa que nunca se daba lugar. Este último los leía siempre y la dejaba en visto sin más.

Hubiera dado lo que fuera por atreverse a pedirle disculpas, rogarle que la perdonara, que hablaran al volver ella, pero se sintió cobarde y egoísta en todo momento.

Mandó un WhatsApp a su padre para avisarlo de que seguía bien y le adjuntó algunas fotos.

»Mañana vuelvo a España. Llegaré en el tren de la noche desde Madrid. Sobre las 23:15 h.

«Allí estaré para recogerte. Avísame de todo. Un beso. Te quiero.

»Y yo a ti, papá.

Escribió también una última cosa al sacerdote:

»El día 3 me encontrarás en mi puesto de trabajo. Mi padre me recogerá el día 2 en la estación de tren de Zamora y me llevará al colegio. Tengo llave, así que no te molestaré.

De nuevo él lo leyó de inmediato y no respondió.

†

El sacerdote había estado esperando todo el día la vuelta de Lorena para no tener que cruzarse con ella, básicamente.

Aquella semana de dolor y soledad, de pérdida irreparable, de corazón vilmente destrozado, le hicieron recapacitar: no volvería jamás con ella, la trataría de forma indiferente y la olvidaría en cuanto Lorena se fuera a trabajar a otra parte. Estaba esperando su renuncia como agua de mayo.

Para colmo cada día, cada puñetero día, ella le mandaba un mensaje para que supiera que estaba bien y tenía que resistir para no responderle una burrada que después tuviera que lamentar.

Pero, a la hora de la verdad, la realidad superó a la ficción de la historia que se había montado en la cabeza.

Escuchó la puerta de servicio abrirse, pues el silencio sepulcral se alteró. La observó desde la mirilla de la puerta. Lorena se detuvo unos segundos y dirigió su mirada hacia allí. Luego se fue con la cabeza gacha hasta su apartamento, arrastrando la maleta.

El corazón de Adrien se puso a cien. Tuvo que resistirse con todas sus fuerzas para no salirle a la zaga.

Se quedó sentado en el suelo mordiéndose el puño con fuerza y se puso a rezar largo rato.

No fue suficiente, por lo que echó mano de Bernardo y lo llamó.

—¿Por qué me llamas a estas horas? —rezongó su amigo, medio dormido ya.

—Porque... He de contarte algo y pedirte consejo. Debo confesarme.

—¿Y tan grave es tu pecado que no puedes esperar a que nos veamos mañana? Por teléfono no es muy ortodoxo...

—Me acosté con ella —dijo sin más.

Al otro lado no se oyó nada más que la respiración pesada de Bernardo.

—Joder, Adrien… —Escuchó este—. ¿Ha sido hoy?

—No, fue hace tiempo y no solo una vez… —confesó.

—La Virgen Santa, Adrien —exclamó al otro lado de la línea—. ¿Es que ha habido más veces?

—Estoy enamorado de ella… —contestó intentando justificarse.

—¡Eso no es suficiente para romper el voto de castidad! —gritó.

Bernardo estaba realmente muy enfadado con su amigo y compañero.

—Nos dejamos llevar…

—¿Y ahora es cuándo te arrepientes? A buenas horas, mangas verdes, a buenas horas… —Bernardo suspiró al otro lado de la línea.

—Decidí dejarlo todo por Lorena…

—¿Tú? ¿En serio? —el tono de su voz denotaba estupefacción.

—Creía que me amaba, creía que estaríamos juntos y formaríamos nuestra propia familia. Y me dejó con una puta nota antes de irse de vacaciones —dijo en tono de enfado al recordarlo.

—¡Lo tienes bien merecido! No hace falta ni que Dios te castigue, ya lo ha hecho la realidad de la vida.

—Lo sé… —Adrien sintió que le caían las lágrimas por las mejillas.

—¿Y qué piensas hacer? Porque esto es gravísimo. Has cometido ese pecado y yo no te puedo absolver por las buenas. Si es lo que esperas de mí…

—Es que no me arrepiento… —admitió.

—Lo que me faltaba por escuchar —bufó su amigo.

—Acaba de volver de viaje. Sé que está en su apartamento. Es fácil ir hasta allí, hablar con ella y…

—¡Ni se te ocurra! —Bernardo fue tajante.

—Pero es que…

—Pero es que nada, joder —blasfemó, bastante enfadado con su amigo—. Solo voy a guardarte el secreto, y no porque considere que esto sea un secreto de confesión, que ni por asomo lo es, sino porque soy tu mejor amigo y me preocupo por tu bienestar. Y ella, si ha hecho lo que dices, no se merece que dejes todo por lo que has trabajado hasta ahora.

—Tienes razón...

—Ahora te estás quietecito en tu casa. Y mañana, cuando la veas, como si nada. Pasando. Solo una relación laboral que, espero, ella concluya en breve si es que tiene dos dedos de frente y no quiere joderte más. Por otro lado, te callas bien calladito lo que ha pasado y sigues adelante con tu sacerdocio. ¿O tienes problemas con Dios?

—No, con Dios y la fe no los tengo. No pensaba dejar eso de lado, aunque fuera de otro modo...

—Pues entonces ya está, suénate los mocos, vete a dormir. Hablamos en persona en cuanto pueda bajar a Zamora.

Adrien se mantuvo unos segundos en silencio.

—Perdona por molestarte a estas horas... —Bernardo suspiró.

—No pasa nada, para eso estoy: eres mi amigo, mi compañero y mi hermano.

—Gracias...

Adrien colgó y dejó el móvil a un lado, en el suelo. Se tumbó en este e intentó mentalizarse de lo que estaba por venir.

†

Por la mañana, a su hora en punto, la bedel estuvo en la portería poniendo en orden los papeles que dejó a medias el día veinticuatro del año anterior y escribiendo su renuncia.

Todo fue bien, nadie se extrañó de su partida y la saludaron como era habitual.

Estuvo tentada de romper la renuncia, acudir al despacho de Adrien y pedirle perdón, pero la cobardía le ganó la partida una vez más. Estaba muerta de vergüenza y miedo.

Sor Sofía la interceptó a media mañana mientras regaba unas plantas del claustro.

—Lorena, ¿estás bien? Tienes una ojeras que te llegan al suelo.

—Estoy todo lo conforme que se puede estar... Teniendo en cuenta que le he roto el corazón a un buen hombre... Aunque fuera por su bien.

—Así que finalmente eso es lo que le pasa... —masculló la monja.

—¿El qué? ¿Cómo está? —preguntó alarmada mientras cerraba la manguera y la recogía.

—Más robótico que nunca y estricto. Se ha puesto las pilas y quiere que esté todo perfecto para cuando vuelvan las chicas...

—Entiendo... —suspiró.

—En fin, aunque no entienda sus caminos a veces, es lo que Dios quería...

—Es lo que tenía que ser —ratificó Lorena—. Voy a darle los quince días y me iré.

—Ahora está solo en su despacho. Vengo de allí; me ha abroncado por tener grupitos secretos en el chat. Así que he tenido que eliminarlos delante de él.

—*Uf...* —Lorena se mareó solo de pensarlo.

—Ánimo, maja...

—Por cierto, muchas gracias por haber cuidado tan bien de mi pequeña. Cuando llegué anoche me bufó al principio, enfadada, pero luego se vino a dormir conmigo. Siempre que lloro ella me lame la cara... —Una lágrima le cayó por la mejilla.

La monja se sacó un paquete de pañuelos del bolsillo y se lo tendió.

—Ese bichillo es una dulzura. Ay, me la quedaría... Pero te quiere más a ti, aunque me la llevaba por las noches a mi habitación y dormía apretada contra mí. Me amasaba el pecho.

—Vaya chaquetera tengo de gata —bromeó Lorena—. Gracias de nuevo... Es usted un sol. —Se inclinó para darle un beso en la mejilla.

—Venga, lo que tengas que hacer que sea con valentía.

Lorena asintió y se fue a dejar las cosas de jardinería en el almacén para después ir a por la carta de renuncia y entregársela a Adrien.

Con un valor que fue perdiendo según avanzó por el pasillo, tocó a la puerta del despacho de Adrien.

—Adelante —se escuchó al otro lado.

Al entrar le temblaron las piernas. Él la miró, serio, sin inmutarse.

—¿La puedo ayudar en algo, señorita Pérez? —el tono de su voz fue neutro.

—Vengo a entregarle mi renuncia. Bueno, con quince días de antelación, por supuesto...

—Puede dejarla en la mesa. Muchas gracias, buenos días. —La despachó rápido.

Lorena desdobló el papel y lo dejó con sumo cuidado sobre la mesa. Él no le hizo caso, haciéndose el absorto leyendo otros papeles.

—Adiós, buenos días —susurró ella, pero él no respondió nada más mientras esperaba a que la mujer se fuera.

Adrien cogió el escrito con la mano temblorosa y lo leyó.

—Mejor así... —suspiró llevándose los dedos a la frente.

Al menos el mal trago del primer encuentro entre ambos ya había pasado.

†

Durante los días posteriores a eso, Adrien y Lorena se evitaron a toda costa, por su propio bien.

Todo estaba a punto para la vuelta de las chicas, tanto de las que estaban internas como de las externas. Un nuevo trimestre tenía que dar comienzo y los profesores ya habían vuelto al trabajo.

Lorena se encontró con Lorenzo, que parecía estar algo menos apático y sí más agradable.

—¿Te han traído muchos regalitos? —le preguntó ella en sentido de broma.

—¡Ah! Sí, nos juntamos toda la familia y nos intercambiamos regalos. Mis padres, hermanos y sobrinos. Soy el único sin pareja ni hijos. Pensé que tal vez este año llevaría una novia morena y guapa, pero me dio calabazas.

—Lorenzo… No sigas por ese camino —lo reprendió.

—Era broma. Estoy bien. —Le guiñó un ojo mientras a Lorena le saltaba la alarmita en el busca: alguien llamaba a la puerta de servicio.

Se fue corriendo para abrir, seguida de Lorenzo, encontrándose con otro sacerdote en la entrada. Tenía un aspecto que le recordó a un hobbit, por las mejillas sonrosadas y la cara afable.

—Buenos días… —le dijo permitiéndole el paso.

—Tengo una cita con el padre Adrien. Soy el padre Bernardo, me está esperando.

Lorena recordó que era el mejor amigo de Adrien y le sonrió con toda la amabilidad que pudo.

—Si quiere le avisó de que está aquí... O le acompaño.

—No es necesario, sé dónde está su despacho —declinó la oferta.

Lorena asintió sin querer molestarlo más.

El sacerdote la miró retirarse junto a otro hombre bastante atractivo que se le pegaba como una lapa y la hacía reír.

—Perdone, señorita… —Lorena se dio la vuelta, solícita—. ¿Es usted Lorena? La bedel…

—Sí… —Ella sonrió—. ¿Necesita algo de mí?

Bernardo negó con otra sonrisa y se despidió, yéndose a ver a Adrien con paso firme.

Entró casi sin llamar, pegándole un susto de muerte al sacerdote, que dio un respingo en el asiento.

—Me habías dicho que había renunciado —le espetó en un susurró y con la cara roja.

—¿De qué me hablas?

—De Lorena. Está en el colegio y me dijiste que había renunciado.

—Sí, pero según contrato me tenía que dar quince días y, obviamente, no han pasado. No vuelvas a darme estos sustos, te lo pido por la Virgen.

—Así que ya veo por qué se te ha ido la cabeza con ella. Claro, como para no —bufó.

—Es muy guapa… Pero no es por eso. Bueno, también, pero no es la razón principal. Las ha habido más guapas que me iban detrás y me importaban siempre un comino… Ella es inteligente y estimula mi…

—No lo digas —le cortó su amigo.

—¡No me refería a eso! —exclamó avergonzado—. Estaba hablando del intelecto.

Bernardo se sentó en el sofá y Adrien le imitó.

—Entonces… ¿Vas a poder resistir la tentación hasta que se vaya?

—¿Te crees que se mete en mi cama o algo? Podría, tiene la llave que abre la rectoría, y yo tengo la que abre su apartamento.

La mirada de Bernardo fue fulminadora.

—Bueno, andaba tonteando con otro hombre, uno alto y rubio… Así que ya te habrá olvidado, si es que te quiso alguna vez —dijo con sarcasmo.

La cara de Adrien pasó de la normalidad al hastío. Intentó serenarse aspirando fuerte y soltando el aire poco a poco.

—A la mínima oportunidad sigue intentándolo con ella. Es que no puedo con él, no puedo… —musitó Adrien mientras se llevaba las manos a la cara.

—Pues mejor, que se vaya con él y te deje en paz.

—No, no es mejor para ella.

—¡Pues vas a tener que claudicar, Adrien! Me lo juraste.

Este asintió con el morro torcido, celoso por dentro.

Unos golpecitos en la puerta los interrumpieron. Adrien abrió dándose de bruces con Lorena.

—¿Qué necesita? Estoy reunido —dijo con sequedad.

—Disculpen por la interrupción, por favor. El cartero ha traído este burofax y esta carta certificada urgente. He pensado que debía dárselas cuanto antes...

—Gracias.

Adrien se las arrancó de la mano y le cerró la puerta en las narices.

Hasta a Bernardo le pareció excesivo y lo reprendió con la mirada.

—Te has pasado…

—O lo hago así o se me cae la careta. Soy todo fachada —farfulló mientras se sentaba en su mesa y abría el burofax, que venía del obispado de Zamora.

Adrien se sorprendió, arqueando las cejas sin poder creer lo que leía.

—No me trasladan… —musitó.

—¿Es del obispo Valera? Pedazo de capullo… —susurró Bernardo por lo bajini—. Aunque está bien que no te muevan de aquí. Así te tengo vigilado.

Adrien le miró de reojo.

—Supongo que no podía castigarme a mí por expulsar a una incitadora al suicidio.

—Y porque es muy amigo de tus padres.

—Gracias por recordármelo.

Adrien observó el otro sobre y decidió esperar un poco a que comenzaran las clases. Lo que había allí dentro podría confirmar una sospecha que, de ser cierta, traería graves consecuencias.

†

Tras la hora de la comida, en la que apenas probó bocado, Lorena se quedó en el despachito. Miró la tarjeta de la psicóloga que había evaluado a las chicas y decidió dar un paso adelante en su carrera.

En su día, la doctora se la había dado diciéndole que esperaba una llamada cuando se sintiera preparada para avanzar.

La mujer se puso muy contenta al tener noticias suyas. Quedó en ir a Salamanca a verla, donde estaba su principal centro, para así tener una entrevista el día nueve, cara a cara.

Aquello le dio algo de esperanza a Lorena sobre su incierto futuro.

Suspiró antes de llamar a Adrien a su despacho desde la portería. Sonó varias veces hasta que se lo cogió.

—Dígame, señorita Pérez.

—E-el martes que viene necesito el día libre para ir a Salamanca.

—¿Para qué lo quiere? Hay mucho trabajo —le respondió él con sequedad.

—A-asuntos personales… —balbuceó—. Por lo del divorcio… —mintió en parte sin atreverse a contarle nada, dado el tono de voz que Adrien tenía al otro lado de la línea.

—¿Piensa ir sola? —La entonación cambió, de forma radical, a una más afable.

—Vendrá mi padre también. Me llevará él…

—Bien, adelante, concedido.

—Adrien... —comenzó a decir y hubo un silencio incómodo—. Hice lo mejor para ti.

Adrien se mantuvo callado unos segundos y luego colgó sin más.

†

Los días fueron pasando de forma anodina, uno tras otro hasta llegar al domingo por la tarde, cuando las internas volvieron.

Le animó mucho verlas tan contentas y estas le dieron una bolsa llena de regalos diversos, desde maquillaje hasta novelas románticas.

—¿Es verdad que se va?

Lorena asintió con lágrimas en los ojos.

—¿Por qué? —preguntó la más pequeña.

—Chicas, porque quiero ayudar a más jóvenes como vosotras y ejercer mi profesión de psicóloga.

—Siempre la vamos a recordar.

—Y yo a vosotras.

Las abrazó, una por una, y las ayudó a trasladar, junto a Sor Sofía, todas las maletas.

—Si es que son muy buenas. Que sepas que yo también te echaré de menos, y a Umbrilla. A ver si consigo que el padre me permita tener un gato —le hizo saber Sor Sofía.

—Y yo a usted. Qué buena es siempre.

Le pasó el brazo por los estrechos hombros y la monja deslizó el suyo por la cintura. Se mecieron un poco ambas.

Adrien estuvo observando todo desde lejos, muerto de tristeza.

Todo terminaría como empezó y cada uno por su lado.

†

Lorena llevaba unos días con malestares estomacales, supuso que de la ansiedad que toda aquella situación le producía. Apenas podía comer, y se sintió sin fuerzas.

Estaba de camino a la sala de profesores para dejar vasos de papel nuevos, cuando vio las estrellas debido a un mareo. Fue consciente de que se caía al suelo y poco más.

Al despertar se encontró en la enfermería, con Lorenzo a su lado sujetándole la mano, preocupado.

—¿Qué...? —preguntó aún con los ojos semicerrados.

—Te has caído redonda en el pasillo.

—¿Seguro...?

—Y tanto. Te he encontrado tirada con los vasos de papel desperdigados, inconsciente. Casi me da algo.

Lorena miró hacia sus pies y vio que le habían subido las piernas para que se recuperara mejor.

Sor María apareció para tomarle de nuevo la tensión, que por lo visto estaba por los suelos.

—Tiene muy mala cara, señorita Pérez, ha adelgazado y no la veo comer bien —la reprendió la monja.

—Porque no como…

—Mal, muy mal —dijo Lorenzo—. A partir de hoy comeremos juntos y así me aseguraré de que no te dejas ni un guisante.

Él apretó su mano para insuflarle ánimos y ella le sonrió agradecida.

Adrien entró en la enfermería y los encontró en aquella situación cariñosa. Se le llevaron los demonios, pero supo contenerse.

—Venía a verla, señorita Pérez…

—Mejor me voy. Recupérate pronto. —Lorenzo le dio un beso en la frente a la mujer y empujó a Adrien por el hombro de forma leve, como retándolo de nuevo.

El sacerdote hizo de tripas corazón para no darse la vuelta, propinarle un empujón y estamparlo contra la pared.

Se acercó a Lorena, que no supo muy bien cómo comportarse.

—¿Qué le pasa a la señorita Pérez? —indagó Adrien, sin poder disimular su preocupación.

—Tiene la tensión por los suelos —le dijo la monja mientras le quitaba el tensiómetro a la paciente.

Adrien se sentó en la silla, a su lado, pero no tocó a la mujer.

—Si hace falta, cójase más días de permiso…

—No creo que sea necesario, pero se lo agradezco… —Ella le miró con aquella mala cara.

—Me he tomado la libertad de avisar a su padre y ya viene para acá. No creo que tarde.

—Gracias… —reiteró.

Lorena se estremeció con levedad al tenerle allí delante y no poder si quiera tocarle la mano.

—Bueno, he de irme. Cuídese...

Adrien se levantó, dubitativo, pero acabó por irse para no ceder. Agradeció al cielo que estuviese Sor María allí, porque no pudo sentirse más débil que en aquel momento. El Adrien enamorado estaba más presente que el enfadado y mantenerse al margen sin caer en la tentación le resultaba casi imposible.

†

Aquella noche Lorena se fue a casa de su padre, comió todo lo que su preocupado progenitor le dio de cenar y durmió en la camita de invitados, echando de menos a su gatita, pero tranquila porque Sor Sofía se haría cargo.

Al día siguiente partieron en coche hacia Salamanca a primera hora de la mañana.

José sabía que su hija no estaba nada bien, pero se parecía a su querida mujer, que cuando le preocupaba algo mucho se lo guardaba para ella hasta explotar. Más de una discusión de pareja habían tenido al respecto, pero no deseaba fastidiar a su hija, así que respetó su silencio.

Al llegar al centro de psicología privado de la doctora Ortega, José se fue a tomar un café.

Lorena tuvo una entrevista de lo más fructífera con ella.

—Estoy encantada de tenerla delante de mí —se sinceró la agradable mujer.

—Y yo muy nerviosa, para que negarlo… —se sinceró Lorena.

—Estoy al tanto de cómo medió con las dos chicas que estaban enamoradas y también de intentar ayudar a la niña que se autolesionaba.

—¿Cómo sabe todo esto?

—Hablé con el padre Adrien, naturalmente. Él siempre me ha dado muy buenas referencias de usted. No la puede elogiar más cada vez que le llamo para ver cómo va todo.

Lorena sintió el corazón calentito. Adrien era, sin lugar a dudas, una buena persona y por eso le amaba tanto.

—Sé que no estoy colegiada todavía, pero es mi inminente intención, ya que abandono el colegio. No es… Mi lugar.

—Mire, yo le ofrezco un puesto en mi centro de Zamora. Sé reconocer el talento natural en un colega, y usted lo tiene. Además… Es que sus notas son extraordinarias e hizo unas buenas prácticas.

—¿De veras? —La señora Ortega asintió y le ofreció su mano. Lorena aceptó encantada.

Dio sus datos para que le hicieran el contrato de trabajo, a la espera de que expirara el de bedel y que se diera de alta en el colegio de psicólogos de Zamora.

De vuelta en su ciudad natal, Lorena y José acudieron a un abogado especializado en divorcios difíciles, donde contó todo lo sucedido, con pelos y señales, al letrado que la atendió con diligencia.

—Será difícil si su marido se niega a firmar, pero para eso está la ley. Al no tener hijos en común será un punto a su favor en la demanda, y que renuncie a todo patrimonio o indemnización también. La intentaría convencer de pedirle una pensión, pero creo que dado el talante violento de su marido es mejor no remover la mierda, y perdone la expresión.

—Lo ha dicho usted tal cual es —admitió Lorena ante el abogado que llevaría su caso.

—Bien, cuando consigamos todos los papeles de los registros comenzaremos.

—Gracias.

Le dio la mano y salió satisfecha y con la esperanza de que se libraría de aquel cabrón de Raúl.

Su padre llevaba casi dos horas esperándola, leyendo la guía que su hija le había regalado y haciendo anotaciones en un cuaderno.

—Papá, ¿podría mudarme contigo al principio? —le rogó antes de que la dejara de nuevo en el colegio tras subirse al coche.

—Eso ni se pregunta, hija. Qué cosas dices. Faltaría más.

—Al menos hasta que todo vuelva a su cauce. Y te devolveré todo el dinero que te debo ya.

—Que sí, te digo. Venga, cariño, todo va a mejorar.

—Gracias, papá —lo besó en la mejilla con cariño, abrazándolo muy fuerte y llorando.

—¿Algún día me dirás que pasó con Raúl? —le preguntó él.

—Te prometo que sí, pero primero he de reorganizar mi vida.

El pobre hombre asintió y la dejó ir.

†

Lorena iba de camino a su apartamento cuando Adrien la interceptó. Justo era la hora en la que las alumnas habían terminado sus clases y se marchaban a casa, así que se vieron rodeados de estas.

Adrien asió a la mujer por el brazo y se la llevó a una zona más apartada, en la zona del profesorado.

—¿Está bien? Tiene mala cara… ¿Quiere que llame a Sor María? —musitó él.

—Vaya, pensé que arreglada estaría mejor… —rio un poco—. Pero supongo que no puedo con tanta ansiedad —confesó mirándolo a los ojos.

Adrien la encontró preciosa, con su vestido de punto rojo, su abrigo gris y su boina color vino. El cabello oscuro le enmarcaba el rostro pálido. Habría besado de buena gana aquellos labios rosados y temblorosos.

Ella debió de notar el azoramiento de él, porque sus ojos azules ya no parecían de hielo frío cuando la miraban, sino el color del cielo en un día cálido de verano.

Adrien se enfadó consigo mismo por su debilidad y reculó unos pasos, cerrando con fuerza los párpados.

—Cuídese, por favor.

Se dio la vuelta y la dejó sola.

La mujer se fue al baño privado de personal, y soltó un berrinche tremendo. Se miró en el espejo y entendió por qué Adrien estaba tan preocupado. Estaba mortalmente pálida a pesar de ir maquillada.

Lorenzo, que andaba en aseo de hombres, la escuchó llorar y se acercó tocando antes a la puerta.

—Lorena, soy yo… ¿Estás bien? ¿Estás sola?

Ella se limpió la cara y los chorretones de rímel que le caían por las mejillas.

—No hay nadie…

—¿Es porque te vas? —indagó y ella asintió, aunque no fuera del todo sincera.

—Esto no es para mí. Necesito buscar otro camino…

—Si te hace falta lo que sea, me lo dices. Tomar un café, una pizza de piña, pasear por Valorio… De verdad, te apoyo en lo que te haga falta e incondicionalmente.

—Gracias, Lorenzo… Siento… Siento que…

Él la abrazó contra sí, aprovechando la tesitura y limpiando con las manos las lágrimas oscuras.

No pudo evitar besarla poco a poco y ella, confusa como estaba, se lo permitió durante unos segundos.

—*Nnn*… —gimió la mujer cuando quiso quitarse de encima al profesor.

—Este lugar no es sitio para darse el lote —soltó de pronto Adrien, agarrado al pomo de la puerta como si lo fuera romper.

Lorena se apartó de un susto, agobiada, intentando explicar que era un malentendido.

Adrien le echó una mirada de odio a Lorenzo y este se la devolvió.

—Sí, señor director —dijo rechinándole los dientes mientras se iba, dejando a solas a los otros dos.

—Y usted, señorita Pérez, no es sitio para lloreras tampoco. ¡Llore en otra parte donde nadie la vea!

—¡Eso ha sido muy cruel!

—He aprendido de la mejor —respondió antes de irse.

Lorena se sintió humillada, pero también culpable por la situación. Otra vez se había dejado liar por Lorenzo. ¿Qué le pasaba a aquel hombre? No era no y punto.

†

Adrien se había arrepentido al instante de dejar sola, en aquellas circunstancias, a Lorena. Temió que pudiera marearse de nuevo estando tan pálida, así que se dio la vuelta para buscarla, encontrándose aquella escena entre Lorenzo y ella que no pudo partirle más el corazón.

Se metió en su despacho, directo a abrir el sobre certificado que días atrás le entregó la bedel y que tanto se resistía a mirar.

Rasgó un lateral, sacó los informes y los leyó con atención, rezándole a la Santísima Trinidad para que dijeran lo que quería leer y así tener una excusa perfecta para soltar toda la rabia que llevaba dentro.

†

Lorenzo era consciente de que se había extralimitado un poco con Lorena. Sin embargo, aquella mujer le traía loco y la deseaba para él. Saber, además, que ese capullo del director estaba coladito por ella y que les hubiera pillado besándose, le produjo mucha satisfacción.

Así que se tomó un café en la sala de profesores con una sonrisa en la boca, mientras los demás maestros iban recogiendo sus cosas para irse a casa.

Justo entró Adrien, con la cara desencajada, y se dirigió directamente a la mesa del profesorado, agarrando a Lorenzo por la solapa de la camisa y pegándole un puñetazo tal que lo tiró al suelo.

—¡Grandísimo hijo de puta! —exclamó el profesor, reculando para poder levantarse.

Se abalanzó después contra Adrien y se pegaron hasta que los demás consiguieron separarlos como pudieron, pues ambos eran hombres fuertes y deportistas.

Todo el mundo se quedó perplejo.

Lorena, alertada por el griterío, salió del baño de profesores y corrió. No se pudo creer lo que estaba presenciando.

—¡Te voy a denunciar, hijo de puta! —chilló Lorenzo con un labio partido y sangrando.

Lorena se llevó las manos a la cara, abochornada.

—¡Abusador de niñas! ¡Sé que abusaste sexualmente de Rocío! —gritó Adrien.

Aquello cayó como una bomba entre los presentes.

—¡Qué coño dices! ¿Quién te crees que eres para decir eso? —Lorenzo palideció, dejando de resistirse.

—¡Pedazo de pervertido! ¡Te voy a matar! —lo amenazó Adrien—. ¡Te mataré! —gritó fuera de sí.

Lo sujetaron con más fuerza para que no se tirara encima de Lorenzo de nuevo.

—¡Ya sé lo qué te pasa, puto cura de mierda! ¡Estás celoso de Lorena y de mí! ¡Porque no te la puedes follar!

Aquello dejó atónita, más si cabía, a la mujer, que fue fruto de todas las miradas. Se puso a sollozar, avergonzada.

—¡No cambies de tema, pederasta repugnante! —bramó Adrien—. ¡El que te va a denunciar voy a ser yo por abusar de una menor!

Se deshizo de todos los que le agarraban y salió por la puerta directo a por sus cosas en el despacho.

Lorenzo se limpió la boca con varias servilletas y pensó en acudir a urgencias para tener un informe médico que presentar ante la policía, asegurándose de no cruzarse de nuevo con el cura, ante las miradas perplejas de todos los que allí se reunieron.

—No le creas, está celoso y se inventa cosas —se excusó el profesor con ella antes de partir.

Lorena salió al pasillo hasta perderlo de vista, como todos los demás, y Adrien pasó a su lado como un rayo, con una carpeta en la mano y listo para irse. Ni la miró a la cara.

—¡Adrien! —corrió tras él, pero este no se detuvo.

—¡Ahora no, Lorena! ¡Me voy a comisaria! —le gritó sin darse la vuelta, decidido.

—Puto imbécil —dijo por lo bajo, agobiada—. ¿Qué coño les pasa a los hombres? —Se echó a llorar de pura angustia.

†

Horas después Lorena supo por Sor Sofía que Lorenzo también había ido a la comisaría para denunciar la agresión de Adrien, y que ambos estaban presentes en las comandancias de la Policía Nacional.

Esperó al padre delante de la rectoría, sentada en una silla y con el móvil en la mano. La Madre Superiora apareció por allí, también preocupada y sin poder cenar de la angustia.

—El padre Adrien ahora está en comisaría, con el abogado del obispado —tuvo la deferencia de decirle.

—Pero… ¿Aquello que ha dicho es cierto? ¿Lorenzo abusó de Rocío?

—Eso lo determinará la policía. Váyase a cenar, por favor, aquí hace mucho frío y ya sabe que no debe meterse en nuestras cosas...

No quiso discutir con la mujer, así que claudicó y se encaminó al comedor, donde apenas cogió un trozo de pan y una ensalada.

Las internas, nerviosas, se sentaron con ella para su sorpresa.

—¿Qué os pasa?

—Nosotras dejamos la nota... La de que Rocío sufría abusos.

—Lo sé, chicas. No soy tonta.

—No sabíamos qué profesor era...

Lorena quedó horrorizada. Si realmente fue Lorenzo, le asqueó pensar en que se había dejado engañar por él como una estúpida.

—Eso lo tendrá que investigar la policía, no podemos dar por hecho que haya sido Lorenzo. ¿Vale? Ni yo sé qué ha sucedido.

Asintieron en silencio.

—¿Por qué no dijisteis nada al director? —les preguntó.

—Rocío no nos dejó. Se sentía culpable... Estaba arrepentida.

—Encima la Obispa la acosaba todo el tiempo por estar rellenita.

—No supimos qué hacer. Por eso este curso intentamos, de alguna manera, arreglar las cosas ayudando a otras compañeras. Gracias que llegó usted y se interesó así...

—Escuchad, vamos a contarle todo esto a la Madre Superiora. Tiene que llamar a vuestros padres para que se os permitan contarlo a la policía.

Todas parecieron angustiadas, como si las que fueran a terminar en la cárcel fuesen ellas.

—No os va a pasar nada. Ayudaréis a Rocío allá donde esté su alma, pobrecita, y al padre Adrien. Se ha desvelado para que estéis bien, se merece esa ayuda por vuestra parte.

Todas asintieron, más tranquilas, entendiendo que era lo correcto.

†

Lorena hizo algo muy atrevido aquella noche: salir sola del colegio, aunque fuera en taxi, hasta las Tres Cruces, y esperar a Lorenzo en el portal de su casa, por tarde que llegase.

Cuando este apareció, sobre las doce de la noche, acompañado por un coche patrulla, con el labio hinchado y un moretón en la mandíbula, se quedó perplejo al verla allí.

—Lorenzo... ¿Estás bien? Siento mucho que el padre Adrien te haya hecho algo así por estar tan celoso de nosotros dos...

—N-no me esperaba verte aquí...

Ella le acarició la mandíbula con cariño y comprensión.

—¿Te duele mucho?

—No es nada, no pega tan fuerte como parece —alardeó—. Entra, por favor...

Subieron hasta su piso y Lorenzo encendió las luces del salón.

—¿Quieres algo?

—No, no. Olvídate de mí, solo quiero ayudarte... —susurró Lorena poniendo cara de tristeza—. Todo esto me sabe tan mal... Que haya inventado semejante barbaridad porque está celoso. No lo puedo creer...

El profesor se sentó a su lado y la cogió de las manos, estas le temblaban.

—Supongo que lo habrás negado todo. Son unas acusaciones muy injustas. Sé que jamás le harías daño a ninguna mujer... —Volvió a acariciarlo con dulzura—. No de ese modo, forzándola... Conmigo fuiste muy comprensivo cuando te pedí tiempo.

Lorenzo pareció debatirse.

—Eres tan buena... —Se abrazó a ella y se puso a llorar como un niño—. Yo no quería que esa pobre chica se suicidara...

—Lo sé... Quién podría querer algo así. La acosaban otras alumnas y la llamaban gorda... No pudo más —justificó.

—Rocío era muy inteligente, la mejor alumna de matemáticas que tenía. Sacaba matrículas de honor. Pero empezó a flojear y... vino a hablar conmigo sobre el acoso.

—¿En serio? ¿Y qué le dijiste?

Lorenzo miró a Lorena con los ojos abnegados en lágrimas.

—Que era muy guapa, que no hiciera ni caso de lo que esas víboras le dijesen, que yo hablaría con ellas. ¡Y lo hice! Pero no fue suficiente... Está claro que no.

—Qué lástima... ¡Qué malas! ¡La mataron ellas! —afirmó Lorena con rotundidad.

Lorenzo besó a Lorena con cuidado, pues el labio partido dolía horrores. Ella se lo permitió y luego le sonrió acariciándole el cabello.

—Tienes todo mi apoyo...

Lorenzo se abrazó a su cintura y dejó que ella lo arrullara.

—Ese hombre me ha acusado de cosas muy graves. Yo no abusé de Rocío. Ninguna mujer ha hecho jamás nada conmigo que no quisiera.

Lorena tragó saliva ante tal afirmación por lo que podía implicar.

—Lo sé, lo sé. Rocío debía de estar enamorada de ti y tal vez malinterpretó tu amabilidad. ¿Verdad? —Probó suerte.

—¡Exacto! Sí, ella... En fin... A ti puedo decírtelo. No paraba de dejarme notitas entre los ejercicios. Que si solo le faltaba un año para ser mayor de edad, que si yo era muy guapo y amable... No sabía muy bien qué hacer ante algo así. A veces las alumnas se enamoran de los profesores... El complejo de Edipo.

—¿Y por qué no se lo contaste entonces al director? —preguntó Lorena mientras le acariciaba el pelo.

—Es demasiado inaccesible y me tiene manía, seguro que me hubiera echado del trabajo. Tampoco quería meter en un problema a una chica tan sensible como Rocío. En fin, estuve hecho un lío. Tuve que romper con otra profesora con la que inicié una relación porque Rocío se puso celosa...

Lorena intentó llevar la conversación más a su terreno.

—Entiendo que estuviera enamorada de ti... La verdad es que sí, eres tan guapo... Lo de hoy en el baño me ha hecho pensar... Ya no seremos compañeros de trabajo y... Nada impediría una relación entre nosotros...

—¿De verdad saldrías conmigo? —preguntó incrédulo.

—Pero necesito que no haya secretos entre nosotros. Mi ex me trataba muy mal y no puedo empezar una relación nueva con alguien que me mienta.

—Entonces dime la verdad, Lorena. Dime qué sientes por el padre Adrien...

Ella carraspeó.

—Reconozco que me atraía mucho... Pero para qué alimentar una situación donde uno de los dos no puede darte lo que necesitas. Él es un sacerdote y punto, debe cumplir sus votos hasta el final de sus días y es un hombre de fe. Si está frustrado no es culpa mía, y los malos entendidos le han llevado a ponerse celoso y pegarte por una relación consensuada con Rocío... Porque, no me mientas, algo pasó con ella...

Al ver la duda en los ojos de Lorenzo le dio un beso en la comisura de los labios, donde no los tenía tapados por un apósito.

Él asintió con la cabeza, pero Lorena necesitaba que lo dijera en voz alta.

—¿Me lo cuentas? Yo he sido sincera...

—No duró mucho... —comenzó a decir—. Accedí a sus peticiones, no lo pude evitar. Era lista y guapa. Así que nos besamos y pasó lo que pasó...

—¿Mantuvisteis relaciones sexuales completas?

—Fue consensuado, pero no lo entendería nadie. Cuando comenzó el nuevo curso yo preferí no continuar con algo así. He temido todo este tiempo que se suicidara por mi culpa. Pero es que… La gente no lo hubiera comprendido, yo habría perdido mi trabajo… Sería una mancha en mi expediente académico.

—¿Se lo has contado a la policía?

—No, sería darle la razón a ese cabrón de mierda. Y la gente no lo entendería —se reiteró—. Además, te conocí a ti… Y me gustaste tanto que… No quería joderlo. Te quiero… ¿Entiendes? Te quiero mucho, estoy enamorado de ti…

Lorena se mantuvo serena todo lo que pudo y asintió en silencio. Sonrió para darle ánimos.

—Deberías descansar, Lorenzo.

—Sí, me duele la cabeza. ¿Te quedarías conmigo?

—No puedo, cariño. Creo que debemos esperar un poco hasta que todo esto se aclare, se termine y se olvide.

—Probablemente me despidan de todas formas. Aunque no quiero volver a un sitio así, no lo soporto, ni a Adrien. Lo odio —rabió al decirlo.

—Tienes todo mi apoyo. ¿De acuerdo? En unos días yo también escaparé de aquel lugar… Y entonces podremos iniciar nuestra relación.

Lo abrazó contra sí con todas sus fuerzas, para que la sintiera bien. Él hizo lo mismo y la besó como pudo.

Luego la despidió en la puerta con otro abrazo.

Ya en el ascensor Lorena sacó el móvil del bolsillo de la chaqueta y apretó el botón táctil que apagaba la grabadora.

Al salir a la calle vomitó tras un coche aparcado y luego llamó a un taxi para que la llevara de vuelta al colegio.

CAPÍTULO 16

Adrien había pasado cerca de cinco horas en comisaría con el comisario y el abogado del obispado. Durante ese tiempo le entregaron en mano la denuncia de Lorenzo por agresión y amenazas de muerte.

Por fortuna no tuvo que verle esa cara que no se arrepentía nada en absoluto de haberle partido. Él mismo tenía golpes y el pómulo hinchado, pero le trajo sin cuidado.

Entregó todo lo que tenía sobre Lorenzo a los nacionales y, al final, le permitieron irse de una vez. Su abogado le dejó muy claro que no abriera la boca sobre lo que allí se había hablado.

Más frustrado que otra cosa se metió en la rectoría y subió las escaleras con hastío, tumbándose sobre el sofá, con la luz apagada.

Miró el móvil, por si tenía algún mensaje de Lorena, sin éxito. La pobre debía de estar abochornada hasta el extremo, y confusa.

Era ya muy tarde, sin embargo marcó el número de teléfono de su hermano Jean. Este se lo cogió de inmediato.

—¿Adrien? ¿Ha pasado algo? —el tono masculino de su voz denotó preocupación.

—Nuestros padres están bien, tus hijas también. No te llamo por eso. Es que necesito consejo… ¿Te molesto?

—No, no. Estaba viendo una serie con Carlos y la niña hace horas que duerme. Además, te iba a llamar pronto para agradecerte el regalito a Priscila. Lo que pasa es que hemos estado muy ocupados con la Navidad, las comidas familiares y la vuelta al cole de la peque.

Adrien sonrió y fue consciente de lo feliz que era su hermano.

—No pasa nada. Lo importante es que estéis bien… —gimió.

—Pero tú eres el que no está bien… Adrien, tienes la voz rota…

A su hermano mayor no lo podía engañar. Le tenía que haber pedido consejo mucho antes, pero se resistía porque siempre había querido ser una estatua de granito autosuficiente.

Se puso a sollozar como un bendito hasta que pudo detenerse. Jean se mantuvo al otro lado, paciente. No había escuchado llorar a su hermano pequeño desde que era eso; un niño.

—Me he enamorado de una mujer…

—Oh… Dios mío… Vale, cuéntamelo todo.

Adrien narró las cosas desde su punto de vista, desde el principio hasta el final. Reconoció haber mantenido una relación consensuada con ella y haberse sentido desdichado cuando esta le dejó con una nota.

—Cuando conocí a Carlos todo mi mundo construido sobre una mentira cambió. Yo no quería serle infiel a mi ex, pero... Mi naturaleza era amar a un hombre, a este en particular.

—Pero yo no he construido una mentira, Jean. Yo me siento sacerdote, y a la vez amo a Lorena y quiero estar con ella.

—La mentira la empezaste a construir en el momento en el que te saltaste el voto de castidad. Perdona que sea tan franco. Pero si no te lo digo yo, tal vez te lo diga tu amigo Bernardo.

—Él no quiere que deje el sacerdocio, prefiere que me guarde lo que he hecho y que lo confiese el día en el que me vaya a morir, para ser así absuelto de mis pecados.

—Bernardo no tiene ni puta idea, por buena gente que sea, de lo que es estar enamorado —bufó al otro lado de la línea.

—¿Y qué hago? Porque estoy muy enfadado con Lorena.

—Mira, si no afrontas la situación y la aclaras no vas a avanzar un ápice. Que decides seguir como estás: te apoyo. Que optas por colgar los hábitos y formar una familia: también te apoyo. Joder, eres mi hermano, el guapo e inteligente de la familia.

Adrien sonrió.

—Está bien... Hablaré con Lorena cuando me tranquilice...

—Exacto, cuando te tranquilices y mantengas la compostura ve a hablar con esa mujer que te tiene tan enamorado que hasta lloras por ella. Pero no seas idiota.

—Eso no te lo puedo prometer...

Se despidieron y después de eso colgó, bajó a la cocina a por una bolsa congelada de coles de bruselas para ponérsela en el pómulo.

Se sorprendió cuando Lorena abrió la puerta de la rectoría, pasadas las doce de la noche, vestida igual que la última vez que la vio, pero con peor cara si cabía.

—Adrien... ¿Estás bien? —Cerró la puerta tras de sí y echó el cerrojo, por si acaso.

—Deberías irte a descansar... —Fue brusco porque no estaba preparado para tener la susodicha conversación en aquellos momentos.

—Me da igual lo enfadado que estés conmigo o con el mundo. No te voy a dejar en paz.

—No tienes derecho, ningún derecho, a decirme eso. Vete a dormir.

—¡No! —gritó.

Su negación resonó por la estancia.

—Haz lo que quieras... —Adrien, con el corazón en un puño, subió de nuevo las escaleras y se sentó en el sofá, apoyado en el reposabrazos con un paño de cocina envolviendo la bolsa congelada. Se la apretó contra el pómulo izquierdo.

Lorena lo siguió a la planta de arriba, tozuda como una mula.

—Lo que dijiste de Lorenzo... ¿Cómo lo has sabido? ¿Qué te hace tenerlo tan claro como para haberle pegado así?

—¿Qué pasa? ¿No puedes creer que tu nuevo novio haga algo semejante? —dijo con sarcasmo.

—No es mi novio —contestó sentándose a su lado y sacando el teléfono del abrigo, tras quitarse este último—. ¿Me lo vas a contar todo o no?

Adrien gruñó.

—Hice que todos los profesores, hombres y mujeres, rellenaran a mano una encuesta con la excusa de que era para mejorar cosas en el colegio. Comparé las caligrafías de todos con las notas que encontraste y se lo mandé todo a un perito caligráfico profesional. ¿Recuerdas las dos cartas que me trajiste cuando el padre Bernardo vino a verme?

Lorena asintió.

—Una era del especialista. No la abrí en ese momento, esperé... Aunque yo mismo ya me imaginaba el resultado...

—¿No hubiera sido más fácil acudir a la policía?

Adrien la miró, enfurecido.

—¡Será que estoy enfadado con el mundo! ¡Y lo único que quiero es machacar a ese hijo de puta! Y si ya le tenía ganas desde que te liaste con él, imagínate ahora que sé que abusó de una cría inocente. Porque verte besándote hoy con ese asqueroso me hizo ir y abrir la carta, esa es la puta realidad. Necesitaba una excusa para partirle su cara bonita.

—Me besó él, yo no quería —se excusó.

—Qué más me da —mintió de forma poco convincente.

—No importa, lo que hiciste fue un error. Debiste ir directo a la policía y que ellos procedieran a abrir una investigación.

Adrien se mantuvo callado, negando con la cabeza.

—Actué por impulso —reconoció—. ¿Y si se libra de todos modos?

—No lo creo... —Colocó el móvil sobre la mesilla y buscó el audio—. Todo lo que oigas aquí, por mi parte, es un teatro. ¿Lo entiendes?

Adrien la miró sin comprender nada, pero asintió.

Ella apretó el *play* y se reprodujo toda la conversación que había mantenido con Lorenzo en su apartamento.

Adrien no salió de sus asombro durante ese tiempo, escuchando con atención cada palabra.

El audio llegó a su fin y Lorena le miró, expectante.

—Maldito cabrón hijo de puta... —siseó Adrien.

—No sé si servirá de prueba ante un juez, pero creo que es suficiente para que lo detengan, junto con la prueba de comparativa caligráfica. Al final acabará confesándolo porque es un mierda —dijo entre dientes ella—. Hacer toda la pantomima me costó muchísimo... Siento asco cada vez que lo pienso...

Adrien la estrechó contra sí.

—Has sido muy valiente... —musitó—. Pero no deberías haberlo hecho. ¿Y si te hubiera pasado algo malo? —la reprendió con dureza.

—Estoy aquí contigo... —Lorena le pasó los brazos por la cintura, posando la cabeza en ese hombro tan anhelado, sintiendo su calor corporal de nuevo.

—Bernardo ha intentado por todos los medios convencerme para que pasara de ti. ¿Sabes qué le dije? Que había decidido dejar el sacerdocio...

—Adrien... —Lorena le miró con lágrimas en los ojos—. ¿De verdad?

—Pero te largaste, dejándome tirado sin pensar ni un segundo en cómo me podía sentir... —Le echó en cara, aunque no fuese capaz de apartarla de él.

—Te dejé porque no quería que echaras a perder todo lo que habías conseguido hasta ahora, por alguien como yo...

—Era mi decisión, no la tuya.

—Cometí un error del que estoy muy arrepentida...

—Y tanto que lo cometiste. Me has machacado el alma. Me has partido el corazón, me has traicionado. Y mientras yo lloraba por las noches, aquí solo, tú estabas de viaje enviándome mensajitos.

Se retiró un poco, dolido.

—Yo también lloraba por las noches al ver que no me contestabas. Que no existía para ti...

—¿Qué no existías? Te echaba tanto de menos que era como si me faltara el aire. Un vacío horrible en las entrañas me estaba consumiendo. Las que me arrancaste de cuajo cuando leí tu nota. Y me tuve que poner de nuevo la máscara.

—Perdóname, por favor. Me fui así porque, si no lo hacía, hubiera sido incapaz de dejarte. También tenía miedo de que Raúl te hiciera algo, la Madre Superiora me dijo que te dejara en paz, ese día te sentí muy lejos de mí cuando salimos por Zamora... Se debió a un cúmulo de cosas...

Adrien, con lágrimas en los ojos, y la respiración desacompasada, la miró con fijeza.

—¿Me amas aún? —le preguntó él.

—No he dejado de quererte ni un solo segundo. Eres el amor de mi vida... —se sinceró ella.

Adrien cerró los ojos y las lágrimas le rodaron por el rostro. Se quitó las gafas sucias y empañadas, para poder limpiarse.

—Júrame, por lo que más quieras, que no volverás a dejarme... —le pidió él con un gemido ahogado.

—Te lo juro... Te quiero mucho, demasiado... Te amo hasta el punto de no comer, de no dormir, de llorar por las esquinas, de desmayarme...

Lorena lo ciñó contra sí y él la estrechó entre sus brazos con intensidad. Se besaron con anhelo, recreándose en el momento largo tiempo, incapaces de dejar de sentirse el uno al otro.

—Te echaba de menos —ronroneó ella, deslizando la mano entre los pantalones y apretando su miembro duro.

—Y yo... —Él hizo lo mismo, buscando el sexo caliente de Lorena, por debajo del vestido. Ella gimió con el contacto.

Adrien se levantó y la cogió en brazos sin mucho esfuerzo. La depositó dulcemente sobre la cama, pero se echó sobre la mujer sin perder ni un segundo, levantándole el vestido rojo y el sujetador, para poder masajear y lamer sus pechos.

Ella se quitó los zapatos con sus propios pies, y se fue despojando de las medias y las bragas.

—Espera... —susurró al sentir a Adrien bajar entre sus piernas.

—No —negó tajantemente él.

El sacerdote le dio placer, se recreó en sus labios vaginales, en su abultado y sensible clítoris hasta comprobar que estaba bien erecto.

Deslizó entonces un dedo en la vagina y lo movió en círculos. Lorena supo que estaba tocando un punto muy sensible en su interior, porque doblegó la espalda y cerró los músculos de la vagina en un espasmo.

—¿Qué me estás haciendo? —gimió.

Adrien se puso sobre ella, sin dejar de mover el dedo hacia arriba, y la besó. El roce de la camisa de Adrien sobre el pecho desnudo la puso a cien.

—Para, para...

—No.

—Es que me voy a correr si sigues…

Adrien no le hizo ni caso, satisfecho de escuchar aquello. Sintió en su mano un líquido caliente y un gemido de placer muy intenso por parte de Lorena, que estaba teniendo un orgasmo.

—¡Qué vergüenza! Idiota… —Jadeó creyendo que se le había escapado un poco de orín.

Adrien sacó el dedo y lo lamió ante su estupefacción.

—Has eyaculado…

—¿Qué?

—*Shhh…* —La acalló con un beso—. Me toca —demandó él, quitándose la camisa.

—¡Espera! —Lo detuvo a tiempo—. Me pone loquísima que lleves la ropa…

Se arrodilló a su lado en la cama y le desabotonó la prenda solo un poco, dejando entrever su pecho velludo. Deslizó los dedos hasta el pantalón, desabrochándolo.

Él la miró de forma fija a los ojos, a los labios, a la cara, suspirando al sentir sus manos en su sexo caliente.

La besó con intensidad, deslizando los labios por su cuello terminando de desvestirla para tenerla desnuda entre sus brazos. Lorena se puso a horcajadas sobre él para que la penetrara y se movió arriba y abajo, frotándose contra esa ropa a medio quitar que tanto la excitaba sentir.

Él la sujetó por las caderas y las nalgas, envistiendo con cadencia, lentamente.

—Lo estaba deseando en esta posición… —confesó Adrien, de forma entrecortada—. Qué culo tienes… —Le apretó las nalgas con fuerza—. Hasta tus estrías me excitan.

Lorena fue incapaz de no reírse al escucharle tan desinhibido. Él también lo hizo, sin poder evitarlo. Pero las risas se fueron convirtiendo en gemidos placenteros por parte de ambos y la cadencia de la penetración aumentó.

Ella también se movió para darle más gusto, hasta que Adrien no pudo ni quiso aguantarse y eyaculó en su interior, empujando varias veces en el proceso, con fuerza.

Sin salir de Lorena la abrazó por la cintura, recobrando el aliento.

Se quedaron tumbados de lado y respiraron con agitación hasta recuperarse, mientras él le acariciaba el cabello.

—Me encantas… —susurró él—. Eres tan bonita… Me gusta tanto darte placer…

—Sabía que las mujeres eyaculábamos, pero jamás pensé que me fuera a pasar...

—Tu capacidad multiorgásmica me llevó a mirar Internet y llegué a la eyaculación femenina, cosa que ignoraba totalmente. Las multiorgásmicas sois más proclives...

—Y te propusiste conseguirlo…

—Sí, pero te me fuiste a Francia… —dijo, con tristeza.

—Ya no me iré más… Nunca…

Lorena sonrió, dándole cuidadosos besitos en el pómulo hinchado.

—Necesito que esta vez tengas paciencia porque colgar los hábitos es muy complicado… ¿Me lo prometes? Tienes que permitir que lo haga a mi ritmo, y debemos ser discretos. Es lo único que te pido. Nada más…

Lorena asintió, feliz como estaba de tenerle entre los brazos.

Después, con mucha ternura, le despojó de toda la ropa y ambos se metieron en la cama, tapándose por el frío.

—¿Sabes lo mucho que he llegado a echar de menos de ti? —preguntó él. Lorena negó con la cabeza—. Esos pies fríos que tienes…

Adrien se echó a reír mientras Lorena lo fastidiaba con ellos y él acababa por taparlos con los suyos.

—Te amo, Adrien… Creo que somos perfectos el uno para el otro… Porque yo también echaba de menos tus pies calientes…

—Le he hablado a mi hermano Jean de ti… Él me dijo que mantuviéramos una conversación como personas civilizadas.

—Y eso hemos hecho, ¿no?

—Quiero tener una familia contigo, como la que él tiene —confesó Adrien.

El rostro de Lorena se marchitó un poco.

—Ya sabes que soy estéril…

—No me importa adoptar, si tú quieres…

Lorena se echó a llorar de dicha y asintió, abrazándose más a él.

Adrien estaba estremecido de felicidad. Había tomado la decisión correcta eligiéndola a ella.

Los caminos de Dios eran inescrutables.

Lorena lo llamó destino.

†

Ella se despertó con Adrien pegado a uno de sus pechos. Sonrió para sí, porque siempre hacía lo mismo.

—*Shhh*... Adrien... —Lo besó en la nariz repetidas veces, y en la boca.

—No quiero... —murmuró él, estrechándola contra sí y suspirando.

—Tenemos que ir a la comisaría con la grabación... —Le recordó.

—Espera un poco... —gimoteó, mirándola con los ojos llenos de legañas.

Lorena se las limpió con cuidado, para luego besarle de nuevo en la cara, sobre todo en el feo golpe que tenía.

Él se le puso encima con la intención de tener sexo.

—¿Qué haces? —Se echó a reír.

—¿A ti qué te parece? —La besó en el cuello, donde a ella más le gustaba, arrancándole un gemido de placer.

—¿No tuviste bastante anoche? —jadeó al sentir su duro sexo contra el clítoris, frotándose.

—Nunca tengo suficiente. Me pasaría las veinticuatro horas del día retozando contigo.

Adrien atrapó sus labios para que se callase, y no los soltó en ningún momento. La penetró casi con desesperación, pero sin ser brusco después.

—El mejor sexo es con alguien que amas y te ama... —susurró ella—. Y yo te amo...

Adrien, sin detener sus movimientos, la miró intensamente a los ojos. Lorena pensó en que jamás nadie la había mirado así.

—Y yo a ti...

Él hundió el rostro en su cuello y la abrazó con fuerza, sin parar de penetrarla. Lorena lo rodeó con sus brazos y piernas, dejándose llevar por el intenso placer que aquel hombre le proporcionaba con su cuerpo y su alma.

†

La jornada se fue sucediendo sin grandes alteraciones. Adrien y Lorena quedaron en acudir a comisaría a la hora de la comida para que escucharan cómo Lorenzo había admitido lo de Rocío.

Este no acudió al trabajo, como era de esperar, así que Adrien aprovechó para hacer una reunión con la mayoría del personal, y las monjas, en la sala de actos.

Cuando estuvieron todos sentados se dirigió a ellos:

—Ayer perdí los papeles y quiero pediros disculpas por mi impulsivo comportamiento... La muerte de Rocío me afectó muchísimo… —Hizo una breve pausa—. La acusación que hice sobre Lorenzo fue tras investigar una serie de cosas que… Bueno, de las que no puedo hablar porque ahora las pruebas están en manos de la policía. Pero son cosas muy serias, lo suficiente como para que se abra una investigación al respecto… Así que ruego a todos que no se hable de ello fuera del colegio y que se colabore con los agentes que vengan a tomarnos declaración durante estos días.

Nadie dijo nada, hubo un silencio casi sepulcral.

—Muchas gracias y podéis seguir con vuestro trabajo.

Lorena se quedó sentada en su butaca mientras la Madre Superiora hablaba en privado con Adrien y los demás abandonaban el lugar entre susurros.

Le saltó el busca: estaban llamando a la puerta de servicio, por lo que se levantó y corrió hacia allí.

Lorena vio por la cámara a dos agentes de la Policía Nacional.

—Buenos días. ¿Está Adrien Calderón Lefevre? —preguntaron cuando la bedel les dejó pasar.

—Sí, acompáñenme, por favor.

Los dos serios agentes la siguieron sin decir una palabra. Lorena no vio nada raro en su presencia porque ya sabía que tenían que investigar.

—Está allí. —Les indicó con el dedo manteniendo la distancia para no molestar.

Los agentes se acercaron y le pidieron a la Madre Superiora que se sentara, ayudándola.

Tras decirle unas palabras al sacerdote, uno de los policías lo asió del brazo sin ningún tipo de violencia, con tranquilidad, y lo dirigió hacia la salida.

—¡Qué pasa! —preguntó Lorena, alarmada.

—Dile a doña Herminia que llame al abogado del obispado —le dijo al pasar, aparentemente tranquilo—. No te preocupes.

Pero Lorena sabía que estaba pasando algo inesperado y malo.

Todo el mundo se congregó en la puerta, intentando ver qué sucedía, cuando subieron a Adrien al furgón de atestados y partieron.

Lorena corrió de vuelta a la sala de actos, donde la Madre Superiora se abanicaba y Sor María le tomaba la tensión.

—¿Se lo han llevado? —exclamó la horonda mujer.

—Sí, pero no entiendo por qué… ¡Por favor, dígamelo!

La Madre Superiora se dispuso a hacer la pertinente llamada al abogado.

—Váyase a hacer su trabajo, señorita Pérez, esto no es de su incumbencia —la despachó y Sor María le hizo un gesto instándola a acatar órdenes, por el bien de todo el mundo.

Lorena, con tal de tener la fiesta en paz, se retiró e hizo una llamada:

—Papá, ¿aún tienes ese amigo en la Policía Nacional? —le preguntó a bocajarro, sin más.

—Sí. ¿Por qué? ¿Qué pasa?

—Necesito que averigües por qué se han llevado a Adrien a la comisaria en el furgón de atestados. Y que vengas a por mí, ahora.

—Vale, vale. Me pongo a ello. Tú espérame en la puerta principal.

†

Cuando el Seat Ibiza de su padre apareció por la calle, y se detuvo en doble fila, Lorena se subió en un estado de nerviosismo evidente.

—¿Has podido hablar con ese señor? —inquirió agarrándose a la chaqueta de pana de José.

Este tenía mala cara, de hecho.

—Sí, he hablado con él…

—Dime lo que sepas, papá —rogó mientras se colocaba el cinturón de seguridad del copiloto y José se ponía en marcha.

—Pues resulta que Lorenzo está… muerto —respondió con crudeza.

—¿Cómo? —Lorena palideció sintiéndose fatal de pronto, angustiada.

—Su madre lo ha encontrado muerto esta mañana en su piso, con signos de extrema violencia, por lo que se considera asesinato con ensañamiento. No me ha dado más explicación al respecto porque es secreto de sumario.

—¿Y por qué se han llevado a Adrien? No lo entiendo.

—Porque es sospechoso ya que ayer lo amenazó de muerte...

—No puede ser, él no ha sido. ¡Él no ha sido! —gritó con histerismo.

—Estoy seguro de que no, pero la policía ha de hacer su trabajo e investigar ya que Lorenzo le puso una denuncia.

—Llévame a la comisaría, por favor —rogó agarrándolo de la chaqueta con fuerza, de nuevo.

—¿Para qué? ¿Sabes algo?

—¡¡Llévame!! —gritó histérica.

José la acercó sin rechistar y ella se bajó a trompicones hasta la entrada de las comandancias, donde tuvo que enseñar el DNI y explicar la razón de su visita. El policía que la atendió llamó de inmediato a un compañero que salió a por ella y la condujo al interior.

—Tengo pruebas de que Adrien no ha sido, y también una conversación grabada de Lorenzo. Por favor, haga algo… —gimió con desesperación.

—El comisario está ahora con el sospechoso y su abogado, así que tendrá que esperar aquí.

La dejó en una sala mientras otras personas la miraban con extrañeza ya que no tenía buen aspecto.

Tuvo que soportar la demora con el estómago encogido de puros nervios. Apareció su padre y se sentó con ella, pasándole el brazo por los hombros.

—¿Qué te han dicho?

—Nada, nada de nada. Solo que me espere aquí… —Se puso a sollozar en el hombro de José.

—Hija, perdóname, pero no comprendo qué pasa… ¿Me lo vas a decir?

—Le quiero, papá. A Adrien, le quiero… —reveló entre un mar de lágrimas.

José se quedó atónito y la miró. No pudo aclarar aquel descubrimiento ya que la Madre Superiora también apareció en la salita y se los quedó mirando a ambos con cara de sorpresa.

Lorena salió disparada hacia ella.

—¿Qué hace usted aquí, señorita Pérez?

—¿Qué ha pasado? Dígame algo, se lo pido por favor.

La mujer dudó un momento, pero se lo contó al ver que estaba José también y con él siempre había tenido un trato cordial.

—El padre Adrien está siendo investigado por el asesinato Lorenzo, ya que no tiene coartada. Obviamente es un malentendido…

—Necesito hablar con el abogado —rogó con desesperación.

—¿Para qué? —Se puso en guardia.

—Por favor, se lo ruego. Es muy importante.

El policía que había atendido a Lorena entró a buscarla y la monja aprovechó para acompañarlos.

Herminia le comentó al agente la situación y al final se permitió a Lorena entrar en una antesala, acompañada de la benedictina.

El letrado, también sacerdote, apareció por la puerta y se pronunció:

—Me han dicho que esta señorita tiene pruebas de que el padre Adrien no ha sido el autor de los hechos y de una conversación grabada con el difunto profesor.

—¡Así es, padre! —Lorena se puso en pie—. Me gustaría poder hablar al respecto con el comisario.

El letrado comentó algo con el policía y este los acompañó a los tres hasta la sala de interrogatorios, donde Adrien estaba sentado en un lado de la mesa y el comisario en el otro.

—¿Qué haces aquí, Lorena? —preguntó Adrien al verla, perplejo.

—Quiere hablar con el comisario sobre el sospechoso y sobre la víctima ya que cuenta con información importante —hizo saber el agente de la policía nacional.

El jefe se levantó y se acercó a ella, que temblaba como una hoja.

—Lorena, no digas nada —demandó Adrien en tono imperativo.

Ella dudó un instante, al ver sus ojos azules observarla de aquella forma suplicante.

—Si tiene algo que decir, hágalo ya —pidió el comisario—. Está usted obligada a hacerlo y se le tomará declaración.

Lorena miró a Adrien, que le devolvió una mirada cargada de dolor.

—Yo soy la coartada del padre Adrien —habló por fin.

Este dejó caer la cabeza entre las manos, muerto de vergüenza.

—Estuvimos juntos —añadió ella—, desde las doce de la noche hasta las siete y media de la mañana.

Los presentes se quedaron patidifusos.

—¿Qué quiere usted decir con eso, señorita? —preguntó el comisario.

—Que… estuvimos durmiendo juntos en la rectoría —balbució.

—¿Insinúa que mantienen una relación de índole sexual? —indagó más su interlocutor.

—No lo insinúo, lo afirmo.

Adrien siguió escondido en sí mismo y no abrió la boca, no pudo si quiera articular palabra.

A la Madre Superiora le dio un síncope.

—P-padre… No puede ser. Dígame que no ha… —susurró la señora.

Adrien asintió en silencio sin atreverse a mirarla a la cara.

—Necesito salir de este lugar… —demandó Herminia, acalorada. El policía la acompañó.

El abogado fue más pragmático y se sobrepuso a la decepción inicial.

—Mi cliente ya tiene coartada, comisario —dijo—. Eso, más la conversación con su hermano, y el testimonio de nuestra pobre Madre

Superiora de que el padre Adrien llegó sobre las once y cuarto de la noche al colegio, directo desde aquí tras hablar con usted…

—¿Y cómo sé que no miente la señorita? —El jefe de la comisaría miró a Lorena.

Esta se sacó el teléfono del bolsillo y lo puso sobre la mesa.

—Anoche, a esa misma hora que comentan, yo estaba en casa de Lorenzo. La policía tuvo que vernos, porque le estuve esperando en el portal cuando lo dejaron delante. Grabé, sin que él lo supiera, una conversación donde me reconoció que había mantenido relaciones con Rocío… Ahí la tienen… —Señaló su teléfono.

Adrien siguió sin levantar el cuerpo de la mesa.

—¿Y qué hizo después?

—Llamé a un taxi que me recogió en el mismo portal, y me llevó al colegio. Entonces fui a ver a Adrien a la rectoría y se lo conté. Quedamos en que, a la hora de comer, vendríamos ambos con la prueba…

El comisario sopesó sus palabras antes de hablar:

—¿Y cómo sé que no miente y le está encubriendo?

—Me pueden hacer una prueba en el hospital, y verán que he mantenido relaciones con él esta madrugada... Varias veces… Como soy estéril, no usamos protección… —añadió—. Perdóname, Adrien, no podía dejar que te culparan de algo que no has hecho… —le dijo ella.

Adrien sintió que se le saltaban las lágrimas al escucharla y se puso a sollozar profundamente avergonzado. Lorena quiso acercarse, pero un agente se la llevó al aceptar el comisario la declaración de la mujer, que luego tuvo que repetir ante un agente y firmar.

†

En el hospital le realizaron pruebas ginecológicas y sacaron muestras suficientes para concluir que había mantenido relaciones consensuadas de forma reciente. Solo tendrían que compararlas con los fluidos de Adrien.

Su padre había estado esperando durante todo el proceso, paciente e ignorante.

Llegaron a su casa cerca de las siete de la tarde, sin ánimos de nada y sin más noticias de Adrien.

José se sentó en la butaca, observando a su hija recostarse en el sofá, agotada y macilenta.

—¿Me vas a explicar ya todo lo que ha pasado? —demandó en un tono de voz un poco más duro.

Lorena asintió con la cabeza.

—Me da vergüenza, pero todo se acabará por saber… Y más vale que escuches mi versión.

—Pues adelante —la invitó a comenzar.

—Lo primero: me fui de casa porque Raúl me forzó a tener relaciones con él cuando le pedí el divorcio. Llevaba años maltratándome psicológicamente y en ese instante cruzó la raya… Así que escapé…

José miró a sus propias manos entrelazadas, asimilando la información.

—¿Por qué no nos lo contaste a tu madre y a mí en su momento? ¿Por qué no me dijiste que te había hecho eso antes de venirte?

—Por vergüenza y miedo, papá… —Lorena se puso a llorar de nuevo—. Le hice un flaco favor a las mujeres maltratadas al no denunciarlo, siendo yo una de ellas. Fue un error, lo sé.

—Te juro que, si lo vuelvo a ver, lo mataré —masculló entre dientes.

—No digas eso, papá.

—¡Eres mi hija! —bramó con indignación.

—Y tú mi única familia, así que no digas más esas cosas… —pidió.

—¿Y qué ha pasado hoy en comisaría? ¿Qué es eso de que quieres al padre Adrien?

—Tenemos una relación consensuada. Una relación de pareja —aclaró.

José se quedó boquiabierto.

—¿Me estás diciendo que te has acostado con él?

El pobre hombre no daba crédito.

—Sí, y ayer noche estábamos juntos, así que soy su coartada.

—Madre mía, qué desastre. ¡Qué despropósito! —exclamó.

—¡Nos queremos! —afirmó ella de forma rotunda, casi enfadada.

—¿Te das cuenta de que se va a enterar todo el mundo?

José dio vueltas por la casa.

—¡Y qué tiene de malo que dos adultos se amen!

—¡Que tú no pierdes nada, pero él lo pierde todo! ¡Así, sin más!

Lorena se hundió en el sofá.

—Que las cosas no se hacen así, hija, entrando en una comisaría y soltando semejante bomba. Zamora es muy pequeña y todo se sabe.

—Yo solo quería salvarlo de ser acusado del asesinato de Lorenzo.

—Podrías haber hecho todo esto de forma discreta.

—¡Vale! La he jodido, ya está. Lo siento —admitió, hundida.

Su padre se puso al lado y la abrazó, dejando que su hija se desahogara.

Lorena pensó en cómo debía sentirse Adrien en aquellos momentos; solo y descubierto.

No pudo dormir en toda la noche, allí tumbada en el sofá, pensando en él y en que deseaba abrazarlo y decirle que todo saldría bien.

Pero ni ella misma lo creyó.

CAPÍTULO 17

Adrien se quedó sentado en el sofá de su casa en la rectoría, tras haber vuelto de las comandancias policiales.

El abogado estaba delante de él, mirándolo con reproche.

—Entonces —comenzó el letrado—, te has acostado con esa mujer.

—Sí, ya he admitido que sí —contestó sin dar más explicación.

—¿Por qué has cedido así ante sus insinuaciones? —le preguntó en tono duro y de reproche.

—¿Por qué da por hecho que la culpable ha sido ella? Yo también formaba parte de todo —respondió ofuscado.

—Algo haría la señorita —continuó insistiendo—. Ser una descarada o qué sé yo.

—Enamorarse de mí, como yo de ella —masculló, indignado.

—¿Tú estás seguro de esa afirmación? Porque es fácil ceder ante los deseos sexuales cuando la atracción es tan fuerte.

—¡Sí! —ratificó—. Estamos enamorados y somos los dos más que adultos para distinguir un calentón de unos sentimientos sinceros.

—Ahora mismo es necesario alejarte de Zamora. Es mejor que te vuelvas a Madrid. Esto es imposible de tapar, así que pon tierra de por medio entre esa chica y tú.

—¡No! —se negó en rotundo.

El abogado se llevó las manos a su calva cabeza.

—Estás fuera de la investigación por asesinato de ese… ese hombre. El excelentísimo obispo ya me ha dicho que te vuelves a Madrid. El padre Bernardo pasará, por ahora, a ser el director de la escuela. No es que te lo esté recomendando, es que sigues perteneciendo al clero y se te ordena que vuelvas a Madrid. ¿Lo entiendes mejor así?

—Sí… —claudicó de forma momentánea.

—Y nos vamos ahora mismo, así que haz la maleta y recoge tus pertenencias más indispensables. Lo demás ya te lo mandará el padre Bernardo cuando estés asentado en casa de tus padres.

Adrien tragó saliva.

No podía hacer otra cosa por el momento.

†

Pasaron dos largos días sin que Lorena supiera nada de Adrien, desesperada.

José se encargó de recoger las cosas de su hija y a Umbra, ya que la Madre Superiora no permitió entrar en el colegio a la hija del antiguo bedel.

La policía llamó a José para informar de que ya tenían sus pruebas ginecológicas, y que el móvil de Lorena pasaba también a ser una prueba por decreto del juez, así que lo perdió para siempre y tuvo que comprar otro y solicitar un número nuevo.

Presa de la desesperación por no poder contactar con el sacerdote, acudió al colegio el tercer día pese a las quejas de su padre. Ella sabía que no era buena idea, pero necesitaba saber algo de Adrien.

Llamó a la puerta auxiliar y le abrió una de las monjas: Sor María.

—¿Qué necesita, señorita Pérez? ¿Se dejó algo su padre?

—Querría saber si el padre Adrien está bien —balbució.

—Actualmente no se encuentra aquí, y no se me permite decirle más. Órdenes de la Madre Superiora y del nuevo director, el padre Bernardo.

La mujer pareció realmente triste, en el fondo le daban pena los dos: Adrien y Lorena.

—¿Y no podría el padre Bernardo concederme unos minutos?

—Espere un momento —dijo antes de cerrar la puerta.

Permaneció de pie con paciencia y la puerta volvió a abrirse. Allí estaba el padre Bernardo, mirándola con condescendencia.

—Él se encuentra bien… —le comentó.

—¿Pero dónde está? Por favor… —gimoteó con los ojos llorosos.

—Compréndalo, no le puedo dar esa información, señorita Pérez. No es mi deseo ser cruel con usted, ni con mi amigo, pero tengo prohibido decírselo.

—Le quiero de veras, y él a mí…

Bernardo bajó la mirada y negó con la cabeza, mordiéndose el labio. No le gustaba ver sufrir a los demás de ese modo.

—Lo siento…

Lorena, agradecida al menos por aquello, se dio la vuelta y caminó con el ánimo por los suelos. Tuvo que marcharse sin una respuesta satisfactoria y un nudo en el estómago que no la dejó probar bocado.

Compró el periódico para su padre, de camino a casa. *La Opinión de Zamora* se había hecho eco de la brutal muerte de Lorenzo. Le habían dado una paliza y apuñalado tres veces. Lorena era incapaz de entender qué había pasado, quién podría haber hecho algo semejante. ¿Alguien que odiaba a los abusadores? Hiciese lo que hiciese, no se merecía morir de esa manera y la mujer sintió lástima.

La investigación seguía su curso. Nada más supo al respecto.

Unas horas después, mientras Lorena abrazaba a Umbra, porque nada más podía hacer, Sor Sofía llamó a José y este le pasó el teléfono a su hija.

—Ya me he enterado de que has venido a preguntar por el padre. Te estuve llamando, pero no me lo cogías.

—Mi móvil se lo ha quedado la policía, como prueba. Así que perdí todos los contactos y no la pude llamar a usted tampoco. Suerte que tiene el número de mi padre.

—Sí, lo he sacado de la base de datos, sin que el padre Bernardo se entere. Ya sabes cómo soy yo para estas cosas.

—Cuénteme algo, se lo suplico… —gimió Lorena.

—El padre Adrien ahora mismo no está aquí, eso es cierto. Aún sigue la investigación, aunque ya no es el principal sospechoso.

—¿Se ha enterado todo el mundo de lo nuestro?

—Es algo difícil de esconder, incluso para la Iglesia… Así que sí.

—Lo he metido en un lío, ¿verdad?

- No te voy a engañar; lo han obligado a volver a Madrid y le habrán confiscado el teléfono.

—Gracias, Sor Sofía. No la quiero meter en un aprieto.

—Cuando sepa más me pondré en contacto de nuevo.

Y aquello fue todo lo que Lorena consiguió averiguar.

†

Llegó el día en el que Lorena comenzó a trabajar en el gabinete de psicología, tanto con adultos como con adolescentes.

Allí hizo buenas migas con sus tres compañeros, dos mujeres y un hombre, además de la agradable recepcionista. Pero, en cuanto acababa su horario, era ella la necesitada de terapia urgente para afrontar que, tras una semana, Adrien no se había puesto en contacto con ella.

—Eso es muy raro —le dijo Pili en una ocasión en la que quedaron en la cafetería Dulce.

—No sé qué pensar. Creo que está enfadado conmigo porque revelé nuestra relación sin consultarle. O bien la Iglesia lo retiene.

—La Iglesia no puede retenerlo, Lorena… —Pili cogió su mano y la apretó—. Es un hombre adulto…

—Ya… ¿Y qué hago? No sé dónde está para hablar y aclarar las cosas entre nosotros.

—Tener un poco de paciencia. Poco más puedes hacer ahora mismo.

—Por suerte Raúl me ha dejado en paz. Me ha dicho mi abogado que anda revisando los papeles del divorcio con el que le representa a él. Seguro que es para joderme y retrasarlo todo lo posible, pero...

—Mejor eso que nada. Ese cabrón ya no está en Zamora, puedes caminar libre sin miedo. Y que una mujer maltratada pueda afirmar eso... No tiene precio, maja.

—Lo sé, es lo único que me tranquiliza.

—¿El trabajo lo llevas bien? —Cambió de tema.

—Al menos sí, me encanta, me siento realizada a nivel profesional. Estoy tratando a un niño con problemas de TDAH, que viene de parte de un centro de psiquiatría. Y también a una mujer que, como yo, ha sufrido abusos de su exmarido. Terapia mutua...

—Amiga, qué feliz me hace que al menos eso te ayude a ti también.

Pero Lorena sintió que se le llenaban los ojos de lágrimas.

—Echo de menos a Adrien... Me dijo que formaríamos una familia, y que adoptaríamos ya que no puedo tener hijos. Y, de pronto, no tengo nada... Me lo han quitado todo, la maldita Iglesia me lo ha arrebatado.

—No es culpa de la Iglesia, sino de las personas que la conforman. También hay buena gente, mira a esa monja: Sor Sofía...

Pili la asió de la mano y la apretó con fuerza, intentando insuflarle ánimos.

—Ya lo sé... Pero no puedo evitar tener que echar la culpa a alguien o a algo... A pesar de que sé que fue por mi falta de tacto, mi nerviosismo y mi impulsividad...

—Tú solo querías salvarlo de una condena injusta. Confío en que todo se arreglará, maja.

—Ojalá Dios te oiga... —sonrió al escucharse decir algo así.

†

En algunas ocasiones escribía a Sor Sofía, que le informaba habitualmente de todo cambio en el colegio. Le dijo, de forma clara, que Adrien no volvería, que Bernardo ya se encargaba de todo y estaba siguiendo la línea de Adrien de tener muy en cuenta las necesidades de las alumnas a nivel psicológico.

Una tarde que estaba sola en casa, pues su padre salió a merendar con unos amigos jubilados, se puso a sollozar con desesperación. Fue consciente de que lo suyo con Adrien estaba perdido, que él no volvería, que nada quería saber de ella y que tendría que olvidarlo. Se rompió por dentro al admitírselo a sí misma.

No encontraba otra explicación de por qué él no se ponía en contacto con ella de ninguna forma.

Nunca fue una relación real, con futuro. Por mucho que las ilusiones de aquellos maravillosos momentos los hicieran olvidar la realidad de lo que les rodeaba.

Se sintió impotente, vacía, sola. Solo pudo volcarse en su trabajo.

Una mañana, tras la sesión con una paciente, la llamaron del hospital con relación a las pruebas que le realizaron para la policía. La citaron para el día siguiente, tranquilizándola para que no pensara que habían encontrado algo malo en la citología.

Acudió a la cita, rodeada de mujeres embarazadas en distintas etapas de gestación, y de otras que iban a hacerse chequeos.

—Señorita Pérez —llamó la enfermera.

—Soy yo. —Se levantó y la siguió por un estrecho pasillo con diferentes puertas.

—Entre, por favor…

En la consulta la saludó la ginecóloga.

—Soy la doctora Laura Gómez. ¿Me recuerda?

—Sí, por supuesto. Fue muy amable conmigo.

—No se preocupe, no se ponga nerviosa. Está usted perfectamente sana, no hemos encontrado nada raro o sospechoso. La llamo ahora porque el juez me ha permitido revelarle algo sumamente importante para usted.

Lorena se sintió descolocada, sin comprender.

—Está usted gestando.

—¿Qué? —No dio crédito, tenía que haber un error.

—Está embarazada —repitió.

—¿Cómo voy a estar embarazada si soy estéril? —replicó.

—No es estéril en absoluto. ¿Por qué cree eso?

—Porque lo intenté durante años con mi exmarido, incluso me sometí a tratamientos de fertilidad… —Lorena pestañeó.

—Nada me hace pensar que sea estéril. ¿O acaso ha tenido una pérdida durante este tiempo? ¿Ha tenido algún aborto en su vida?

—N-no… De hecho… No me ha bajado el periodo… —Cayó en la cuenta—. Desde que me hice tratamientos de fertilidad se volvió inestable, así que no le di mucha importancia…

—Vamos a realizarle una ecografía ahora mismo.

Lorena se tumbó sobre la camilla y sintió el frío gel sobre su vientre. La doctora Gómez le fue deslizando la sonda sin decir nada, solo apretando y tomando capturas en silencio. Cuando lo tuvo claro sonrió.

—¿Lo ve? Está ahí…

Le señaló una pequeña forma que le pareció un cacahuete a Lorena.

—Yo diría que está de unas seis semanas, porque ya se escucha el corazón. Quería que lo viera por sí misma, ya que parece tan incrédula. Desde luego los análisis son irrefutables, pero la ecografía indica que el embrión sigue adelante.

Lorena se quedó mirando la pantalla, con lágrimas en los ojos al ser consciente de que era real.

—Los médicos me aseguraron que…

—No le puedo dar explicación a eso. Ahora le daré unas recomendaciones para que se cuide hasta la próxima cita.

Lorena se limpió la tripa, colocó bien la camiseta y escuchó atentamente todo lo que la doctora le explicó.

Salió del hospital caminando de forma errática, hasta sentarse en un banco. Llamó a Pili por inercia.

—Dime, maja. ¿Quedamos hoy al final?

—Pili… Estoy embarazada —musitó.

—¿Cómo? ¿Pero no eras estéril? —preguntó con sorpresa.

—Creo que… Creo que Raúl me estuvo engañando y que el estéril es él…

—¡Será hijo de puta! —la escuchó bramar al otro lado.

—Me hizo creer muchas cosas para controlarme… Ahora entiendo… Entiendo que no sirvieran para nada todas las sesiones de fertilidad y los dolorosos tratamientos a los que me tuve que someter. ¡Debió de pagar a los médicos para que me mintieran!

—Pero ¿con Adrien no usaste protección?

—No… Porque pensaba que no me podía quedar embarazada.

—¿Y no te extrañó que la regla no te bajase? —Pili estaba incrédula.

—Creí que se trataba de un desajuste hormonal por el estrés. También he estado sufriendo náuseas y me desmayé… Porque ya estaba encinta. Parece ser que estoy de unas seis semanas…

—Madre mía, maja. Estoy flipando.

—Yo también…

—Pues se lo tienes que decir a Adrien.

—Ya sabes que no sé dónde está.

—Menudo marrón, Lorena. No sé si felicitarte, o todo lo contrario.

—Ahora mismo, yo tampoco.

Pensó en Raúl y su engaño. Quedó claro que fue para esconder su propia infertilidad y que ella no le dejase. Además, así pareció que renunciaba a tener progenie aunque ella fuera la infértil.

Un grandísimo hijo de putero.

Cuando llegó el momento de decírselo a su padre no fue tan traumático, pues habían pasado tres días donde pudo ir asimilando la situación.

—Papá, vas a ser abuelito…

—Más gatos no, con Umbra tengo suficiente —dijo con la gata sobre el regazo, ronroneando como si no fuese el tema con ella.

Lorena negó con la cabeza.

—Estoy embarazada de Adrien.

José se quedó casi en coma, sin decir palabra y con la vista fija en ella. Luego bajó los ojos hacia la tripa de su hija y de nuevo volvió a su rostro, intentando averiguar si le estaba tomando el pelo. Pero su hija no haría bromas con algo semejante.

—¿Papá?

De pronto se puso a sollozar como un niño.

—¡Papá! —Se sentó a su lado y le pasó el brazo por los convulsos hombros.

—Pensé que nunca podrías…

—Resulta que sí, y está todo bien por ahora. Ya le late hasta el corazoncito… Mira, la eco.

Sacó de un sobre la imagen impresa. José no distinguió nada, pero lloró con más intensidad.

—Voy a ser abuelo. Oh, Dios mío. Hija, yo te ayudaré a criarlo, no te preocupes —dijo súper emocionado.

—Siento que todo esto haya pasado así…

—No importa, no importa. Oh, qué bien… Lo contenta que estaría tu madre.

Al menos, la reacción de su padre alivió el peso que llevaba Lorena encima.

Lo siguiente; conseguir encontrar a Adrien y decírselo.

†

El sacerdote ya llevaba casi tres semanas en casa de sus padres, que fue el peor castigo que el destino, o Dios, le había podido imponer.

La lujosa vivienda estaba ubicada en la exclusiva urbanización La Moraleja, perteneciente a la localidad de Alcobendas y cercana al aeropuerto.

Su madre, Apolline, le tenía aplicado el tercer grado mientras que su padre no se pronunciaba al respecto de todo lo sucedido en Zamora. Ambos eran conscientes de su hijo había mantenido una relación con la bedel del colegio, la cual recordaba Apolline como una chica de mediana estatura y muy normalita. Hasta en eso se había tenido que equivocar su hijo. Sus gustos eran pésimos.

—*Où vas-tu?* —le preguntó a Adrien cuando este pasó por delante de la salita de abajo, directo hacia la puerta de salida.

Adrien reculó, hastiado, y entró en la estancia donde también estaba su padre Alfonso.

—A ver al padre Bernardo, que ha venido desde Zamora hasta la Archidiócesis —contestó a su madre, tras el escrutinio de esta.

No podía salir de casa sin ser prejuzgado constantemente.

—Bien. Te esperamos para cenar, así que no te retrases. Y saluda al padre Bernardo, que es un encanto. Deberías fijarte más en él para ser un buen cura —le respondió en español al estar su esposo presente.

Adrien bufó y salió dando un portazo, como un adolescente en plena edad del pavo.

—Apolline, déjalo tranquilo, tiene casi cuarenta años —la reprendió Alfonso.

—¿Que lo deje tranquilo después de lo que ha hecho? —le miró incrédula—. Me pasma que te dé todo igual.

—No me da igual, solo que debes dejar que elija su propio camino.

—¡Ya lo eligió hace veinte años cuando quiso entrar en el seminario! —exclamó—. Mira, me voy al Club a jugar al *bridge* hoy, no tengo ganas de discutir contigo.

Alfonso continuó con su iPad, leyendo la prensa por Internet, y suspirando de hartura.

†

Tras lo sucedido, Adrien prácticamente se vio obligado a retomar el camino de Dios, siendo inscrito en un programa especial para sacerdotes «descarriados» como él.

En el obispado se le juzgó severamente, y en todas las ocasiones tuvo que defender a Lorena, aguantándose la rabia por semejante machismo generalizado. Se le dio la oportunidad de seguir, mientras no volviera a acercarse a ella, ni a ninguna otra mujer, invitándolo a quedarse en casa de sus padres una temporada y acudir a la Archidiócesis de Madrid cada día, para limpiar su alma de pensamientos impuros.

Lo que no pudieron hacer fue que dejara de amar a Lorena con todo su ser y pensar en que ella estaría sufriendo lo indecible también.

Tuvo que resignarse de forma momentánea.

Tras llegar a la sede de la Iglesia en la capital fue recibido directamente por Bernardo, que le dio la mano con efusividad.

—¿Cómo estás? —indagó.

Adrien movió los hombros en señal de desidia.

—Bajo control policial materno —bufó—. Me ha dejado salir contigo, porque eres mi amiguito —dijo con sarcasmo.

—Bueno, si no le hubieras dado unas razones tan poderosas para sospechar de ti…

Adrien le dedicó una mirada furibunda. Fue a preguntarle lo de siempre y Bernardo le detuvo con la mano en alto.

—Solo te voy a decir que trabaja de psicóloga y está bien —dijo, circunspecto.

—No dejo de pensar en Lorena —gimió.

Bernardo lo apartó a un lado y le habló con discreción.

—¿No te das cuenta de que esto es enfermizo para ti? No puedes estar con ella. Tienes que olvidarte como sea, que para eso te han apuntado en el curso… ¡Te han dado otra oportunidad porque saben que eres un buen sacerdote! Aprovéchala.

Adrien apretó la mandíbula.

—Lo sé… —musitó.

—¿Vamos a tomar un café y te cuento un poco cómo va el colegio? Me gustaría pedirte consejo con algunas cosas.

Adrien se animó un poco y asintió.

†

En Zamora, Lorena pidió a Sor Sofía reunirse con ella en persona. Fue la única opción que tuvo para poder ponerse en contacto con Adrien, el último intento.

Pasearon por los jardines del castillo, donde habían quedado, lejos del colegio. Lorena cogió a la monja por las enjutas manos y la miró con ojos lacrimosos.

—Sor Sofía, tengo algo importantísimo que comunicarle a Adrien. Esperamos un hijo…

La mujer la miró, sin sorprenderse un ápice.

—Teníais que haber tomado precauciones —la regañó, pero sin soltarle las manos—. Pero un bebé es siempre un milagro de Dios.

—Mi ex me engañó hace años sobre mi fecundidad. Me hizo creer que yo era estéril… Entonces no vi necesario tomar esas precauciones con Adrien. Lo justo es que sepa de mi boca que va a ser padre. No le pido que deje el sacerdocio, ni que lo críe… Pero, al menos, que lo sepa y decida hasta qué grado desea implicarse.

—Me encargaré de averiguar dónde se encuentra. Déjalo en mis manos.

Le puso la palma en el vientre y sonrió.

—Gracias, Sor Sofía.

La monja rezó mucho aquella noche para que todo saliera bien.

†

Pasaron solo tres días antes de que la benedictina llamase a Lorena y le diera información:

—Se lo he sonsacado a la Madre Superiora —echó unas risillas—. Porque le propuse hacer dulces zamoranos y enviárselos. Y como tiene debilidad por él, cayó como una tonta en el engaño.

—Es usted una loquilla —dijo Lorena en tono de alegría—. ¿Dónde está? —preguntó, ansiosa.

—En casa de sus padres, en La Moraleja. Pero se los van a mandar a la Archidiócesis. Por lo visto tienen un programa para sacerdotes especiales… Y ya no sé más. Te mando la dirección de la Archidiócesis, aunque es muy fácil de encontrar.

Lorena se mareó solo de pensar en volver a La Moraleja, de donde había salido pitando. Sabía que la madre de Adrien le sonaba. Habían vivido en la misma urbanización.

La mujer suspiró con desesperanza. Adrien era lo suficientemente adulto como para saber lo que quería hacer con su vida. Si estaba en un programa para reconducir su fe, entonces poco podía hacer ya al respecto.

Durante unos días estuvo dudando si ir o no a Madrid, si volver a darle otra vuelta a su vida o si dejarlo tranquilo. Finalmente decidió lo primero, porque Adrien se merecía saber que iba a ser padre si todo iba bien.

Solicitó unos días libres en el trabajo, alegando que tenía que ir a una clínica madrileña por el tema de su embarazo, y partió hacia la capital en tren.

Durante el trayecto recordó, con lágrimas en los ojos, todo lo acontecido con Adrien. Había resultado hermoso sentirse amada de veras, de forma tan plena. Y que de aquel amor hubiera empezado a germinar un fruto tan dulce y bonito dentro de ella.

Lorena se sintió más estúpida que nunca y más cabreada consigo misma. Además de desesperada por recuperar a aquel maravilloso hombre que había tenido la gran suerte de que se cruzara en su vida.

No pudo evitar sentir un poco de esperanza. Tal vez, si conseguía contarle todo, si le expresaba sus sentimientos, él recapacitaría.

Un poco más animada se bajó del tren en la estación de Madrid-Chamartín y dejó sus cosas en el hotelito donde se hospedaba, tras coger el metro, cerca de la Plaza del Sol.

Desayunó y se encaminó hacia donde, se suponía, podría encontrarse Adrien, que no estaba muy lejos de allí.

La Catedral de la Almudena, de estilo neoclásico en su exterior, era la sede de la archidiócesis e impresionaba mucho por su gran tamaño.

Entró a través de las enormes columnas, tras subir bastantes escalones, y habló con la persona de la recepción, pero sin cita previa no se podía pasar.

Dejó un mensaje para Adrien y rezó para que este lo recibiera.

†

La misiva llegó a Adrien aquella misma tarde, aunque al principio no supieron decirle de quién era, solo que de una mujer morena.

Lo abrió con las manos temblorosas para poder leerla:

«Te espero delante del Oso y el Madroño que hay en la Puerta del Sol, de cinco a ocho de la tarde. El jueves volveré a Zamora por la mañana.

Lorena»

Debajo estaba su número de teléfono, solo que él no tenía uno porque se lo habían quitado.

El hombre tragó saliva y miró el reloj. Supo que no podía llegar a tiempo, lo cual le hizo sentirse muy frustrado.

A pesar de eso caminó hasta la plaza, pero Lorena no estaba.

Buscó una cabina y no encontró ninguna, aunque tampoco llevaba dinero en metálico.

Tuvo que volver a casa y no pudo pegar ojo, debatiéndose si intentarlo al día siguiente. Allí tampoco la podía llamar porque no tenían teléfono fijo.

Así que, al día siguiente, se escapó antes de tiempo de la charla para sacerdotes como él: con problemas de fe o que habían roto alguno de los votos y querían reinsertarse.

Bajó las interminables escaleras del edificio y se dirigió hacia la famosa estatua a buen paso, casi corriendo, nervioso.

Lorena estaba allí, para su alivio, con el vestido rojo, la boina del mismo color, la chaqueta gris y más guapa que nunca.

†

La primera tarde Lorena lo esperó sin éxito. Tampoco hubo llamada de teléfono, lo que le impidió dormir tranquila, temiéndose lo peor.

Pero al día siguiente insistió en esperar, plantada como una estaca, y tras casi dos horas de agoniosa espera, Lorena vio a Adrien aparecer a lo lejos, trotando hacia ella.

El corazón le fue a mil a la mujer y sintió que se tambaleaba de los nervios.

Observó su figura erguida, su cabello oscuro con canas en las sienes y varios mechones del flequillo blanquecinos tapándole la frente, sus gafas de montura fina y sus ojos intensos.

Adrien se quedó parado delante de ella, a varios metros, dubitativo.

—Vine ayer, pero ya no estabas… —le dijo él.

—Me fui a las ocho, tras tres horas de espera…

—Te pido disculpas, no tengo libertad horaria ni teléfono. Tampoco daba por seguro que hoy estuvieras. Deseaba que no estuvieras —fue franco para su propia sorpresa.

—No hacía falta decir eso… —le tembló la voz de angustia.

—Supongo que ha sido Sor Sofía quien ha averiguado dónde me encontraba. Dale las gracias por los dulces.

—No se lo tengas en cuenta, por favor. Es muy buena persona.

Adrien asintió en silencio mientras salvaba a zancadas los metros que los separaban el uno del otro.

—Lorena, no me dejaste hacer las cosas a mi modo. Te pedí tiempo y no solo no me lo diste, sino que revelaste lo nuestro delante de las personas menos adecuadas.

—En esos momentos… En esos momentos tan solo pensaba en salvarte de la cárcel —se excusó.

—No lo pongo en duda, pero lo hiciste tan mal que... No te puedes ni imaginar la presión a la que me han sometido desde entonces. Están encima de mí cada segundo, minuto y día. Mi madre, la Iglesia… Todos.

Lorena sintió romperse algo en su interior. Se acercó unos pasos a él y este no reculó cuando lo asió por la solapa de la chaqueta negra.

Lorena rompió a llorar y Adrien a punto estuvo de perder la compostura delante de un montón de gente que paseaba por la plaza más famosa del país.

—Me rompiste el corazón aquella vez. Y, sin estar aún reparado del todo, me pusiste en evidencia. En ninguno de los dos casos se me permitió hacerlo a mi modo, ni decidir por mí mismo. Te comportaste tan egoístamente, aun pensando en que era por mi bien, que conseguiste desalentarme.

—¿Tan enfadado estás conmigo? ¿Por eso no te has puesto en contacto? —Lorena sacó un pañuelo del bolso y se sonó la nariz.

—No, ya no lo estoy… Te perdono por cometer errores. Somos humanos. Yo cometí pecados muy graves y se me ha dado una segunda oportunidad…

—¿Lo nuestro fue pecado? ¿Eso te han hecho creer? —inquirió, ofendida.

—Para una atea no lo son, para un sacerdote con votos que cumplir, sí. Te guste o no.

—¡Eres imbécil! —Se ofuscó, llorando con fuerza.

Algunos transeúntes los miraron, otros ignoraron a la pareja.

—Perdona, Adrien… No debí decir algo así. —Se limpió la cara—. Lamento haberme enamorado de ti, siento que tú me amaras, que tuviéramos relaciones ilícitas. Te pido perdón por destrozarte la vida y te deseo lo mejor en tu nuevo camino. No volveré a molestarte, te lo juro por mi madre muerta. —Se besó los dedos en señal de promesa seria.

—Lorena… —Adrien se debatió interiormente, la mujer lo supo.

—Quédate con esto; serás siempre el hombre de mi vida, aunque el amor se apague por no poder alimentarlo, aunque haya mil hombres más después de ti.

El sacerdote cerró la boca, aguantándose las ganas de expresar lo que de verdad sintió en aquellos instantes tan intensos.

—Qué seas feliz, Adrien, recorriendo ese camino que has elegido. Yo intentaré serlo también en el mío, te lo prometo.

Lorena se dio la vuelta y se fue, dejando al hombre de pie, mirándola, con los ojos llenos de lágrimas.

Adrien la siguió cogiéndola de la mano y la estrechó contra sí ante la mirada perpleja de la gente que pasaba por su lado.

—Te quiero, Lorena. Te quiero… —gimió él apoyando la frente en su mejilla sonrojada.

La mujer sonrió, agarrada a las solapas de su chaqueta.

Se miraron antes de besarse con todas las ganas.

La gente se puso a aplaudir y a silbar a su alrededor, alucinando al ver aquel beso de película entre un sacerdote y una mujer.

—¡Qué viva el amor! —escuchó la pareja mientras se sonreían el uno en brazos del otro y volvían a darse más besos y a balancearse.

Adrien se quitó el alzacuellos, la abrazó de nuevo y la alzó en brazos por debajo del trasero.

Lorena, muerta de risa, volvió a besarlo mientras los vitoreaban y les hacían fotos, animándolos a ser felices.

Había sido como un pequeño acontecimiento en el que triunfaba el amor verdadero por encima de cualquier otra convicción.

CAPÍTULO 18

—¿Y te tienes que ir mañana preciso? —preguntó Adrien a Lorena, que estaba tumbada en la cama del hotelito, junto a él, acariciándole el pelo y el rostro.

No habían mantenido relaciones sexuales, solo estaban disfrutando el uno del otro de forma sosegada después del subidón en plena calle con los transeúntes aplaudiéndolos. Seguramente ya estaban hasta en las redes sociales.

—He de volver al trabajo, pero pronto estaremos juntos de verdad y ya nada se interpondrá entre nosotros… ¿Verdad?

—Me alegro tanto de que puedas ejercer la psicología y sentirte realizada…

—¿Y tú qué harás? Puedes ser mi pareja florero si quieres —bromeó ella.

—Por mi futuro laboral ahora no te preocupes… Soy un excelente profesor…

Adrien sonrió antes de besarla con devoción.

—Qué bonita eres… —La asió por la mandíbula para poder intensificar el beso, y deslizó la mano por debajo del vestido.

Lorena la detuvo a la altura del vientre bajo.

—Espera… Quiero decirte algo muy importante.

Ella apretó con fuerza esa mano contra su tripa y le miró a los azules ojos. Él esperó con paciencia, sonriendo sin esperarse lo que venía de camino.

—Estoy embarazada de unas siete semanas… —musitó.

La cara de Adrien cambió: pasó del anhelo a la sorpresa, y de ahí a la ternura.

—¿Es eso… cierto? —No es que no lo creyera, sino que estaba maravillado.

Lorena asintió en silencio, conteniendo las lágrimas.

Adrien le subió la falda del vestido y rozó con la yema de los dedos su tripa. Luego la besó y posó la cabeza en ella, de lado y sollozando de alegría.

—No soy estéril, mi vida. Raúl me engañó, probablemente sea él el que no puede concebir. Pero yo sí puedo y ha sido contigo, con el amor de mi vida —musitó acariciándole los cabellos lisos y suaves.

—Es un milagro, esto es un milagro de Dios… —susurró besando de nuevo su vientre, henchido de felicidad.

Lorena no pudo evitar reírse al escucharlo.

—¿Quieres ver una imagen? —le preguntó mientras abría la maletita y sacaba el sobre.

El hombre miró la captura intentando averiguar dónde estaba aquella bendición, y Lorena la señaló partiéndose de risa.

—Es este cacahuete…

Adrien se colocó encima de ella para poder atrapar sus labios de nuevo, con anhelo y deseo.

Se desnudaron de forma mutua, con urgencia. Hicieron el amor con cadencia a veces, con intensidad otras. Y Lorena supo que Adrien le pertenecía, por fin, en cuerpo y alma.

†

La alarma del móvil sonó sobre las seis y media de la mañana y Adrien se pegó un susto de muerte. Lorena la apagó, agotada, porque debía coger el tren.

—No… —susurró él como un niño pequeño.

—Lo siento, cariño. De verdad que he de volver…

El hombre la miró sin las gafas y achinó los ojos. Las buscó y se las puso para verla mejor.

Le pareció la mujer más preciosa del mundo. La mujer embarazada más preciosa del mundo, de hecho.

Aquella noche se había quedado con ella, sin avisar a sus padres. Le trajo totalmente sin cuidado que pudieran preocuparse por él. Ya era mayorcito para hacer lo que le diera la gana.

—Pronto me tendrás allí contigo —musitó él y luego bostezó—. He de comunicar primero mi decisión en la diócesis. Esta vez no voy a dudar, ni nadie me hará cambiar de opinión.

—Lo sé… —Lorena le dio un buen beso.

Ambos se vistieron, él cogió la pequeña maleta y bajaron a la recepción, dejando la llave en una caja.

Caminaron por la callecita, cogidos de la mano, sin querer despedirse. Llegaron a la boca del metro de Sol.

—Voy a pedir un Uber —dijo Lorena mientras trasteaba con la App y cerraba la operación.

—¿Quieres que te acompañe?

—No, lo que deseo es que te vayas a casa y les cuentes a tus padres todo, absolutamente…

—Pero…

—Estarán preocupados… —Lorena le acarició el rostro. Luego se puso de puntillas y le besó en la boca mordiéndole el labio inferior.

—Está bien. Cuidaos ambos, por favor… —susurró tocando su tripita bajo el abrigo—. Os quiero mucho.

—Y nosotros a ti, aunque esta cosita aún sea un cacahuete —bromeó ella.

Él bajó la escaleras del metro y Lorena le perdió de vista.

Caminó unos metros hacia donde debía esperar el Uber, muy cerca de allí. A esas horas tan tempranas y nocturnas aún no había casi transeúntes y las cafeterías comenzaban a abrir.

Un coche, negro y brillante, se detuvo a su altura y un hombre con traje la saludó amablemente desde el asiento del conductor. Se bajó para coger su equipaje y meterlo en el maletero.

—Mejor vaya en los asientos traseros, señorita —dijo él cerrando el portón trasero.

Lorena lo hizo y se quedó estupefacta ante el aterrador panorama que se le presentó dentro. Para cuando quiso salir ya no pudo, pues le cerraron desde fuera con un golpetazo.

Raúl la agarró con fuerza, aplastándola con su cuerpo y tapándole la boca con su agresiva manaza. Casi no pudo moverse ni respirar.

—¡Vamos! —ordenó Raúl al conductor y el automóvil se puso en marcha.

La mujer sintió el aliento caliente de su marido sobre la oreja.

—Lorena, nos vamos a casa.

Ella intentó forcejear, resistirse, gritar, maldecir o morderle, pero Raúl era tan fuerte y grande que solo consiguió que la asfixiara más, casi hasta el desmayo.

—¡Estate quieta! —bramó él.

El miedo la paralizó al pensar en la vida que se gestaba en su interior, así que no fue capaz de moverse más.

—Nos vamos a la casa de la sierra, donde estaremos mucho más tranquilos…

Y totalmente aislados, Lorena bien lo sabía.

Los labios de él se le pegaron a la oreja de forma perturbadora.

—Y si no quieres que también mate al cura, vas a tener que portarte bien y ser una buena esposa de nuevo —siseó.

La ansiedad al escuchar aquella amenaza, y la mano tapándole la boca y su cuerpo aplastándola contra el asiento, le produjeron un desmayo.

†

Cuando Adrien llegó a casa de sus padres, Apolline estaba sentada esperándolo en una salita que daba al extenso jardín.

Al verlo aparecer pegó un salto tremendo y corrió hacia él, asiéndolo por los brazos.

—*Où étais-tu, Adrien? Pourquoi n'es-tu pas revenu hier?* —preguntó muy enfadada y preocupada a la vez.

—Madre, ya soy mayorcito para que me esté controlando a todas horas. —Se deshizo del contacto, molesto y respondiendo en español.

Al ver el rostro desvelado de su madre sintió que le debía una explicación, por mucho que esta le fuera a doler.

—Ayer Lorena me localizó y hemos estado juntos hasta esta mañana.

Apolline creyó que se iba a caer de bruces y Adrien la tuvo que sujetar. La hizo tenderse en un diván de estilo nórdico.

—¡Adela! —gritó para ver si la chica del servicio estaba por allí.

Esta apareció corriendo mientras se secaba las manos mojadas en la impoluta falda blanca de su uniforme.

—¿Qué pasó? —preguntó al ver a su jefa en aquel estado.

—¿Es tan amable de traer agua? Gracias.

La mujer se dio la vuelta para ir a la cocina a por lo que Adrien le había pedido.

—*Adrien, pourquoi as-tu cédé?* —siguió hablando su madre, aparentemente ida, pues era muy de hacer teatro.

Alfonso, que había escuchado gritos, bajó en pijama y se encontró a Adrien y a su mujer en aquella tesitura.

—Alfonso, tu hijo… Tu hijo ha vuelto con esa mujer…

—Se llama Lorena —corrigió Adrien.

—¡Lo que sea! —gritó con más fuerza de la que tenía medio segundo antes—. ¡Todos los hilos que hemos movido no han servido de nada! Dios mío. Esto es espantoso.

Adela apareció solícita con una bandeja, la jarra y el agua. Adrien se ocupó de darle de beber a su exagerada madre.

—¿Has vuelto con ella? —le preguntó su padre, muy serio.

—Sí. Y esta tarde renuncio de una vez al sacerdocio y me vuelvo a Zamora.

Apolline casi escupió el agua.

—Ya está bien, Apolline.

—Pero, Alfonso…

—Pero nada —la interrumpió con voz seca.

Luego miró a su hijo con la extrema seriedad que le caracterizaba.

—Adrien, te voy a hacer la misma pregunta que cuando te fuiste al seminario hace veinte años. ¿Estás seguro de tu decisión?

—Sí, padre —contestó de forma tajante.

—Te veo más seguro ahora que entonces, que ya es decir.

—No me arrepiento de nada: ni de haberme ido al seminario, ni de ordenarme, ni de los estudios que realicé, ni mucho menos el haberme enamorado de esta mujer. La quiero con toda mi alma, más de lo que quiero a Dios.

Alfonso asintió y miró a su esposa, que se había quedado pálida.

—*Tu es un prêtre!* —alzó la voz con fuerza.

—*Non, mère!* Amarla hace incompatible que siga ejerciendo el sacerdocio —y añadió—: *Je vais l'épouser.* Aunque tarden años en darme la dispensa. Y, pese a que no sé si les importará o no, serán abuelos de nuevo.

Apolline se volvió blanca como la pared.

—¡Seguro que ni es tuyo! ¡Seguro que es una pelandrusca que se ha acostado con cualquiera para luego encasquetártelo a ti! —despotricó levantándose del diván.

—¡Por ahí no paso! ¡No la vuelva a insultar! —dijo enfurecido y dándose la vuelta camino del piso de arriba para hacer sus maletas.

—*Mon Dieu, quelle aversion... Un fils homosexuel et l'autre idiot...*

Se echó a llorar, sentándose de nuevo, disgustadísima, mientras su esposo rodaba los ojos en señal de pérdida de paciencia.

†

Lorena se despertó sobre las piernas de Raúl, que le acariciaba los cabellos con sumo cuidado.

Comenzó a temblar de miedo y él la estrechó contra sí.

—No te preocupes, no te haré daño. Solo quiero que te relajes, mi amor…

Tras un viaje que le pareció eterno y tortuoso, lleno de baches, el coche se detuvo y Lorena escuchó la puerta automática abrirse. El auto volvió a ponerse en marcha y aparcó.

Raúl sujetó a su mujer para que saliera, pues apenas podía tenerse en pie. Su secuaz sacó la maletita y se la tendió.

Luego se subió de nuevo al coche y se fue, dejándolos solos en plena sierra madrileña y muy alejados de cualquier zona habitada.

—Vamos, cariño. Aquí hace mucho frío.

Lorena cooperó muerta de miedo. Su marido la alentó a sentarse en el amplio sofá del impoluto salón y le puso una mantita por encima, como un caballero, tras ayudarla a quitarse el abrigo.

—No has desayunado, así que te traeré un zumo y unas frutas.

La mujer tembló de pavor, hecha un ovillo rodeada por la manta.

Raúl le llevó un zumo y una manzana pelada y cortada sobre una bandeja, depositándola en la mesa de centro.

Luego se sentó a su lado para apartarle el cabello suelto de la cara y pasárselo por la oreja.

—Al principio pensaba que era el profesor —empezó a decir—. Porque salisteis varias veces y estuviste en su piso en dos ocasiones…

—No te entiendo… —musitó ella, estremecida.

—Con quien estabas liada —aclaró—. Pero resulta que es con el cura.

Lorena le miró con los ojos desorbitados, sintiendo un intenso frío en su espina dorsal.

—Me cargué al que no era —confesó con una mueca de disgusto.

Ella abrió la boca sin decir palabra, estupefacta.

—Fue duro de pelar —continuó con su perorata—. Se resistió, así que no tuve más remedio que apuñalarlo tres veces, creo. Ya no me acuerdo bien.

—¿Mataste a Lorenzo? ¿Por qué? ¡Por qué hiciste algo así! —gritó horrorizada, reculando en el sofá.

Raúl la miró bajando la cabeza y la asió por las piernas para atraerla de nuevo hacia sí.

—La humanidad debería agradecérmelo. Había forzado a una menor, así que le di su merecido sin saberlo. Pero… Lo maté porque creía que era tu amante. Te vi salir de su apartamento y perdí un poquito los estribos, lo reconozco.

Lorena supo, en ese preciso instante, que Raúl era un psicópata, un sociópata y un asesino.

—Pero… Ya me he percatado de que el que te gusta es el sacerdote.

—No es lo que crees.

Lorena entró en pánico.

—Sí que lo es. Tengo fotos vuestras de ayer tarde besándoos delante de todo el mundo en pleno centro de Madrid. Y esta mañana os hemos estado siguiendo. Ha tenido la inmensa suerte de irse en metro.

—Déjalo en paz… —rogó agarrándose a su jersey.

—Es un hombre y tiene más polla que cerebro. Y seguro que anoche en el hotel te la metió bien hasta el fondo.

—¡No hicimos nada de eso! —mintió—. Primero quiere dejar el sacerdocio, así que ambos respetamos esa decisión. Solo dormimos juntos.

Raúl la escrutó largo rato y ella le mantuvo la mirada.

—¿Me juras que no pasó nada?

—Te lo juro por mi madre muerta —respondió sin dudar.

Agarró a Lorena del brazo, con mucha fuerza. Ella se aguantó el dolor como pudo, con tal de no ceder, y luego le pegó un bofetón a su marido.

—Vaya… Te has vuelto contestona.

—Has matado a un hombre y parece que te dé igual. ¿También vas a matarme a mí?

—Te quiero, cariño. A ti no te haría nunca algo así… ¿Cómo puedes pensar eso de mí?

Se acercó a ella, pareciendo dulce de pronto. Lorena aguantó estoicamente el asco.

—Te pido perdón por haberte forzado la última vez. Te deseaba tanto… Me arrepiento sinceramente y no volverá a pasar. Eres la única mujer de mi vida…

Aquella declaración de amor resultó siniestra.

—Te perdonaré y volveré contigo si me prometes que dejarás en paz al padre Adrien.

Él sonrió y asintió.

—Cuando estés lista para retomar nuestra intimidad de pareja aquí estaré.

Lorena sabía que era un comecocos y un mentiroso, pero decidió tener al loco contento para poder contar con tiempo suficiente de trazar un plan y escapar de allí.

†

Raúl le preparó la cena a su esposa y se la sirvió sin cuchillos ni tenedores. Solo había una cuchara de plástico como cubierto.

 Lorena apenas probó la sopa de fideos que tenía delante.

—¿No te gusta? —le preguntó él, en tono suave, sin enfadarse.

—Tengo el estómago revuelto…

—¿Quieres ir a descansar?

—Sí… —intentó responder sin estridencias para que él no se alterara de forma innecesaria.

—Te he preparado la habitación de invitados. Allí estarás caliente y cómoda.

El hombre cogió una botella de agua mineral de litro y medio y acompañó a Lorena hasta la estancia, en el piso de arriba.

Estaba justo al lado de la de matrimonio que habían compartido tantos años cuando iban a la sierra a pasar alguna temporada en verano, ya que en invierno, si nevaba, llegar hasta el chalet era casi imposible.

—Te dejo esto aquí, para cuando tengas sed. Si necesitas algo me avisas.

—Gracias…

Al salir cerró por fuera la cerradura que había instalado previamente. Estaba más que claro que aquel plan lo tenía bien pensado desde tiempo atrás.

Buscó cámaras y micrófonos por todas partes. Sin embargo, no halló nada en absoluto.

Cayó derrengada sobre el colchón y se agarró a la almohada hasta escuchar la puerta abrirse un tiempo indefinido después.

—Te traigo tu móvil para que llames a tu padre. Enciéndelo.

Se lo tendió y ella lo asió.

—Has de decirle que te demorarás en la vuelta. Suena natural y ni se te ocurra decir nada raro.

Un montón de mensajes y llamadas perdidas saltaron a la pantalla al encender el aparato.

Lorena buscó su contacto y llamó.

Este lo cogió enseguida.

—¿Por qué no has vuelto a Zamora? ¿Ha pasado algo? Te he estado llamando y escribiendo, pero…

—No, papá… Perdóname, se me estropeó el móvil y no pude avisarte de que he decidido quedarme en Madrid unos días más para seguir intentando hablar con Adrien. ¿Vale?

—¿No le has podido encontrar aún?

—No es tan fácil…

—Bueno, vale.

—¿Me harías el favor de avisar también en el trabajo? Diles que me descuenten los días del salario, que no pasa nada.

—Está bien…

El tono de voz de su padre sonó raro.

—¿Cómo está mi Umbrita? —cambió de tema y de entonación para que su padre se relajase.

—Bien, pero no me deja dormir en paz. Que si quiere entrar en la cama, que si quiere salir. Se nota que te echa en falta.

—Ay, pero qué mona es. Dale besitos de mi parte. Te iré llamando...

—Vale, vale.

—Adiós, papá. Te quiero…

Colgó tras aquella breve conversación y miró a Raúl, que asintió satisfecho.

—¿Puedo escribir a mi amiga? Ella se extrañaría si no lo hago. Me ha estado mandando mensajes… ¿Ves?

—Bien, pero quiero leer la conversación.

Lorena le dio el móvil y su esposo leyó los mensajes de su amiga, en los cuales le preguntaba si había dado ya con Adrien. Luego le devolvió a ella el teléfono.

»Hola, guapa. Me quedo unos días más en Madrid porque no he encontrado a Adrien todavía. El móvil me va un poco mal, no te extrañes si no me llegan tus mensajes o tardo en responderte.

«Vale, maja. Ya me estaba rayando.

Lorena decidió jugársela.

»Dale un beso a Jorge y a los dos nenes.

Su amiga tardó un poco en responder.

«Un besito de los cuatro.

Lorena respiró aliviada y con algo de esperanza; Pili no era tonta.

Raúl, al no ver nada raro en los mensajes se volvió a quedar el móvil.

—Cada día podrás hablar con tu padre, o tu amiga, para que no sospechen. Tengo ya elaborado un plan bastante creíble en el que tú y yo nos reencontramos en Madrid durante tu visita y nos damos otra oportunidad.

Raúl pareció ilusionado y aquello le puso los pelos de punta a Lorena, que podía esperar cualquier cosa de aquel psicópata.

—¿Vemos una película de las que te gustan a ti? La de *Orgullo y Prejuicio* que no parabas de ver en casa. La he traído.

—Sí, claro… —respondió con una leve sonrisa.

Lorena le siguió el juego y lo acompañó al gran salón de la chimenea. Estaba encendida y todo preparado para pasar una velada agradable.

No prestó demasiada atención a la película. El brazo que él le pasó por los hombros le pareció un yugo muy pesado. Tenía miedo de que le estrujara el cuello y la ahogara o se lo partiera como a una ramita.

—Pues mira, me ha gustado —admitió Raúl, sonriente—. Veremos más de estas de época victoriana.

Apagó la gran televisión.

—Me alegro mucho —dijo ella intentando parecer contenta.

—Es hora de dormir —determinó él.

La llevó hasta el cuarto y le dio las buenas noches con un beso en la mejilla. Luego la volvió a encerrar.

Lorena fue a ducharse de inmediato, intentando borrar el olor de Raúl de su cuerpo.

Se miró en el espejo y vio a una mujer completamente atemorizada.

¿Y si mientras dormía acababa con su vida? Una almohada sobre la cara, un puñetazo que le hundiera el cráneo, un apuñalamiento múltiple como a Lorenzo…

No cesaron ese tipo de pensamientos hasta que se quedó dormida de pura extenuación.

†

Pili se quedó pensativa largo rato, hasta que Jorge le tocó el brazo y esta dio un respingo.

—¿Qué te pasa, amor?

—Lee esto… —Le tendió su teléfono.

Él lo hizo y frunció las cejas.

—No te responde hasta ahora y dice que besos a los dos nenes…

—Aquí sucede algo. Voy a llamar a su padre, creo que me dio su teléfono. José…

Lo encontró enseguida y pulsó el icono de llamada. El hombre no tardó nada en descolgar, con una extraña ansiedad en la voz.

—¿José?

—Sí, soy yo…

—Soy Pili, la amiga de su hija. —Al otro lado hubo un suspiro de alivio—. Mire, perdone las molestias a estas horas, pero es que me ha escrito su hija y no me cuadra nada…

—A mí me ha llamado y la he notado rara —explicó muy nervioso de nuevo, soltando las palabras como una metralleta—. No me confirmó que hubiera cogido el tren, así que la llamé y el móvil no estaba encendido, o decía lo de la cobertura. Luego no se bajó del tren… El teléfono igual, apagado. Y me ha llamado hace un rato diciéndome que no le iba, que no había encontrado a Adrien, que la excusara en el trabajo…

—A ver. A mí me ha escrito, literalmente: «Dale un beso a Jorge y a los dos nenes". Y supongo que sabe usted que solo tenemos una hija…

Hubo silencio al otro lado. De pronto José se puso las pilas al darse cuenta de que su hija estaba pidiendo ayuda, que no era ni medio normal todo aquello.

—Voy a llamar a un amigo policía nacional, aunque deberíamos ir para la comisaría usted y yo, Pili.

—Voy hacia allí, le espero.

La mujer colgó y fue a vestirse. Jorge cogió a la niña y le dijo que no se preocupara, y que le llamase en cuanto supiera algo.

✝

Adrien condujo hasta Zamora dirigiéndose directo al colegio de Santa María de Cristo Rey. Antes de ir a ver a Lorena, que supuso que estaría con su padre, fue a hablar con su amigo Bernardo.

Le pareció raro volver y ser él el que tuviera que llamar a la puerta de servicio a esas horas de la noche.

Bernardo no tardó en abrirle. Iba en pijama de rayas verticales y le miró con el ceño fruncido. Hizo un gesto para que pasase y volvió a cerrar y poner la alarma.

Caminaron en silencio hasta la rectoría. Adrien sabía muy bien lo disgustado que estaba su amigo con él, así que tuvo paciencia.

—¿Quieres cenar? Te puedo calentar algo —le ofreció abriendo la nevera que estaba en la planta de abajo.

—No es necesario, gracias. Pero me puedes preparar un café con leche.

Adrien se sentó a la mesa de la cocina y esperó a que su amigo le pusiera una taza humeante delante. Él se había hecho otra, así que se sentó a su lado.

—¿Qué te ha contado mi madre? —le preguntó Adrien.

—Que has vuelto con Lorena, que dejarás el sacerdocio y que vas a ser padre. No sé si enfadarme contigo o darte la enhorabuena, la verdad.

—Sabías que esto terminaría pasando… Sobre todo porque no tenía remordimientos por saltarme el voto de castidad.

Bernardo asintió tras dar un sorbo a su café.

—No tenemos que dejar de ser amigos. Lo somos desde los veinte años, cuando eras más pardillo que yo en el seminario.

—Ya lo sé… —gruñó por lo bajini.

Adrien alargó el brazo hacia él y le cogió de la muñeca.

—Gracias por todos tus consejos. Hiciste lo que creíste correcto.

—Pero no conseguí retenerte al lado de Dios —se lamentó el cura.

—No me he ido de su lado, solo he tomado otro camino. Sin embargo, él seguirá conmigo. Eso nunca cambiará. Dios es amor.

Bernardo sonrió con una lagrimilla en un ojo, que no tardó en retener.

—Lo de enhorabuena por ser padre lo digo de corazón. Es algo hermoso.

—Muchas gracias.

—No sé cómo lo hacías para mantener en vereda a todo el mundo en este lugar —confesó—. Tantas mujeres me van a volver un tarado. Y Sor Sofía hace lo que le da la real gana… Fuma a escondidas.

—Déjala a su aire o hazte el loco. Es una buenaza.

Bernardo asintió con una sonrisa en la boca.

En esos instantes el móvil de Bernardo sonó y este miró la pantalla con extrañeza.

—Hablando del rey de Roma, por la puerta asoma —dijo antes de descolgar—. ¿Qué necesita a estas intempestivas horas, Sor Sofía?

Bernardo escuchó con atención y puso una cara muy extraña.

—Vale, vale… Sí. Yo se lo haré saber…

Colgó y miró a Adrien con cara de circunstancia. Este no comprendió nada.

—Amigo, me temo que Lorena no volvió a Zamora esta mañana y su padre ha ido a la comisaria porque ha recibido una llamada suya muy rara. Creen que está en peligro…

Adrien se quedó pálido al principio y se levantó con energía después, tirando la silla al suelo. Salió corriendo del colegio, cogió el coche y se dirigió a las comandancias echándose la culpa por no haberla acompañado él mismo hasta la estación.

†

Lorena se levantó de golpe y miró a su alrededor; todo estaba bien. En el reloj del despertador eran las 10:23h. No salió de la cama pues estaba muy cansada y ojerosa.

La puerta se abrió, lo que hizo que se pusiera en pie como un resorte.

—Esta mañana vine a despertarte, pero dormías profundamente, así que te dejé descansar.

—Gracias… —atinó a decir.

—Vamos, te haré el desayuno —comentó intentando ayudarla a levantarse.

—Puedo yo misma… —sugirió.

Raúl sonrió con afabilidad ignorando sus palabras de forma deliberada. La ayudó a colocarse una bata y la llevó de la mano al piso inferior.

Lorena se bebió el zumo y se comió una pera. Lo hizo porque debía alimentar al pequeño cacahuete que crecía dentro de su vientre.

Miró a su alrededor; no había cubiertos punzantes que pudieran servir para defenderse.

—¿No vas a trabajar? Antes te pasabas el día —indagó al ver que Raúl se tomaba su café con leche con total tranquilidad, algo raro en él.

—Lo bueno de ser tu propio jefe es que no has de ir a trabajar si no te apetece. Estoy de vacaciones para poder disfrutar del tiempo contigo, mi amor.

Ella sonrió un poco, fingiendo.

—No tengo ropa, Raúl, y me he quedado sin mudas. Necesito ir a la habitación de matrimonio a ver qué tengo que pueda servirme.

—Claro, es tu casa. Puedes ir donde quieras menos salir a la intemperie.

La mujer subió y se metió en el vestidor. La ropa que tenía allí le era prácticamente inservible y de verano. Había pasado de una 36 a una 42.

Se puso un vestido de media manga y tallaje suelto que le iba algo apretado en la zona de la tripa y las caderas, pero que serviría por el momento hasta que su otra ropa se lavara.

—Te está un poco estrecho, has engordado mucho —comentó Raúl al verla, un tanto malhumorado.

—Raúl, este es mi peso normal. Cuando nos conocimos yo ya era así… Y cuanto más mayor me haga, más difícil será guardar la línea. Soy una mujer bajita con curvas, no una modelo de pasarela…

«Y más que voy a engordar», pensó.

—Voy a cambiar, Lorena. Te acepto así, con más kilos.

Ella lo miró rabiando por dentro.

—Seré un marido ejemplar: viajaremos más, trabajaré menos horas, saldremos donde quieras, o nos quedaremos viendo series o películas.

—¿Y mi trabajo? —preguntó para saber qué pensaba al respecto—. Si quieres que los demás estén conformes con que volvamos a estar juntos, es necesario que entiendas que quiero ejercer…

—Te montaré una consulta de psicología. Comprendo que necesitas entretenerte.

Lorena lo odió, más si cabía, por aquel comentario despectivo.

—También quiero mi propio dinero, ganado por mí.

—Es importante para ti… Entiendo.

—Exacto, lo es.

—Por lo demás, cuando estés preparada para que retomemos nuestra relación de pareja, solo tienes que venirte conmigo a nuestro cuarto. Y entonces podremos volver a La Moraleja.

A Lorena le latió el corazón con intensidad, pero no dijo nada.

O estaba mintiendo o se le había ido del todo la cordura.

—Espera aquí, voy a por una cosa —pidió él.

La dejó sentada en la mesa de la cocina un par de minutos, durante los cuales aprovechó para observar si quedaba algo que pudiera usar como arma, pero Raúl no tardó mucho más en volver.

Le entregó una carpeta marrón.

—Son los papeles del divorcio firmados por ti. Quiero que los rompas.

Lorena los sacó y los fue rasgando uno por uno, sin rechistar.

—Ya está —concluyó.

Raúl pareció exultante, cogiendo la carpeta y echándola al contenedor.

«Está loco. Ha matado a Lorenzo y cree que podemos volver a la normalidad como si tal cosa», pensó ella.

—Bien, ahora quiero comentarte una serie de normas, todas serán temporales en la medida que crea conveniente.

—¿Qué clase de normas?

—No hay Internet en casa, por lo que no podrás navegar desde ningún portátil o *tablet*. Y el móvil te lo dejaré solo en las ocasiones que crea necesarias.

—Vale…

¿Qué podía decir? Estaba secuestrada.

—Cambié el código de la alarma de casa y solo yo tengo llaves.

—De acuerdo, Raúl.

—Por lo demás, eres libre de campar a tus anchas por la casa, como te he dicho. Pero no de salir. Además, hace frío fuera.

«Libre, dice".

Lorena se fijó en una foto sujeta con un imán a la puerta de la nevera. Se acercó y vio que era ella en Viriato, sentada.

Se sintió estúpida. Él la tenía localizada desde el principio.

—No podías estar en otro lugar que no fuera con mi suegro. Tengo más fotos tuyas: con tu amiga, tu padre, el muerto… o el curita…

—No les hagas nada, por favor —le rogó de nuevo con lágrimas en los ojos.

—Eso depende únicamente de ti.

—Ya te he dicho que sí, Raúl. He roto los papeles, estoy aquí… No me he resistido… Pero necesito tiempo de adaptación —rogó muerta de miedo por los demás.

Raúl le dio un beso en la mejilla y la miró con una sonrisa.

—Tengo que bajar al pueblo a comprar cosas para estos días. Se acerca una borrasca y parece que va a nevar. Pórtate bien.

La besó en la frente y apretó sus hombros con un poco más de fuerza de lo que hubiera sido natural en un acto de cariño.

Su marido la dejó sola y se fue en su Tesla.

Él sabía que ella no podría escapar caminando tantos kilómetros por una carretera casi impracticable en plena montaña y que, por lo tanto, intentar fugarse era absurdo.

La mujer se quedó sentada en el sofá del salón, dando vueltas al coco para saber cómo huir de aquel horrible cautiverio.

CAPÍTULO 19

En Zamora, tanto Pili, José como Adrien habían estado esperando toda la noche algún tipo de noticia sobre el paradero de Lorena.

Cuando estos le vieron aparecer, más blanco que el papel, y confirmar que sí se habían encontrado, todas las sospechas se hicieron reales.

Llevaban horas allí desde que José había cursado la denuncia. Pili se había tenido que marchar a casa, pero Adrien no dudo ni un instante en quedarse pegado al asiento con José.

El teléfono de la mujer volvía a estar apagado o fuera de cobertura, aunque la policía había estado intentando averiguar desde dónde había dado señal por última vez.

De pronto apareció el amigo de José, que aquella noche había estado en la inspección de guardia trabajando. No traía muy buena cara.

—Fernando, ¿sabes algo…?

—Será mejor que por ahora os vayáis a casa, porque va para largo… Por lo que parece el marido puede tener algo que ver…

—Pero… ¡Cómo me voy a ir! Mi hija está desaparecida —gritó nervioso el pobre hombre—. ¡Y ese cabrón está loco y es un maltratador!

Adrien lo asió de los hombros.

—Tiene razón. Deberíamos ir a casa y esperar allí a que nos llamen, don José. Estar aquí no sirve para nada.

El pobre hombre le miró con el rostro descompuesto y asintió.

Adrien lo llevó él mismo hasta su casa y José le invitó a subir. Ambos tomaron café bien cargado y se mantuvieron callados.

José no paraba de mirar su teléfono, por si sonaba.

—¿Sabe, don José? Si rezar ahora nos devolviera a Lorena sana y salva, le juro que me consagraría a Dios hasta la muerte —rompió el silencio.

—Entonces te mato por dejar a mi hija embarazada y no hacerte cargo —le respondió con rudeza.

Adrien bajó la cabeza, avergonzado.

—¿Lo sabe?

—¡Claro que lo sé! ¿Qué piensas hacer al respecto?

—Amo a su hija y amo al cacahuete, como dice ella, que tiene gestando en su interior —se sinceró.

—Y parecías tonto. Maldita sea…

Adrien sonrió sin poder evitarlo.

—Su hija es especial, es… la única mujer que me ha hecho sentir algo así. Si le pasa algo me muero.

—Recemos juntos para que esté bien… Porque ya perdí a mi amada mujer. No soportaría que… —No pudo continuar.

Adrien lo abrazó con todas las fuerzas de las que fue capaz, pensando lo mismo que él.

†

Lorena aprovechó la ausencia de Raúl lo mejor que pudo y se fue a buscar cosas que le pudieran servir como arma de defensa. Recordó el regalo de boda de sus padres: una vajilla completa con sus cubiertos de buena calidad y que Raúl jamás quiso usar, relegándolos al desván.

Le hicieron los ojos chiribitas al ver que él no había recordado que aquello estaba allí, dentro de un baúl viejo.

Los cuchillos de buen filo los guardó en la habitación de invitados y en la de matrimonio, aguardando su oportunidad de ser utilizados.

Luego salió al frío del invierno y observó el cielo. Ya había empezado a nevar, poco a poco.

Bajó a la puerta de salida trasera y, como era de esperar, la encontró atrancada. Se sintió como la mujer de Barba Azul. Una esposa encerrada, bajo el yugo de un marido déspota que le escondía secretos y habitaciones en las que tenía prohibido adentrarse. Aquel cuento lo escuchó de niña y le aterraba, ya que hablaba del maltrato, el asesinato, de la misoginia… Y ella lo estaba viviendo tal cual.

Todo aquello le dio que pensar; ella no tenía unos hermanos que acudirían a salvarla y matarían al malvado esposo, justo antes de que la intentara asesinar. Así que tendría que buscarse la vida solita.

Estaba segura de que Pili algo habría hecho, como mínimo ir a hablar con José.

Finalmente Raúl volvió a la hora de la comida bastante ilusionado. Estaba que no cabía en sí de gozo, todo lo contrario que Lorena, que se halló muerta de miedo.

—Voy a cocinar un poco, cariño. Encenderé la chimenea, tomaremos una copa de vino mientras fuera nieva y estaremos tranquilos charlando de nuestras cosas.

Le sonrió haciendo un esfuerzo titánico.

—¿Está nevando? —Se hizo la loca.

—Bastante, menos mal que he sido previsor y he comprado para varios días, porque seguro que mañana hay una buena capa de nieve y es imposible salir con el coche.

Lorena esperó con paciencia, observando a Raúl hacer la cena con lo que había comprado. Poco más que tenía que meterlo en el horno, pues carecía de cuchillos u otros enseres de cocina.

Pensó cómo podría escapar, pero las llaves debían de estar en el abrigo, y con nieve sería peligroso. Pero más lo era quedarse allí con él.

El hombre se acercó a ella y la besó con delicadeza en los labios. Lorena tuvo que aguantar con estoicismo y devolverle el beso. Raúl puso una expresión que nunca le había visto.

—Te quiero, Lorena. Te voy a hacer feliz. Ponte aquí cerca, enseguida entrarás en calor.

La acompañó hasta una manta que había colocado en el suelo y se sentó a su lado, observando las llamas arder.

Pero en vez de apaciguarla, aquello le hizo sentir más desasosiego.

Lorena tembló de frío, sentada frente a la pantalla del hogar, que comenzó a dar calorcito.

—Qué diferencia de vivir en aquel colegio. ¿Verdad?

—Sin duda…

La mujer echó de menos la escuela católica, a las chiquitas, a las monjas, hasta a la Madre Superiora. Al menos allí siempre estuvo a salvo. En cambio, en aquel lugar, se sintió desprotegida y sola.

—Te voy a hacer una comida para chuparse los dedos. No sé por qué no cocinaba más a menudo. Con lo divertido que es.

Comieron delante de la chimenea, con sendas copas de vino.

—El vino tiene treinta años, es maravilloso. —Él lo olió—. ¿No bebes?

—Preferiría agua.

—Bebe un poco… —insistió.

Lorena hizo un esfuerzo, pues con el embarazo no debía beber alcohol. Supuso que una copa no dañaría al embrión.

—Muy bueno para acompañar tu asado… —le hizo un cumplido con voz dulce.

—¿Estás a gusto? —preguntó él con su voz masculina, pero suave.

—Sí, este lugar es estupendo en invierno. Me encanta la nieve…

—Por ti lo que haga falta, para que estés tranquila.

Lorena sonrió, otra cosa no podía hacer; tan solo llevarle la corriente hasta dar con un momento adecuado y largarse de allí.

Tras el postre, ambos se acomodaron en el sofá, pegados el uno al otro como si fueran una pareja de recién casados.

—Cariño...

—¿Sí? —preguntó ella.

Raúl la miró a los ojos.

—Estás mucho más guapa ahora. He de reconocer que... Esos kilos de más te sientan muy bien... Se te ve sana. Tienes más pecho...

Alargó la mano y mesó sus mamas con deseo.

—Solo estoy en mi peso normal... —susurró ella.

—Siento no haberlo visto antes. Todas las mujeres de mis amigos son casi modelos... Pero eres preciosa. Y te has vuelto aún más guapa. Yo, he estado pensando...

Él la cogió de las manos y las acarició con devoción.

—Podríamos adoptar —le dijo como con timidez—. Sé que lo deseas y yo fui muy egoísta al insistir tanto en que fuera un hijo natural...

Lorena se quedó de piedra.

—¿Estás seguro de que no podemos tener hijos? ¿No deberíamos cambiar de médicos?

Él pareció titubear, pero, finalmente, volvió a mentir:

—Ya sabes que eres infértil, amor mío.

«Si tú supieras, cabrón hipócrita», se dijo.

—Me parece bien adoptar —concluyó ella.

Raúl la abrazó contra sí y comenzó a besarle el cuello y los labios, ansioso y hambriento.

Lorena soportó aquello con mucho estómago.

El corazón de la mujer fue a mil por hora. No supo si ceder, con tal de que él se confiara, o si dejarse vencer por el impulso del rechazo que sentía hacia su persona.

Solo pensar en volver a tener sexo con aquel hombre le resultó repugnante. Pese a eso, vio ahí una oportunidad para que bajara la guardia.

Raúl la asió en brazos y subió las escaleras con ella a cuestas. Lorena respiró con dificultad. Él la introdujo en la habitación iluminada con la tenue luz de una lámpara de mesilla.

Dejó a su mujer sobre el lecho con sumo cuidado y la besó, acariciándole el pecho por encima del jersey de lana.

—Nunca te había deseado tanto... —susurró él—, ni siquiera cuando te conocí y me dejaste enamorado a primera vista...

Lorena cerró los ojos cuando él comenzó a quitarle los botines y los leggins. No se movió mucho de lo aterrada que estaba.

—No quiero. —Lo empujó cuando él comenzó a despojarla de su ropa interior.

Su marido se quedó quieto y la miró. Dejó sus bragas intactas y se acostó a su lado, mirándola. Aquello puso a la mujer de los nervios.

Raúl deslizó una mano por su cuello, acariciándolo suavemente.

—No estés nerviosa... —susurró en su oído—. No voy a obligarte...

Ella asintió con la cabeza, mirando al techo. Una lágrima se deslizó por su rostro, hacia la oreja. Él la limpió. Luego, con la mano, le hizo girar la cabeza hacia su cara.

—¿Tan colada estás por el cura? —Fue directo al grano.

—No es justo que me preguntes eso...

—No me voy a enfadar, te lo prometo.

—¿Qué más da? Lo del otro día fue una ilusión...

—Eso es cierto; fue una ilusión —Raúl sonrió tras decirlo—. Porque eres mi mujer y siempre lo serás. Seremos papás, viviremos felices y comeremos perdices, como en los cuentos de hadas...

Lorena se estremeció con sus palabras y la mueca retorcida de sus labios. Sí, él era Barba Azul y aquel cuento una pesadilla horrenda.

Su mano de hombre se deslizó por dentro de las bragas hasta alcanzar el clítoris, que masajeó con pericia mientras la besaba con rudeza y deseo.

Pero Lorena le odió con tanta fuerza, y sintió tal rechazo, que se apartó y aprovechó para coger el cuchillo de punta afilada que tenía dentro de la funda de la almohada.

Sin ningún tipo de remordimiento se lo clavó en el estómago con ambas manos y toda la fuerza de la que fue capaz.

—¡No me toques, cabrón! —escupió Lorena.

Raúl se quedó quieto mientras ella reculaba. Miró el cuchillo y asió, con mano temblorosa, el mango. Luego se lo sacó de un tirón y apretó con la mano para taponar la herida. Había atravesado el grueso jersey hasta llegar a sus órganos internos.

Raúl se mantuvo impávido, mientras ella lo miraba con dureza y odio, sin remordimientos.

—Has estado fingiendo... —gimió él de dolor.

—¿Y qué querías? ¡Me has secuestrado! —le chilló.

Con rapidez la cautiva saltó de la cama y salió por la puerta, bajó las escaleras, descalza, y cogió las llaves del coche que sabía que estaban en el abrigo de él.

Abrió la puerta y saltó sobre la capa de nieve. Aún estaba a tiempo de salir de allí, no había nevado lo suficiente y podría bajar el puerto de montaña.

Pero Raúl apareció tras ella cogiéndola de la cintura y ambos cayeron al suelo. La nieve se tiñó ligeramente de rojo.

—¡Si te vas mataré al cura! —gritó Raúl a pleno pulmón, taponándose la herida con la mano.

—¡Y una mierda! —le contestó ella, aterida de frío y tiritando, arrasándose hacia las llaves hundidas en la nevada.

—Vamos, Lorena, entra en la casa. ¡Te vas a congelar!

Con una fuerza titánica, ya que era un hombre muy grande, la sujetó de la cintura y la metió en la casa de nuevo.

—¡Que te jodan! —bramó pataleando.

—Lo mataré —amenazó de nuevo—. ¡Sube! —dijo él sin más, empujándola escaleras arriba para volver a encerrarla en la habitación de invitados.

La puerta se cerró tras de sí, de un portazo, y Lorena escuchó el cerrojo correrse.

Se puso a sollozar con amargura y rabia encima de la moqueta. Le castañearon los dientes con fuerza del tremendo frío que sintió en sus pies y piernas desnudos y congelados. Todo su cuerpo estaba tenso, intentando aguanta el helor. Se metió en el lecho para entrar en calor.

La luz se fue tiempo después debido a la tormenta que se desató.

Durante aterradoras horas, en las que Raúl no hizo ni un solo ruido, se mantuvo alerta por si entraba, bajo la oscuridad absoluta y asiendo con fuerza el otro cuchillo que le quedaba.

Durante la noche solo se escucharon los silbidos del fuerte viento, chocando con todo, como fantasmas acompañando a la parca.

Lorena fue recuperando el calor en el cuerpo con el paso de las nocturnas horas, pero también le sobrevino todo el cansancio acumulado y energías gastadas. Los ojos se le fueron cerrando y comenzó a cabecear. Se le volvió la respiración pesada, y los párpados cedieron. La puerta de la habitación se volvió cada vez más borrosa hasta desaparecer del todo. La consciencia de Lorena se fundió en negro.

†

El teléfono de José sonó, pero fue Adrien quien lo cogió ya que el hombre se estaba duchando después de un día y una noche duras sin apenas poder pegar ojo.

Al otro lado estaba Fernando, el amigo policía.

—Dieron con la señal del móvil. Coincide con la casa de la sierra que pertenece al marido de Lorena. La Guardia Civil no ha podido acceder aún porque esta noche ha nevado en la sierra de forma bastante violenta, pero están en ello ahora que ha parado.

—Dios… —susurró Adrien, entre esperanzado y aterrado—. Yo avisaré a don José. Muchas gracias.

Cuando este salió del baño se encontró a Adrien rezando en silencio algún tipo de oración, en voz muy baja.

El sacerdote se detuvo al verlo y saltó hacia él para contarle lo que habían averiguado.

—Vístase, nos vamos a Madrid. Pero le advierto que conduzco muy rápido, así que no se asuste.

†

La mujer despertó de un respingo al escuchar unos pasos. La luz del día invadía la estancia. La puerta se abrió y entró Raúl, que llevaba la misma ropa con una enorme mancha de sangre en la zona de pecho.

Tenía un rostro macilento y pálido. Introdujo la mano en un bolsillo de la chaqueta y extrajo una pistola.

Lorena sintió un miedo irracional y reculó hasta la pared, cuchillo en mano.

—No… ¿Qué vas a hacer? —gimió casi sin voz.

—Suelta eso o te pego un tiro —jadeó él pero sin subir la pistola.

Tenía pinta de estar bastante mal y de haber perdido mucha sangre.

Lorena dejó caer el cuchillo, aterrorizada.

Pensó en su bebé y en lo injusto de la vida. Y entonces le hizo una especie de *clic* en la cabeza.

—R-Raúl… Déjame enseñarte algo, por favor… Está en la maleta.

—No estás en posición de pedir nada.

Raúl apuntó con la pistola a Lorena. Esta se irguió, para mostrarle que no le tenía miedo, aunque no fuese verdad.

—Raúl… ¿Sabes por qué he engordado? ¿No te lo imaginas?

Este se quedó algo desconcertado.

—No quería decírtelo, porque es un milagro… —Lorena sollozó—. Pero estoy embarazada.

—¡Mentira! —bramó rabioso, sujetándose el estómago, como si le costara la vida seguir erguido.

—No, no lo es... —Se levantó el jersey, dejando a la vista su redondeado vientre. Se lo sujetó como hacían las futuras madres.

—No me intentes embaucar, Lorena, no soy imbécil —siseó.

—Sé que pensábamos que era estéril... Pero no, Raúl. Me dejaste embarazada la última vez... Tengo la ecografía en la maleta...

Este pareció dudar, le tembló la mano que llevaba la pistola.

—El estéril soy yo... —confesó con los dientes apretados y los ojos llorosos—. Así que no me mientas.

—¿Cómo? —Fingió no entenderle.

—¡Que el estéril soy yo! No tú... Así que no intentes engañarme.

—No puede ser, me dejaste embarazada. Tengo la ecografía en la maleta... —repitió.

—¡Es de este hijo de puta que maté! —bramó.

—¡No me acosté con él! No pude... —Intentó convencerlo siendo lo más sincera posible—. Porque me gustaba Adrien...

Raúl dudó.

—Es del cura... —clamó con un dolor intenso.

—Hasta hace unos días no le confesé mis sentimientos y él a mí los suyos... ¿Cómo va a ser el padre? Mi idea era estar con él, es cierto, pero quería que supiera que iba a tener un bebé tuyo y me traje la eco...

Aquella lógica pareció convencerlo más.

—¿Por qué no me lo dijiste antes?

—Tenía miedo de que nos hicieras daño... De no poder divorciarme si te enterabas. Vamos a tener un bebé, pero no te quiero. Me has hecho cosas horribles —susurró intentando sonar realista—. Pero esta pequeña cosita no se merece que trunques su nacimiento... —Lloró de forma real al pensar en que podría llegar a ser cierto.

—Enséñame la ecografía... —Con la pistola señaló la maleta.

Lorena la abrió y rebuscó el sobre. Sacó la copia y la dejó sobre la cama, alejándose después hasta volver a donde estaba antes.

Raúl se acercó y la asió con los dedos temblorosos y manchados de sangre seca y oscura.

—No veo nada...

—Es normal, las ecos son un poco difíciles de entender al principio... Pero es el bebé en sus primeras semanas... Un embrión... —insistió.

El hombre sintió que los ojos se le llenaban de lágrimas.

—Te quiero, Lorena... —gimió Raúl, casi sollozando—. ¿Por qué tú a mí no?

Bajó la pistola, dubitativo.

—Porque me has maltratado durante años —gimió desesperada.

—¿Podríamos ser felices el bebé, tú y yo? —inquirió, casi de forma inocente.

—Podrías ver a tu hijo… Aunque fuera en la cárcel… Lo verías crecer…

—Voy a ir a la cárcel si te dejo viva…

—No, te lo suplico. Nos costó mucho concebir, no lo hagas… Ya mataste a Lorenzo, vas a ir a la cárcel de todos modos. No añadas dos muertes más, por favor… Te lo suplico.

Lorena se puso de rodillas y gateó hasta él, con valentía.

—Tú y yo no estaremos juntos más. Pero podrás ver a tu hijo o hija —insistió en ello pues fue su única baza.

De pronto se escucharon golpes fuertes en la verja de entrada. Raúl corrió hacia la ventana y miró por ella.

—Es la Guardia Civil… —jadeó entre dolores.

Lorena se quedó perpleja.

—¡Vamos! —le ordenó a gritos.

La asió del brazo para que se pusiera en pie y salió de la estancia con ella, bajando al salón.

—Tienes que entregarte —le pidió Lorena con desesperación.

—Aún podemos salir por detrás. Tengo billetes para irnos esta noche del país. No pensaba matarte, solo quería que te asustaras…

La mujer se quedó atónita ante tal revelación.

—Te quiero demasiado, y ahora a nuestro bebé. Allí podremos rehacer nuestras vidas y yo seré un hombre diferente.

Lorena se echó a sollozar de pura rabia e intentó zafarse para retenerlo y que a los agentes les diera tiempo a llegar hasta ellos.

Varios Guardias Civiles irrumpieron en el chalet, Lorena pudo escucharlos mientras Raúl y ella salían por el jardín trasero y atravesaban la copiosa nieve de camino a una puerta lateral.

La sangre del abdomen herido de Raúl fue dejando un rastro mortal.

—¡Suelta el arma! —gritó la agente al mando.

Raúl se vio acorralado por varios guardias que lo apuntaron con sus pistolas reglamentarias de 9mm.

—Suelta el arma… —intentó apaciguarlo la guardia civil con un tono de voz más suave, pero sin dejar de apuntarlo con la suya—. Deja que tu mujer se acerque a mis compañeros y todo irá bien…

—¡No! Ella y yo vamos a rehacer nuestras vidas —insistió, obcecado.

—No te pasará nada, solo te detendremos y podrás llamar a tu abogado… Pero tienes que soltar el arma y a Lorena.

Raúl dudó unos instantes y empujó a su mujer hacia los agentes, que la sujetaron. Sin embargo, no soltó el arma.

—Cuida al bebé —dijo a Lorena, mirándola mientras se llevaba la pistola a la sien.

—¡No! —gritaron todos.

Raúl apretó el gatillo y se pegó un tiro sin que a los agentes les diera tiempo a hacer nada. Su pesado cuerpo cayó como un plomo sobre la copiosa nevada, hundiéndose y tiñéndola de un rojo carmesí.

Lorena chilló desesperada al verle quitarse la vida así. Todo el odio hacia él desapareció en aquellos instantes donde se hizo realidad su deceso. Al fin y al cabo, una vez le quiso.

—No… —Hundió el rostro sobre el guardia civil que la sujetó con fuerza.

CAPÍTULO 20

—El embrión está bien, no se preocupe —dijo el médico que examinó a Lorena—. Y las heridas por congelación en sus pies también las hemos tratado, aunque le costará caminar.

Esta suspiró de alivio, aún con la tremenda escena de Raúl pegándose un tiro fija en las retinas.

—Quédese aquí y la enfermera le dará algo para los nervios que sea compatible con el embarazo, ¿de acuerdo?

Lorena asintió, limpiándose las lágrimas.

La habían llevado al Hospital de Guadarrama, pues era el más cercano.

Inmediatamente después entró la agente de la Guardia Civil para que le relatara los hechos. Era pelirroja y llevaba el cabello bien prieto en un moño.

— Soy la Capitana María Garrido. Me alegro mucho de que su integridad física esté intacta. Por lo demás, ¿está usted preparada para contarme lo qué pasó durante el secuestro antes de que llegáramos?

—Sí —afirmó.

—¿Seguro? Podemos esperar dadas las circunstancias del suceso…

—Sí, sí —dijo con más fuerza.

Fue describiendo la situación desde el mismísimo principio, cuando Raúl la violó meses atrás, hasta llegar al momento en el que este se quitó la vida. No omitió que Raúl le había confesado haber sido el asesino de Lorenzo y dio, lo mejor que pudo, una descripción física del hombre que había contratado Raúl para ayudarle a secuestrarla.

Entre tanto, la enfermera le puso suero y un calmante, que le hizo adormilarse mientras terminaba su relato.

La agente le había dicho que ya se había avisado a su padre, pero tardaría en llegar un poco. También le estuvo explicando que fueron Pili y él quienes acudieron a la policía en Zamora al darse cuenta de que algo anormal estaba sucediendo. Pero que, cuando se inició oficialmente la investigación, y consiguieron saber dónde la retenía Raúl, la ventisca nocturna impidió poder acceder antes por estar cortado el puerto de montaña debido a la copiosa nevada.

Cuando la Guardia Civil se fue, Lorena sollozó en silencio para no molestar a nadie, pues ya era muy tarde. Se sintió totalmente sola y echó de menos a su padre y a Adrien.

Lorena acabó por quedarse dormida de puro agotamiento, casi toda la noche. Por la mañana la despertaron los ruidos del personal cambiando de turno. Una nueva auxiliar de enfermería le puso otro suero y le tomó las constantes básicas.

—Tu padre, y otro hombre muy guapo, ya están aquí, ¿quieres que pasen? —le preguntó con una sonrisita en la cara.

—Sí… —musitó con un puchero.

José se acercó a ella y la estrechó, con fuerza infinita, entre sus brazos. Ambos lloraron durante largo tiempo.

—Hija mía… Qué mal lo hemos pasado Pili, Adrien y yo. Ella no ha podido venir, pero te manda muchos besos.

—¿Entendió mi clave? Le dije… Le hablé de sus dos hijos…

—Sí, sí, y me llamó de inmediato. Le contamos a la policía todo lo que sabíamos. Estos llamaron a los compañeros de la Guardia Civil y entre ambos cuerpos consiguieron saber dónde te tenía retenida ese cabronazo —masculló con odio—. Qué Dios me perdone, pero me alegro de que esté muerto.

Lorena se puso a sollozar.

Su padre le acarició los cabellos con dulzura mientras Adrien observaba la escena, enternecido, desde la puerta.

Lorena le miró con los ojos llenos de lágrimas y le sonrió.

—Supongo que me darán el alta hoy, papá. No tengo nada malo y el cacahuete está bien. Pero necesitaré algo de ropa, porque no tengo. ¿Podrías ir a comprarla? Zapatillas, unos leggins y una sudadera mismo.

—Vale, hija. Voy a ver cómo me las apaño para conseguir todo eso.

La besó en la frente con dulzura.

Al salir, José le dio un golpecito en el hombro a Adrien y los dejó solos. Este se acercó a Lorena y se sentó a su lado en la cama, acariciándole el rostro y los cabellos revueltos.

—Casi mato a tu padre de unos cuantos micro infartos, porque ya sabes que cuando estás en peligro conduzco como si fuera un piloto de la Fórmula 1.

Ella sonrió y le echó los brazos por el cuello, estrechándolo contra sí. Adrien la sujetó por la cintura, buscando su vientre bajo la bata de hospital.

—Todo está bien, no te preocupes…

—He rezado mucho… —musitó él—. Ya sé que para ti no tiene sentido, pero a mí me aliviaba pensar en que Dios no permitiría que os pasara nada malo.

Lorena sintió aquel imán que se activaba cuando estaban tan cerca. El corazón le fue muy deprisa. Él la observó con esos ojos azules tan enamorados de ella.

—Te amo —susurró él al deslizar la mano por el rostro de Lorena, la cual no pudo evitar observar sus labios entreabiertos.

Deseó besarlos y los tocó con dedos temblorosos, dispuesta a perderse en ellos cuando él los juntó con los suyos en un cálido y profundo beso.

—No llevas hábito... Estás distinto... —musitó la mujer al fijarse bien en él, pues iba vestido con pantalones vaqueros, zapatos de estilo deportivo, y una jersey azul que hacía juego con el color de sus ojos celestes.

—No me lo pondré nunca más. He presentado todos los papeles. Mi madre ya me ha debido de desheredar —dijo divertido—. Esta vez no te voy a pedir que esperes o tengas paciencia. Tiene que haber un período para obtener la dispensa, pero lo haré bien. Solo eso.

—¿Y mientras tanto? ¿Qué hacemos?

—Quiero vivir contigo, si para ti no es muy precipitado, porque para mí todo esto es nuevo. Aunque entendería que tú quisieras esperar a que me dieran la dispensa.

—Soy atea, yo no tengo que esperar —respondió.

—Casi perfecta —susurró Adrien—. Pero lo pasaré por alto.

—Lo mismo podría decir yo...

Adrien sonrió con picardía.

Se volvieron a abrazar con fuerza. Lorena cerró los ojos y susurró:

—Raúl se pegó un tiro al verse acorralado por la policía... Fue... aterrador. No me lo quito de la cabeza...

—Debió de ser muy duro para ti. Lo lamento muchísimo.

—Lo apuñalé para defenderme... —La mujer sollozó al recordarlo—. ¿Soy mala persona?

—No, no, mi vida. Tú jamás podrías ser mala persona. Si así lo hiciste fue por algo... Porque te quería hacer daño.

—Y le engañé, le dije que íbamos a tener un bebé. Al final se lo creyó y creo que prefirió matarse a... a... —no pudo continuar hablando.

—Estabas en una situación de riesgo. Hiciste lo que tenías que hacer para salvar tu vida y la de nuestro hijo —musitó sobre su oreja, intentando apaciguarla.

—¿Me perdonas?

—No tengo nada que perdonar. Dios no tiene nada que perdonar. Pero debes perdonarte a ti misma. En ocasiones necesitamos tiempo, solo eso, y ayuda. La mía la tienes, la de tu amiga Pili, la de tu padre, la de Sor Sofía, que estaba muy preocupada y se ha pasado dos días rezando a todas horas… Hasta la Madre Superiora, me han chivado, estaba de los nervios.

—Gracias… Oh, gracias por haberme cambiado la vida. Os quiero tanto…

Se abrazaron de nuevo y se besaron, mientras José, que los escuchaba desde fuera, sonreía feliz con lágrimas en los ojos.

Se sacó una cadenita de debajo de la camisa y miró una especie de guardapelo. Lo abrió y allí tenía una pequeña foto de su mujer. La besó varias veces y asintió en silencio, satisfecho.

✝

Le dieron el alta esa misma tarde, recuperada del todo y con suficientes fuerzas para afrontar un nuevo comienzo.

Tanto Adrien como su padre la llevaron al chalet donde había residido tanto tiempo junto a Raúl.

El seguro de decesos se hizo cargo del cadáver. Raúl también era hijo único y sus padres habían fallecido años atrás. Solo le quedaban tíos y primos, que se pegarían por rapiñar lo que pudiesen de la abultada herencia ya que Lorena iba a renunciar a todo menos a la casa de La Moraleja. No era tan tonta, venderla le reportaría muchos beneficios.

Entró en el susodicho chalet del que salió despavorida meses atrás. Todo estaba impoluto, como de costumbre.

Cogió algo de ropa y zapatos, sus enseres personales, recuerdos familiares de sus padres y otras cosas necesarias.

Cerró la puerta tras de sí, para siempre.

Al salir se subió al asiento del copiloto del Opel de Adrien y este le acarició el muslo.

—Me gustaría ir a casa de mis padres. Aunque he hablado con ellos, será mejor que me vean el pelo antes de que volvamos a Zamora. Yo también tengo que coger algunas cosas. ¿Os parece bien? —preguntó a los Pérez.

—Yo no tengo ningún problema —indicó José—. ¿Y tú, hija?

Lorena tembló un poco al recordar a Apolline. No obstante, asintió intentando parecer tranquila.

—Veo que no te hace especial ilusión —comentó Adrien poniéndose en marcha.

—No me miró muy bien cuando fue a verte al colegio.

—Mi madre viene de una familia francesa de alta alcurnia, y se casó con un hombre adinerado: mi padre. En diversas ocasiones le he dicho que baje los humos, pero ella ya es muy mayor para cambiar. Así que te quiero pedir disculpas, de forma adelantada, por el comportamiento que vaya a tener.

—Ella solo quiere protegerte, supongo.

—Ella solo quiere controlar al único hijo que cree que le queda —dijo, avergonzado.

Bajaron por el Paseo de la Marquesa Viuda de Aldama, dejando a un lado los campos de golf, y subieron una larga avenida hasta casi salir de la urbanización. A la izquierda había una enorme casa de estilo neoclásico moderno y de muy buen gusto.

Adrien abrió la verja con un mando y aparcó junto a un par de coches de estilo antiguo, restaurados.

—Mi padre colecciona automóviles —explicó a José cuando este se maravilló ante el Morgan de los años treinta color vino que tenía frente a él.

La mujer no se inmutó demasiado, acostumbrada al lujo de aquella zona.

—Es curioso pensar que hemos debido de coincidir en el tiempo estando tan cerca... sin saberlo. —Adrien asió a Lorena de la mano, con mucha fuerza.

Ella se había quedado petrificada a la entrada de la casa.

—Si no quieres, no entres. Entiendo que es un mal trago. Quédate en el coche con tu padre —le sugirió.

—Voy contigo y que sea lo que Dios quiera. —Estrechó más su mano cálida. Adrien entrelazó los dedos con los de ella, para insuflarle valor.

—Vamos, de mi mano, sin soltarnos ni un segundo. Dios quiere que estemos juntos. Lo que puedan decir mis padres me da igual.

—¿Hablas mucho con Dios? —se burló con una sonrisa en la boca, intentando relajarse.

—Mucho. Y no te mofes o me enfadaré. ¿Preparada?

—No... —gimoteó.

Adrien sonrió, pero luego puso cara seria al entrar.

—Me sorprende cómo cambias... —susurró—. Cuando te pones en plan robot.

—Con un palo metido en el culo, ya lo sé.

Ella se aguantó las ganas de reír que, con los nervios, estuvieron a punto de dispararse en medio del *hall*.

La asistenta de la casa los recibió con cara de susto al ver a una mujer desconocida allí cogida de la mano del hijo de los señores.

—No pasa nada, Adela. ¿Están desayunando en la salita?

—Sí, y su madre sigue muy disgustada.

—Lo imagino…

—Prefiero esperarte aquí, me da reparo ir… —Lorena se agarró al brazo de su padre, que miraba fascinado el interior de semejante mansión de techos altos y abovedados.

—Vale, ahora vuelvo.

Lorena se quedó sentada en una silla, frotándose las manos de puro nerviosismo.

—¿Quieren algo para tomar? —ofreció Adela.

—Agua, si es tan amable —agradeció con la boca seca y tragando saliva.

—Yo un café, si no es molestia —demandó José.

Adela se fue con pies de plomo, sabiendo que se iba a armar la gorda en cuestión de minutos.

Lorena miró a su padre, que le acarició el cabello suelto y dejó que se apoyara en su costado.

Apolline, alta y seria, tal cual la recordaba Lorena, apareció en el *hall* seguida de Adrien y Alfonso.

—Fuera de mi casa —fue directa a herir con aquel tono de voz tan seco.

—¡A mi hija no le hable así, señora! —le contestó José, muy ofuscado.

—Encima también ha venido el padre. ¿Cómo se te ocurre? —Se giró hacia su hijo, que estaba rojo de rabia y vergüenza—. Un simple bedel.

—Señora, ser bedel ha sido un honor. Y que sepa usted que me gradué en la Universidad de Salamanca y no soy un iletrado.

—¡Basta, madre! Ni siquiera me ha dejado explicar todo lo que ha pasado —le echó en cara Adrien con tono de enfado.

Pero Apolline le ignoró y siguió con la cantinela:

—Lo has seducido. ¡Has conseguido que quiera dejar el sacerdocio! —exclamó haciendo aspavientos.

—Yo no lo he seducido. Surgió entre ambos de forma natural —se defendió poniéndose en pie, aunque le doliera todo.

—Qué poca vergüenza. Venga, que salgan de mi casa ya —ordenó mirando a Alfonso, el cual no movió ni un músculo.

—Madre, se acabó insultar a los demás. ¿Me ha escuchado bien? Se acabó. Esta es la realidad: amo a Lorena y ya he presentado todos los papeles para dejar el sacerdocio. Punto.

—*Ne vois-tu pas qu'il t'a trompé?* —inquirió Apolline, señalando a Lorena.

—Ella no me ha engañado en nada. Fui yo el que la busqué desde el principio.

—¡Qué vergüenza! —exclamó su madre.

Adrien cogió a Lorena de la mano con más fuerza que nunca.

La mujer se sintió mareada por el agobio.

—¡Hija! —José la sujetó y la ayudaron entre ambos hombres a sentarse, ofreciéndole el agua que Adela había llevado.

—Gracias…

—¿Estás bien, cariño? —indagó Adrien al verla tan pálida y arrodillarse a su lado, sujetándole el vientre con la palma abierta.

Cada vez que su hijo mostraba afecto por Lorena, Apolline emitía bufidos de descontento.

—¡A saber de quién es! —exclamó Apolline.

Su marido estaba empezando a hartarse de la situación y la cogió de los hombros para calmarla.

El sacerdote fue a replicar, pero Lorena le detuvo y habló:

—No sé por quién me toma, señora. Estoy harta de que me falte así al respeto, a mi padre y a su propio hijo también. No tengo por qué aguantar esto más.

—En vez de alegrarse, sigue deduciendo que no es mío —le reprochó Adrien a su madre.

—No me voy a alegrar de que mi hijo sacerdote tenga una querida preñada —escupió—. ¡Y que está casada, nada menos! Porque ya sé quién es, sabía que la había visto antes.

Lorena cerró los ojos llenos de lágrimas y le temblaron los labios.

—Mi marido se suicidó delante de mí… —jadeó teniendo un ataque de ansiedad al venirle la desagradable escena a la cabeza.

Apolline y Alfonso se quedaron con la boca abierta.

—¡Madre! —Adrien se puso en pie y se le encaró—. Si me hubiera dejado explicarle toda la situación ahora no tendríamos semejante altercado.

—L-lo lamento, no lo podía saber… Yo…

—Querida, basta ya… —susurró su esposo—. Basta ya de destruir esta familia. Ya hemos perdido un hijo, no quiero perder a otro…

Apolline se puso pálida y se tambaleó. Entre Alfonso y Adela la sujetaron.

—Recogeré esta tarde mis cosas, yo solo. Vámonos… —le dijo suavemente a Lorena y a José, que asintió estando de acuerdo.

—¡Adrien! —le llamó su madre al ver que se iban los tres.

—¿Qué?

Ella pareció dudar. Le temblaron las manos.

—Lo que quiere decir tu madre, y no sabe cómo, es que te quiere y se preocupa por ti —intervino su padre.

—Eso ya lo sé. Pero así no se hacen las cosas. No pueden verlo todo blanco o negro, ni pretender que yo, con casi 40 años, no decida por mí mismo. Disfruten de su jubilación con sus nietas, hijos y parejas, no de la soledad de la vejez por empecinarse en lo que creen que está bien o mal. Les recuerdo que tienen otro hijo que los echa de menos, y que desea presentarles a su pareja y a su hija.

Sus padres se quedaron callados.

—Piénsenlo con detenimiento, porque yo les quiero y no deseo perderlos —añadió al final.

Ambos salieron de la casa y Adrien estrechó contra sí a Lorena al caminar hacia el coche.

—Qué bien hablas… —musitó ella, un poco más tranquila.

—Soy un buen orador. Pero como no querías venir a mis misas…

—No soportaba verte ahí inalcanzable, vestido con la casulla. Aunque en la Misa del Gallo sí estuve…

Adrien se quedó sorprendido, la miró y le dio un beso suave. A Lorena le fascinó cómo él la observó, totalmente enamorado.

José, unos pasos por detrás de ellos, sonrió en silencio. Nunca, en toda su vida, se hubiera imaginado al conocer a Adrien que este acabaría siendo su yerno y el padre de su nieto.

Y le hizo muy feliz porque sabía que era un buen hombre.

†

Pasaron la noche en un hotel de Alcobendas, José en su propia habitación y la pareja en la suya.

Adrien había vuelto a casa de sus padres a por unas cuantas pertenencias, incluida una bolsa con un regalo envuelto en papel de Navidad.

Durante su estancia allí estuvo hablando con su padre sobre la situación. Apolline estaba encerrada en su cuarto con migrañas, muy disgustada por el mal rato. Pero Alfonso le prometió que haría lo posible para que entrara en razón, también con Jean, al que echaban mucho de menos tras casi nueve años sin verlo.

«Le he consentido mucho a tu madre, pero se acabó".

Aquello fue lo que le dijo.

—Oye… ¿Qué es ese paquete? —preguntó Lorena a Adrien mientras este salía de la ducha con la toalla alrededor de la cintura. A ella se le fue la vista a su torso desnudo y húmedo, tan sexi que no pudo evitar morderse el labio inferior.

Aquel hombre le resultaba una delicia en sí mismo, a todos los niveles.

Adrien se ruborizó al darse cuenta de cómo le miraba ella, que estaba tumbada de lado en el lecho.

—Era tu regalo de Reyes. Lo compré sin que te dieras cuenta el día en el que salimos juntos a comprar, el veinticuatro de diciembre…

Lorena abrió mucho los ojos.

—¿Ah sí? ¡Dámelo!

Adrien se lo tendió, sentándose a su lado mientras ella arrancaba el papel a tiras.

—Pensaba que… No me habías prestado atención…

El regalo era la caja de la colección de novelas de Jane Austen.

—Yo siempre te he prestado atención… Y te he hecho caso en todo, aunque fueras irritante.

Lorena lo abrazó para besarlo con fuerza, pero el beso se fue volviendo cada vez más apasionado y ella no pudo evitar palpar su espalda y tironear de la molesta toalla.

—Vaya, sí que te ha gustado el regalo…

—Mi regalo eres tú…

Lorena se empezó a partir de la risa y Adrien arqueó los labios con alegría.

—Tienes una sonrisa preciosa. Al principio, cuando nos conocimos, no sonreías nada en absoluto.

—Siempre he sido serio. Y empecé realmente a sonreír, de este modo, cuando te miraba de lejos a hurtadillas…

—¿Me espiabas? Vaya, menudo *Stalker*…

—Supongo que sí, que se me iban los ojos detrás de ti, y te miraba el trasero —confesó.

—¡Por eso supiste que me escondía en aquel cuarto de limpieza!

Adrien se echó a reír a carcajadas y asintió con la cabeza.

—Estuve muy tentado de meterme contigo y que nos enrolláramos como dos adolescentes en celo. Y el día en el que te encontré en la enfermería y vi cómo se te marcaban los pezones duros... O cuando nos abrazamos en mi despacho... —dijo con voz ronca.

Aquello debió de excitar mucho a Lorena, pues lo asió de la nuca y lo besó con ansia, tanta que Adrien se vivificó más de lo que ya estaba, así que le devolvió todos los besos con igual ímpetu.

Jadearon al separarse.

—Te quiero, Lorena.

—Y yo a ti.

Adrien le tocó la tripita con cariño.

—Os quiero mucho, de verdad, soy muy feliz. Si este es el camino que Dios preparó para mí, lo acepto con creces. Si el ordenarme sacerdote me llevó a ti, está bien. Si dejar de serlo para tener una familia es su forma de decirme que puedo servirle, entonces también está bien —repitió.

—Cada uno lo ve a su modo. Si tuve una vida anodina y triste con Raúl, para al final conocerte y poder darme cuenta de lo que es el verdadero amor, entonces era lo que el destino me tenía deparado.

Lorena se acercó a su rostro y le robó un tierno beso que, poco a poco acabó siendo el inicio de una complaciente relación sexual. El corazón de ella latió con fuerza y sintió cosquillas en el estómago.

Adrien deslizó una mano, ya experta, entre los muslos desnudos de ella. Lorena suspiró y se removió, dejándose llevar.

Se besaron largo rato hasta que ella sintió el ardor, la humedad y un punzante placer inundar su vientre, estallando en un orgasmo.

Adrien sonrió satisfecho, poniéndose encima y retirándole las braguitas casi con urgencia. Ella le ayudó a guiarse mejor para que la penetrara, dejándole paso con facilidad.

Adrien le dio un beso en la comisura de los labios, lamiendo luego estos y la miró de cerca, enamorado hasta las trancas a la par que empujaba con cuidado sintiéndola arder.

—Qué bonita eres... —jadeó.

—Y tú qué guapo... *Mmmm* —murmuró—. No quiero ni pensar cuántas se te habrán insinuado deseando hacer esto contigo, porque me entran los celos...

—¿Y qué más te da? Te has llevado tú el gato al agua, con estos ojos verdes, con estos labios rosados, con este cuerpo... Con este... —susurró una guarrada en el oído le Lorena que la hizo excitarse más aún—. Está tan apretado que me vuelve loco...

No pudieron parar de gemir mientras se comían la boca, sintiéndose libres del todo para hacer aquello.

—Ah, Adrien… Otra vez… —El comienzo de un orgasmo se arremolinó de nuevo dentro de ella, así que él empujó con más fuerza, queriendo oírla, pues eso espoleaba su propio placer. Cada gemido, cada falta de aliento, cada movimiento de su cuerpo bajo él, le excitaban hasta perder el control.

—No puedo más… —jadeó Adrien sobre su hombro, mordiéndolo al sentir una eyaculación larga y placentera.

Ella lo estrechó contra sí y se agarró a su cabello, apretando la vagina entre espasmos de placer.

Se echaron a reír a la par, de tan compenetrados que estaban.

Él fue al baño a por papel y la limpió con cuidado para después asearse él.

La observó, sentado al borde de la cama, desnuda y con aquella leve tripita. Acarició las caderas anchas, los muslos estriados y los pies, donde había sufrido algunas quemaduras por el frío.

Después se metió en la cama con ella y la acurrucó contra él.

—Sé que es algo pronto para decirte esto, pero cuando ya no pertenezca al clero, significaría mucho para mí que fueras mi mujer…

Ella le miró con los ojos entornados.

—¿Es muy importante para ti?

Adrien asintió.

—Entonces también lo es para mí. Pero solo te voy a pedir una cosa… Y es que la crianza de nuestro cacahuete comience siendo laica. Que decida en qué creer…

A Adrien le costó un poco asimilar aquello, pero accedió. Era lo justo.

—Desde el primer momento en el que te vi, bajo la lluvia, sin zapato, con el animalito y totalmente desamparada, supe que me ibas a cambiar la vida. Aunque con el paso de los días, y de las semanas, no me imaginé hasta qué punto.

Lorena le acarició el sedoso cabello, la mandíbula, el mentón cuadrado con un pequeño hoyuelo, la nuez, el pecho y acabó buscando su mano bajo las mantas.

Llevó esta hasta su vientre y sonrió.

—Siempre he deseado ser madre. Así que lo que tú me has dado es, para mí, ese milagro imposible. No imaginé, yo tampoco, hasta qué punto cambiarías mi vida. Solo sé que, a pesar de lo que he tenido que pasar estos últimos días, por fin soy feliz y tengo todo lo que quiero.

Adrien la abrazó contra él con más fuerza y ambos se durmieron sabiendo que habían tenido mucha suerte de encontrarse.

EPÍLOGO

Lorena había roto aguas horas antes y ya estaba en el Hospital Provincial de Zamora, dilatando y con terribles contracciones. Miró a José y a Adrien, que ponían esa cara de sufrimiento por empatía. Y los odió porque no tenían ni idea del umbral de dolor que debía soportar.

—¡Que me pongan la epidural! —gritó a pleno pulmón al sentir la última contracción.

—Cariño, no se te puede poner y lo sabes —dijo Adrien apartándole el pelo húmedo del cuello.

—¡Joder! ¡No me toques! —retiró la mano de Adrien y volvió a agarrarse a las sábanas.

—No recuerdo que tu nacimiento fuera tan doloroso para la mamá… —dijo José.

—Papá, vete fuera. —La mirada de rencor fue en aumento.

—Pero…

—Paso vergüenza, papá. ¡Estoy con las piernas abiertas! ¡Y no quiero que me veas así! —bramó histérica.

—Muy bien, muy bien —rezongó y se marchó.

En el pasillo se encontró con Pili, que iba a ver a la parturienta tras enterarse de que se había puesto manos a la obra.

—Probablemente te chille, chiquilla. Está de muy mal humor.

—Es normal, José, duele mucho. Y los hombres os quejáis de un dolorcito de nada como si fuera el fin del mundo.

—¡No, si encima tendremos la culpa! —rezongó.

Pili se echó a reír y le dio unas palmaditas en el hombro.

—¿Qué tal es eso de estar a punto de ser abuelito?

—No sé, me hace ilusión y viejo a la vez —se lamentó con ojos soñadores.

—Váyase a la cafetería, aún quedarán unas cuantas horas para que suelte a la alienígena que viene de camino.

—Vale, maja. Gracias por ayudar tanto a mi niña.

Pili sonrió al verlo marchar besando una cadenita que se había sacado de debajo de la camisa.

Entró en la estancia y Adrien la miró como si fuera su única salvación.

—¡Pili! Eres la primera persona que me alegro de ver… —gimoteó Lorena, sudando la gota gorda.

—¿Cada cuánto tienes contracciones?

—Diez minutos o así... La comadrona volverá en un rato a ver cuánto he dilatado. P-pero siento que voy a explotar... —jadeó comenzando a sentir otra contracción.

—Venga, ya queda menos. ¡Pronto ese melón saldrá!

Le echó un ojo bajo las sábanas y asintió.

Evitó cogerle la mano, no se la espachurrara, pero le acarició el pelo y la cara.

—Te quiero, Pili, te quiero mucho. —Lorena se echó a llorar como una magdalena.

Adrien se sintió celoso e intentó también acariciarle la cara de nuevo.

—¡Tú no me toques! ¡Estoy así por tu culpa! —Estalló de rabia.

Adrien apartó la mano con rapidez, no se la fuera a arrancar de una dentellada.

—¿Qué he hecho yo?

—¿Cómo se hacen los hijos, Adrien? —Le miró desafiante—. ¡Dime cómo! ¡No soy la Virgen María y tú no eres una paloma! — blasfemó para bochorno de Adrien.

Él fue a quejarse, ofendido, pero Pili le hizo un gesto que lo acalló.

—Viene otra... —jadeó y berreó, entre espasmos, llorando. Pili la abrazó con fuerza.

La comadrona entró y comenzó a examinarla en cuanto se le pasó el dolor.

—Maja, esto ya casi está, se le ve la cabecita. Voy a llamar al doctor y que te lleven al paritorio.

—Dios, Dios, Dios... —susurró Lorena, muerta de miedo.

—El papá, que me acompañe si quiere prepararse para ver el parto.

—Sí. —Adrien se dispuso a seguirla pero, antes de irse del todo, besó a traición a Lorena, con fuerza.

—Estaré allí contigo —prometió.

—Vete al infierno... —sonrió al decirlo y él al oírlo.

†

En el quirófano, Lorena siguió las instrucciones del médico ginecólogo. Intentó poner en práctica las enseñanzas de las clases preparto y respirar con cuidado. Pero fue imposible.

—Lorena, haz fuerza —exigió el médico.

—Pero... —Estaba exhausta.

—¡Haz fuerza! —se reiteró en la orden.

Ella la hizo, muerta de cansancio tras tres horas allí en la camilla de partos, haciendo esfuerzos que nunca creyó posibles.

—Venga, ya sale… ¡Ya sale! ¡Fuerte, Lorena! —la animó el médico.

Adrien observó la escena, entre embobado y aturdido, de cómo comenzaba una nueva vida; la de su hija.

Vio a Dios en ello, y se reiteró que había elegido el camino correcto.

La bebé comenzó a sollozar con rapidez, sana y entera. Le cortaron el cordón umbilical y luego procedieron a limpiarla un poco y examinarla.

Lorena se quedó derrengada, pero con una sonrisa en la boca, medio atontada ya por el inmenso esfuerzo. Le pusieron a la niña sobre el pecho y la asió con delicadeza, aterrada de hacerle daño a una personita tan pequeña.

Adrien tocó a la bebé con manos temblorosas y luego besó a Lorena en la boca, llorando de pura emoción.

—Ahora nos la vamos a llevar un momentito —los informó una enfermera—. Y luego estará con ustedes en la habitación. No se preocupen, está todo bien.

Lorena, ya sin fuerzas, se quedó dormida y Adrien dejó a los profesionales hacer su trabajo. Se quitó la bata y los guantes y salió a avisar a Pili y a José de la buena nueva.

El flamante abuelo se frotó las manos al ver aparecer a su yerno.

—Todo ha salido bien, no os preocupéis. Es una niña muy fea, está arrugada y… A la vez es un maravilloso regalo de Dios —dijo con sinceridad.

—¿Y Lorena? —indagó Pili.

—Se ha quedado agotada, luego la llevarán a una habitación, junto a la niña.

—¿Estás contento? —preguntó el abuelo.

Adrien echó la lágrima otra vez y José se dejó llevar con él.

—Igual que mi chico, de verdad. Para que luego digan que los hombres no son sensibles… —susurró Pili, entre sonrisas.

†

La reciente mamá se despertó, con Adrien al lado, y la bebé en una cunita.

—Está dormida… —informó él.

—Es muy fea… —fue lo primero que atinó a decir Lorena.

Luego se echó a reír por lo bajo, dolorida.

—Es un bebé... Ya saldrá a su mamá en guapura.

—O a su papá.

Adrien acarició el cabello de Lorena, con amor.

—¿Dónde están los demás?

—Se fueron a dormir tras visitar a la niña. De hecho, han venido Bernardo y Sor Sofía también, pero estabas dormida como un tronco.

—¿Qué hora es?

—La una de la mañana.

Ella suspiró.

—¿Ya no me odias? —preguntó él con inocencia.

—Un poco —sonrió.

Él la besó con la ternura de siempre, largo rato.

—Yo os amo mucho a las dos.

—Y yo...

—No hace ni un año que te conocí, Lorena... Y no me arrepiento de nada.

—Ni yo... —se echó a reír levemente—. Uf, me duele todo.

La niña comenzó a moverse y hacer ruiditos. Adrien corrió a su lado y la cogió cuando lloró un poco.

—¿Qué le pasa? —se asustó.

—Tendrá hambre...

Lorena se incorporó y abrió la bata. Él le tendió a la pequeña y Lorena se sujetó el hinchado pezón para que la niña se agarrara a la teta. Fue muy sencillo, lo cual los alivió a ambos.

—A partir de ahora se acabó dormir del tirón. Mira cómo chupa la *jodía*.

—Me voy a poner celoso.

—Adrien... —dijo en tono de reproche.

—Es que se te han puesto enormes... —musitó encantado ante aquella tierna escena.

—Hace un año no pensabas en pechos grandes.

—Hace un año no pensaba en que hoy tendría una hija con una mujer maravillosa, fuerte, valiente y guapa.

—¿Me puedo confesar? —preguntó Lorena, mientras daba el pecho a la niña, que chupaba la leche como si no hubiera un mañana.

—Sí... —jugueteó Adrien, acariciando la cabecita casi sin pelo de la bebé.

—Me he enamorado de un sacerdote...

—Vaya, eso es un pecado muy grave...

—Y él de mí…

—*Uf…* Más pecado aún.

—Pero… es el amor de mi vida. ¿Qué podemos hacer?

—Amaros…

Adrien sonrió y la besó. Luego a la chiquitina.

Había encontrado el camino de Dios teniendo su propia familia.

Lorena, por su lado, se sintió muy distinta que al principio de la historia.

Aquella noche lluviosa perdió un zapato, pero ganó la felicidad.

FIN

Historia Extra

Lorena estaba sentada en el sofá de casa, leyendo un *e-book*, con Umbra sobre sus piernas dobladas y su tripa de cinco meses. La gata no paraba de amasarle el jersey y ronronear. De hecho, antes de saber que estaba embarazada de su segundo hijo, la gata ya le apretaba la tripa, algo raro ya que lo que más le gustaba eran sus pechos. Tal vez su sexto sentido le decía que ahí había algo pequeño gestando.

Adrien abrió la puerta del salón tras llegar del trabajo. Se había sacado las oposiciones de profesor a la primera, tras estudiar durante y tras la pandemia ya tenía plaza en un colegio público de Zamora por conseguir una nota que rozaba la perfección. Lorena estaba muy orgullosa de él y le pareció más guapo que nunca, con casi todo el cabello canoso que le caía liso sobre la frente.

Él sonrió y besó a su pareja con amor y también acarició a la gata, que levantó la cabecita.

—¿Y Sofi? —preguntó él.

—¡Papi! —gritó una chiquilla de cuatro años entrando al salón. Él se puso de rodillas y la abrazó. Tenía el cabello negro y los ojos verde aceituna de su madre—. Estaba jugando con Cacahuete —informó con diligencia, pues en eso era igual de responsable que su padre.

Un gatillo de pocos meses, y de color naranja con rayas, entró tras la niña y corrió hacia el sofá, dando un salto. Umbra se puso a lamerle la cabeza como si fuera su propio cachorro.

—¿Qué tal el día? —preguntó Lorena sin moverse mucho, pues estaba siendo un embarazo de riesgo.

Adrien se sentó a su lado, con la niña sobre una rodilla, y le enseñó una carta a Lorena. La abrió delante de ella y la leyó sonriendo.

—Pues… Han tardado lo suyo por culpa de la pandemia, pero me han soltado por fin… Ya estoy secularizado.

Lorena se le quedó mirando con sorpresa y lo abrazó contra sí, muy contenta y con lágrimas en los ojos.

Sofi se puso a dar palmas con sus manos, sin entender a qué se referían sus padres.

Adrien las estrechó a ambas y las besó.

—¿Eso quiere decir que ya podemos casarnos y dejar de vivir en el pecado? —bromeó Lorena, que miró a Adrien tan enamorada como siempre, o incluso más.

Él asintió entre divertido y emocionado.

—¡Papi! Quiero ver *Totoro* y al Gatobus... Es como Cacahuete, ¡pero con más patas! —los interrumpió la niña.

—No se hable más, veremos *Totoro*.

Alzó a su hija en brazos y puso Netflix, buscando la susodicha película de animación japonesa.

Adrien se sentó en el sofá e hizo que Lorena se acomodara entre sus piernas y sobre su pecho mientras Sofi estaba sentada en el suelo, rodeada de Umbra y Cacahuete.

Lorena en aquellos momentos tuvo un recuerdo del pasado, de una noche en la que Adrien, en la rectoría, le rogó que se quedara viendo una película con él y ella pensó en una escena semejante a la que estaba viviendo: una niña sentada a los pies del sofá, jugando, mientras ellos veían una película como una familia.

No lo creyó posible entonces.

Se le saltaron las lágrimas y Adrien la miró con extrañeza con esos ojos de un azul tan cálido. Pero le sonrió de felicidad y él le devolvió la sonrisa abrazándola más y posando sus cálidas manos sobre la tripa.

Tal vez los milagros sí existieran.

Agradecimientos

A Sergio, mi marido, y a mis gatos; Nuca, Gigo, Ash, Amélie, Kylo y Alma, que está en el arcoíris de los gatos.
Os quiero.

Conoce más sobre esta historia en:

Printed in Great Britain
by Amazon

41526584R00172